DE LAGE HEMEL

Han van der Horst is historicus en
publicist. Hij is werkzaam op
de afdeling Voorlichting van de Nuffic,
de Nederlandse Organisatie
voor Internationale Samenwerking
in het Hoger Onderwijs.

DE LAGE HEMEL
Nederland en de Nederlanders verklaard

HAN VAN DER HORST

SCRIPTUM SCHIEDAM

Illustraties: Theo Gootjes

1e druk: april 1996
2e gewijzigde druk: september 1996
3e gewijzigde druk: december 1999

Copyright © 1996, 1999 Scriptum Books,
Schiedam
Vormgeving: Joost van de Woestijne
Omslagfoto: George Burggraaff, Buurmalsen

ISBN 90 5594 143 3

Inhoud

VOORWOORD
7
BIJ DE NEDERLANDSTALIGE EDITIE
Nederland als B-bestemming
9
INLEIDING *Een antwoord aan Dirceu Borges*
15
1. EGALITAIR
Wie in overvloed leeft, wordt door doornen omringd
25
2. PRAKTISCH
*'En in alle gewesten wordt de stem van het water
met zijn eeuwige rampen gevreesd en gehoord'*
90
3. GEORGANISEERD
'Ik houd zo van die donkre burgerheren'
132
4. KOOPMANSGEEST
*'Nederland is Nederland gebleven, omdat onze oudelui
goed op de zaken pasten'*
177
5. HET ONAANTASTBARE PRIVÉ-LEVEN
'Maar op je vierkante meter ben je een vorst!'
212
6. EEN ERESCHULD
De Nederlanders en hun nationale minderheden
249
EPILOOG *Het boze water en de boze wereld*
287

Voorwoord

Dit boek is het resultaat van andermans verbazing. Ik zag die in de ogen van mijn gesprekspartners, mensen die tijdelijk in Nederland verblijven, meestal voor studie, onderzoek of zaken. Soms deden zij er toch het zwijgen toe, vaker stelden zij vragen. Want Nederland kan op buitenlandse gasten heel vreemd over komen.

Dit boek is bedoeld voor mensen die zich over Nederland en Nederlandse toestanden verbazen. Niet om die weg te nemen, want verbazing is een positieve, de creativiteit bevorderende emotie. Maar het helpt, als je de achtergronden kent van zaken die je ongebruikelijk, bizar of zelfs schandalig voorkomen. Je kunt dan ook adequater en effectiever reageren.

Mijn gesprekspartners komen uit bijna alle landen van de wereld. Door mijn werk verkeer ik professioneel, maar vaak ook privé in uiterst internationaal gezelschap.

Het hangt sterk van de socio-culturele achtergrond van mijn gesprekspartners af, wat die verbaasde blik bij hen opwekt. Toch vallen op den duur zekere patronen te herkennen, die evenzovele richtlijnen waren voor wat ik wél in dit boek opnam en wat juist niet.

Ik moet dan ook iedereen danken die zijn of haar verbazing over de Nederlandse samenleving aan mij heeft geopenbaard. Zonder die openheid had dit boek niet tot stand kunnen komen.

Maar daar kan het niet bij blijven. Om typisch Nederlandse redenen, die in dit boek uitvoerig aan de orde komen, heb ik tijdens het schrijven mijn koers niet volledig zelf bepaald, maar anderen gelegenheid gegeven om daarop correcties te suggereren. Er is een klankbordgroep gevormd, die de door mij geschreven tekst kritisch doornam, vraagtekens plaatste, waar ik juist voor het apodictische had gekozen, suggesties deed voor weglatingen en toevoegingen. Dat gebeurde op soms onordelijke, maar altijd uiterst vruchtbare en aangename bijeenkomsten. Deze begeleidingsgroep bestond uit Jojada Verrips, hoogleraar culturele antropologie van de Nederlandse samenleving aan de Universiteit van Amsterdam, Niek Miedema, vertaler en publicist, Peter Schouten, documentairemaker en medewerker van de Anne Frank Stichting en Marcel Oomen, directeur van de Netherlands America Commission on Educational Exchange. Hun inbreng is van onschatbare waarde.

Ik heb *De lage hemel* met vreselijk veel plezier geschreven. Ik hoop, dat het lukt iets van dit plezier op de lezers over te brengen.

Han van der Horst

BIJ DE NEDERLANDSTALIGE EDITIE

Nederland als B-bestemming

OP DE FILIPIJNEN WILLEN ZE AL GAUW WETEN, waar je vandaan komt.
'U woont zeker in Californië.'
'Nee.'
'Aan de oostkust dan?'
'Ik ben helemaal geen Amerikaan.' Je zag meteen een lichte teleurstelling flikkeren in de ogen van je gesprekspartners. Zelfs nationalistische Filipinos hebben een soort haat-liefde verhouding tot de Amerikanen, maar in de meeste gevallen overheerst de liefde nadrukkelijk.

'Ik kom helemaal niet uit Amerika,' hernam ik dan, 'Ik kom uit Nederland.'

'Ligt dat vér ten zuiden van Sidney?' placht de wedervraag te luiden. Ik verzon een vast antwoord. 'Nederland ligt aan een grauwe zee in Europa. Het is achttien uur vliegen naar het westen.'

Maar op een middagwandeling door de snikhete rijstvelden buiten de stad Vigan kreeg het vaste gesprek een geheel ander verloop. Ik had bezweet aangelegd bij een *sari-sari store*. Dat is een bamboe-optrekje, waar ze kruidenierswaren en koele dranken verkopen, meestal niet meer dan een toonbank met een afdak. En Coca-Cola is overal.

'Van welke denominatie bent u?' vroeg de mevrouw van de *sari-sari store*, want blanken die zich buiten Vigan waagden, waren blijkbaar veelal zendeling.

'Ik ben helemaal geen zendeling,' antwoordde ik en voegde er meteen aan toe: 'Ik ben gewoon katholiek.'

Dat was een hele opluchting. Ik stuurde de conversatie nu in de gewone richting. 'Ik woon in Nederland. Dat ligt in Europa. Het is achttien…'

'Enschedé!' onderbrak de mevrouw van de sari-sari store.

Enschedé? Zij haalde van onder de toonbank een luxueus fotoalbum te voorschijn. Dochter studeert cum laude af aan een instelling in de toeristische stad Baguio. Dochter arm in arm met Nederlandse vriend. Het huwelijk. Het gelukkige jonge paar poseert in de sneeuw op de Oude Gracht in

Utrecht. Haar schoonzoon bleek ook nog te werken voor een instelling waar ik beroepshalve elk jaar wel een paar keer mee te maken heb.

Zij kende Nederland dus wél. Maar voor de rest bleek ons land op de Filipijnen behoorlijk onbekend. Misschien had dat te maken met het feit, dat ik buiten de dorpjes altijd een basketbalveld aantrof, maar nooit een voetbalterrein. De eerste Vietnamees die ooit het woord tot mij richtte was een douaneambtenaar. Hij vergeleek mij nauwkeurig met de foto in mijn paspoort en zei toen medelijdend: 'PSV heeft verloren.'

Vietnam heeft de voetbal ontdekt en men volgt er dus de Europese competitie. Ook in Brazilië bleef de kennis over ons land veelal beperkt tot de gang van zaken in de stadions. Al maakte ik aan de andere kant in het provinciale nest Caruaru kennis met een officier van justitie die bij wijze van hobby het Oranjehuis nauwkeurig volgde. Hij had pertinente vragen over het liefdeleven van Willem-Alexander waar ik niet zo één, twee, drie een betrouwbaar antwoord op wist.

Zulke ontmoetingen zijn buitengewoon leerzaam. Ik ben op mijn reizen weinig mensen tegengekomen die iets met Nederland hadden om het land en om zijn bevolking zelf. Er was altijd een achterliggende reden: familieleden waren er aan de man of aan de vrouw geraakt. Zij hadden bijzondere belangstelling voor iets, waar Nederlanders toevallig goed in zijn: voetbal of bepaalde takken van wetenschap. Zij zochten een beter leven en waren in dat kader op ons land gestuit. Maar dan was het nooit een eerste keuze. De meeste mensen op deze wereld horen nimmer van Nederland. Dat kun je veilig aannemen.

Het Nederlands Bureau voor Toerisme, dat wereldwijd campagnes voert om vakantiegangers naar ons land te halen, heeft daar een vakterm voor: Nederland is een B-bestemming, althans buiten Europa. Engeland, Frankrijk of Italië zijn A-bestemmingen. Daarheen koopt de niet-Europeaan een ticket. Maar de keuze zal zelden op Nederland vallen. Wie eenmaal in Europa is aangeland, valt echter wel te porren voor een uitstapje naar Amsterdam, de polders en de weiden. Daarom benadert het Nederlands Bureau voor Toerisme buiten Europa uitsluitend reisorganisators om ze er toe te brengen een paar dagen Nederland in hun *package tours* op te nemen. Om met de Michelin-gids te spreken: Nederland is geen reis waard, maar wel een omweg.

Een rapport, dat de inspectie voor de ontwikkelingssamenwerking liet maken over de Nederlandse hulp aan Mali, Tanzania en Sri Lanka brengt op een heel andere manier onze B-status naar voren. Nederland stelt jaarlijks een fors aantal beurzen beschikbaar voor studenten uit de Derde Wereld die hier een gespecialiseerde hogere opleiding in het Engels willen volgen. In Tanzania moet je die via het ministerie van Onderwijs in Dar-Es-Salaam aanvragen. Om de papieren heelhuids door de corrupte bureaucratie te krijgen, zo stelt het rapport, is een omkoopbedrag van een dikke driehonderd gulden noodzakelijk. Beurzen voor Japan en de Verenigde Staten vergen echter een investering van ongeveer twee mille. Want ook inzake omkoperij geldt de wet van vraag en aanbod.

Zelfs voor asielzoekers is Nederland in veel gevallen tweede of derde keus. Wie het thuis om politieke redenen niet meer uit kan houden, denkt allereerst aan het land dat met zijn Vrijheidsbeeld in de haven de mensenrechten symboliseert. En niet aan Schiphol of de grenspost Venlo. Maar zonder hulp en zonder valse papieren kom je niet uit een dictatuurstaat weg. En zonder gidsen en ontsnappingsroutes evenmin, zeker nu de 'landen van opvang' net als in de jaren dertig zo hun best doen om zulke vluchtelingen te ontmoedigen. Ontsnappen uit een dictatuur is een kostbare affaire, zoals Nederlanders wier ouders of grootouders destijds voor het Duitse nazi-regime moesten vluchten, uit familieverhalen weten. De nood brengt je dan tot een – net wel te organiseren – vlucht naar het onbekende Nederland. Bij de Amsterdamse radiozender Mundo werkt een Boliviaan, die in de jaren zeventig om politieke redenen de wijk moest nemen. Hij kon – allereerste keus – niet in een buurland terecht. Alleen Nederland en Denemarken wilden hem opnemen. Het werd ons land, omdat dat het dichtst bij Bolivia ligt.

Ook de gelukzoekers die hier in het circuit van de zwarte arbeid altijd nog beter kunnen overleven dan thuis, denken eerder aan Los Angeles, Londen of Parijs dan aan Leeuwarden. Maar je kunt in het leven niet altijd de hoofdprijs hebben en je moet de tweede keus met beide handen aangrijpen, als de eerste je niet geboden wordt.

Dit klinkt allemaal cynisch. Maar zo is het niet bedoeld. Het gaat over de wereld, zoals hij is. In die wereld neemt Nederland ondanks zijn fenomenale rijkdom, zijn indrukwekkende handelscontacten, zijn gigantische banken en bedrijven, *in de perceptie* van de meeste mensen een uiterst bescheiden plaats in. Nederland staat in ieder geval geenszins te boek als een fantastisch welvaartsparadijs waar je absoluut moet wezen om een mooi leven te kunnen leiden. Gezien het huidige klimaat in de discussie rond nieuwkomers en aanverwante onderwerpen is het belangrijk dit vast te stellen.

Toch hebben we met zijn allen een buitengewoon internationale samenleving opgebouwd. Nederland is traditioneel een overslagplaats en doorvoerhaven van wereldwijde betekenis. Daardoor komen veel buitenlanders op onze kusten terecht. Zij leveren een niet te onderschatten bijdrage aan het bruto nationaal produkt. En dan doet het er niet toe, of zij door hun multinationale broodheer tijdelijk bij het management van het Nederlandse filiaal worden geplaatst of na kantoortijd met emmers en bezem verschijnen om de vloer te boenen.

Maar bijna al die buitenlanders hebben het volgende gemeen: zij zijn hier niet gekomen om Nederland zelf, maar om iets anders: veiligheid, werk, inkomen, het feit, dat zij zich bij een geliefde wilden voegen. Of studie.

Omdat ik sinds 1978 werkzaam ben bij de Nederlandse Organisatie voor Internationale Samenwerking in het Hoger Onderwijs Nuffic ken ik die laatste groep het best.

In het begin van de jaren vijftig al begon ons land een systeem op te bouwen van Engelstalige cursussen op hoog niveau. Zij zijn in het algemeen bestemd voor mensen die in hun eigen land al een wetenschappelijke opleiding achter de rug hebben en zich verder willen specialiseren. Aanvankelijk vonden die cursussen meestal plaats op de instituten voor Internationaal Onderwijs. Tegenwoordig doen ook steeds meer universiteiten en HBO-instellingen zulke gespecialiseerde cursussen in hun onderwijsaanbod. Het gaat altijd om zaken, waar Nederland traditioneel erg goed in is. Men denkt dan allereerst aan weg- en waterbouw of geavanceerde agrarische technieken, maar ook op minder voor de hand liggende gebieden als stedelijke planologie, interpretatie van satellietgegevens of milieutechniek heeft Nederland heel bijzondere opleidingen in de aanbieding. En deze opsomming is verre van uitputtend.

Het is niet de gedachte aan Nederland die buitenlandse cursisten naar deze opleidingen en onze kusten brengt. Ze kennen via hun eigen professionele circuits die cursus en de reputatie van het instituut dat ze verzorgt. Dat het toevallig in Nederland staat, is van geen enkel belang. Hadden ze ervoor naar Winnipeg gemoeten, dan waren ze naar Winnipeg gegaan. Wat dat betreft staan deze cursisten model voor bijna alle buitenlanders die hierheen komen.

Zij krijgen er de hele Nederlandse samenleving en de manier waarop wij met elkaar omgaan, bij cadeau.

Dat is een niet gering geschenk. De kwaliteit van het bestaan in Nederland is hoog, in ieder geval materieel. Maar dan moet je wel weten, waar je aan toe bent, wat je kansen zijn en hoe je die kunt grijpen. Dat is namelijk op het eerste gezicht niet duidelijk, want de Nederlandse samenleving toont aan buitenstaanders een nogal weerbarstig gezicht. Dat heeft te maken met ons diepgewortelde beginsel ons niet met andermans zaken te bemoeien, zolang we niet weten, of dat op prijs gesteld wordt en met een heel aantal andere factoren die verderop aan de orde komen.

Het boek dat u nu in handen heeft, is in eerste instantie voor buitenlanders of misschien liever gezegd voor buitenstaanders geschreven, die veel met Nederland en/of Nederlanders te maken hebben dan wel krijgen. Ze stuiten dan vroeg of laat, maar meestal vroeg op die weerbarstigheid. Die moeten zij zelf doorbreken, wil hen niet overkomen wat in Nederland als het kwaad der kwaden geldt: niet zelf gekozen maatschappelijk isolement.

Het verscheen dan ook oorspronkelijk in het Engels onder de titel *The Low Sky. Understanding the Dutch*. Die ondertitel is een programma. Ik heb geprobeerd een grote hoeveelheid basisinformatie aan te reiken die Nederland om zo te zeggen begrijpelijk maakt. De samenleving, zoals we die nu kennen, maakt deel uit van een proces dat al eeuwen aan de gang is en voortgang zal vinden, zolang er sprake is van een Nederland. Dat heeft belangrijke gevolgen voor de selectie van het materiaal. Er is dan weinig ruimte voor tulpen, klompen en molens en andere vaste parafernalia van de Holland Promotion. Behalve als ik die kan gebruiken om iets duidelijk te maken over het functioneren van Nederlanders. De klompen ontbreken dan ook geheel. Ik kon daar binnen mijn programma niets mee doen. De molens zult u wel aantreffen en de tulpen heel eventjes in een historische context, als het gaat om de Nederlandse houding ten opzichte van beursspeculatie.

Zo ontstaat langzaam maar zeker een impressie van Nederland met zijn mooie, maar ook zijn minder mooie kanten. En zo vindt de lezer – althans dat hoop ik – veel aangrijpingspunten om het overleven achter onze dijken tot een alleszins aangename ervaring te maken. Opdat wat misschien oorspronkelijk een B-bestemming was, uiteindelijk toch als A-bestemming wordt ervaren.

Want – geloof me – dit is best een lekker land.

INLEIDING

Een antwoord aan Dirceu Borges

'Je moet hier niet blijven,' zei Dirceu Borges tegen zijn dochter na een vluchtige blik op Nederland, 'De hemel is te laag.' Ik betoonde mij enthousiaster over Brazilië dan Dirceu Borges over Nederland. Ik zong de lof van de stomend hete havenstad Belém. 'Dat komt, omdat een Braziliaanse stad volgens jou zo moet zijn,' wees Dirceu mij terecht, 'Heet, vuil en een beetje vervallen. Jij houdt van Belém, omdat het jouw vooroordelen ten opzichte van Brazilië bevestigt. Tussen ons in zweefde ongezegd de bekende uitspraak van De Gaulle '*Le Brésil, ce n'est pas un pays sérieux*'.

Dirceu Borges maakte zich daar kwaad over. Hij had na een loopbaan in de reclamewereld vrijwel uit het niets een aantal moderne bedrijven opgebouwd, waaronder een fokkerij, waar via geavanceerde genetische technieken het vee veredeld werd. Daarnaast stonden enkele romans op zijn naam over het platteland van de deelstaat São Paulo. Hij had verstand van imago's en van wat mensen willen herkennen. Met dat van Belém sloeg hij de spijker op de kop. Ik had veel aardigheid in Brazilië, maar mijn liefde ging net als bij de meeste Nederlanders met mijn beheptheid, vooral uit naar het noorden en het noordoosten, waar de razendsnelle modernisering van het land nog de minste bressen had geslagen in de traditionele leefwijze. Dat de mensen er zo massaal met de voeten stemden en een betere toekomst zochten in de razende metropool São Paulo, deed daar wat ons betreft niets aan af. Het was gewoon leuker in het noordoosten. We zagen, wat we wilden zien. We konden de massale armoede gemakkelijk in dat beeld integreren, want we wisten: Brazilië, dat is de Derde Wereld. Dirceu Borges hield daar niet van. Hij had daar een heel fijn gevoel voor. Hij vermoedde er een superioriteitsgevoel achter. Hoe anders en romantisch was Brazilië, hoe verrukkelijk uit de tijd.

Dirceu laadde mij in zijn Chevrolet Diplomat (*made in Brazil*). We raasden de Anhanguera af, een snelweg die São Paulo verbindt met de deelstaat Minas Gerais. Onderweg luisterden wij op de autoradio naar *Sertaneja*, zijn geliefkoosde muziek. Die deed tegelijk denken aan country en wat ze in

Nederland 'smartlappen' noemen. Het klonk in mijn oren helemaal niet Braziliaans. We reden langs enorme groene richtingborden. In Nederland zijn ze blauw. Verder paste de Anhanguera volstrekt in het internationale beeld van snelwegen.

Brazilië kruist al een jaar of vijftig het Indiase rund zebu met lokale koeien. Zo ontstaat superieur vleesvee. Dirceu ging een stap verder door bij fokkoeien superovulatie op te wekken. Zij ontwikkelden twintig embryo's die vervolgens in de baarmoeder van 'gewone' dieren werden overgeplant. Dat wou Dirceu mij laten zien. Wij koersten in die Chevrolet af op zijn veredelingsbedrijf, dat met zijn koepels lag te schitteren in de zon.

Met zijn koepels? In de vlakte verrees een Indiaas tempelcomplex. Er klonken zelfs gonggeluiden die je een religieuze betekenis kon toedichten.

Maar binnen bevonden zich de laboratoria en de stallen. Het gonggeluid was afkomstig van een kunstwerk dat bewoog in de wind. Een groot bord voor de deur maakte veel duidelijk. Daar stond de naam van het bedrijf: *Nova India Genética*. Ik snapte er allemaal niets van. Ik moest in eerste instantie vooral aan kitsch denken. Het gebouw, legde Dirceu uit, was zijn eigen reclame. Het ging tenslotte om de veredeling van het Braziliaanse vee dankzij de genetische inbreng van de Indiase zebu. In de vertrekhal van het nabije vliegveld prijkte een enorme kleurenfoto van de tempel. De aanduiding Nova India Genética was voldoende. Daar hoefde je geen ingewikkeld betoog bij te houden. *The building was the message.*

Ik begon nu te begrijpen, waarom Dirceu zijn dochter gewaarschuwd had voor de te lage hemel in Nederland. Dat hing met mijn eerste reactie samen, de reactie van een volbloed Nederlander. Dirceu was romancier en romanciers kunnen vaak hun omgeving goed aanvoelen. Als hij die tempel bijvoorbeeld in de buurt van Wageningen had opgericht, waar trouwens rond de landbouwuniversiteit concurrenten van hem werkzaam zijn, dan was hij door iedereen voor krankzinnig versleten. Zebu of niet. Een genetisch veredelingsstation dient er als een genetisch veredelingsstation uit te zien. De tempel had hem klanten gekost. Zo'n bouwwerk zou in Nederland beschouwd zijn als een kostbare excentriciteit. Die Dirceu Borges was blijkbaar een beetje maf. Die was niet normaal. Daar moest je geen zaken mee doen. Nederlanders hadden de boodschap van die architectuur voor dat doel nooit begrepen.

Dirceu constateerde in Nederland een zekere vlakheid, een hang naar het conventionele. Een angst voor het verrassende. Er was geen plaats voor avonturiers.

Dat van die lage hemel was correct

Ook had hij ongelijk. De analyse klopte niet. Maar er zat wel wat in. Dat van die lage hemel was correct. Te vaak hangen grijze wolken boven het land. Die filteren het zonlicht, zodat de kleuren beneden fletser worden. Mijn eigen plannen waren maar al te vaak in allerlei overlegcircuits verdwaald. Als ze daar na lange tijd uit tevoorschijn kwamen, waren ze geknipt, geschoren en op maat gesneden. Mijn collega's – de Nederlanders in het algeméén, waar je wat mee op touw wilde zetten – hadden inderdaad een verregaand gevoel voor risico's. Ze spraken nogal veel over 'haalbaarheid' en 'kort dag'. Ze begónnen over het kostenaspect, terwijl toch – zoals Dirceu, de entrepreneur, het zou zeggen – bij elk goed idee geld te vinden is. En als dat niet lukte, dan was het geen goed idee.

Maar die plannen van mij, daar zaten Jan en Alleman bij het leven aan te sleutelen. Als ze uit de molen kwamen, zagen ze er meestal bescheidener uit. De krullen en de bizarre dakkapellen, de koepels waren om zo te zeggen eruit gepraat. Maar dan ging het allemaal wel door en de kern was nooit aangetast. Ook kwamen er geen problemen met de financiering.

Ik had zelfs geleerd daar rekening mee te houden. Langzamerhand waren mijn voorstellen eerder ambitieuzer geworden dan meer bescheiden. Zo – hield ik mij voor – bleef er nog het meeste van over.

De lage hemel figureert trouwens in een van Nederlands bekendste gedichten. Daarin gaat het over onze heroïsche strijd tegen het water. De lage hemel kon ook iets heel anders symboliseren.

Ik had Dirceu in zijn ziel getroffen met mijn voorliefde voor de door meeldauw geteisterde tropenstad Belém. Hij had mij geraakt met zijn lage hemel. Zo komt het onbegrip in de wereld.

Daarom heet dit boek *De lage hemel*. Ik had die titel, al voordat de eerste zin in de computer stond.

Het moest een soort antwoord worden aan Dirceu Borges. Maar ook iets nuttigs. Voor het hypothetische geval, dat hij toch zou proberen in Nederland iets van de grond te krijgen.

Dat zou tevens een breder publiek interesseren. Nederland is – hoe dan ook en ondanks beweringen van het tegendeel – in de praktijk een immigratieland. De binnengrenzen van de Europese Unie zijn aan het vervagen, de buitengrenzen worden steeds poreuzer. Een wandeling op de Amsterdamse Kalverstraat of over de Rotterdamse Lijnbaan leerde trouwens, dat daar een behoorlijke internationaal en multiculturele menigte flaneerde.

De vraag is dan: 'Wat is Nederlands?'

Zo'n boek zou een handreiking kunnen zijn. Nederlanders zijn daar voorzichtig mee, met zulke handreikingen, want zij vinden, dat de mensen het allemaal zelf moeten weten en uitzoeken. Zij dringen zich niet graag op, omdat ze zelf ook graag met rust gelaten worden, tenzij ze blijken hebben gegeven van het tegendeel. Maar zo'n boek ligt op de schappen bij de boekhandel. Je kunt het meenemen of laten liggen.

De vraag is dan: wat is Nederlands? De klompen, de tulpen, Sinterklaas, de Amsterdamse grachten, de Deltawerken, een vochtige zuidwestenwind in je smoel, terwijl je op de dijk loopt, de weidse eindeloosheid van het polderland met dat Friese stamboekvee. Het hoort er allemaal bij. Maar negentig procent van de mensen heeft er nooit wat mee te maken. Het is net zo maatgevend voor het land als Belém voor Brazilië. Wie zich min of meer permanent vestigt, komt in een heel andere werkelijkheid terecht. Het is allemaal wel typisch, maar niet maatgevend.

De *Oude Maasweg* is veel maatgevender.

> *Ik zit hier op de snelweg met een lege tank.*
> *Regen klettert op het dak.*
> *Ik zal nu wel naar huis toe moeten liften,*
> *'k denk aan jou bij elke stap.*
> *In de verte blijft de Transit staan.*
> *Ik kom nooit meer van je los.*
> *Ik zie de Caltex in een nevel,*
> *olievlekken op de Maas.*
> *Ik loop maar door,*
> *maar ik kan nergens heen.*
> *Het regent nog steeds*
> *en ik voel mij zo alleen,*
> *nu ik je nooit meer zie.*
> *Oude Maasweg, kwart voor drie.*

Dit is zo ongeveer de eerste hit van de Amazing Stroopwafels, bekend in Nederland, maar wereldberoemd te Rotterdam en omstreken. Wij, fans, dulden nooit, dat zij dit nummer overslaan. Het geeft perfect een herfstachtig levensgevoel weer. Het is Rotterdam *in optima forma*. Wij hebben allemaal de Caltex in een nevel zien staan, want de Oude Maasweg voert door een gebied van chemische industrieën, dat langs dertig kilometer Maasoever de ruggegraat uithangt van de Nederlandse economie. De tekst van *Oude Maasweg* behoort inmiddels tot de geestelijke bagage van een hele generatie uit die contreien.

Maar het is een bewerking van Leon Russel's *Manhattan Island Serenade*. De Stroopwafels erkennen die schatplichtigheid door hun eigen strofes met de Amerikaanse af te wisselen.

Die luiden:

> *Sitting on a highway*
> *in a broken van*
> *thinking of you again.*
> *Guess, I'll have to hitch-hike*
> *to the station.*
> *With every step I see your face*
> *like a mirror looking back at me,*
> *saying you are the only one*
> *making me feel*
> *I could survive*
> *and so glad to be alive.*
> *Nowhere to run and*
> *not a guitar to play*
> *messed up inside.*
> *And it's been raining all day*
> *since you went away,*
> *Manhattan Island Serenade.*

Het regent hárder en letterlijker in de Nederlandse tekst. De aardrijkskundige informatie is aanzienlijk nauwkeuriger en de smart wordt in kortere bewoordingen – wat mij betreft ook minder poëtisch – geschetst. Toch is er een zeer grote zielsverwantschap. Bovendien: grote steden lijken op elkaar en in New York heb je zonder twijfel ook een soort Oude Maasweg. Landen en volkeren bezitten hun eigenheid, maar daar die laat zich niet vangen door een schets van hun folklore. Er is ook een mondiale cultuur gegroeid met een eigen gezicht en een eigen symboliek. Die hoort bij de moderne, geïndustrialiseerde samenleving. Die komt tot uiting in de populaire cultuur, in de mode, in nieuwe uitvindingen, in leefstijlen. De Rotterdamse boulevard Weena is behalve qua lengte uitwisselbaar met de Avenida Paulista in São Paulo, ook trouwens met Jakarta's Jalan Thamrin of sommige stukken van de Thanon Sekhumvit in Bangkok. In de slotalinea van zijn essay *De stad als kunststuk* (1987) schrijft de Amsterdamse cultuursocioloog Abram de Swaan, waar dit allemaal vandaan komt: 'Dat is de stad die over een oceaanbreedte nog in het culturele leven op dit continent de toon kan aangeven, die als een ware wereldstad niet alleen de cultuur van de eigen natie domineert, maar ook het centrum is van wat zich afspeelt op dat continent en die tenslotte tussen de culturen van de continenten bemiddelt, dat is New York, het middelpunt van Atlantis, de culturele hoofdstad van Europa.'

Deze beïnvloeding met New York als middelaar (nadrukkelijk niet als centrum van cultureel imperialisme) definieert De Swaan in een ander artikel 'Perron Nederland' (1988) als culturele internationalisering. Ook gebruikt hij de term wereldburgerlijke cultuur. De Swaan schrijft: 'De internationalisering van Nederland speelt zich af op twee niveaus. Ten eerste als een toenemende feitelijke interdependentie tussen de Nederlandse samenleving en de buitenwereld, het Atlantisch viervlak vooral. Ten tweede als een toenemende oriëntatie van de Nederlandse cultuur, vooral de massacultuur op de wereldburgerlijke cultuur, vooral een Amerikaanse cultuur.'

Eerder (*Verdriet en lied van de kosmopoliet*, 1985) heette De Swaan die wereldburgerlijke cultuur welkom. 'Elke week zijn nu de muziekpaleizen uitverkocht, omdat een Afrikaanse band komt spelen. Vijfentwintig jaar geleden kwamen er ook al Afrikaanse gezelschappen naar Nederland, de vrouwen dansten met ontblote borst en een man sloeg op de trommel. Men vond dat hoogst interessant en zeer authentiek en verder had het nergens mee te maken. De Afrikaanse groepen die nu hierheen komen spelen bastaardmuziek, schaamteloze mengvormen van stamfolklore, islamitische kerkzang, Amerikaanse broodcommercie en Caribische feestmuziek. Geen synthese, welnee een ratjetoe, en het leeft en het laait en het houdt niet op. Dat de kosmopolitische cultuur, losgebroken uit het stamverband, uit zijn dorpsknel gebarsten.' De Swaans conclusie: 'In dat wereldwijde circuit is Nederland een station. Dat is de functie en de zin van de Nederlandse taal en cultuur, dat je er de wereld mee in en uit kunt stappen. Het nut van een natie is een perron in de wereld te zijn'.

De Swaan is behalve een zeergeleerd en uiterst serieus genomen hoogleraar ook ras-Amsterdammer. Ras-Amsterdammers – en zij niet alleen – gaan er onwillekeurig van uit, dat zij de enige echte wereldstad van Nederland bewonen met een directe aansluiting op wat er in de wereld aan vernieuwing en experiment te koop is. Al generaties lang werkt de stad als een magneet op iedereen die het conventionele dorpsleven beu is. Amsterdam ziet zich aan voor het Nederlands venster op de wereld. De dingen gebeuren er eerder – denken vooral de bewoners zélf – dan in de rest van het land. Dat geldt wel voor meer hoofdsteden. Maar in dit geval is de afstand tussen hoofdstad en provincie gering. Niet alleen geografisch, maar juist ook mentaal. Nederland is niet alleen klein, maar ook sterk geürbaniseerd, vooral in het westen. Overal geven stedelijke centra de toon aan en dat heeft diepe historische wortels. Het is bovendien een land met een oude internationale handelstraditie, dat nauwkeurig op de plek ligt waar de Duitse, Franse en Angelsaksische cultuurgebieden elkaar ontmoeten. Dat alleen al geeft de samenleving de kosmopolitische tint die De Swaan brengt tot zijn enthousiaste essays. En inderdaad: *Oude Maasweg* is een typisch voorbeeld van zulk kosmopolitisme. En lang niet het enige. In de jaren negentig raakten grote kijkersgroepen snel verslaafd aan de eerste wekelijkse soap van Nederlandse bodem, *Goede tijden, slechte tijden*. Maar die is gebaseerd op een Australisch voorbeeld. Zo kan men eindeloos doorgaan.

Je mag dan ook concluderen, dat De Swaans culturele internationalisering, zijn wereldburgerlijke cultuur, het produkt van bemiddelaar New York, het ratjetoe onverbrekelijk deel uitmaakt van de werkelijkheid, waarin de Nederlanders functioneren. Het zou dan misleidend zijn daaruit de zuiver 'Nederlandse' elementen – wat die ook mogen zijn – te isoleren. Elders opgegroeide lezers van dit boek zullen dan ook veel uit hun eigen land herkennen. Thuis ziet het er ook ongeveer zo uit. Reacties zijn soms heel vergelijkbaar. Maar zij zullen dan niet allemaal dezelfde passages aanwijzen. Want de wereldburgerlijke cultuur heeft het nodige gemeen met kruiderijen. Ze gaan een synthese aan met het gerecht. Ze kunnen overheersen, maar de smaak nooit totaal bepalen. Dat maakt wat hetzelfde lijkt, toch anders. Terwijl het ook onmogelijk is de kruiden – eenmaal toegevoegd – van de andere ingrediënten te scheiden.

Anders was het Dirceu Borges ook nooit opgevallen, van die lage hemel.

Vandaar dat dit boek de tulpen, de klompen en Sinterklaas laat voor wat ze zijn. Daar is voor een niet-Nederlands publiek voldoende over gepubliceerd. Trouwens, met betrekking tot fietsen ook. Dat zijn superieure vervoermiddelen, zolang je er geen helling mee op moet en hellingen zijn er weinig in Nederland. Verder valt er weinig over op te merken.

Dit boek bewandelt een andere weg. Het richt de blik niet zozeer op hoe Nederlanders eruit zien, maar op hun gedrag. Het probeert inzicht te geven in de mentaliteit van waaruit zij leven.

Natuurlijk, dat is gevaarlijk spel. Zelfs bijen en mieren, tot voor kort nog beschouwd als robotachtige wezens, die alleen geïntegreerd binnen de kolonie betekenis hadden, blijken een veel individueler karakter te hebben dan werd aangenomen. Laat staan mensen. Iemands reacties worden hoofdzakelijk door zijn individualiteit bepaald. Toch bestaat er cultureel bepaald gedrag. De Avenida Paulista mag dan op het Weena lijken, mijn lichaamstaal, mijn loop is anders dan die der Brazilianen. En daaraan herkennen zij mij feilloos als buitenlander, want gezien mijn postuur had ik ook uit een zuidelijke deelstaat kunnen komen. Maar ik bén anders. Hoe valt daar vat op te krijgen?

Het Koninklijk Instituut voor de Tropen in Amsterdam is al meer dan een eeuw lang bezig met onderzoek in andere culturen. Niet alleen op sociologisch, maar ook op medisch en landbouwkundig terrein. Het is met recht een internationale instelling geworden met veel ervaring op het terrein van interculturele communicatie. Het instituut biedt die ervaring de laatste jaren op een heel bijzondere manier aan: zij geeft aan buitenlanders oriëntatiecursussen over de Nederlandse samenleving. De cursus hecht aan de Nederlandse maatschappij vijf kenmerken, die in het Engels worden aangeduid met *egalitarian, utilitarian, organized, trade oriented, privacy minded*. Ik heb ze als volgt vertaald: egalitair, praktisch, georganiseerd, koopmansgeest, en het onaantastbare privé-leven. Onder die noemers organiseert men vrijwel alle verschijnselen, waarmee een buitenlander die hier min of meer permanent verblijft, wordt geconfronteerd, vooral als ze in eerste instantie leiden tot verbazing, schrik, woede of moedeloosheid. Zo ontstaat een impressie van de Nederlander als sociaal wezen. Met nogmaals de aantekening, dat mensen meer nog dan sociale insekten uitsluitend bij oppervlakkige waarneming op elkaar lijken. Ze zijn sterk zichzelf. Ze mogen nooit aangezien worden voor de uitzondering die de regel bevestigt.

Niemand is de willoze kettingganger van zijn cultuur.

Dit boek wijdt een hoofdstuk aan alle epitheta waarmee het Koninklijk Instituut voor de Tropen de Nederlanders heeft opgeluisterd. Dat zijn er vijf. Het zesde hoofdstuk gaat over de culturele minderheden die zich vooral de laatste dertig jaar in Nederland gevestigd hebben die zich met name in stedelijke gebieden zo duidelijk manifesteren, dat het stadsbeeld er een ander gezicht van krijgt.

Daarmee leveren zij in het hedendaags Nederland het meest opvallend bewijs van het feit dat samenlevingen, culturen, mentaliteiten worden gekenmerkt door dynamiek en verandering. Natuurlijk, er zijn constanten, er bestaan collectieve ervaringen en een daarop gebaseerde collectieve herinnering en mythologie, maar zelfs het permanente van die constanten mag niet worden overschat. Dit boek gaat per definitie over verandering. Het schetst processen. Vandaag schrijf ik dit. Morgen is Nederland weer een beetje anders.

Maar dat maakt het leven spannend. Ook onder een lage hemel, Dirceu.

1. EGALITAIR
Wie in overvloed leeft, wordt door doornen omringd

*Doe normaal, dan doe je gek genoeg – Echte rijkdom heeft een
laag profiel – Niemand kan domineren – Consensus als principe –
Het gewoonheidsritueel van het koningshuis –
Calvijns harde leer en een zachte praktijk – Soevereiniteit
in eigen kring – The embarrassment of riches – Risicomijding –
De verzorgingsstaat – Het nieuwe primaat
van het individu*

VAN KAREL NOLET hebben weinig Nederlanders gehoord, maar zijn jenevermerk Ketel 1 staat bij elke slijterij prominent op de schappen.

Nolets succes is gebaseerd op een uitgekiende marketingstrategie. Hij legt er nogal de nadruk op, dat zijn familiebedrijf al in 1695 is gesticht, zodat de consument als het ware drie eeuwen ambachtelijke ervaring proeft, wat tevens tot uiting komt in de prijs. Dat slaat aan, ook gezien het feit, dat er nogal wat aanvragen binnenkomen voor excursies naar dit blijkbaar traditionele bedrijf. De bezoekers krijgen dan een hoogst efficiënt doorgeautomatiseerde distilleerderij te zien, waar de achttien werknemers niet alleen Ketel 1, maar een heel scala andere drankjes produceren. Bovendien is er de prijswinnende video.

Die kan niet zonder uitleg vertoond worden.

De video is gemaakt voor de tussenhandel in de Verenigde Staten, waar Karel Nolet sinds een aantal jaren Ketel 1 wodka op de markt brengt. Hij komt er zelf slechts één keer in voor en wel wanneer hij in zijn Daimler voorrijdt.

Die Daimler, vertelt de rondleider van de Nederlandse excursiegangers dan, is speciaal voor de opnamen één dag gehuurd. Natuurlijk rijdt de baas niet in zo'n wagen. Die heeft gewoon een BMW.

Die Daimler – hadden de makers van de video, het bekende filmbedrijf Toonder Studio's – benadrukt, was noodzakelijk voor de Amerikaanse markt. Als de directeur niet een heel behoorlijke, maar toch Europees ogende wagen leek te bezitten, dan zouden de grossiers kunnen twijfelen aan de soliditeit van het bedrijf.

In Nederlandse ogen is het precies omgekeerd. De Daimler bewijst, dat de directeur blijkbaar de grote meneer uit wil hangen. Dan heeft hij geen liefde voor het bedrijf. Aan die dure wagen kun je zien, waar de opbrengst heen gaat: Ketel 1 kan met deze decadente prots-mentaliteit geen lang leven beschoren zijn. Die Karel Nolet is blijkbaar geen serieuze ondernemer. Bovendien: Ketel 1 is toch al duur en je betaalt niet voor de wagen van de baas.

Volkswagen speelde met televisiespots op deze mentaliteit in: er komen steeds gigantischer auto's in beeld met een machtige Mercedes tot slot. De belettering geeft aan, waar het om gaat. 'De auto van de directeur van de fabriek,' 'de auto van de president-directeur van de fabriek,' 'de auto van de president-directeur-generaal van de fabriek'. Tenslotte verschijnt een eenvoudig Volkswagentje in beeld: 'De auto van de crisismanager van de fabriek'.

De excursiegangers bij Ketel 1 laten zich door de uitleg over de Daimler zonder problemen overtuigen: ze vinden dat slim, voor een dag een limousine huren om bij een buitenlands publiek te scoren. Daarbij komt de onuitgesproken gedachte: gelukkig zijn wij Nederlanders niet zo. *Wij doen normaal, dan doen we gek genoeg.* Maar als wij in het buitenland een bizar dansje moeten maken om een paar centen te verdienen, so what?

Je moet iedereen in zijn waarde laten. Aan de andere kant weten alle Nederlanders: *zuinigheid met vlijt, bouwt huizen als kastelen.*

Geen krotten, maar ook geen paleizen

De gecursiveerde zinnen zijn populaire Nederlandse zegswijzen. Op het eerste gezicht zijn zij met elkaar in tegenspraak. De eerste is een oproep tot conformistisch gedrag. De tweede gunt ieder het recht er een eigen levensstijl op na te houden, wellicht ook een bizarre. De derde rechtvaardigt een arbeidzaam en zuinig leven: welvaart valt je niet in de schoot, die moet je verdienen. En dat is dan nog geen reden tot opzichtig vertoon. Huizen als kastelen zijn schaars in Nederland. De bezoeker vindt geen krotten, maar ook geen paleizen. Zelfs de als zodanig aangeduide onderkomens van het Koninklijk Huis zijn eigenlijk fors uitgevallen villa's en kunnen de vergelijking met Versailles, Sans Souci, Buckingham Palace of Windsor in geen enkel opzicht doorstaan. Zelfs het eeuwenoude Oranjehuis ontkomt niet aan het conformisme van 'doe normaal, dan doe je gek genoeg'. Ook de soeverein is onderworpen aan de dwingende wet van de Daimler.

Toch treft de buitenlandse bezoeker in het straatbeeld personen aan die duidelijk buiten het gebruikelijk patroon vallen. Zo schrijdt door de hoofdstad Amsterdam het wandelend kunstwerk Fabiola, die zich standaard uitdost in glitterende gewaden met een lange sleep, wat hem een androgyne aanblik geeft. Fabiola kan zijn gang gaan, luistert zelfs officiële, maar openbare bijeenkomsten met zijn treffende aanwezigheid op. Hét grote succes van de horeca in de eerste helft van de jaren negentig, was de homoseksueel angehauchte disco 'IT', welke snel een Europese reputatie verwierf vanwege de bizarre uitdossing van een deel der bezoekers die hun kleding of het verregaand ontbreken daarvan ook nog vaak een sadomasochistisch tintje gaven. Alles mag op de dansvloer, verklaarde de eigenaar, behalve het bedrijven van de geslachtsdaad. Deze is voorbehouden aan de professionals die de IT inhuurt om de stemming erin te houden. De populaire pers publiceert graag foto's uit de IT en wat zij tonen, is voor de gemiddelde huisvader opmerkelijk. Maar één ding ontbreekt: goud en juwelen: de excentriek uitgaande Nederlander zal de slavenband niet gauw met diamantjes laten bezetten, ook al geeft de persoonlijke bankrekening er alle aanleiding toe. Dat zou agressie wekken. Nu worden de toestanden in de IT door het algemene publiek met verbaasde belangstelling gevolgd, maar niet met woede of afkeer. *Ze zoeken het maar uit.* Weer zo'n populaire Nederlandse zegswijze.

Diezelfde populaire pers bevat géén society-rubrieken, zoals die in de kranten van de meeste landen schering en inslag zijn. Party's van de *captains of industry*, van de kamerleden en ministers, ontvangsten der *haute volée* maken geen deel uit van het nieuws. Ten eerste omdat hun omvang geen verslaggeving wettigt, ten tweede omdat zij de betrokkenen journalisten zelden in hun particuliere omgeving toelaten. De roddelpers moet zich tevredenstellen met berichtgeving over de feesten, die de artiesten uit het circuit van de populaire cultuur aanrichten. In dat circuit laat men zich inspireren door Hollywoodse voorbeelden en daar laat zich wel protserige rijkdom identificeren. Niet alleen van de sterren zelf, maar ook van hun rijke kompanen, veelal *selfmade* zakenlieden die zich weinig aantrekken van de normen die de bezitters van oud geld rond zich hebben opgetrokken. Aan deze mensen zit, zo vermoeden veel Nederlanders, een luchtje. Anders deden ze niet zo.

Ze maakten in de jaren negentig voor het eerst met hen kennis via een populair televisieprogramma *Glamourland*, dat van deze party's, openingen et cetera verslag deed. De kracht daarvan lag in het feit, dat verslaggever G. J. Dröge, in grijs herenpak gehuld, de betrokkenen op superieure wijze in de maling nam. Zijn uitgangspunt was in feite het door Elke Nederlander, gelovig of niet, gekende bijbelwoord: *alles is ijdelheid*. Dit gezelschap was niet serieus te nemen.

Toch heeft menig stamgast van de IT het ver gebracht. Overdag zijn ze echter nauwelijks herkenbaar, als ze in nette doch non-descripte *outfit* hun verplichtingen nagaan.

Dat brengt de schijnbare tegenspraak tussen *doe normaal, dan doe je gek genoeg* en *laat iedereen in zijn waarde* tot de juiste proporties terug.

Als je werkelijk rijk bent, is low profile bijna een gebod

Het aantal miljonairs neemt in Nederland jaarlijks met tientallen toe. Multinationals als Shell en Philips hebben een stevig deel van hun fundament op Nederlandse bodem. Consortia als ABN AMRO en Rabo komen voor op de top twintig van de internationale banken. Het inkomen per hoofd van de bevolking beweegt zich rond de veertigduizend gulden per jaar en is de afgelopen halve eeuw zo ongeveer verzesvoudigd. Er is ongelooflijk veel rijkdom in Nederland. En een fiks deel daarvan is ook nog geconcentreerd in de handen van weinigen. Maar die zijn niet zo herkenbaar. Als je werkelijk rijk bent, dan is *low profile* bijna een gebod. In de jaren dertig nog ging menig minister met de tram naar zijn departement. Tegenwoordig laten zij zich vervoeren in auto met chauffeur, maar dat is niet vanzelfsprekend. Zij verdedigen dat met een verwijzing naar hun volle agenda en het feit, dat je op de achterbank zo prima kunt werken. *Captains of industry* volgen hun voorbeeld. Zij beschermen hun privé-sfeer in ruime landhuizen, vaak in de miljonairsdorpen Wassenaar en Aerdenhout, die echter voor internationale begrippen eerder bescheiden zijn. Zij oefenen hun invloed uit vanuit de board room en mijden de lichten der publiciteit. Topondernemers als Dik van de KPN, Boonstra van Philips of Wellink van De Nederlandsche Bank treden alleen maar naar buiten, als zij iets te melden hebben van zakelijk belang. Ter gelegenheid van het jaarverslag bijvoorbeeld. Daarna verdwijnen zij weer in zoveel mogelijk anonimiteit. En ze proberen altijd hun eigen persoonlijkheid zoveel mogelijk op een afstand te houden.

De gemiddelde ondernemer – voor de politicus of de topambtenaar geldt hetzelfde – zal zijn successen niet gauw boeken op het conto van het eigen talent. Althans niet in het openbaar. Hij benadrukt daarentegen, dat het een inspanning van allen was, dat hij slechts onderdeel was van een team, dat het zonder de inspanning van al die anderen nooit zo was gelukt. Dat het bedrijf staat of valt met zijn personeel. Als hij – vrouwen rukken op in het middenkader, maar hebben de top nog nauwelijks bereikt, zeker in het zakenleven – verstandig is, tenminste. Anders valt hij ten prooi aan de spot van de publieke opinie.

Gezinnen blijven geheel op de achtergrond. De echtgenote van Ruud Lubbers, in de jaren tachtig en negentig lang premier, trad nu en dan in de publiciteit, meestal achterlangs het *Glamourland*-circuit en dat leidde tot het breed optrekken van de wenkbrauwen. Zij was een opvallende uitzondering op deze regel. Niet dat de levenspartners van de Nederlandse top zich onledig houden met bloemschikken, vaak streven zij op de een of andere manier een eigen carrière na. Daar heeft de partner dan niets mee te maken. Een Hillary Clinton zou in Nederland ondenkbaar zijn, tenzij zij absoluut los van haar echtgenoot en met gebruikmaking van haar meisjesnaam zou opereren. Zo viel het weinigen op, dat de politica Eveline Herfkens, tegenwoordig minister van Ontwikkelingssamenwerking, en haar collega Ed van Thijn, kamerlid, burgemeester van Amsterdam, minister, en nu consultant, lang gehuwd waren. Pas op de begrafenis van Ien Dales, minister van Binnenlandse Zaken, werd voor iedereen duidelijk dat zij en Elisabeth Schmitz, een gerespecteerd bestuurder en politica, levenspartners waren. Bij die gelegenheid vroeg een deel van de media zich af, of hier niet te diep werd gekeken in het privé-leven van anderen en of het wel door de beugel kon om de smart van mevrouw Schmitz aan de blikken van het publiek prijs te geven.

Respect voor de particuliere levenssfeer van anderen voorkomt het soort nieuwsgierigheid, dat een uurtje vliegen westwaarts te Londen, zoveel politici de kop kost. En de IT dan? Men betreedt de IT door een poort in een blinde muur. Een uitsmijter houdt de wacht. Soort zoekt soort en het winkelend publiek kan niet eens zien, wat zich binnen allemaal afspeelt. En dat – is de algemene overtuiging – gaat niemand wat aan. Een publiek persoon dient men te beoordelen op zijn publieke optredens en niet op wat betrokkene in zijn particuliere levenssfeer allemaal aanricht. Dat dit meestal reuze meevalt, blijkt weer uit het feit, dat zoveel Nederlanders ook 's avonds de gordijnen openlaten, aldus uitzicht biedend op het degelijk meubilair en de keurig gestofzuigde woonkamer.

Heeft die openheid te maken met het feit, dat zoveel Nederlanders graag willen tonen, dat zij ook in hun privé-sfeer 'normaal' doen? Daarover valt heel wat af te speculeren. Misschien wijst de definitie van het woord 'kamertjeszonde,' volgens de dikke Van Dale 'ontucht, met bijgedachte aan benepenheid, alledaagsheid: *een wijk van burgerlijkheid en kamertjeszonde*' in die richting. Maar wie zich aan zulke gedachten overgeeft, schaatst op hetzelfde gladde ijs als de protohistorici die trachten een 'oorspronkelijke maatschappij' te construeren. Feit is, dat die gordijnen openstaan en daardoor veel gelijksoortigheid prijsgeven.

Door de eeuwen heen zijn dit soort aspecten van de Nederlandse maatschappij aan veel reizigers opgevallen. Het hangt een beetje van hun persoonlijke smaak af, naar welke kant de balans doorslaat. Je vindt in hun nagelaten werken lyrische beschrijvingen van het Nederlands gevoel voor tolerantie en democratie, evocaties van het veelsoortig en veelkleurig leven. Maar ook doffe schilderingen van een conformistische, kleurloze burgermassa. Een eeuw geleden stelde de Portugese schrijver Ramalho Ortigão zijn landgenoten Nederland ten voorbeeld om zijn openheid en zijn vooruitstrevende gezindheid. In de jaren tachtig van deze eeuw noemde zijn landgenoot Rentes de Carvalho een vergelijkbare excercitie *Waar die andere God woont*. Het is een koud-weer-god die toezicht houdt op een eigenlijk puriteinse samenleving, die denkt, dat haar onverschilligheid tolerantie is. '*Adieu, canards, canaux, canaille,*' schijnt Voltaire te hebben gezegd na een kort bezoek aan Nederland. En de Duitse sociaal onderzoeker Ernst Zahn – jarenlang hoogleraar aan de Universiteit van Amsterdam – klaagt over een academische cultuur, die alles terugbrengt tot het voorspelbare. Dat is weer heel wat anders dan het 'magisch centrum'-imago, dat Amsterdam in de jaren zestig tot een bedevaartplaats maakte van bijna dezelfde reputatie als *swinging London* en San Francisco, waar je heen ging met bloemen in je haar. In die periode gold Nederland als een brandpunt van internationale vernieuwing, waar geëxperimenteerd leek te worden met nieuwe leefstijlen en de postindustriële maatschappij een menselijk voorschot nam op zichzelf. Het bijvoeglijk naamwoord dat bij dit alles paste was 'ludiek,' het tegendeel van normaal.

Toch zag men ook in die jaren door bijna elk venster het conventionele bankstel en het grijs oplichtend scherm van de televisie, want de kleurenbak was nog maar net in opkomst. En Piet de Jong, de premier van die jaren die al dat ludieke mild glimlachend in ogenschouw nam, was een conservatief-katholieke duikbootkapitein. Zijn positie is geen moment in gevaar geweest.

Toch – het moet herhaald worden – eist de conventionele Nederlandse samenleving voor buitenissig gedrag een lagere prijs dan in veel andere maatschappijen het geval is. Deze mentaliteit is in de loop van vele generaties ontstaan. Zij hangt in hoge mate samen met de wordingsgeschiedenis van de Nederlandse staat.

Tegenwoordig is het Koninkrijk der Nederlanden een moderne natiestaat met grenzen die binnen- noch buitenlands ter discussie staan. Er is eenheid van wetgeving. Er heerst een vrijwel totale consensus over de democratische en parlementaire uitgangspunten volgens welke het land bestuurd wordt. Een andere eenmakende factor is het Standaardnederlands, de algemeen aanvaarde nationale taal. Ook de architectuur van landschap en behuizingen heeft een onmiskenbaar eigen karakter, dat zich voordoet zodra men vanuit Duitsland of België het land binnenrijdt. Je weet dan: dit is een land apart. En dat zie je niet aan de leegstaande douanepost die herinnert aan de periode van voor het wegvallen van de Europese binnengrenzen. Dat zie je aan de velden, aan de wegen en de manier waarop dorpen en stadjes in het landschap liggen, aan het gedrag van de medeweggebruikers, aan de toon en de vormgeving van de reclameborden.

Een tijdperk dat de eigen generaties tot voorbeeld kon strekken

Dát Nederland is in veel opzichten het product van de negentiende eeuw. De standaardisering die achter de autoruitjes voorbijflitst, vindt zijn wortels in belangrijke negentiende-eeuwse uitvindingen, zoals de snelpers, goedkoop papier, spoor- en asfaltwegen, massaal onderwijs voor iedereen, telegraaf, telefoon, dagelijkse postbezorging, alle vormen van massaproduktie überhaupt. Het waren de ideologen van de negentiende eeuw die het Nederlandse volkskarakter als het ware hebben uitgevonden, over de technische middelen beschikten om dat algemeen ingang te doen vinden. Zij leverden er een 'vaderlandse' geschiedenis bij die twee millennia terugging. Zij identificeerden bovendien een tijdperk dat de eigen generaties tot voorbeeld kon strekken: de zogeheten Gouden Eeuw (1600–1700). Want dat was de epoche van Rembrandt en Spinoza, van wereldwijde handels- en ontdekkingsexpedities over de hele wereld, van heldendaden en economisch opbloei, omdat Amsterdam toen het financiële centrum van de westerse wereld was (meer dan Wall Street het ooit zou worden) en ondernemers uit het westelijk gedeelte van het land de Europese handel in hoge mate beheersten. Dat was inderdaad inspirerend, want de eerste zeventig jaar van de vorige eeuw waren voor Nederland zeer moeilijk: het behoorde met Portugal en Ierland tot de meest achtergebleven gebieden van Europa. Het was een armenhuis van een land en de ooit zo bloeiende handelsstad Amsterdam genoot nu

Europawijd reputatie als een paradijs voor goedkope seks. Slechts honderdduizend mensen van de drie miljoen inwoners genoten een levensstandaard, die de huidige generaties minimaal acceptabel zouden achten. De gemiddelde levensverwachting bewoog zich rond de dertig jaar.

In deze situatie is snel en spectaculair verbetering gekomen. De manier waarop dat gebeurde, heeft sterk met allerlei eigenaardigheden van het huidige Nederland te maken. Maar dat zelfde geldt voor de tijd die daaraan voorafging, de door een gesjochte generatie met goud behangen eeuw en de oorlog die daaraan voorafging, een oorlog die geheel in de geest van de vorige eeuw het karakter kreeg aangemeten van een nationale onafhankelijkheidsstrijd, ja zelfs van een strijd tussen goed en kwaad, tussen God en de Satan.

Dat Karel Nolet geen Daimler koopt, heeft met dit hele complex van factoren te maken.

Het idee van Nederland als afzonderlijke entiteit is maar een paar eeuwen oud en het is heel lang zwak gebleven. 'Grote' Europese naties als Frankrijk, Duitsland of Engeland ontwikkelden zich in samenhang met de carrière van stevig gevestigde koningshuizen. Daarvan was aan de monden van Rijn, Maas en Schelde, waar tegenwoordig Nederland en België liggen, geen enkele sprake. Dat gaf lokale machthebbers veel armslag. Het gebied was verdeeld in een groot aantal vrijwel onafhankelijke graafschapjes en hertogdommen, die officieel onderhorig waren aan de keizer van het Heilige Roomse Rijk der Duitse Natie of de koning van Frankrijk, maar zich in de praktijk nauwelijks aan die hoge overheden hoefden te storen. De meeste provincies van nu komen uit deze staatjes voort. Vaak zijn zelfs nog de grenzen herkenbaar.

Het waren feodale staatjes. Het maatschappelijk netwerk bestond uit persoonlijke afhankelijkheidsrelaties, waarbij de zwakkeren in ruil voor bescherming en andere voorrechten trouw beloofden aan een sterkere. Deze relaties kregen steeds vaker een erfelijk karakter en konden zeer ingewikkelde vormen aannemen. Vooral omdat die graven en hertogen zelden de militaire macht bezaten om trouw ook daadwerkelijk af te dwingen. Zij zagen zich steeds meer gedwongen om hun positie te kopen door het toekennen van nieuwe voorrechten aan de ondergeschikten.

Dat werd met name urgent, toen zich een categorie kooplieden ontwikkelde, die uit waren op geld, iets waar de graven en hertogen, traditioneel grootgrondbezitters met een afkeer van zaken doen, veel minder over beschikten. Aan de monden van drie belangrijke natuurlijke verbindingswegen als Rijn, Schelde en Maas bloeit de handel natuurlijk gemakkelijk op, als er maar aan minimale voorwaarden van veiligheid wordt voldaan, ontstaan het soort nederzettingen, dat wij tegenwoordig 'stad' noemen. Geldnood en machtsambities brachten de graven en hertogen ertoe deze nederzettingen allerlei rechten te schenken, zelfs bestuurlijke bevoegdheden prijs te geven in ruil voor trouw, dan wel klinkende munt. Het oudste document waarin de naam Amsterdam voorkomt, bevat een privilege uit 1275, toegekend door Floris v graaf van Holland. Hij geeft de bewoners vrijdom van tol in zijn rechtsgebied, ongetwijfeld met de achterliggende gedachte hen los te kunnen weken van de concurrerende heren van Aemstel, die er een kasteel hadden, waarvan de fundamenten in 1993 tevoorschijn kwamen en die nu bezichtigd kunnen worden in het hartje van de stad.

Sinds de twaalfde en de dertiende eeuw ontvingen nieuwe nederzettingen stadsrechten, een complex van vrijheden en voorrechten die bij elkaar vrijwel autonomie betekenden. Zo werden de bevoegdheden van de graven en de hertogen steeds meer ingeperkt. Het is verleidelijk dit alles aan te zien voor een vroege vorm van democratie en dat is door allerlei historisch *angehauchte* ideologen uit later tijd ook uitgebreid gedaan, maar dat is een misvatting. Het ging uiteindelijk om een zeer complex stelsel van bijzondere voorrechten en regelingen die in de praktijk gebonden waren aan families, al was in de betreffende documenten sprake van een gebiedje, een kasteel of een dorp. Ook in de steden was de macht in handen van een beperkt aantal families: de raden en bestuurscolleges kwamen met weinig uitzondering tot stand in een systeem van coöptatie.

Wel ontstond er op deze manier een vorm van *checks and balances*. Alleen als er gestreefd werd naar bepaalde vormen van consensus, liep de boel niet spaak.

Al die graafschappen en hertogdommetjes kwamen op den duur in handen van het huis Habsburg, dat ook de Duitse keizerskroon droeg. Het was een ingewikkeld proces, dat meer dan een eeuw duurde en dat te maken had met erfrecht en strategische huwelijken, terwijl vaak genoeg wapengeweld nodig was om de erfenis in ontvangst te nemen. In ieder geval hadden rond 1540 de gebieden aan de mond van Maas, Rijn en Schelde één enkele heer, die het totaal van deze bezittingen aanduidde als de lage of de Nederlanden. Deze heer – het was keizer Karel v – had echter ook dat hele complex van rechten en voorrechten geërfd, een onoverzichtelijk stelsel van machtsbeperking, waarmee hij als machtigste vorst van Europa geen genoegen nam.

Karel v trachtte eenheid te brengen in deze chaos. Hij benoemde voor het hele gebied een landvoogdes die te Brussel zetelde. In elk afzonderlijk graafschap of hertogdommetje stelde hij een plaatsvervanger aan, luitenant of stadhouder genaamd, die het koninklijk zegel gebruikte en in het algemeen een grote vrijheid bezat om te handelen naar bevind van zaken, want de communicatielijnen waren lang en moeizaam. In het algemeen koos Karel v voor zulke posten belangrijke edellieden die een persoonlijke betrokkenheid bij zo'n gebied hadden. Bijvoorbeeld Willem, graaf van het Duitse Nassau en prins van Oranje die aan het Brusselse hof was opgegroeid, omdat zijn familie in het hertogdom Brabant – Brussel was daarvan tevens de hoofdstad – belangrijke landgoederen bezat.

Wie de Europese geschiedenis van de zestiende en de zeventiende eeuw bekijkt, komt daarin tal van conflicten tegen tussen centraliserende koningen en onderdanen die op hun middeleeuwse voorrechten staan. In het algemeen wonnen de koningen. Frankrijk en Spanje zijn daarvan de duidelijkste voorbeelden.

Met Nederland gebeurde het omgekeerde. Het resultaat van wat de Nederlanders trots aanduiden als de 'Tachtigjarige Oorlog' was dat de middeleeuwse voorrechten en privileges juist de basis bleven van hun staatsbestel.

Na het aftreden van Karel v was de heerschappij over de Nederlanden in handen gekomen van zijn zoon, Philips, als Philips II bekend als koning van Spanje. De Spaanse kroon had de onderdanen van hun meeste *fueros* of voorrechten weten te beroven. Philips, een rechtlijnig man, zette nu een vergelijkbaar proces in de Nederlanden in werking. Tegelijkertijd bestreed hij aanzienlijk feller dan zijn vader het protestantisme. Op het aanhangen van een ander geloof dan het rooms-katholicisme ('ketterij') stond al lang de vuurdood, maar de koning drong er op aan daarmee ernst te maken.

In de Nederlanden bestond wel sympathie voor de kerkelijke hervormingsbewegingen, zoals die sinds de actie van Luther in 1517 overal in Europa opgeld deden. Niet dat er nu sprake was van kerkscheuring en dergelijke verschijnselen, maar de leidende kringen in stad en land en zelfs binnen de kerk vonden de nieuwe denkbeelden niet onsympathiek, zonder dat ze daar voor hun geloofsleven drastische consequenties uit trokken. Een beetje *à la* de progressieve generatie uit de jaren zestig die zonder zelf communist te worden toch wel waardering op wist te brengen voor oom Ho, voorzitter Mao en commandante Che Guevara.

De internationaal bekende geleerde Erasmus stond een beetje model voor die houding: van hem was jarenlang onduidelijk, of je hem tot de hervormers moest rekenen dan wel tot de trouwe katholieken. Zulke elites hadden dan ook de neiging om vervolging van echte protestanten, van rondtrekkende predikers en uitgesproken 'ketters' geen prioriteit te geven, ondanks aansporingen uit het verre Spanje. Dat gold zelfs voor de houding tegenover de aanhangers van Johannes Calvijn.

Calvinisten dienden zich aan een strenge gedragscode te onderwerpen

De meesten wonen op het platteland, maar wie er oog voor heeft, herkent ze ook in de grote steden: de aanhangers van de zwartekousenkerk. Op zondag haasten zij zich in gezinsverband langs de straat, de vrouwen met bedekt hoofd en lange rokken, de mannen op zijn vrolijkst in stemmig grijs. De zwarte kousen van vroeger hebben plaats gemaakt voor iets kleurrijker dessins, maar het algehele beeld is er een van ootmoed en schuldbesef.

Zij gaan naar de eerste van de twee urenlange kerkdiensten die zij op deze Dag des Heren zullen bijwonen. Daar zingen zij Gods lof op lange slepende tonen, maar kernstuk is en blijft de preek. De dominee veegt het gehoor genadeloos de mantel uit. De besten onder hen storten hete tranen, want het oratorisch talent draagt de vrucht van een eeuwenlange ontwikkeling. O, als er toch één gered was, roept de dominee wanhopig. Want God is vooral een toornige rechter die meedogenloos de uitverkorenen scheidt van de grote massa die ter helle zal worden gestort.

De gelovigen luisteren verschrikt, terwijl de dominee, zoals de Nederlandse uitdrukking luidt 'hel en verdoemenis' preekt. 't Komt wel eens voor, dat een enkeling zich door de vinger Gods geraakt voelt en daardoor wéét, dat hij gered zal zijn, en de meeste lidmaten leven in een gruwelijke onzekerheid.

Zij mijden dan ook alle 'wereldgelijkvormigheid', want dat is een zeker teken van voor eeuwig verloren gaan. Wereldgelijkvormig is alles wat het leven kleur geeft: modieuze kleding, uitgaan, film en – tegenwoordig in wat mindere mate – de televisie. Op het geïsoleerde Sint Philipsland gold zelfs tot in de jaren vijftig de waterleiding op bijbelse gronden als te wereldgelijkvormig. Een aantal zwartekousenkerken verbiedt nog steeds de inenting ter voorkoming van ziekte, omdat dit zou ingaan tegen Gods wil.

Ongeveer zeshonderdduizend Nederlanders hangen dit strenge geloof aan. Ze zijn voornamelijk geconcentreerd in een brede band die zich uitstrekt van Zeeland in het zuidwesten tot Overijssel in het noordoosten, waar zij soms een zwaar stempel drukken op hele plattelandsgemeenschappen.

Zij beschouwen zich als de werkelijke erfgenamen van Johannes Calvijn, die in tegenstelling tot de grote protestantse kerkgenootschappen zijn nalatenschap niet hebben verkwanseld aan de wereld en zijn zondige verlokkingen.

Johannes Calvijn is naast Martin Luther de belangrijkste kerkhervormer binnen het christendom. Niet alleen vanwege zijn theologische inzichten, maar ook vanwege het model dat hij voor kerkorganisatie ontwikkelde. Zijn denkbeelden en zijn geest hebben Nederland diepgaand beïnvloed. De mens, leerde Calvijn, is van nature slecht. Alleen door Gods genade worden sommige uitverkorenen gered, maar dat is niet hún verdienste. Calvijn ging er zelfs van uit, dat God van tevoren bepaald had, welke enkeling het koninkrijk der hemelen zou beërven en wie ter helle werd gestort.

Toch is elk mens verantwoordelijk voor zijn eigen lot en zijn verhouding tot de Allerhoogste. In principe is alles hierover te vinden in de Bijbel, die de enige bron van kennis is over het goddelijke.

Dit alles leidde tot een strenge geloofspraktijk, waarin geen plaats was voor katholieke pracht en praal en zeker niet voor roomse blijheid. Calvinisten dienden zich aan een strenge gedragscode te onderwerpen. De meeste geneugten des levens, zoals dobbelen, kaart spelen, dansen, theaterbezoek golden als zware zonden. De zondag stond in het teken van een aan de orthodox joodse sabbatsviering ontleende volstrekte rust.

IJver en plichtsbetrachting, eenvoud in kleding en gedrag daarentegen waren deugden.

De meeste protestantse kerken in Nederland beroepen zich op het calvinisme. Het zijn echter alleen de kleinere en radicalere genootschappen die het nog in zijn zuivere vorm belijden. Bij elkaar tellen ze echter meer dan een half miljoen aanhangers, onder een aantal elkaar min of meer uitsluitende genootschappen verdeeld. Behalve theoloog was Calvijn ook een groot organisator. Hij ontwierp een kerkmodel waarin predikanten werden aangesteld door gekozen kerkeraden van trouwe calvinisten. Deze kerkeraden konden de lidmaten onder kerkelijke tucht stellen, dat wil zeggen, allerlei sancties toepassen, als zij zich niet aan de opgelegde gedragsregels hielden of afwijkende opvattingen koesterden. Het was typisch een organisatiemodel voor gedisciplineerde voorhoedes en het toont treffende overeenkomsten met wat drie eeuwen later door Lenin voor de overwinning van het bolsjewisme ontwikkeld zou worden. Het leende zich ook uitstekend voor samenzweringen.

Calvijn meende tenslotte, dat deze kerkelijke organisatie een soort toezicht uit zou moeten oefenen op de wereldlijke overheden wier enig richtsnoer ook Gods woord moest zijn. Het lijkt als twee druppels water op de controlerende bevoegdheden van Sjiïetische mullahs in het moderne Iran.

Hoe adequaat dit alles was, bleek, toen de gebeurtenissen in een voor een boekje als het onderhavige te ingewikkelde stroomversnelling raakten. Het kwam erop neer, dat in 1566 – een jaar van crisis en voedselgebrek – met name in Vlaanderen het ontevreden volk onder leiding van calvinisten kerkinterieurs begon te vernielen, omdat de heiligenbeelden een vorm van afgoderij zouden zijn. Dit gaf Philips II een aanleiding om in Brussel een nieuwe landvoogd te benoemen, de hertog van Alva, nog steeds een der erkende schurken uit de Nederlandse geschiedenis, met wie men tijdens de Duitse bezetting bijvoorbeeld Adolf Hitler graag vergeleek en niet omgekeerd. Alva kwam met een bezettingsleger, voerde een speciale rechtbank in voor godsdienstige misdrijven en dwong de lokale elites, die via een petitie 'het smeekschrift' aan de koning juist om matiging hadden gevraagd, tot een duidelijke keuze: voor of tegen. Ter onderstreping van een en ander liet hij twee prominente ondertekenaren, de graven van Egmont en Hoorne, onthoofden. Een derde, prins Willem van Oranje, was tijdig richting Duitsland ontsnapt.

De tirannie verdrijven die mij het hart doorwondt

Maar de zwaarste smet op het blazoen van 'Alva, de tiran' was de tiende penning, een nieuwe belasting op zakelijke transacties die hij in opdracht van Philips II tegen alle voorrechten en privileges in begon te heffen. Déze schanddaad is door latere generaties beter onthouden dan de geloofsvervolging. In het Nederlands bestaat de uitdrukking: *pijn doen in iemands portemonnee.* Dat wekt grote emoties.

Nu bleek de kracht van de calvinistische voorhoede: een deel van hen zette zich zonder veel problemen om in een guerillabeweging: de bosgeuzen te land, de watergeuzen op zee.

Geus is een verbastering van een Frans woord voor 'bedelaar'. Dat was een verwijzing naar de ondertekenaars van de petitie die immers om iets hadden gevraagd.

Willem van Oranje en zijn broers staken hun bezittingen intussen in huurlegers waarmee zij vergeefse aanvallen deden op de troepen van Alva. Uiteindelijk zouden het de Watergeuzen zijn die vanaf 1572 vaste voet kregen in een aantal steden van het graafschap Holland. Dat leidde tot een onoverzichtelijke reeks opstanden door de hele Nederlanden heen die zich aanvankelijk niet richtten tegen koning Philips II, maar tegen zijn slechte dienaren. Willem van Oranje wierp zich min of meer als leider van dit alles op.

Een anonymus schreef het strijdlied Wilhelmus, waarin de ideologie van de opstand in vijftien strofen uitvoerig wordt opgesomd. Het is tegenwoordig het officiële volkslied, waarvan elke Nederlander de eerste regels kent. Die luiden:

> Wilhelmus van Nassauwe ben ik van Duitsen bloed
> den vaderland getrouwe, blijf ik tot in den dood.
> een prince van Oranje, ben ik vrij onverveerd,
> de koning van Hispanje heb ik altijd geëerd.

Dat van die koning wordt met lange uithalen gezongen en door de huidige generaties slecht begrepen. Dat geldt niet voor de zesde strofe, de andere die veel mensen kennen in tegenstelling tot de rest van het lied:

> Mijn schild ende betrouwen
> zijt gij, o God, mijn heer,
> op U, zo wil ik bouwen,
> verlaat mij nimmermeer.
> Op dat ik vroom mag blijven,
> Uw dienaar, t' aller stond,
> De tirannie verdrijven,
> die mij het hart doorwondt.

Bij elkaar bevatten deze twee strofen drie belangrijke elementen: Willem van Oranje staat centraal als leider van de beweging. Er wordt een beroep gedaan op God. Het gaat erom de tirannie te verdrijven.

Nog steeds beroepen Nederlanders zich op de uiteenlopende aspecten van de opstand om hun eigen ideologie op te grondvesten. Het sociaaldemocratische, uit het verzet tegen de nazi's voortgekomen dagblad *Het*

Parool voert onder de kop de leuze 'vrij, onverveerd'. Het inmiddels verdwenen calvinistische dagblad *De Rotterdammer* verscheen onder het motto 'Mijn schild ende betrouwen zijt Gij, o God mijn heer'. Het grote succes binnen Nederland van bewegingen als Amnesty International, de massaliteit waarmee men destijds demonstreerde tegen militaire dictators als Pinochet laat zien, dat 'de tirannie verdrijven' voor velen een serieuze zaak is.

Opstand leidt altijd tot radicalisering. Als dan bovendien de tegenpartij zich door verzoenende maatregelen aanvaardbaar maakt voor de gematigder elementen, ontstaat er een nieuwe situatie. Die creëerde Philips II met een vrij handig mengsel van geweld en concessies.

In 1579 sloten de onverzoenlijken de naar de plaats van hun bijeenkomst genoemde Unie van Utrecht. Twee jaar later, in 1581, ontsloegen zij zich plechtig van de Eed van Trouw aan hun koning. Zij beriepen zich daarbij op een revolutionaire ideologie: dat koningen hun gezag niet ontleenden aan God, maar aan de lagere besturen, die bij het voorkomen van tirannie deze mochten verdrijven.

De ondertekenaars van de Unie van Utrecht zwoeren Philips II af. Het had dan voor de hand gelegen ook de functie van stadhouder, plaatsvervanger des konings op gewestelijk niveau maar af te schaffen. Dat gebeurde niet. Die functie bekleedde immers Willem van Oranje, officieus leider van de opstand. Het stadhouderschap bleef tot het eind van de Republiek in 1795 bestaan. En er werd altijd een oranjetelg in die functie benoemd, zodat het stadhouderschap een monarchale tint kreeg. In de praktijk volgden zonen hun vaders op, al waren er wel eens lange periodes dat de provincie Holland het stadhouderschap vacant liet, omdat veel regenten bang waren voor de macht der Oranjes, die op hun beurt de steun genoten van het gewone volk. De mindere man had de neiging de nazaten van Willem de bevrijder te beschouwen als beschermers tegen de hoge burgerheren op de kussens van de Raad.

Philips II beschouwde Willem van Oranje ten onrechte als de kwade genius achter dit alles. Hij liet hem vogelvrij verklaren en stuurde terroristen op hem af. In 1584 lukte zo'n aanslag. De prins kwam als eerste in een lange reeks politici over heel de wereld om door een pistoolschot. Het kogelgat valt in Delft tot op de huidige dag te bezichtigen.

Die Unie van Utrecht was een samenwerkingsverband tussen een aantal van de voormalige graafschappen en hertogdommetjes, dat tot 1795 heeft stand gehouden. Ze ging op den duur fungeren als grondwet. Uiteindelijk was zij het bestuurlijk fundament onder de 'Republiek der zeven Verenigde

Provinciën,' zoals Nederland in de zeventiende en de achttiende eeuw bekend stond. Maar het was wel een rommelig fundament. Kernstuk was immers het handhaven van alle privileges, voorrechten en uitzonderingsbepalingen, zoals die in de middeleeuwen totstandgekomen waren. Tot in de jaren zestig werden eerstejaarsstudenten geschiedenis tot wanhoop gedreven door een verplicht tentamen over deze Unie van Utrecht, waarin de uitzonderingen de regel volledig overwoekerden.

Hetzelfde gold voor de constituties van de afzonderlijke provinciën die min of meer de vorm hadden van uiterst ingewikkeld georganiseerde federale staatjes. En dan kwamen er op den duur ook nog onderworpen gebieden bij. Van een centraal gezag was geen sprake. De provinciale besturen, staten geheten, stuurden afgevaardigden naar Den Haag, waar zij met elkaar de Staten-Generaal vormden. Maar die kon slechts bij eenstemmigheid besluiten nemen. Alles bij elkaar bestond het grondgebied van deze Republiek uit honderden verschillende rechtsgebiedjes.

In zo'n systeem valt met ponteneur weinig te bereiken

In zo'n systeem, als het die naam mag verdienen, valt met ponteneur weinig te bereiken. Dat lukt alleen door een verzoenende, voorzichtige opstelling, door het discreet rammelen soms met de geldbuidel. Dat het in de praktijk tot samenwerking kwam, had met twee factoren te maken: ten eerste de gezamenlijke vijand, die er meestal wel was, ten tweede het feit, dat ondanks de afzwering van de koning het stadhouderschap in alle provincies gehandhaafd bleef. Die functie werd altijd opgedragen aan een lid van de familie van Willem van Oranje. In feite werd het een erfelijk ambt. Daardoor kreeg het stadhouderschap iets monarchaals. De Oranjes trachtten in het algemeen met succes hun macht van generatie op generatie te vergroten. Maar dat kon alleen door bondgenoten te werven, de ingewikkelde bestuursstructuren hebben ze nooit kunnen aantasten. Belangrijk was wel, dat Oranjes in het algemeen konden rekenen op de volksmassa's. Als het moest, zetten zij de straat als politieke factor in en de brede populariteit van het huidige koningshuis heeft nog steeds enigszins met die traditie te maken.

Maar dit alles was onvoldoende om de Republiek voor uiteenspatting te behoeden. Er was nog een derde factor: de provincie Holland.

Deze provincie was verreweg de rijkste van het zevental en droeg in haar eentje een goede zeventig procent van de gezamenlijke kosten. Dat gaf zijn stem een overheersend gewicht.

De radicale calvinisten waren erin geslaagd de toon van de opstand te zetten. Maar naarmate de situatie zich aan de kant van de Unie van Utrecht meer stabiliseerde, raakten zij hun greep op de plaatselijke elites steeds meer kwijt. Net als hun grootouders in de tijd van Karel v en Philips ii konden die in grote lijnen de denkbeelden van Calvijn wel billijken, maar een groot deel van hen was niet van plan zich te onderwerpen aan diens theocratische model, zich op afstand te laten sturen door kerkeraden en strenge predikanten. Laatstgenoemden vonden het scheldwoord 'libertijn' voor hen uit.

De calvinistische predikanten zijn er niet in geslaagd een *mullah*-positie in te nemen. In de praktijk bleven de bestuurlijke elites libertijns. Zij kregen op den duur een overheersende invloed op de kerk, waar zij predikanten van de strenge soort naar de zijlijn wisten te drukken.

Een tot in alle consequenties doorgevoerde rechtzinnigheid was trouwens een onbruikbaar instrument in een chaotische republiek, waar alleen met het compromis en een werkelijk gevoelde waardering voor de ander iets te bereiken viel. De tot soms in het absurde doorgevoerde decentralisatie dwong als het ware een tolerante houding af. Wie zich anders opstelde, zag zich al gauw gemarginaliseerd. Doortastende karakters bereikten weinig in dit systeem.

Ze bereikten ook weinig, als ze de talloze regels en regeltjes niet naar de eisen van de onmiddellijke praktijk wisten om te buigen. Zo ontstond een soepele bestuurscultuur die zich niet verloor in grote concepten, maar op zoek ging naar praktische deeloplossingen voor het hier en nu. De provincie Holland ging in dit alles voor. Dat had te maken met het feit, dat daar de macht vrijwel een monopolie was van stedelijke elites wier rijkdom was gebaseerd op visserij, handel en in mindere mate bepaalde vormen van nijverheid.

Tegenwoordig is Rotterdam de grootste haven van de wereld. Niet omdat Nederland zo gigantisch veel im- en exporteert, maar omdat het aan de mond van de Rijn zo'n uitstekende overslagplaats is voor het doorvoeren van goederen de Europese Unie in en uit. De provincie Holland – en met name de stad Amsterdam – speelden in de zeventiende eeuw een vergelijkbare rol. Het was een Europees distributiecentrum, niet alleen voor bulkgoederen als hout, graan, vis, suiker of tabak maar ook voor luxe-artikelen als Indische specerijen, Chinese zijde, Indiase mousseline. Daardoor kreeg Holland de hoogste levensstandaard van het continent, een positie die de provincie tot aan het eind van de achttiende eeuw wist te handhaven.

De rol die het toenmalig Amsterdam in Europa speelde, lijkt op die van het huidige Hongkong ten opzichte van China: een schitterende steenrijke metropool, waar de economische draden van een continent elkaar ontmoeten, een stapelplaats waar alle produkten van de wereld bijeenkomen, een stad die bestaat van handel, dienstverlening, veredeling van grondstoffen, een eiland tenslotte van vrijzinnigheid, waar velerlei levensstijlen en -principes worden geduld. Want dat is de basisvoorwaarde voor zulk een bloei.

De stedelijke elites waren voor hun rijkdom van die handel afhankelijk. Zij waren om in moderne termen te blijven gebaat bij het juiste klimaat. Het betekende, dat mensen onder alle omstandigheden zeker moesten zijn van hun geld. De Amsterdamse bank gaf munten uit met een gegarandeerd gehalte aan edel metaal. Er waren allerlei wetten en regels die de zakenman binnen de verhoudingen van die tijd goed tegen bedrog beschermden.

Op geweldsmisdrijven, diefstal, roofovervallen en andere vermogensdelicten stonden draconische straffen, al was de pakkans vergeleken met tegenwoordig vrij gering: de eigendom was heilig en onschendbaar.

Aan de andere kant gaf de stedelijke regering blijk van een grote tolerantie, vooral als dat de welvaart bevorderde. Het bloeiende Holland trok grote hoeveelheden migranten aan uit heel Europa. Voor zover die geld meebrachten, waren ze van harte welkom. Zo konden aan het begin van de zeventiende eeuw Portugese joodse kooplieden die uit hun eigen land verdreven werden, zich zonder problemen te Amsterdam vestigen. Ze kregen zelfs intern zelfbestuur. Hun prachtige synagoge is nog steeds een sieraad van de binnenstad. Tegen berooide vluchtelingen uit het door oorlog verscheurde Duitsland werd echter bij tijd en wijle hard opgetreden. De schutterij, een soort burgermilitie – die poseert op Rembrandts beroemde schilderij *De Nachtwacht* – hield soms razzia's, zette ze weer buiten de stad of dwong ze dienst te nemen op de oorlogsvloot.

Dat gedogen in de praktijk was een tweede natuur geworden

Maar met de persoonlijke levenssfeer bemoeide de Hollandse overheid zich liefst zo weinig mogelijk. Dat wil zeggen: voor zover die ook in het persoonlijke beleefd werd. De hele Republiek telde nog een aanzienlijke katholieke minderheid, die haar bewegingsvrijheid door discriminerende maatregelen beperkt zag. Dat was het werk van de calvinisten in de eerste jaren van de opstand. De katholieken waren hun kerken kwijtgeraakt, mochten zelfs hun godsdienst niet uitoefenen. Althans officieel niet. Zolang katholieke kerken aan de buitenkant maar niet als zodanig herkenbaar waren, maakte de overheid in het algemeen geen moeilijkheden. Ze gedoogde de uitoefening van de katholieke godsdienst, zolang die maar niet aan het daglicht trad. Dat gedogen in de praktijk ondanks een duidelijke wetgeving is een tweede natuur geworden van Nederlandse bestuurders. Zoals een katholieke kerk werd geduld, als hij maar het aanzien had van een boerenschuur of een burgerwoning, zo kan de huidige middenstander rustig softdrugs verkopen, als de uitspanning maar oogt als een coffeeshop. Op dezelfde manier gedoogt de moderne overheid de sinds 1911 verboden georganiseerde prostitutie en soms zelfs het illegale gokken.

Maar ze heeft – als het moet – altijd de wet bij de hand. Zoals al te uitgesproken katholieken in de Gouden Eeuw merkten. En zoals de hasjhandelaren ervaren, wier koffiezetapparaat naar de zin van de autoriteiten al te symbolisch is geworden. Vuistregel: niemand in de coffeeshop mag meer dan 5 gram hasj of weed op zich hebben. Wie last veroorzaakt – buren klagen, er komen buitenproportioneel veel geweldsmisdrijven in de straat voor, men krijgt de indruk, dat er ook harddrugs worden verhandeld, wat ondanks alle verhalen over het tegendeel in Nederland streng verboden is – wie last veroorzaakt, krijgt grote problemen. En heel gemakkelijk, want wie gedoogt, schept tegelijk ruimte voor willekeur en dat is een zeer effectief middel om duidelijke grenzen te stellen.

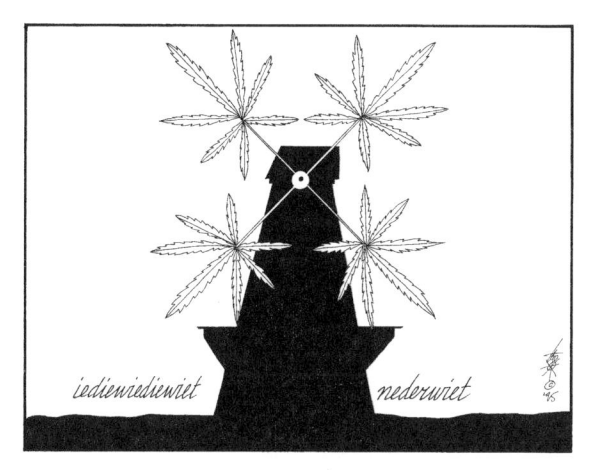

Het gaat te ver deze tolerante mentaliteit geheel toe te schrijven aan de libertijnse mentaliteit van de stedelijke elites. Er zat veelal niets anders op. Zoals gezegd, was de Republiek in feite verdeeld in honderden afzonderlijke rechtsgebiedjes met eigen wetten en regels. De macht van de overheid reikte zelden verder dan enkele kilometers. Je hoefde niet ver te vluchten om je aan de strenge hand van het gezag te onttrekken. Toen in de achttiende eeuw een rijk geschakeerde politieke pers ontstond, bleken de overheden vaak niet toleranter dan die in andere landen. Drukkers verhuisden dan hun bedrijf een paar kilometer verder, waar gezagsdragers zetelden die hun politieke visie vriendelijker gezind waren. In de bestuurlijke chaos van de republiek was gedogen het enige wat erop zat.

Regenten, dat is tegenwoordig geen complimenteuze benaming
Er bestaat sinds de zeventiende eeuw in de Nederlandse taal een woord voor deze lokale en provinciale, zo op het compromis gerichte bestuurders: regenten. Dat is tegenwoordig geen complimenteuze benaming. Wordt een modern politicus als 'regent' aangeduid, dan is dat een blijvende smet op zijn blazoen en een hindernis voor een verdere politieke carrière. Een veelgehoorde definitie luidt: 'een regent is iemand die denkt, dat de mensen niet weten wat goed voor hen is. De regent weet dat wél'.

Dat wijst rechtstreeks terug naar de Republiek der zeven verenigde provinciën. In het voorgaande is het woord 'democratie' zorgvuldig vermeden. Want met democratie had het bestuurlijk systeem weinig te maken. Het overheersende benoemingssysteem was dat van de coöptatie. De zittende bestuurders vulden opengevallen plaatsen zelf in. Zo werd de politieke macht in feite het monopolie van een aantal vooraanstaande families.

De buitenwereld kende deze regenten als de 'hoogmogende heren,' hun officiële aanduiding. Want de regenten traden altijd gezamenlijk op. De macht kwam collectief tot uiting. Het betekende, dat de heren naar beneden toe gezag moesten uitstralen, maar ook dat gezamenlijk. Michiel de Ruyter, admiraal van de Nederlandse vloot en drager van vele buitenlandse titels en onderscheidingen, mocht bij deze heren zittend en niet staand verslag uitbrengen. Dat gold als een hogere onderscheiding als de hertogstitel, waarmee hij door een buitenlands bewonderaar van koninklijken bloede was bedacht.

Als groep gaven de regenten blijk van grote arrogantie, maar zij mochten zich onderling niet teveel van elkaar onderscheiden, want dan kwamen de goede verhoudingen en de compromiscultuur in gevaar. Een regent met te hoge en te duidelijke ambities werd door de collega's snel op zijn plaats gezet. Het resultaat wordt zichtbaar gemaakt door de vele regentenportretten in de Nederlandse musea. De hoogmogende heren zien ons zelfbewust, maar niet dreigend aan. Zij zijn goed gekleed, maar niet opzichtig. De parafernalia blijven bescheiden. Ook hier al treedt het 'doe gewoon, dan doe je gek genoeg' aan de dag. Maar toch stralen al die portretten tegelijk de grote voortreffelijkheid van de afgebeelde personen uit: zij voelen zich beter dan de rest van de mensheid. Zij beheersen het spel tot in hun vingertoppen. Zij hebben het recht verworven om zich uiterst serieus te nemen en dat doen zij ook. Meneer is minzaam, maar hij hoort wel bij de hoogmogende heren. Het is verstandig daar rekening mee te houden.

Ook de woningen der regenten bezitten die uitstraling. Het zijn altijd fors uitgevallen huizen van drie of vier verdiepingen hoog. Maar ze staan wel in keurige rijen langs de gracht, wat toch een soort idee van gelijkheid geeft. Aan de gevel is grote aandacht besteed. Er is een bordes. Er zijn versieringen. Maar opzichtig is het allemaal nooit, zelfs niet in de allerrijkste wijk van Nederland tot diep in de negentiende eeuw, de bocht van de Herengracht in Amsterdam, ongeveer tussen de Leidsestraat en de Wolvenstraat. De regenten hadden huizen. Geen paleizen. Ook al waren ze veelal financieel meer waard dan de gemiddelde Europese vorst die voor zich een namaak-Versailles liet optrekken.

De Duitse geleerde Max Weber, een der grondleggers van de sociologie, bracht met dit alles het protestantisme in verband. In *Die protestantische Ethik und der Geist des Kapitalismus* zet hij uiteen, hoe de degelijke eenvoudscultus van het calvinisme niet alleen de mentaliteit schiep, maar ook het overgespaarde geld om in nieuwe winstgevende activiteiten te investeren in plaats van de zilveren schijven vol roomse blijheid te laten rollen richting *Wein, Weib und Gesang*. Of in plaats daarvan een Daimler aan te schaffen. Het is een aantrekkelijke theorie, vooral voor zelfbewuste calvinisten, maar ze heeft in de loop der tijd veel van haar kracht verloren. Toch blijft Webers visie – mits niet fanatiek en exclusief aangehangen – verrijkend. Het protestantse ideaal van beheersing paste in ieder geval wonderwel bij het kalme overleg, de rustige houding, de voorzichtige stap-voor-stap-benadering die noodzakelijk was om in de Republiek aandeel te krijgen in de macht.

Op den duur ontaardde deze houding in deftigheid

Op den duur ontaardde deze houding van de hogere kringen in deftigheid, een onvertaalbaar woord, dat door de dikke Van Dale als volgt wordt gedefinieerd: '1. tot de aanzienlijke stand behorend; 2. een zekere waardigheid en statigheid van manieren vertonend zoals iemand uit die stand: *een deftige matrone: de deftige stand; van deftige familie zijn.*' Het zit zeer dicht bij gedrag, dat in het Nederlands 'uit de hoogte' wordt genoemd. Je kunt zelfs een als zodanig te identificeren deftig accent hebben. Het gaat gepaard met afgemeten gebaren, een beheerste manier van spreken en duur ogende, maar nooit flamboyante kleding die geenszins op de mode vooruit loopt, eerder enigszins achterblijft.

Deze deftigheid bedekte veel maatschappelijke rotternis en corruptie. Dat kwam met name tot uiting, toen de Republiek in de achttiende eeuw een periode van economische stagnatie beleefde, achter begon te blijven bij latere economische starters op het continent, ongeveer zoals Engeland, ooit de motor van de industriële revolutie en de wereldeconomie, zijn momentum verloor. In diezelfde eeuw ontstond met de patriottenbeweging een duidelijke oppositie tegen het regentensysteem en later ook tegen het stadhouderschap van de Oranjes, die zijn steunpunten vond bij de kleine burgerij en in kringen die zich uitgesloten wisten van de macht, zoals welgestelde katholieken. Deze patriottenbeweging vond na de bestorming van de Bastille in 1789 aansluiting bij de Franse revolutie. Toen Franse troepen in 1795 de Republiek bezetten, kwam zij aan de macht. De Oranjestadhouder nam de wijk naar Engeland.

De achttien jaren dat Nederland, aanvankelijk als vazalstaat, de laatste drie jaar als deel van Napoleons keizerrijk, binnen de Franse invloedssfeer verkeerde, betekenden inderdaad een revolutie. Onder toeziend oog van Parijs werd de chaos van de Unie van Utrecht opgeruimd. Er kwam eenheid van wetgeving – men nam gewoon Napoleons burgerlijk wetboek en dat van strafrecht over. De confederatie maakte plaats voor een eenheidsstaat met provincies en gemeentes. Staat en bestuur kregen de contouren die ze tot op heden bezitten. Aan de patriotten is bovendien te danken, dat elke Nederlander gelijk werd voor de wet. Het betekende, dat joden of katholieken nu op gelijke voet werden behandeld met calvinisten en dat alle oude uitzonderingen, privileges en bijzondere regelingen met één pennestreek verdwenen.

Toen in 1813 de dagen van keizer Napoleon geteld waren, leek het enige hoge Haagse heren dienstig een soort staatsgreep te plegen, nog voor het land door Pruisische of Russische legers bezet zou worden. Daarbij speculeerden zij op de emotionele band die nog steeds tussen de Oranjes en de volksmassa's bestond. Hoe zij over de rol van de gewone man dachten, bleek overigens duidelijk uit één zin in hun proclamatie: 'Het volk krijgt een vrolijke dag op gemene kosten.' Dat betekende in die dagen gratis sterke drank. Het was niet de bedoeling, dat het volk initiatieven zou nemen. Willem Frederik, de zoon van de laatste stadhouder, keerde naar Nederland terug en zag zich eerst uitgeroepen tot soeverein vorst en vervolgens tot koning der Nederlanden, waarbij de eerste vijftien jaar ook het tegenwoordige België hoorde. Dat was geen gelukkige verbintenis en in 1830 maakten de Belgen zich middels een revolutie van het nieuwe koninkrijk los.

Willem I – zo is hij de geschiedenis ingegaan – wilde evenmin als het deftig deel van zijn aanhangers – terug naar de dagen van de oude republiek. Hij hield de napoleontische regelingen grotendeels in stand, evenals het bestaande bestuursapparaat. De nieuwbakken koning trachtte in zijn residentie Den Haag de parafernalia te scheppen van een echte monarchie, zoals dat past bij recente dynastieën. Nog vindt men in de binnenstad een reeks standbeelden van merendeels vergeten personen – zoals de prins von Wied, opperbevelhebber van Willems leger – die mislukte pogingen zijn tot het scheppen van grandeur. Ook het paleis Noordeinde – tegenwoordig het 'kantoor' van koningin Beatrix – is net te klein en veel te keurig aan een smalle straat gelegen om de grootsheid van de monarchie te symboliseren.

Een Oranje kan en wil niet heersen over een volk van slaven

In het hartje van de Duitse bezetting beschreef het illegale blad *Oranje Bode* het verschil tussen de in ballingschap verkerende koningin Wilhelmina en Adolf Hitler. 'Dat is en wil onze Vorstin zijn: Koninklijke Leidsvrouwe van een mondig volk. In die gezonde verhouding tussen volk en vorst ligt een onverwoestbare kracht. Een Oranje kan en wil niet heersen over een volk van slaven, dat slechts node bukt voor het geweld van de tiran. Een volk als het Duitse moge zich door de eigen regeerders laten ringeloren en onderdrukken. Het moge kreunend de nek buigen onder de voet van de dwingeland, voor zulk een positie is het Nederlandse volk ongeschikt.'

Het Oranjehuis heeft zijn reputatie nooit ontleend aan een schitterend hof of groots spektakel. Er zijn wel telgen geweest die daartoe pogingen in het werk stelden, maar dat werd niet op prijs gesteld en je kon merken, dat het de betrokkenen niet echt in het bloed zat. De woorden van de *Oranje Bode* zijn natuurlijk sterk getekend door de tijd, waarin zij geschreven werden – dit geldt met name voor wat het blad over de Duitsers te melden heeft – maar slaan toch de spijker op de kop. De dynastie ontleent haar reputatie aan het feit, dat zij de vrijheid beschermt. Ze wordt niet geassocieerd met macht, maar met rechtszekerheid.

Het Oranjehuis staat boven de partijen en garandeert zo ieders mogelijkheid om zichzelf te zijn.

Het kost weinig moeite Nederlanders lofprijzingen te ontlokken aan het adres van het koningshuis. De koningin, betogen zij dan – en dat geldt als de hoogst mogelijke lof – is eigenlijk een gewoon mens. Ondanks hun verheven positie, krijgen de Oranjes het niet hoog in het hoofd. Zij zijn normaal.

De echte nationale feestdag van Nederland is dan ook koninginnedag, als koningin Beatrix officieel haar verjaardag viert. Weliswaar is ze op de 31e januari 1938 geboren, maar dat is hartje winter. Daarom heeft men voor koninginnedag de verjaardag aangehouden van haar moeder Juliana, die haar regering in 1948 aanving om in 1980 af te treden.

Dat is de 30ste april, wanneer de kans op fraai lenteweer meer dan reëel is. Noodzakelijk, want Koninginnedag wordt op straat gevierd. Het feest heeft een kermis- en marktachtig karakter. Vooral Amsterdam pakt groots uit. Voor één dag mag iedereen op straat vrij handel drijven, wat de stad verandert in een gigantische markt. De drukte is onvoorstelbaar. Geregeld zijn meer dan een miljoen bezoekers geteld.

Maar elke gemeente heeft zijn eigen feestprogramma.

De koningin ondertussen selecteert er daarvan twee die zij – met haar hele gezin – persoonlijk bezoekt. Dat wordt rechtstreeks door de televisie uitgezonden en dat programma staat steevast hoog op de kijkcijferhitlijst. Steden en dorpen doen dan ook hun uiterste best om het koninklijk gezin te mogen ontvangen, want dat is een fantastische reclame. Uit de selectie van het afgelopen decennium krijg je de indruk, dat het hof vooral gemeentes kiest die anders weinig in de publiciteit komen.

De koningin landt en komt daar middenin een volksfeest terecht met kermis-achtige trekken, waarna een groot vertoon van spontaniteit zich voltrekt. De prinsen nemen deel aan de door lokale sportverenigingen getoonde krachtsporten. De koningin onderhoudt zich minzaam met de kinderen. De folkloristische optocht ontlokt tekenen van verrassing: volk en vorstenhuis zijn één. En alles is tot in de details gepland. Vooral de spontaniteit.

Niet dat hier een toneelspel wordt opgevoerd. Alles is geméénd. De hele gemeenschap gééft blijk van een monarchistische instelling. De Oranjes voelen zich werkelijk verbonden met het volk. Alle scheidslijnen zijn weggevallen. Maar elk lid van het Oranjehuis heeft hoe dan ook iets vaag sacraals. Nederlandse calvinisten van de oude stempel geloven vast en zeker, dat God een bijzonder Verbond heeft gesloten met de Nederlanders, gelijk aan dat van Jahweh met de joden, en dat het Oranjehuis daarvan een uiting is. Dat plaatst de leden van het Koninklijk Huis toch op een afstand. In hun aanwezigheid mag er niets mis gaan.

Bestuurders en leiders van bedrijven geraken altijd in een grote staat van zenuwachtigheid, als de koningin inderdaad op hun uitnodiging tot een werkbezoek of het meevieren van koninginnedag ingaat. Zij zullen hare majesteit als een normaal mens behandelen en laten daartoe niets aan het toeval over. Want juist daardoor is het zo bijzonder. Legio zijn de verhalen over directies die speciaal nieuwe toiletten lieten installeren, voor het geval dat

Majesteit tijdens het bezoek nodig zou moeten. Toespraken en rondleidingen worden tot in de miniemste details voorbereid. Nauwkeurige draaiboeken geven aan, aan wie op welk moment en in welke bewoordingen de koningin zal worden voorgesteld.

Want die ontmoeting zal onvergetelijk zijn. Nog herinnert mijn moeder zich, hoe koningin Juliana mij – een vierjarige kleuter – recht in het gezicht keek. Zij passeerde in een limousine op weg naar een nabije werf om daar een schip te dopen. Moeder en ik maakte deel uit van de enthousiaste menigte langs de straatkant. Juliaantje (veel gebruikte koosnaam) had een zwart hoedje op en wuifde. Een ogenblik ontmoette haar blik de mijne. Het duurde misschien drie seconden, maar het komt in de familiekring nu en dan nog ter sprake. Mijn broer heeft mij inmiddels overtroffen. Op de schoorsteenmantel – de meest centrale plek in een Nederlandse woonkamer – hangt de kleurenfoto, waarop hij koningin Beatrix uitleg geeft van het elektrotechnisch onderzoek waarmee hij toen bezig was.

Daardoor heeft elk contact tussen vorst en volk veel weg van een ritueel. Dat maakt het lidmaatschap van het Koninklijk Huis tot een buitengewoon zware taak. De enige in Nederland die je niet door verdienste of ambitie krijgt, maar die je erft. De psychische belasting die dit alles oplegt, moet verpletterend zijn. Nu en dan wordt door waarnemers wel eens opgemerkt, dat het onmenselijk is zoiets van een familie te vergen. Want het recht een leven dat niet alleen in schijn, maar ook in wezen normaal is, dat recht blijft haar ontzegd.

Het enige voordeel van deze bijzondere positie is het feit, dat de Oranjedynastie beter dan de andere Europese koningshuizen hun privé-leven tegen de blikken van de roddeljournalistiek weet te beschermen. Niet dat de Nederlandse *paparazzi* een mooier karakter hebben dan hun internationale collega's, de lezers zouden kwaadaardige roddel niet accepteren. Wie kwaad spreekt van het koningshuis, krijgt de publieke opinie massaal en effectief tegen zich. 'De koningin kan zich niet verdedigen,' luidt het adagium. Daarom wordt roddel en andersoortige kritiek op de dynastie beschouwd als een laffe aanval op weerloze mensen: de koningin staat boven de partijen en dus ook boven kritiek. En misschien voelen de meeste Nederlanders onwillekeurig een aanval op het koningshuis als een aanval op hun eigen samenleving en de eenheid in verscheidenheid die daarvan het kenmerk is.

Bovendien geldt de koningin nog steeds als beschermster van de zwakken. Eenvoudige burgers die de bureaucratische wegen niet kennen, dreigen bij al dan niet vermeend onrecht nog wel eens met een brief aan de koningin. De hofhouding bevordert dit niet, maar zorgt er altijd voor, dat de klachten bij de juiste instanties terecht komen.

Diezelfde tradities klinkt door in de koninklijke kerstboodschappen. Zowel Juliana als Beatrix vestigen dan de aandacht op grote maatschappelijke problemen – overigens zonder oplossingen te suggereren, want dat verbiedt hun constitutionele positie. De ministers worden verantwoordelijk geacht voor alles wat het onschendbare staatshoofd in functie te berde brengt.

Willem I al had in 1813 de kroon uitsluitend geaccepteerd, als er ook een 'wijze constitutie' werd ingevoerd. Die grondwet schiep een op Engels model gebaseerd bestuurssysteem met een Tweede Kamer als *House of Commons* en een Eerste, eigenlijk voor de edellieden die Willem I ijverig creëerde door nazaten van vooraanstaande regentenfamilies tot die stand te verheffen. Het hele systeem hing van getrapte verkiezingen aan elkaar, zodat alleen de allerrijksten invloed konden uitoefenen op het bestuur. Die kwam echter niet verder dan enige medezeggenschap. Willem I had een nauwelijks beperkte macht, die hij echter met voorzichtigheid gebruikte. Hij koesterde een redelijke eerbied voor wat wij tegenwoordig mensenrechten zouden noemen.

Zijn koninkrijk verkeerde in een crisis: de oorlogen van de Franse revolutie hadden het fundament onder de verouderde economie weggeslagen en Nederland was teruggevallen tot een van de armste en achterlijkste landen van Europa, bijna op één lijn met Ierland. Er was het nodige oud fortuin, maar dat werd veelal in het buitenland belegd. Willem I, die het Engeland van de industriële revolutie goed kende, trachtte wel moderniseringen door te voeren, maar die sloegen niet echt aan. Hij trok met name uit Engeland technische experts aan die moderne technologie introduceerden, ongeveer op de manier waarop dat nu door de zogenaamde ontwikkelingswerkers in de Derde Wereld wordt gedaan. En meestal met even weinig succes.

Moderne historici stelden vast, dat in 1850 slechts 4 procent van de machinale kracht door stoom werd opgewekt. In Engeland was dat al lang de helft.

De elites van zijn tijd waren wel tevreden met de *status quo*. Ze werden pas massaal met de achterlijkheid van hun vaderland geconfronteerd, toen Willem I allang tot zijn vaderen was vergaderd. En wel door toedoen van Thomas Cook, grondlegger van het gelijknamige reisbureau.

Men schrok, men schaamde zich

Cook organiseerde in 1851 groepsreizen naar Crystal Palace in Londen, waar de eerste wereldtentoonstelling werd gehouden. Het was de allereerste kennismaking van de Nederlandse elite met het nieuwe fenomeen van het georganiseerd toerisme en ze liet zich gaarne verleiden. Zo bezochten velen Crystal Palace, die tempel van stoomkracht, wonderen en vooruitgang. Het Nederlandse paviljoen stak daar met zijn oude, ambachtelijke produkten schril bij af. Men schrok, men schaamde zich. Wie niet naar Londen reisde, kon over het daar getoonde een oordeel vormen door een uitvoerige serie in het *Algemeen Handelsblad*, de grootste liberale krant van die dagen, die tot op de huidige dag voortleeft in de kwaliteitskrant NRC *Handelsblad*. Wat constateerde men? Men constateerde bijvoorbeeld, dat de Britten hun produkten aanprezen als *new* of *improved*, terwijl Nederlandse firma's zich onder de aandacht brachten met leuzen als 'vanouds bekend'.

In 1851 bezat Nederland een liberale, vernieuwende regering. De meest uitgesproken ideoloog van dit liberalisme was de Leidse hoogleraar Johan Rudolf Thorbecke. Zijn denkbeelden waren maatgevend voor de nieuwe constitutie die in de jaren 1848 en 1849 zijn beslag kreeg, toen koning Willem II, geschrokken van revoluties in Napels en Parijs en van een paar demonstraties in eigen land, naar eigen zeggen 'in een nacht van conservatief tot liberaal' geworden was. De nieuwe Grondwet handhaafde de monarchie, maar legde tevens de onschendbaarheid des konings vast. Alle bestuurlijke verantwoordelijkheid rustte op de schouders van de ministers die zich gecontroleerd wisten door een parlement, waarvan de Tweede Kamer rechtstreeks gekozen werden. Niet door het volk, maar door mannen die een bepaald minimum aan belasting betaalden. In de praktijk waren dat de honderdduizend rijken in een koninkrijk dat ongeveer drie miljoen inwoners telde. 't Was geen democratie, 't was een soort oligarchie, maar in principe was de weg naar het algemeen kiesrecht ingeslagen, want Thorbecke zelf sloot niet uit, dat de census op den duur steeds zou worden verlaagd.

Geschrokken te Londen begonnen de elites te werken aan een modernisering van de infrastructuur, waarvan de basis trouwens al door Willem I was gelegd. In de eerste twintig jaar na 1848 kreeg het land een dicht net van spoorwegen. Er werden nieuwe kanalen gegraven. De wetgeving werd opnieuw gemoderniseerd. Telegraafpalen verrezen overal in het landschap. Men ontwierp een systeem van snelle postbezorging compleet met postzegels. Het volksonderwijs, vrucht van de Franse bezetting, breidde zich enorm uit.

De belasting op kranten en periodieken, ooit ingevoerd om politieke commentaren uit handen der minvermogenden te houden, verdween. Nederland schafte tenslotte als een der laatste Europese landen lijfstraffen af en tegelijkertijd als een der eerste de doodstraf. Economische leidraad van de regeringen was en bleef een zo absoluut mogelijke vrijhandel. Dit alles kon, omdat de staat de algemene armoe in aanmerking genomen, redelijk ruim in zijn jasje zat. De kolonie Nederlands-Indië was zo georganiseerd, dat die winst opleverde, welke jaarlijks werd overgemaakt naar de Haagse schatkist.

Zo werd het land rijp voor een eigen industriële revolutie, die rond 1870 begon. In de laatste dertig jaar van de vorige eeuw maakte het land een periode door van fenomenale economische groei die erg lijkt op wat de tijgers van Zuidoost-Azië beleefden. Waarbij het land overigens een gunstige oostenwind in de rug had. Bismarck had in 1871 voor de Duitse eenheid gezorgd. Hij voerde een actief industrialiseringsbeleid, waar ook de Nederlandse economie van profiteerde: door het bezit van de mond van de Rijn was Nederland voor een groot deel van Duitsland de poort naar buiten, met name voor het Ruhrgebied. Sindsdien is Duitsland voor Nederland verreweg de belangrijkste handelspartner en tegenwoordig wordt wel eens gezegd, dat de regering in Den Haag of De Nederlandsche Bank alleen maar het beleid van de oosterburen netjes kunnen volgen.

De grote steden Den Haag, Rotterdam, Amsterdam, Utrecht, gewend aan twee eeuwen stagnatie, zagen hun bevolking in een kwarteeuw vervijfvoudigd. Het aantal inwoners groeide fenomenaal, maar niet sneller dan de economie. De algemene gezondheidstoestand – rond 1870 schommelde de gemiddelde leeftijd nog rond de dertig jaar – verbeterde snel. Niet zozeer door de verbeterde medische zorg, maar vooral door hygiënische verbeteringen, zoals het aanleggen van waterleiding en riolering. Vrijwel alle kinderen kregen nu de kans in ieder geval een paar jaar lagere school te volgen. Ze leerden daar rekenen, schrijven en lezen. De nu onbelaste dag- en weekbladpers kwam binnen het financieel bereik van de grote massa. Naast dure elitebladen als het *Algemeen Handelsblad* bloeiden massakranten op: *Het Geïllustreerd Politienieuws* of het dagblad *De Echo*, vooral beroemd om zijn spannende vervolgverhalen. En vooral honderden lokale krantjes die – hoe primitief en fragmentarisch in onze ogen ook – toch de wereld bij de mensen thuis brachten.

En in de steden stampten de stoommachines, rookten de schoorstenen, ratelden de machines, beukten de klinkhamers.

In 1879 verscheen in Amsterdam een nieuw weekblad. Dat heette *Recht voor Allen* en werd uitgegeven door een Lutherse predikant die het geloof in God had verloren, Ferdinand Domela Nieuwenhuis.

Dat zelfde jaar stichtte een ander predikant, die een vurig geloof juist hervonden had, de eerste moderne politieke partij in Nederland. Zijn naam was Abraham Kuyper en de nieuwe formatie heette *Anti-Revolutionaire Partij*.

De hele socialistische beweging – van haar meest gematigde tot haar meest radicale variant – beschouwt Domela Nieuwenhuis als haar voorloper. Abraham Kuyper was veeleer, wat wij tegenwoordig een fundamentalist zouden noemen.

Kuyper moest zich net als de meeste Nederlanders staande houden in een tijd die grote maatschappelijke veranderingen met zich meebracht, die je bijvoorbeeld dwong om de groeiende werkloosheid in je dorp te ontvluchten voor een baantje en een schamel kamertje in een grote, anonieme stad. Een stad bovendien, waar *Het Geïllustreerd Politienieuws* met zijn schrille tekeningen en verlekkerd opgediste verhalen van misdaad en verderf je zekerheden aantast. Waar God en zijn geboden op losse schroeven staan. Waar je traditionele richtsnoeren om zo te zeggen niet blijken te werken, althans niet worden gehanteerd door de rijken en succesvollen die passeren in hun koetsen op weg naar beurs en restaurant, die flaneren, een schone, modieus geklede verloofde aan hun zijde. Je bent van een kleine in een grote wereld gekomen. Dat schept onzekerheid.

Soevereiniteit in eigen kring

Kuyper wist instinctief waar die zekerheden – ook voor de moderne tijd – te vinden waren: in de Bijbel, bij het aloude woord van Calvijn.

Het nieuwe van Kuyper was niet deze orthodoxe gezindheid. Het nieuwe was, dat hij die naadloos wist te combineren met de nieuwe technologie die de modernisering en de industriële revolutie in zich droeg. Kuyper plaatste zijn rechtzinnige geloofsbeleving juist midden in de moderne tijd. Zij was het houvast om daarin te kunnen functioneren. Hij had een krant en een weekblad tot zijn beschikking om zijn denkbeelden onder de mensen te brengen. Dankzij het spoorwegnet en de dagelijkse postbezorging was het nu mogelijk landelijke massaorganisaties te stichten en die riep hij in het leven. Hij stichtte de Vrije Universiteit om onder Gods Zegen de wetenschap vooruit te helpen. Kuyper was in alle opzichten een modern mens en een kind van de negentiende eeuw.

Er is een uiterst ruime keuze aan scholen

Wie een school zoekt voor zijn kinderen, wordt nog steeds met het levenswerk van Abraham Kuyper geconfronteerd. Een blik in het telefoonboek leert, hoe ruim de keuze is. Daar is sprake van openbare scholen, maar ook treft men de School met de Bijbel aan, de Sint Jozefschool, het Melanchton College. Dat geldt niet alleen voor grote steden, maar ook voor kleine plattelandsgemeentes. Er is een uiterst ruime keuze aan scholen en een groot deel daarvan blijkt een godsdienstige achtergrond te hebben. Tot voor enkele jaren werden de meeste overheidsscholen opgeluisterd met een affiche die uitriep: 'Onverdeeld naar de Openbare School'. Maar de praktijk, zo leert het telefoonboek, is veelal omgekeerd.

Die christelijke, katholieke en tegenwoordig nu en dan islamitische of hindoeïstische scholen behoren niet tot het particulier onderwijs. Zij worden voor honderd procent door de staat gefinancierd. Zij staan onder controle van de inspectie voor het onderwijs. Zij voldoen allemaal aan de kwaliteitseisen van de overheid. Maar ze bepalen zelf de geestelijke kleur. Of liever gezegd: dat doet een bestuur, in officiële teksten ook wel aangeduid als 'bevoegd gezag'. Ouders kunnen in Nederland kiezen voor een school die hun eigen opvattingen weerspiegelt. Zijn die niet religieus getint, of willen zij dat hun kinderen opgroeien met vriendjes uit alle kringen, dan is er de openbare (gemeente)school, waar de religieuze inkleuring ontbreekt. De wet biedt allerlei garanties, dat ministeries van onderwijs dit openbaar onderwijs niet bevoordelen, integendeel. Schoolleiders in deze sector klagen bij tijd en wijle, dat zij in feite minder armslag krijgen dan hun confessionele collega's.

Als ouders vinden, dat een school naar hun godsdienstige smaak ontbreekt, dan kunnen zij er een in het leven roepen. De wet stelt daaraan allerlei kwantitatieve eisen, terwijl het onderwijs gegeven moet worden door bevoegde krachten, zoals diezelfde wet ze omschrijft. Als aan die – overigens niet al te zware – voorwaarden wordt voldaan, dan moet de overheid de financiering op zich nemen.

Dat is precies, zoals Abraham Kuyper het bedoeld had.

Als calvinist was Kuyper veroordeeld tot een constante oppositie tegen het liberale staatsbestel, dat werd gedomineerd door de vrijzinnig georiënteerde bovenlaag. Hij beschuldigde die ervan haar ongodsdienstige neutraliteit actief aan de bevolking op te leggen. Dat gebeurde met name via het steeds massaler onderwijs, dat de kinderen, zoals de wet het formuleerde opvoedde in de 'algemene christelijke en maatschappelijke deugden'. Hiertegenover stelde Kuyper zijn politieke ideologie van 'soevereiniteit in eigen kring'. Onderwijs behoorde nadrukkelijk en vooral tot de eigen kring. Ouders zouden in staat gesteld moeten worden door de overheid betaalde scholen te stichten, waar zij de geest van het onderwijs zouden bepalen. Dat werd het voornaamste programmapunt van zijn calvinistische Anti-Revolutionaire Partij, die zich in haar naam keerde tegen de gevolgen van de Franse revolutie. Maar Kuypers leer ging verder: tot de soevereiniteit van de eigen kring behoorden niet alleen kerk, onderwijs en politiek, maar ook allerlei andere maatschappelijke verbanden, zoals vakorganisaties, belangenverenigingen, instanties voor ontspanning en cultuur.

Kuypers werkterrein was niet zozeer de elite als wel de maatschappelijke groeperingen daaronder. 'Kleyne Luyden' noemde Kuyper die, een term uit de tachtigjarige oorlog, want aan de strijd tegen de Spaanse overheerser ontleende hij veel inspiratie. De meeste antirevolutionaire symboliek kwam uit die periode.

Om zijn plannen te verwezenlijken had Kuyper de stemmen van deze kleyne luyden nodig. Hij zette zich dan ook actief in voor een verbreding van het stemrecht. Dat werd successievelijk uitgebreid, totdat in 1922 met de invoering van het algemeen kiesrecht voor vrouwen Nederland zich met recht een democratie mocht noemen.

Het model van Abraham Kuyper was ook een zeer geschikt instrument voor de katholieken – in die tijd zo'n dertig procent van de bevolking – die hun tot kerk omgebouwde schuren inmiddels op grote schaal vervingen door trotse neogotische kathedralen, maar zich vaak terecht nog steeds als tweederangsburgers beschouwden. Zij construeerden in het laatste kwart van de negentiende en de eerste tien jaar van de twintigste eeuw een vergelijkbaar netwerk van politieke, godsdienstige en maatschappelijke organisaties. Maar dan met een naar verhouding streng katholicisme als richtsnoer. In de priester-politicus-journalist Schaepman vonden zij een eigen Kuyper. In de Tweede Kamer sloten calvinisten en katholieken een tactisch bondgenootschap, vooral om de onderwijseisen ingewilligd te krijgen, hetgeen in 1917 gelukte.

Het kwam allemaal neer op een offensief tegen de krachten der revolutie, waarvan met name de liberalen het slachtoffer werden. Rond *Recht voor Allen* en Domela Nieuwenhuis groeide een lawaaierige revolutionair-socialistische beweging, die voor veel angst en schrik zorgde, maar aanvankelijk op geen enkele wijze het organisatietalent van protestanten en katholieken kon evenaren. Dat lukte pas, toen onder leiding van de dichter-jurist Pieter

Jelles Troelstra een Sociaal-democratische Arbeiderspartij (SDAP) met reformistische idealen tot ontwikkeling kwam. De socialisten pasten zich een beetje tegen wil en dank bij de gegroeide traditie aan en stichtten zich een vergelijkbaar netwerk van organisaties. Zij hielden alleen afstand tot het onderwijs, al zijn er wel plannen gesmeed om scholen te stichten op sociaaldemocratische grondslag. Toch dwongen de omstandigheden ook hen tot soevereiniteit in eigen kring. Toen de democratie eenmaal een feit was, bleef voor de trotse liberalen niet meer dan een kleine tien procent van het electoraat over.

In 1901 won de katholiek-calvinistische combinatie de verkiezingen. Abraham Kuyper formeerde een kabinet, dat hij strak in de hand hield, zo strak, dat hij kan gelden als de eerste moderne minister-president van Nederland. Sindsdien hebben op een of twee kleine intermezzo's na christelijke partijen de Nederlandse regeringen gedomineerd. Pas in 1994 werden zij voor het eerst naar de oppositie verwezen.

Een grote tolerantie ten opzichte van andersdenkenden

Die soevereiniteit in eigen kring heeft op een bepaalde manier wat te maken met de oude verdeeldheid van de Republiek, die de regenten tot hun compromiscultuur dwong. Want er waren verschillende kringen, vooral binnen het protestantse gedeelte van de bevolking, waar de orthodoxie in zijn verschillende varianten tot verdeeldheid leidde. Abraham Kuyper zelf forceerde binnen de volgens hem veel te pluriforme Nederlandse Hervormde Kerk een scheuring, die pas in de komende jaren lijkt te worden hersteld. Geen enkele kring had een echte meerderheid, zodat de leiders wel naar gezamenlijke belangen moesten zoeken om al compromissen sluitend coalities te vormen. Soevereiniteit in eigen kring vereiste dan ook een grote tolerantie ten opzichte van andersdenkenden. Die hadden het weliswaar bij het verkeerde eind, maar ook het recht om zich in hun eigen kring te organiseren, zoals zij wilden. In het algemeen streefden de leiders van deze soevereine kringen naar afscheiding aan de basis. Nederlands spreekwoord: twee geloven op een kussen, daar slaapt de duivel tussen. Op bestuurlijke niveaus werd echter hartelijk samengewerkt, waarbij ook ruimte bleef voor de liberalen en later de sociaal-democraten. Dit hele systeem stoelde op een netwerk van lokale Kuypers, Schaepmans en Troelstra's die een zeer belangrijke rol hebben gespeeld in de ontwikkeling van eigen stad of streek en naar wie je – net als naar de landelijke leiders – straten genoemd vindt. Hadden de grondleggers, de voorlopers en de eerstelingen nog visionaire kenmerken, hun opvolgers bleken veelal kalme bestuurders, minder op de voorgrond tredende lieden die in houding en bestuurscultuur aansloten op de oude regenten. Anders hadden zij niet kunnen functioneren.

Het gebouw Nederland berust op afzonderlijke zuilen

De politicoloog Arend Lijphart, hoogleraar te Leiden, heeft dit systeem tot onderwerp gemaakt van zijn levenswerk. Hij gaf ook het woord burgerrecht, waarmee de Nederlanders het aanduiden: verzuiling. De symboliek is duidelijk: het gebouw Nederland berust op afzonderlijke zuilen.

In tegenwoordige discussies heeft het woord 'verzuiling' geen prettige klank. Het staat voor een gesegmenteerde samenleving, waarin grote groepen van de bevolking zich laten manipuleren door zogenaamde voormannen die dankzij hun strategische positie in een reeks netwerken feitelijk de macht uitoefenen. Het heeft ook een beetje te maken met geestesdwang. Al snel valt in zo'n gesprek het cliché-voorbeeld van de Rooms-Katholieke Geitenfokvereniging. Nog in 1954 vaardigden de bisschoppen een mandement uit, waarin het katholieken verboden werd lid te zijn van de partij, van de VARA of van de sociaal-democratische vakbeweging. 'De katholiek neemt het en leest het met eerbied,' schreef het grootste katholieke dagblad, *de Volkskrant*. Dat gebeurde ook. Tekenend is overigens, dat dit mandement op geen enkele wijze de toenmalige nauwe politieke samenwerking tussen de katholieke en de sociaal-democratische partij schaadde.

Hoe komt het dan dat tegenwoordig het woord 'verzuiling' zo'n ongunstige klank heeft? Dat komt, omdat de alomvattende maatschappelijke netwerken, waarvan mensen als Kuyper of Schaepman de basis legden, voor een gedeelte nog bestaan. Maar de bijbehorende geestesgesteldheid is verwaterd. Dat proces is in de jaren zestig op gang gekomen en het zet zich nog steeds voort.

De jaren zestig vormen een cultuurhistorische waterscheiding

Want de jaren zestig vormen een cultuurhistorische waterscheiding in de Nederlandse geschiedenis. Dat is op het eerste gezicht merkwaardig, want er is een periode die daar eerder voor in aanmerking komt: de Duitse bezetting van 1940 tot 1945. Dat is zonder meer de meest traumatische ervaring geweest sinds de Tachtigjarige Oorlog en zij wordt daar door de Nederlanders ook vaak mee vergeleken. De Duitse bezetters beperkten zich niet tot het legeren van soldaten en het inschakelen van Nederland voor hun oorlogseconomie, zij trachtten ook actief de samenleving naar nationaal-socialistisch model te reorganiseren. Daar bleek het zuildenken volledig tegen bestand. De nazi's slaagden er wel in de meeste organisaties over te nemen, maar die liepen onmiddellijk leeg om na de bevrijding te herrijzen. Een coalitie van liberalen, sociaal-democraten en verzetslieden trachtte na de oorlog via de massaorganisatie Nederlandse Volksbeweging en een nieuwe Partij van de Arbeid (PVDA) de antinazi-eenheid van de bezettingstijd te bewaren, maar die poging mislukte. De PVDA kwam weliswaar van de grond, maar bleek in de praktijk de oude Sociaal-democratische Arbeiderspartij. Zij werd de kern van de traditionele rode zuil die nu alleen een nieuw kleed had aangetrokken: de verzuilde samenleving had zich een jaar na de Duitse nederlaag vollediger dan ooit hersteld.

Toch zou zij nog geen twee decennia standhouden. Wat was dat dan voor een waterscheiding en waarom kwam zij juist in de jaren zestig tot stand? De meest plausibele verklaring heeft te maken met de ontwikkeling van de nationale economie. Die was sinds ongeveer 1870 weer met horten en stoten gaan groeien, maar dat zelfde gold voor de bevolking. Vanaf ongeveer 1890 zat er geen toename meer in het inkomen per hoofd van de bevolking en dat bleef zo tot het begin van de jaren vijftig. Het bedroeg ongeveer eenvijfde tot eenzesde van het huidige.

Toch nam in die dikke halve eeuw over het algemeen genomen de brede volkswelvaart toe. Dankzij massaproduktie daalden de prijzen van een aantal duurzame goederen, zoals behoorlijke confectiekleding. Bovendien werd de nationale rijkdom eerlijker verdeeld. Dat had veel te maken met het feit, dat de 'zuilen' in veel opzichten emancipatiebewegingen waren. Voor Kuyper, Schaepman en Troelstra stond de verheffing van hun massale achterban voorop. Dat betekende niet alleen eigen onderwijs, maar ook goed onderwijs. Dat betekende volksontwikkeling. Abraham Kuyper maakte in 1892 veel furore met grote sociale congressen, waar het armoedeprobleem werd aangesneden. In tegenstelling tot de sociaal-democraten bestreden de katholieke en de calvinistische leiders de idee van de klassenstrijd. Maar lotsverbetering voor de minder bedeelde aanhangers was een andere kwestie. Op dat gebied verkondigden zij een boodschap van een soort algemeen belang, waarbij ieder het zijne werd gegund en de nationale rijkdom in goed overleg een juiste bestemming vond. De vele lokale Kuypertjes en Schaepmannen, vaak predikanten en pastoors, waren dan ook grote organisatoren.

Zij brachten arbeiders, kleine middenstanders, beoefenaren van bepaalde beroepen in organisaties bijeen, zodat zij gezamenlijk aan lotsverbetering konden werken. Het is typerend, dat het sluitstuk – het *sluitstuk* – van de katholieke verzuiling een organisatie was voor rijke gelovigen, de Sint Adelbertsvereniging. De katholieke vakorganisatie ging hen een kwart eeuw voor.

Achteraf gezien stond alles in het teken van groepsemancipatie, niet die van het individu. Grosso modo leidde die emancipatie in de eerste dertig jaar van de twintigste eeuw tot het verdwijnen van honger en ellende. De levensstandaard van de meeste mensen was in de ogen van een hedendaagse Nederlander uiterst bescheiden en voor hemzelf waarschijnlijk niet acceptabel, maar in het algemeen ging met de groepsemancipatie een algemene welvaartsspreiding gepaard.

Het individu had binnen de groep weinig kansen tot eigenzinnig gedrag. Gewoon uit gebrek aan geld. Een bescheiden financiële positie maakt conformistisch gedrag adequaat. Het is niet verstandig je buiten je groep te plaatsen, want je kunt die groep hard nodig hebben. De verzuilde samenleving beschikte over vele middelen om excentriek gedrag af te straffen. Zo konden pastoor en predikant – dat gebeurde tot in de jaren vijftig – van de kansel preken, dat men zijn inkopen bij geloofsgenoten moest doen. Zij konden ook laten merken, dat sommigen niet langer tot de geloofsgenoten gerekend mochten worden. Met name de socialistische memoire-literatuur wemelt van voorbeelden over 'broodroof' van lieden die teveel sympathie hadden vertoond voor het rode gedachtengoed. Kortom, non-conformisme was een dure, voor de meesten onbetaalbare liefhebberij.

Nee, dit werd allemaal gefinancierd uit reguliere loonstijgingen

Het gemiddelde Nederlandse gezin – vader geschoold arbeider, moeder huisvrouw – beschikte zo rond 1950 over redelijk meubilair. Het loon bood voldoende ruimte voor behoorlijke kleding en voeding. Er kwam een dagblad, een geïllustreerd weekblad, een tijdschrift voor de kinderen. In de woonkamer prijkte een rijtje boeken, verantwoorde romans van een met de eigen zuil verbonden uitgeverij, die vaak via een soort abonnementensysteem aan de man waren gebracht. Daarmee was het wel ongeveer afgelopen. Het ene grote en dure pronkstuk in de huiskamer – waarvoor pasgetrouwden vaak eerst moesten sparen – was de radio. IJskast, grammofoon, wasmachine lagen volstrekt buiten het financieel bereik van de meeste Nederlanders.

Laat staan een toestel om de bescheiden televisie-uitzendingen te volgen die sinds 1951 vooral op aandringen van Philips werden gemaakt. Aan het mogelijk bezit van een auto werd niet eens gedacht.

Schrijver dezes is geboren in zo'n typisch Nederlands gezin, waar de radio de grootste luxe was. Tussen 1958 en 1964 verschenen er successievelijk een televisie, een wasmachine, een ijskast, een elektrische oven en tenslotte een Daf, de toen pas geïntroduceerde Nederlandse personenwagen. Had vader – van zijn vak typograaf bij een middelgrote drukkerij – carrière gemaakt? Nee, dit werd allemaal gefinancierd uit reguliere loonstijgingen. Het bedrag dat ons gezin van het loon overhield, werd opgespaard voor verdere luxe-aankopen, want de gevolgen van ziekte, ongeval en werkloosheid zouden door het stelsel van sociale voorzieningen worden gedekt.

Dit alles was het werk van de naoorlogse regeringen, waarin katholieken, socialisten en calvinisten broederlijk samenwerkten aan een steeds grotere rol van de staat. Dat heeft te maken met bepaalde vormen van in Nederland courant gemeenschapsgevoel die later in dit hoofdstuk aan de orde komen, maar ook met de door die bestuurders bedoelde definitieve verankering van het zuilenstelsel.

Hun maatschappelijke organisaties – met name die op sociaal gebied, de ziekenhuizen, de kruisverenigingen voor primaire gezondheidszorg, het avondonderwijs, de kindertehuizen et cetera – functioneerden aanvankelijk volgens het systeem van de zelffinanciering. Grote uitzondering daarop was het verzuilde onderwijs, dat sinds 1917 grotendeels afhankelijk was van staatssubsidies. De zuilen streefden ernaar deze vorm van financiering steeds verder uit te breiden tot hun hele netwerk, want dat vergrootte de continuïteit. Daardoor kwamen deze organisaties wel verder af te staan van de gewone leden, maar dat achtten slechts weinigen een bezwaar. Zo werd een steeds groter deel van de maatschappelijke zorg een zaak van staatsfinanciering. Dat leidde op zijn beurt weer tot de uitbreiding van het takenpakket. Plichten die in veel maatschappijen op de familie rusten, zoals het verzorgen van ernstig zieken, het steunen van ouders of nooddruftige neven, kwamen daardoor terecht bij speciale organisaties. Een vrouw die pas een kind ter wereld heeft gebracht, kreeg en krijgt gedurende een dag of tien de hele dag hulp van een gespecialiseerde vakkracht. Als de ouders zich niet meer zelfstandig in een woning kunnen handhaven, is er het bejaardentehuis met een hotelachtige service en tal van medische voorzieningen.

De organisaties die voor deze dienstverlening staan, kregen allengs een anoniemer en bureaucratischer karakter. Ze bestonden. Je kon er een beroep op doen. De leverden in het algemeen een goed produkt. Maar ze waren op een bepaalde manier ook ver van de gewone burger verwijderd.

Dat was de paradox van het succes der zuilen

Die burger zag de wereld inmiddels dagelijks op de televisie. Die kon zich een buitenlandse vakantie permitteren. Die veroorloofde zich met het toenemen van het inkomen een groter zelfbewustzijn. Door het goed functioneren van de maatschappelijker organisaties konden de Nederlanders meer als individu gaan denken en voelen, mensen die voor zichzelf leven en niet onderdeel vormen van een groep. Dat was de paradox van het succes der zuilen.

Tegenwoordig juichen veel Nederlanders – een van hun woordvoerders is Marcel van Dam, oud PVDA-politicus en voormalig topman bij de VARA – deze ontwikkelingen toe. Van Dam noemt het een voortzetting van de emancipatie. Anderen betreuren dat. Een van hen is de calvinistische ex-politicus Elco Brinkman, die tegenover het individualisme, dat maatschappelijke verantwoordelijkheden afschuift op door de staat te financieren organisaties, het concept plaatst van de zorgzame samenleving. Daarin trekt de staat zich terug en wijst het individu op persoonlijke plichten ten opzichte van de naasten en de hele groep.

Hoe dan ook, in de jaren zestig begonnen de *establishments* binnen de zuilen hun invloed op de achterban snel te verliezen. Dat werd allereerst duidelijk in de media. De katholieke, de calvinistische en de socialistische pers legden het ineens af tegen niet-zuilgebonden concurrenten die altijd een redelijk deel van de markt hadden weten te bezetten, maar wel binnen bepaalde grenzen. Tegenwoordig bestaat er in Nederland geen dagblad meer dat zich expliciet katholiek noemt, in de jaren vijftig waren dat er nog meer dan dertig.

Interessant in dit verband is het fenomeen *de Volkskrant*, tegenwoordig een links gericht kwaliteitsdagblad, dat concurreert met het vanouds liberale NRC *Handelsblad*.

De *Volkskrant* was aanvankelijk het dagblad van de Rooms Katholieke Vakbeweging, dat het woord van de politieke en geestelijke leiders trouw volgde. Naarmate de gelovigen zich minder gelegen lieten liggen aan de voorschriften der Kerk, werd ook *de Volkskrant* eigenzinniger. Daardoor hield het de kinderen van de oorspronkelijke abonnees – katholieke ambachtslieden – vast.

Deze naoorlogse ambachtslieden vormden de eerste generatie die in staat was hun kinderen een betere opleiding te geven dan zijzelf genoten hadden. De snel groeiende welvaart bracht ook betere onderwijskansen met zich mee. De regering voerde een studiebeurzenstelsel in, maar belangrijker was misschien dat ouders het zich konden veroorloven hun kinderen naar de middelbare school te sturen, omdat zij niet langer hun loon nodig hadden vanaf het moment dat ze een jaar of veertien waren, de leeftijd waarop een Nederlander traditioneel ging werken. Deze tendens werd aan alle kanten bevorderd, want de economische ontwikkeling van het land eiste een steeds hoger geschoolde bevolking.

De jonge generatie – niets anders dan vooruitgang gewend – vond dit alles heel vanzelfsprekend. Zij kon het zich zelfs veroorloven tegen de maatschappij van haar ouders bezwaar te maken, zonder overigens de vruchten daarvan aan de boom te laten hangen.

Ze lieten hun haar groeien

Zulke jongeren kon je met name sinds een spectaculair bezoek van The Beatles aan Amsterdam herkennen: zij lieten hun haar groeien. Ze accentueerden de vanzelfsprekendheid van hun welvaart door in hun vrije tijd spijkerbroeken te dragen, vanouds het symbool van harde, weinig opleverende arbeid, maar nu een symbool van de nieuwe vrijheid. Zij trokken als een soort culturele vlag juist het kledingstuk aan, waarvan hun ouders gehoopt hadden, dat zij ervoor altijd aan zouden ontsnappen. Zij dreven de spot met de oude normen en waarden van gematigdheid, met name op het gebied van de omgang tussen de seksen. De anticonceptiepil – sinds 1963 algemeen verkrijgbaar en zo massaal door iedereen gebruikt, dat de demografische trends die tot dan toe om een snelle bevolkingstoename wezen, omkeerden, maakte lichamelijke contacten veel risicolozer. Zo raakten de culturele waarden en normen aan het schuiven.

De *Volkskrant* berichtte over dit alles uitvoerig en met groeiende sympathie. Ze vierde de verhuizing naar een nieuw krantegebouw met het definitief weglaten van de onderkop 'katholiek dagblad voor Nederland'. Sindsdien definieert *de Volkskrant* zich niet meer. Maar ze is wel een spreekbuis geworden van velen die de verzuiling achter zich hebben gelaten.

Maar wel op een speciale manier: de krant bezingt een cultureel individualisme. Geen persoonlijk egoïsme. Want de redactie komt – typisch Nederlandse zegswijze – op voor de zwaksten in de samenleving. Zij vindt – andere hoogst Nederlandse formulering – dat de sterkste schouders de zwaarste lasten moeten dragen.

Tegenwoordig neigt de dagelijkse oplage naar driehonderdvijftigduizend. In de hoogtijdagen van de verzuiling was dat honderdzeventigduizend. Het calvinistische dagblad *Trouw* maakte een vergelijkbare evolutie door met een veel steviger vasthouden aan de godsdienstige grondslag en weet zich met een oplage van iets boven de honderdduizend wel zo ongeveer te handhaven. Maar de rest van de verzuilde pers – ook de ooit zo krachtige socialistische – is reddeloos verloren gegaan. De *Volkskrant* wist het pleit te winnen door afstand te nemen van de zuil in hetzelfde tempo als de lezers.

De natte aarde van Holland is een goede voedingsbodem gebleken voor paternalisme

Op het eerste gezicht lijkt dat een merkwaardige combinatie: volstrekt liberalisme binnen de privé-sfeer, gecombineerd met bijna het tegendeel daarvan, als het gaat om de organisatie van de maatschappij, die met talloze helpende handen de burgers uit de ellende moet trekken, als zij daar om wat voor reden dan ook in terechtkomen. Toch is dat in Nederlandse ogen niet zo vreemd. Want de natte aarde van Holland is een goede voedingsbodem gebleken voor paternalisme.

In zijn oorsprong is Nederland een christelijke natie en het geloof van de Bijbel heeft net als dat van de Koran een bijzondere belangstelling voor de armen. Het geven van aalmoezen staat onder de deugden hoog aangeschreven, evenals het huisvesten van vreemdelingen en het beschermen van weduwen en wezen. Al in de late middeleeuwen zien wij, hoe gegoede burgers iets voor de armen willen doen. Maar dan wel een beetje op een structurele manier en vaak via hun nalatenschap, want een erfenis voor de minder bedeelden was een sleutel naar de hemelpoort. Een mooi voorbeeld is het gasthuis voor de armen van de provinciestad Schiedam, dat al genoemd wordt in het stadsrecht uit 1275. Het was bestemd voor de armen van Christus, de ouden afgeleefden, zieken en anderen in een gasthuis behorenden, zoals een later document het stelt. De religieuze connotatie blijkt uit de naam: Sint Jacobs Gasthuis.

Zo'n gasthuis was een uitstekend object om 'iets' aan na te laten. Zo verwierf het zich in de omgeving van Schiedam allerlei landerijen. De kosten werden bestreden uit de rente op het vermogen. Maar daarnaast had het stadsbestuur al een primitief soort belastingen ingevoerd om de instelling te steunen. Het beste kledingstuk van een overledene verviel aan het Sint Jacobs Gasthuis evenals een kleine hoeveelheid van de in de stad ten verkoop aangeboden turf.

De overwinning van de calvinisten in de Tachtigjarige Oorlog betekende, dat de hele officiële infrastructuur van kloosters en rooms-katholieke broederschappen verdween. In het algemeen vervielen hun eigendommen aan de plaatselijke autoriteiten die de liefdadige activiteiten als ziekenverzorging nu onder hun eigen toezicht lieten voortzetten.

Ook de strakke calvinistische kerkorganisatie kreeg te maken met minder bedeelde broeders en zusters die zich niet zelfstandig konden handhaven. De aard van die kerkelijke gemeentes liet niet toe, dat men zulke mensen aan hun lot overliet. Hun ondersteuning werd het specialisme van een nieuw soort kerkelijke ambtsdragers, de diakenen. Zo kwam zorg voor armen en zieken in de sfeer terecht van kerkelijke en wereldlijke bestuurders. Een beetje plaatselijke autoriteit zat in het bestuur van een of ander liefdadig lichaam. Met name in de steden namen deze activiteiten uitgebreide vormen aan en zij raakten verstrengeld met de officiële activiteiten van het stedelijk bestuur. Niet dat het ging om wat wij tegenwoordig sociale rechten zouden noemen. Daarvan was geen sprake. Het was een christenplicht om liefdadigheid te beoefenen, maar die kon nooit worden afgedwongen, zeker niet door de begunstigden. In het algemeen gold de vuistregel, dat hulp alleen verleend werd aan echte hulpbehoevenden. Men moet dan niet denken aan mensen zonder werk, maar aan gebrekkigen, aan kinderen, aan bejaarden die niet konden terugvallen op hun familieleden, omdat die bijvoorbeeld tijdens een epidemie waren omgekomen. Buitenlandse waarnemers raakten onder de indruk van deze activiteiten. Zij hadden vergeleken met de rest van Europa een enorme omvang, al moet men daarbij in aanmerking nemen, dat zeker tijdens de Gouden Eeuw de levensstandaard buitengewoon hoog was, zodat er wel wat overschoot om goed te doen.

Daar hoort bij, dat een en ander nu niet direct in het verborgene geschiedde. De zorg voor zwakken en zieken was ook een statussymbool. Dat kwam tot uiting in de omvang van de tot dat doel ingerichte gebouwen. Het Sint Jacobs Gasthuis is nog steeds een dominerend element in de Schiedamse binnenstad: een Grieks tempelfront, met klokkentoren bekroond, verbergt de kapel. Aan beide zijden wordt een ruime binnenplaats begrensd door hoge zijvleugels, waar bejaarden een woonplaats vonden, want het huis was zich gaan specialiseren op ouden van dagen. Het enorme bouwwerk verrees in 1789, een bloeitijd voor Schiedam, toen men het zich kon veroorloven iets indrukwekkends neer te zetten. Tegenwoordig herbergt het gebouw een ruim museum voor moderne kunst.

Veel Nederlandse steden bezitten zulke historische bouwwerken. Amsterdam prijkt bijvoorbeeld met het Maagdenhuis, ooit onderkomen voor weesmeisjes, tegenwoordig het administratief centrum van de universiteit.

Daarnaast zijn er de hofjes. Dat is een reeks kleine huisjes rond een binnenterrein, meestal met gras bedekt. Het geheel wordt van de buitenwereld afgesloten door een poort. Zulke hofjes konden meestal gesticht worden door een legaat van een overleden rijkaard. Hij liet voldoende geld na om de bouwkosten te bestrijden. Er bleef bovendien voldoende kapitaal over om het verder te exploiteren. Gewoonlijk stipuleerde de schenker nauwkeurig voor wie de huisjes bestemd waren: minvermogende weduwen, gebrekkige echtparen van een bepaalde godsdienstige overtuiging, enzovoorts. De meeste Nederlandse steden bezitten nog van zulke hofjes, die in deze eeuw prachtig gerestaureerd zijn en nog maar zelden hun oude functie vervullen. Zij waren en zijn pronkstukken in de historische binnensteden.

Achter de façade van zulke stichtingen ging echter weinig luxe schuil. De bejaarden die een beroep deden op het Sint Jacobs Gasthuis, moesten al hun bezittingen afstaan in ruil voor kost en inwoning. Waren die er niet, dan kregen zij de opdracht – zolang ze nog lopen konden – met lijsten langs de deuren te gaan in een poging althans een deel van de gemaakte onkosten bijeen te bedelen. Deze verplichting is tot in de twintigste eeuw blijven bestaan. Een groot aantal hofjes kende een systeem van 'inkopen'. Men betaalde een vast bedrag en was dan de rest van het leven verzekerd van een 'plaatsje' in het hof plus bepaalde van geval tot geval verschillende toedelingen, zoals een bepaalde hoeveelheid turf om in de winter de kachel te stoken. In andere gevallen stond men het hele bezit af. Dan betaalden de rijken dus meer dan de armen voor dezelfde dienstverlening.

De wezen waren altijd en overal herkenbaar aan hun kleding. Hulpbehoevendheid en afhankelijkheid moesten blijken.

Embarrassment of riches

Toch zat er méér achter die uitvoerige zorg voor hulpbehoevenden. De Britse historicus Simon Schama laat zijn cultuurgeschiedenis over de Nederlands Gouden Eeuw, *The Embarrassment of Riches*, voorafgaan door een citaat van Johannes Calvijn:

'Laten zij die overvloed hebben eraan denken dat ze zijn omgeven met doornen, en laten ze goed oppassen dat ze er niet door geprikt worden.'

De liefdadigheid, zo fraai door hofjes en paleisachtige voorgevels tentoongespreid, verzoende de rijken met het geestelijk ongemak, dat hun materieel succes met zich meebracht. Want hoe libertijns het leven in de praktijk ook mocht zijn, op de achtergrond dreigde het calvinistisch feit, dat uiteindelijk velen zijn geroepen, maar weinigen uitverkoren. Dat welvaart en rijkdom in hun tegendeel kunnen verkeren.

Schama schrijft hierover:

'Huidige historici hebben de gulheid en generositeit van Nederlandse liefdadigheidsinstellingen, net zoals die van andere Europese landen in de barok, bestempeld als een vorm van 'sociale controle'. En de impuls ervan kwam ongetwijfeld voor een deel voort uit verstandelijke overwegingen. Voor een elite die regeerde door overreding in plaats van dwang, waren grote en verplichte filantropische schenkingen een lage prijs om zich te vrijwaren van de dreiging van volksoproeren. Een dergelijke manipulatieve beschrijving veronachtzaamt echter evenveel als ze verklaart. Zo gaat de verklaring voorbij aan de bijna vurige aansporingen aan de Nederlanders zich hun geluk waardig te tonen door iets ervan te delen met de minder bedeelden.'

En: 'Het was meer een morele evenwichtsoefening die de Nederlanders veroorloofde rijkdommen te behouden in plaats van ze te verzaken, op voorwaarde dat ze werden gegeven aan gemeenschappelijk bepaalde doelen.'

Toch zit er in die liefdadigheid misschien een belangrijker element van sociale controle dan Schama graag wil toegeven. Wie de reglementen van de instellingen van weldadigheid leest, merkt verbaasd op, hoe nauwkeurig het leven daar werd gereglementeerd en hoe ontzettend veel aandacht blijkbaar werd besteed aan het voorkomen van misbruik. Het is treffend om te zien, hoe vaak de regenten er in slaagden de reserves steeds te laten stijgen, zodat de instelling steeds rijker werd, terwijl de begunstigden een uiterst sober leven leidden. Het Sint Jacobs Gasthuis had in de kelder zelfs een klein gevangenisje voor lastige ouden van dagen. Treffend is ook een oproep – uit de jaren veertig van de vorige eeuw – aan de Amsterdamse burgerij om armenscholen te steunen. Argument: de kinderen leren zo gehoorzaamheid en dankbaarheid. Rond diezelfde tijd publiceerde de predikant-literator Bernard ter Haar een gedicht, waarin hij God dankt voor het bezit van een pelsjas, omdat hij een arme vrouw in de kou ziet huiveren. Daar zat geen woord cynisme bij. Dat was gemeend. In de middeleeuwen al werd opgemerkt, dat het bestaan van armen een door God bedoeld nut had: de rijken werden zo in staat gesteld daden van naastenliefde te bedrijven. Aan de andere kant is het ook weer gevaarlijk om een twintigste-eeuws oordeel te vellen over toestanden en gebruiken in een ver verleden. Dat gebeurt veel in Nederland, want reglementen als die van het Sint Jacobs Gasthuis met zijn verplichte bedelarij en dat gevangenisje leven hier en daar nog in het collectief geheugen. Dat zijn gruwelverhalen die graag worden verteld om het contrast aan te geven met de tijd van nu, waarin sociale voorzieningen een recht zijn en *de Volkskrant* of *Trouw* en zijn lezers pal staan voor het behoud daarvan.

Dat uitgebreide stelsel van sociale voorzieningen is een vrucht van deze eeuwhelft, maar de basis is al veel eerder gelegd. Ook weer in de hoogtijdagen van de verzuiling. En sterk onder de invloed van het opkomend socialisme. Een stelling bleef binnen die zuil altijd overeind: een menswaardige beloning voor arbeid, maar ook bescherming tegen de gevolgen van werkloosheid, ziekte en ouderdom zijn een récht waarop iemand aanspraak kon maken. In calvinistische en katholieke kringen werd daar iets anders over gedacht – men zocht het meer in gezamenlijk sparen en collectieve verzekeringen – niet in staatsvoorzieningen – maar het resultaat was hetzelfde. Ook de minvermogenden moesten zich kunnen beschermen tegen de slagen van het lot. In de praktijk waren het aanvankelijk liberalen en later katholieken en calvinisten die de eerste sociale voorzieningen totstandbrachten. Zo kwamen er op den duur met overheidssteun georganiseerde werkloosheidsverzekeringen, die door de verzuilde vakbonden werden beheerd. Daar bleef het niet bij: de overheid betaalde een schriele steun aan wie door langdurige werkloosheid niet langer voor een uitkering uit die kassen in aanmerking kwam.

De meeste regelingen waren gebaseerd op een verzekeringssysteem

De welvaartsexplosie na 1950 gaf de nog steeds verzuilde overheid de gelegenheid om deze steun op een andere leest te schoeien. Daarbij werd als vanouds gekozen voor een compromis: burgers konden een recht doen gelden op ondersteuning, maar de meeste regelingen waren gebaseerd op een verzekeringssysteem. Het eerste voorbeeld daarvan was de Algemene Ouderdomswet (AOW) die elke Nederlander na zijn vijfenzestigste een uitkering garandeert ongeveer op het niveau van het wettelijke minimumloon. Daarvoor betalen de burgers premie. Daaruit wordt echter geen fonds gevormd, dat via beleggingen en zakelijke activiteiten zorgt voor voldoende kapitaal om de pensioenen tot in lengte van dagen te betalen. Er is sprake van een omslagstelsel: de pensioenen worden betaald met de opbrengst van de verplichte premiebetalingen door de jongere generaties. De later ingevoerde Wet op de arbeidsongeschiktheidsverzekering (WAO) werkt volgens hetzelfde systeem. En hetzelfde geldt voor de ziekenfondsen. Wie premie betaalt, bouwt dan ook geen rechten op. De overheid kan de wet desgewenst intrekken, de hoogte van de uitkeringen veranderen dan wel de voorwaarden of de tijdsduur daarvan. Dat heeft zij de laatste jaren ook gedaan, wat haar de reputatie heeft bezorgd van een onbetrouwbaar verzekeraar, want de gemiddelde burger heeft weinig begrip voor de uitleg van het 'omslagstelsel'. Dat geldt immers niet voor de gewone commerciële verzekeringen waar de meeste Nederlanders mee te maken hebben.

Het onderhandelingsproces tussen de werkgevers en de werknemers kent over het algemeen een vrij rustig verloop. Dat heeft te maken met de organisatie van de calvinistische en de katholieke zuil, waarin confessioneel georganiseerde vakbonden dito werkgeversorganisaties ontmoetten en waar een ideologie gold van naar elkaar luisteren en goed overleg. Deze mentaliteit is op den duur overgeslagen naar het socialistisch deel van de vakbeweging en de liberale werkgevers.

In die onderhandelingen spelen de arbeidsvoorwaarden gewoonlijk een minstens zo belangrijke rol als de hoogte van de lonen. Ze worden per economische sector gevoerd en leiden tot Collectieve Arbeids Overeenkomsten, die voor een hele bedrijfstak gelden. Daarin staan naast regelingen over het loon juist veel afspraken over zaken als scholing, aanstelling en ontslag. De vakbondsonderhandelaars hebben de neiging looneisen te matigen, als daar bijvoorbeeld het behoud van arbeidsplaatsen tegenover staat.

Bijna elke bedrijfstak heeft tegenwoordig een pensioenfonds, waaraan werkgevers en werknemers forse premies bijdragen. Deze fondsen zijn tegenwoordig de belangrijkste spelers op de kapitaalmarkt. Het zijn particuliere instellingen die de premiebetalers wel rechten laten opbouwen naar rato van het aantal jaren dat zij hun bijdragen stortten. De pensioenen komen bovenop de AOW en zijn als zodanig het beleg op de boterham.

Waar gaten vallen, vult de overheid die op. Wie niet (meer) in aanmerking komt voor een uitkering krachtens de Werkloosheidswet (WW – weer zo'n omslagverzekering) krijgt een uitkering van de Bijstand, die uit de belastingopbrengst wordt betaald.

Het duidt op risicomijding
Dit alles wijst op een zekere keuze voor vastigheid en continuïteit. Het duidt op risicomijding. De Nederlandse econoom Hans van den Doel, vooral in de jaren zeventig invloedrijk, houdt staande, dat Nederlandse werknemers het behoud van hun baan belangrijker vinden dan loonstijgingen, dat zij zekerheid van een inkomen en bescherming tegen slagen van het lot – inclusief werkloosheid – hoger aanslaan dan een fors salaris in het hier en nu.

Ook het sinds de Tweede Wereldoorlog ontstane ontslagrecht wijst daarop. Werkgevers zijn niet vrij hun personeel naar willekeur te ontslaan. Daarvoor is officiële toestemming nodig die, met redenen omkleed, moet worden aangevraagd. Als een werkgever kan bewijzen, dat er voor betrokkene geen werk meer is, wordt die toestemming in het algemeen verleend. Maar dan moet het er ook echt niet meer zijn, ook niet op een andere plek in het bedrijf. Veel bedrijfstakken hebben in de Collectieve arbeidsovereenkomst (CAO) afspraken gemaakt over de volgorde van ontslag, waarbij dan gewoonlijk de jongsten het eerst eruit vliegen of het principe geldt *last in, first out*. Hoe trouwer een werknemer het bedrijf blijft, hoe zekerder zijn arbeidsplaats wordt. Dit geldt met name voor ambtenaren en met hen gelijkgestelde werknemers bij *non-profit* instellingen, die anders dan bij zeer langdurige wanprestatie alleen ontslagen kunnen worden, als hun functie wordt opgeheven. Ontslagprocedures eindigen vaak voor de rechter en veel bedrijven kunnen werknemers alleen maar kwijt door afkoopsommen te betalen. Gaat het om collectieve ontslagen, dan bedingen de vakbonden vaak een afvloeiingsregeling.

Hoe dan ook, al neemt onder jongeren 'job hopping' toe, de Nederlandse werknemer blijft een bedrijf graag trouw. Vaak noodgedwongen, want de weinig flexibele ontslagregelingen zorgen er ook voor, dat er naar verhouding weinig openingen komen. Tot voor kort was het bovendien zo, dat iemand die veertig jaar in dienst bleef bij dezelfde werkgever, automatisch in aanmerking kwam voor een koninklijke onderscheiding. Sinds kort is dit automatisme afgeschaft.

De kosten van dit ingewikkeld regelingenstelsel worden gedragen door werkgevers en werknemers samen. De gemiddelde Nederlander is ongeveer de helft van het bruto-inkomen kwijt aan belastingen en premies. Omdat het heffingensysteem progressief is, kan dit bij hoger betaalden enorm oplopen. Dat maakt het aanstellen van personeel duur, terwijl het vrij besteedbaar bedrag, dat een werknemer overhoudt, ook internationaal gezien, niet buitensporig hoog is. Al moet men er wel rekening mee houden, dat er geen dwingende noodzaak bestaat een spaarpot te vormen voor ziekte en andere persoonlijke rampen.

Dit schept een grote persoonlijke vrijheid. Men moet in Nederland werkelijk zijn best doen om helemaal aan de grond te raken. Eigenlijk kunnen alleen verslavingen aan drugs en alcohol of enige psychische stoornis daartoe leiden. Wie om de een of andere reden niet meer in eigen onderhoud kan voorzien, valt altijd onder een anonieme regeling die een uitkering verstrekt. Men is nooit afhankelijk van goedgunstigheid. Daardoor is de greep van de omgeving op het individu in de praktijk sterk afgenomen.

Naast deze regelingen is er een uitgebreid systeem van sociale en maatschappelijke zorginstellingen die in feite uit overheidsgeld worden gefinancierd en bijna gratis hun diensten verlenen.

Zo schiepen de zuilen zelf het maatschappelijk kader, dat de afzonderlijke burgers in staat stelde zich uit hun greep los te maken. Dat proces ging gelijk op met de brede ontwikkeling van het sociale zorgsysteem.

Toch waren het niet eigenzinnige burgers alleen die vanaf de jaren zestig de afbrokkeling van de zuilen op gang brachten.

Het algemeen betwijfeld christelijk geloof

De eigen voorlieden geloofden niet langer in de hermetische ideologisch-religieuze denksystemen die tot dan toe de eenheid bewaarden. Dat gold met name voor de rooms-katholieke kerk die door het Tweede Vaticaans Concilie in een geestelijke stroomversnelling raakte. Dat concilie was door paus Johannes XXIII bijeengeroepen om de versteende en verkalkte structuur van de internationale rooms-katholieke kerk te moderniseren. Die boodschap sloeg aan bij de Nederlandse geestelijkheid – tot dan toe vooral bekend om haar trouw aan de paus en de overgeleverde kerkelijke waarheden en tradities. Geestelijken zelf stelden hoekstenen van het traditionele kerkleven zoals het priestercelibaat ter discussie. De bisschoppen beriepen een 'pastoraal concilie' om tot een grotere democratisering te komen.

In de calvinistische kerken trad een generatie predikanten op die de protestantse tradities op dezelfde radicale manier aan een kritisch onderzoek onderwierpen. Zij hadden met hun katholieke collega's iets gemeen: zij geloofden niet langer in een God die zijn gezag ontleende aan strenge wetten en voorschriften, aan het dreigen met eeuwige verdoemenis. Zij predikten een God van Liefde. Uitvloeisel daarvan was, dat die liefde ook centraal moest staan in de manier waarop de mensen met elkaar omgingen. In het nieuwe theologisch discours, zoals dat onder de mensen werd gebracht via *de Volkskrant, Trouw,* de KRO en de NCRV kreeg het woord gerechtigheid een centrale plaats. Dat verwierf zich allengs een meer politieke inhoud. Het werd in verband gebracht met de schrijnende mondiale verschillen tussen de rijke geïndustrialiseerde landen en de arme Derde Wereld. Het werd toegepast op de eigen Nederlandse samenleving, waarin men veel ongelijkheid constateerde. De heilsboodschap daalde af van de hemel naar de aarde. Ze verloor ook veel van haar dwingend karakter.

In 1993 publiceerde een calvinistisch voorganger van deze vernieuwing, prof. dr. H.M. Kuitert een bestseller onder de titel *Het algemeen betwijfeld christelijk geloof.* Het waren de vernieuwers die onder de gewone gelovigen de twijfel op gang brachten. Zowel bij katholieken als calvinisten nam het kerkbezoek en het waarnemen der godsdienstplichten snel af. Met name jongeren bleken steeds minder boodschap te hebben aan de kerk. Dit alles gold nadrukkelijk niet voor de kleine, strenge kerkgenootschappen die tegen de verdrukking in de traditionele leer handhaafden. Zij maakten zelfs een hernieuwde bloei door, al bleven ze met ongeveer zeshonderdduizend aanhangers op een bevolking van vijftien miljoen een betrekkelijk marginaal verschijnsel. Maar ze handhaafden wel alle parafernalia van het oude zuilenstelsel, compleet met twee dagbladen en een nieuwe omroepvereniging, de Evangelische Omroep. Juist omdat hun leiders de vernieuwingsdrang konden weerstaan, toen het erop aankwam, wisten zij zich te handhaven.

Ook de sociaal-democratie maakte een periode van vernieuwing door. Een nieuwe generatie politici verdreef op veelal liefdeloze wijze de zittende bestuurders die geheel volgens de regels van het oude zuilensysteem het door de oorlog verwoeste Nederland hadden wederopgebouwd. Het vaandel waaronder dit alles gebeurde, was net als bij katholieken en protestanten, dat van de vrijheid. Maar de nieuwe socialisten grepen terug op de oude symboliek van de revolutionaire begintijd om zich te onderscheiden van het zittende geslacht, dat juist een beetje afstand had genomen van de rode vlag, het zingen der internationale en het zich beroepen op Karl Marx om hun andersdenkende coalitiegenoten niet te provoceren. Dat wilden de nieuwelingen juist wel. Zij prezen een 'conflictmodel' aan als alternatief voor het tot dan toe vigerende 'harmoniemodel,' dat de regenten slechts in de kaart speelde.

De regenten? Die term stond plotseling centraal in het politieke debat. De zittende bestuurders werden door de nieuwe oppositie vergeleken met hun zeventiende en achttiende-eeuwse voorgangers die zich door coöptatie, vriendjespolitiek en overleg achter de schermen in het zadel hadden gehouden. Ook nu was het beleid weer de resultante van onduidelijke, blijkbaar in achterkamertjes totstandgebrachte compromissen. In 1966 stichtten journalistiek *angehauchte* politieke *outsiders*, de nieuwe partij Democraten '66 met een programma dat zich geheel tegen de Nederlandse vorm van politiek bedrijven keerde. De partij predikte openheid en stelde over belangrijke kwesties het referendum voor. Bij de verkiezingen van het volgend jaar verwierf de partij zich zeven van de 150 zetels, voor Nederlandse begrippen een schitterend resultaat.

Nu stonden de zittende bestuurders inderdaad in een traditie van drie eeuwen oud. Nog steeds was buigzaamheid en een weinig flamboyante houding, was compromisbereidheid en niet al te duidelijke ambitie een voorwaarde om politiek goed te kunnen functioneren. Burgemeesters, ministers, staatssecretarissen en kamerleden hadden nog steeds een imago van voorzichtigheid. Maar hoogmogend waren ze ook, net als hun voorgangers. Vanaf de Tachtigjarige Oorlog had het gezag, hadden de hoogmogenden zich uiterst serieus genomen. Ze wensten met eerbied en ootmoed te worden bejegend. Ze wisten zich sinds de groepsdemocratisering van de zuilen voormannen van belangrijke onderdelen van de bevolking. Maar ze beschouwden zich veel minder als vertegenwoordigers, als boodschappenjongens van het electoraat. Ze deden werkelijk hun best de belangen van hun achterban te behartigen, maar wel op hun eigen manier.

Tegen de regenten werd 'mondigheid' in het geweer gebracht

Dat botste met de eigenzinnigheid van steeds meer burgers. Tegen de regenten werd 'mondigheid' in het geweer gebracht. De burger was tegenwoordig mondig. Dat wil zeggen: die kon zelf zijn mondje roeren en had geen woordvoerders nodig. Daarom diende inspraak geëist te worden. De eis tot inspraak – het recht om geraadpleegd te worden bij zaken die je persoonlijk aangaan – werd al gauw geradicaliseerd tot medezeggenschap, wat niet alleen mee-praten inhoudt, maar ook mee-beslissen. De eis van de partij der Democraten voor een referendum was daar een rechtstreeks uitvloeisel van. Hun leiders predikten trouwens in navolging van buitenlandse voorbeelden het einde der ideologieën, waarmee zij bedoelden, dat het individu tegenwoordig zelf zijn persoonlijk politiek-ideologisch complex kon vormen, daar het door zuilen aangereikte denkraam niet voor nodig had.

Niet alleen de ondergang van de verzuilde pers, maar ook de verkiezingsresultaten gaven blijk van deze verschuiving. Met name de Katholieke Volkspartij leed sterke verliezen. De beide grote calvinistische formaties en de sociaal-democratische Partij van de Arbeid lieten ook veren, maar in mindere mate. Toch was de tendens duidelijk: de zuilen stortten ineen en daarmee het oude model van de groepssolidariteit.

Met name intellectuelen herinneren zich de jaren zestig als een inspirerende periode vol gisting en revolutie. Op universiteiten vonden spectaculaire bezettingen plaats. Studenten en docenten eisten medezeggenschap van hun hoogleraren. De nieuwe individuen ontdekten, dat zij door toch massaal op te treden de aandacht konden trekken, met name van de televisie. Men bracht dit tot stand door massademonstraties met spandoeken, overigens een actiemodel dat door de grondleggers van de zuilen veel was toegepast, maar sindsdien in onbruik was geraakt. Het kwam er vooral op aan spandoeken met duidelijke leuzen mee te voeren, zodat die op het beeldscherm leesbaar waren.

Zulke massademonstraties waren tegen het regentendom gericht, maar meestal met een omweg. De 'regenten' waren trouwe bondgenoten van de Verenigde Staten met wie Nederland in de NAVO zat. Men ging dus massaal de straat op tegen het Amerikaanse ingrijpen in Vietnam.

In Amsterdam herontdekte een groep jongeren het anarchisme, een negentiende-eeuwse ideologie die ervan uitging, dat gerechtigheid alleen bereikt kon worden als de mensen zonder enige dwang vrijwillig met elkaar samenwerkten. Zij noemden zich *provo's* naar de term waarmee de criminoloog Buikhuizen in zijn proefschrift het onderdeel van de jeugd aanduidde, dat zich niet hield aan de maatschappelijke normen. Dat was om te provoceren, aldus Buikhuizen. De Amsterdamse provo's ontdekten, dat de regenten en hun gezagsapparaat, met name de politie, zich uitstekend lieten provoceren, vooral als je ze in een belachelijke positie bracht. Fameus werd het geval Koosje Koster, die door een rechter veroordeeld werd omdat zij aan de openbare weg krenten had uitgedeeld onder het publiek. De provo's lanceerden utopische ideeën met een bepaald soort werkelijkheidsgehalte, zoals het witte fietsenplan, publieke, door iedereen te gebruiken fietsen om het autoverkeer uit de binnenstad te bannen. Maar centraal in hun optreden was toch de wekelijkse *happening* in het centrum van Amsterdam, samenscholing rond middernacht die altijd door de politie uiteengeslagen werd onder grote belangstelling van een sterk met de provo's sympathiserend publiek. De happenings vonden plaats in het centrum van Amsterdam rond het beeld van 'Het Lievertje', voorstellend een Amsterdams straatschoffie en geschonken door een belangrijk sigarettenfabrikant. De provo's – hoewel zelf vaak stugge rokers – zagen in dat geschenk hypocrisie: een stad hoorde geen cadeaus te accepteren van kankerverwekkers.

Zo ontstond in Amsterdam een jennerig klimaat en de positie van burgemeester Van Hall, tegelijk sociaal-democraat en nazaat van een oud en verheven regentengeslacht werd steeds onmogelijker. Met name nadat het huwelijk van kroonprinses Beatrix met de Duitse diplomaat Claus von Amsberg tot werkelijk massale rellen had geleid. Het harde optreden van de politie ontmoette veel kritiek in de pers en op de televisie. Het gezag verloor inderdaad zijn gezicht. De provo's hieven zichzelf overigens binnen een jaar officieel op, omdat het geintje lang genoeg geduurd had. Maar zij hadden internationaal de aandacht getrokken met hun humoristische manier om het gezag te provoceren.

Het succes van de provo's en aan hen verwante groeperingen hing nauw samen met de vage sympathie die hun acties wekten bij een deel van de media. Daar waren jongere generaties ook bezig om grenzen te verkennen. Zo maakte de auteur Jan Cremer furore met een seksuele autobiografie, die in de Nederlandse uitgeverswereld een nieuwe term creëerde: *onverbiddelijke bestseller*. De hooggewaardeerde literator Gerard Reve publiceerde aan de lopende band werk, waarin hij een band legde tussen – overigens zeer traditioneel – katholiek geloofsleven en een homoseksuele instelling. De tot dan toe bekendste passage in zijn werk leidde tot een proces. Daarin heeft hij op zolder – ook dat nog – gemeenschap met God in de gedaante van een ezel. Hij won dat proces, want de autoriteiten – geraakt door de tijdgeest en bang voor belachelijkheid – wisten ook niet meer precies, waar zij hún grenzen moesten leggen. Zo viel de controle op pornografie – tot dan toe streng – binnen een jaar of wat geheel weg, wat tot een snel opbloeiende sector in het tijdschriftwezen aanleiding gaf. Botsingen met een controlerende overheid waren er aanvankelijk te over, maar die leidden er vrijwel onveranderlijk toe, dat de betrokken ambtsdragers hun gezicht en hun gezag verloren.

Zij bleken immers aanhangers van de regentennormen, van de zuilentirannie, zij werden voortaan gerekend tot wat de provo's – beroemd om innoverend taalgebruik – aanduidden als de 'misselijk makende middenstand' en het 'klootjesvolk'. Die laatste term was in zijn oorsprong een scheldwoord voor de armen, maar de provo's gaven er een nieuwe betekenis aan, die snel het woordenboek Van Dale haalde: 'mensen wier belangstelling zich beperkt tot het materiële en zich niet uitstrekt tot het sociaal-culturele'. Van Halls lot, wiens carrière op wat een hoogtepunt moest worden, was gefnuikt, stond eenieder voor ogen.

Bovendien: de zittende machten hadden in hun traditie iets, wat zich ook op de moderne tijd liet toepassen: soevereiniteit in eigen kring. Waarom zou men dit nieuwe type burger niet ook zijn eigenheid gunnen, zolang anderen maar niet werden lastig gevallen? Gemeentebestuurders ontwikkelden de neiging om de nieuwe generatie eigen ruimtes te gunnen, vaak letterlijk. En met subsidie voor culturele activiteiten. De jongeren speelden daarop in, door dat van de overheden te eisen. Zo ontstonden er allerlei centra, waar de liefhebbers bijvoorbeeld hun hippie-subcultuur tot uiting konden brengen. Net zoals ooit het R.K. Harmoniegezelschap Sint Cecilia, de Gereformeerde fanfare 'Harpe Davids' en het socialistisch koor 'Kunst door Strijd' zich van overheidswege wisten gesteund. De opstandige jongeren, de kritische burgers werden geïncorporeerd door ze eigen ruimte te geven en ze tegelijk afhankelijk te maken van het systeem als geheel. Dat leidde tot pacificatie en het uithollen van het conflictmodel.

Relmakers vernielen auto's

Niet dat deze radicale jongeren nu over een massale aanhang onder de Nederlanders beschikten. Integendeel, in de tweede helft van de jaren zestig zou Nederlands conservatiefste dagblad *De Telegraaf* zijn oplaag zo ongeveer verviervoudigen tot drie kwart miljoen. Juist door zich fel af te zetten tegen elk politiek radicalisme, tegen alle aantasting van wat gold als burgermansfatsoen. 'Relmakers vernielen auto's,' was de legendarische kop waarmee een grote politieke demonstratie werd beschreven, die was uitgemond in enig geschermutsel met de politie, waarbij daar toevallig geparkeerde voertuigen niet ongeschonden waren gebleven. *De Telegraaf* nam het op voor het klootjesvolk.

De Telegraaf: een vreemde eend in de bijt van de verzuiling

Het dagblad behoorde als vanouds tot de minderheid die zich aan dit systeem had weten te onttrekken, de resten van het liberale establishment. *De Telegraaf* had een voor Nederlandse begrippen sensationeel en populistisch karakter. In de jaren vijftig en zestig predikte de redactie gezag en orde, verzette zich tegen het allengs groeiende stelsel van sociale voorzieningen, dat zij met bedilzucht, geldverspilling en het belonen van luiheid associeerde. Daarnaast had de krant veel begrip en aandacht voor de geneugten van de welvaart. Ze omarmde een consumentisme, dat de bezorgde calvinist – ook in vernieuwde Kuitert-gedaante – amoreel zou noemen. *De Telegraaf* had gevoel voor show, voor glitter, voor sterren, voor de droom van rijkdom en geluk. Ze had lak aan wat Schama *the embarrassment of riches* noemt. Dat zorgde voor de doorbraak.

Een zelfde doorbraak gaven televisie en radio te zien.

Alle zendtijd was in handen van een vijftal meest met zuilen verbonden omroepverenigingen. Zij bonden elk honderdduizenden leden aan zich door het toezenden van een omroepweekblad, want op het publiceren van programmagegevens hadden zij een monopolie. Reclame bestond niet. De programma's werden gefinancierd uit een jaarlijkse bijdrage die de overheid hief van wie een radio of televisie bezat.

Ondernemers liepen al langer te hoop tegen het monopolie dat de omroepverenigingen hadden. Zij wilden op zijn minst een commercieel net naast het bestaande, dat winst zou maken door het verkopen van commercials. De politieke vertegenwoordigers van de zuilen wisten dat aanvankelijk in het parlement tegen te houden. Daarom begon de zakenman Bul Verwey een commerciële radiozender op een schip buiten de territoriale wateren, waar de Nederlandse overheid geen gezag kon doen gelden. Dit Radio Veronica zond voornamelijk muziek uit, aan elkaar gepraat door een voor Nederland nieuw fenomeen, de disc-jockey. Andere ondernemers plaatsten een booreiland in zee om van daaruit commerciële televisie-uitzendingen te verzorgen. Zij werden wel uit de lucht gehaald, want de wet bleek het enteren van kunstmatige eilanden wel toe te staan. Dit ingrijpen was echter bij de burgerij hoogst impopulair. Dat bracht de regering ertoe de omroepwet te wijzigen. Het kwam erop neer, dat heel democratisch de hoeveelheid zendtijd voortaan samen zou hangen met het aantal leden van elke omroepvereniging afzonderlijk en er mochten ook nieuwe organisaties worden toegelaten. Bovendien werd in beperkte mate reclame toegestaan.

Hoever de zuilen waren afgebrokkeld bleek, toen de tv-makers van het booreiland de Televisie en Radio Omroep Stichting (TROS) oprichtten. Hun vereniging – een soort elektronische *Telegraaf* – groeide binnen een paar jaar uit tot de grootste omroep. Ze moest die plaats later afstaan aan Veronica, dat ook omroepvereniging werd, toen een wetswijziging het radiozenders ter zee onmogelijk maakte te functioneren. Tegenwoordig heeft Veronica ongeveer een miljoen leden, tweemaal zoveel als de traditionele omroepen, die zich redelijk wisten te handhaven door in hun programmering veel van het ideologisch karakter prijs te geven. Veronica heeft inmiddels het omroepbestel verlaten om een strikt commercieel bedrijf te worden, wat door een wetswijziging mogelijk was geworden.

De kracht van TROS en Veronica zijn pretentieloze amusementsprogramma's en meestal uit Amerika geïmporteerde *soaps* en speelfilms. 'Je bent jong en je wilt wat', was lange tijd de slogan van Veronica. Dat zegt genoeg. De andere omroepen hadden een dergelijke invulling van de zendtijd altijd als een schrikbeeld afgeschilderd. Zij beschouwden radio en televisie als een middel om de bevolking op te voeden, in het goede spoor te houden, te informeren volgens de juiste uitgangspunten. Ook toen al lang bleek, dat de mondige burgers daarvan niet zo gediend waren. Nu moesten de andere omroepen in het kielzog van TROS en Veronica meevaren, wilden zij niet met hun leden de uitzendlicentie verliezen.

Om het lidmaatschap wordt overigens een felle concurrentiestrijd gevoerd. Dit gebeurt sinds de jaren zestig niet meer met inhoudelijke argumenten, maar met de prijs en de omvang van het wekelijks programmatijdschrift. De behoudend calvinistische Evangelische Omroep is een uitzondering op die regel. De VPRO ook.

De VPRO is eigenlijk de Vrijzinnig Protestantse Radio Omroep die eind jaren zestig haar godsdienstig karakter geheel liet vallen om zich te wijden aan experimentele en vernieuwende programma's met een intellectueel karakter. Het is zo'n beetje *de Volkskrant* van de ether. In de begintijd van de vernieuwing onderscheidde zij zich door provocaties en schandalen door te bespotten wat anderen heilig vonden. De VPRO was bijvoorbeeld de eerste Nederlandse omroep die een frontaal naakte vrouw vertoonde, een gebeurtenis die nog steeds in het geheugen van de huidige veertigers en vijftigers gegrift staat. Lidmaatschap van VPRO of EO is een bewuste keuze. Uit allerlei onderzoek blijkt, dat de leden van de andere omroepen zich eerder abonnee op een programmablad voelen.

Net als de omroepen wist het netwerk van confessionele scholen zich zonder problemen te handhaven. Het bleek, dat ontzuilde ouders vooral op zoek waren naar een goede school in de buurt van hun woning. Die school – intussen – was in het algemeen ook door het kerkelijk vernieuwingsproces gegaan. Het godsdienstig stempel op het onderwijs was minder zwaar en exclusief geworden. Vaak stelden besturen zich op het standpunt van de oecumene, die ineens zeer populair was geworden, het samenwerken van verschillende kerkelijke genootschappen. In het algemeen verdween de in de oude tijd gelegde nadruk op het eigen gelijk. Dat kwam soms in de naamgeving tot uiting. Zo wijzigde de gerenommeerde middelbare school Sint Franciscus College in Rotterdam zijn naam in City College Sint Franciscus. Het onderwijzend personeel maakte trouwens een zelfde ontkerkelijkingsproces door als de ouders.

Nauwkeurig hetzelfde gold voor instellingen van sociale dienstverlening, zoals bejaardentehuizen of hospitalen. Ook daar bleef het verzuilde netwerk intact, terwijl het duidelijke imago verwaterde.

Het maatschappelijk middenveld

De reden daarvoor is duidelijk: alle verzuilde instellingen die voor hun financiering van overheidssubsidies en belastinggeld afhankelijk waren, hoefden hun structuren niet aan te passen: het geld kwam toch wel. En de cliënten ook, zolang de dienstverlening maar geen al te ideologisch stempel droeg. Die cliënten merkten dat trouwens niet in hun eigen portemonnee. Ze kregen geen rekening, omdat ze voor die dienstverlening betaalden via de belasting of via verzekeringen. In de jaren tachtig ontstond een nieuwe term voor dit complex: het maatschappelijk middenveld. Er werd daar, zo luidde de kritiek, veel ongecontroleerde macht uitgeoefend door allerlei besturen, die machtige organisaties in leven hielden met een beroep op dode uitgangspunten.

Toch bleven ze vrijwel onaantastbaar. De bestuurders van de uiteenlopende organisaties vormden hechte netwerken, waarin zij als volleerde regenten met elkaar samenwerkten en zij bezaten nog steeds hun bondgenoten in de nationale politiek. Daar waren de twee calvinistische partijen en de Katholieke Volkspartij in het zicht van structureel electoraal verlies steeds nauwer gaan samenwerken, totdat zij zich in 1980 definitief verenigden tot een enkele partij het Christen-democratisch Appèl (CDA). Deze partij kon tot in de jaren negentig rekenen op eenderde van het electoraat. Dat was veel minder dan de vijftig tot vijfenvijftig procent die hen in de grote tijd van de verzuiling altijd deelachtig werd, maar voldoende om coalitieregeringen te blijven domineren. De partijleider van dat moment, Ruud Lubbers, die de opeenvolgende regeringen tot 1994 zou blijven domineren, voerde overigens een leus met een weinig ideologische inhoud: *no nonsense*. Hij verwierf zich daarmee de reputatie van een zorgvuldig en voorzichtig financier die weinig geduld had met verspilling van belastinggeld. Op die manier zouden zijn voorgangers uit de hoogtijdagen van de verzuiling nooit de politiek hebben kunnen domineren. Wat was er gebeurd?

De maatschappelijke ontwikkelingen uit de jaren zestig hadden een zware aanslag gepleegd op het groepsgevoel van de burgers. De eerbied voor predikant en pastoor, voor het gezag in het algemeen had een heftige knauw gekregen. Dat zelfde gold voor overgeleverde normen en waarden. Tot in de jaren zestig gold het als buitengewoon schandalig, wanneer mensen buiten het huwelijk om samenwoonden. Dat was iets voor de geïsoleerde *bohémiens* die naar de grote stad, met name Amsterdam, gevlucht waren, om te ontkomen aan de sociale controle. Ook voorechtelijke seks werd streng veroordeeld. Het was in ieder geval iets, dat verliefde paren strikt voor de buitenwereld verborgen hielden. De brede beschikbaarstelling van de anticonceptiepil, die je via de dokter kon krijgen zonder dat daar een haan naar kraaide, had een groot deel van het risico weggenomen. De vernieuwing binnen de kerken had veel oude regels bespreekbaar gemaakt. Binnen een paar jaar was het gebruikelijk, dat verliefde paren zonder gang naar kerk en stadhuis gingen samenwonen. Op den duur kwam het veelal wel tot een huwelijk, maar dat werd meer om praktische redenen gesloten, bijvoorbeeld omdat men kinderen wilde. In 1994 zette het quizprogramma *Love Letters* – prijs: een door de televisie uitgezonden superbruiloft – één deelnemend paar specifiek in het zonnetje. Want het was het eerste, dat niet een lange samenwoning met een huwelijk bezegelde, maar daarmee echt tot de trouwdag wilde wachten.

Begin jaren zeventig kwam een feministische beweging op die zich veel invloed verwierf. Die beweging richtte zich op machtsverhoudingen binnen relaties. Zij eiste van de mannen een evenredig aandeel in het huishouden en de opvoeding van de kinderen, iets waaraan zij zich tot dan toe hadden weten te onttrekken met een beroep op het feit, dat ze tenslotte de hele dag in de fabriek stonden. De nieuwe feministen constateerden bovendien, dat vrouwen veel minder dan mannen hogere opleidingen volgden en dat zij in de werksituatie werden gediscrimineerd. Zij legden nogal de nadruk op de economische onafhankelijkheid van vrouwen, ook als ze getrouwd waren.

Daarom dienden vrouwen zoveel mogelijk hun eigen brood te verdienen en een maatschappelijke carrière te maken. De feministen vroegen zich zelfs af, waarom voor de verandering mannen niet eens hun loopbaan zouden opofferen door de zorg voor het gezin op zich te nemen. Zij eisten allerlei maatregelen om het werken van beide partners mogelijk te maken, zoals grootschalige invoering van kindercrèches en een speciaal beleid om meer vrouwen in dienst te nemen. Deze lobby had succes, met name bij de overheid en non-profitinstellingen. Discriminatie van vrouwen bij het aanstellingsbeleid is verboden. Ten bewijze daarvan komt tegenwoordig in elke personeelsadvertentie de aanduiding m/v voor, wat een afkorting is voor man/vrouw. Zeer vaak leest men bovendien zinnen als 'vrouwen worden met nadruk uitgenodigd te solliciteren,' of 'bij gelijke geschiktheid van kandidaten wordt de voorkeur gegeven aan een vrouw'. Dat biedt echter sollicitatiecommissies toch ruimte om mannen aan te stellen, zodat het radicalere element onder de feministen deze praktijk beschouwt als niet meer dan een emancipatoire vlag om de traditionele lading te dekken. Toch boekte de beweging grote successen: op de hogere opleidingen, vroeger toch wel mannendomeinen, is tegenwoordig de helft van de studenten vrouw. Ook in de sfeer van het werk rukt de vrouw op. Toch blijkt, dat juist zij het zijn, die thuis blijven, als er eenmaal kinderen komen. Vrouwen blijken bovendien een sterke voorkeur te hebben voor opleidingen die wijzen in de richting van een loopbaan in de zorgende sector. In technische studies zijn ze nog zeldzaam ondanks krachtige promotiecampagnes van de overheid (leuzen: 'een slimme meid is op haar toekomst voorbereid' en 'kies exact').

Gescheiden vrouwen blijken moeite te hebben om werk te vinden, zodat zij afhankelijk blijven van alimentatie of bijstand. Sommige feministen constateren daarom een 'feminisering van de armoe'.

De vrouwenbeweging gebruikte technieken die in de jaren zestig gemeengoed waren geworden onder de 'mondige' burgers. Ze demonstreerde. Ze vormde 'actiecomités'.

Actiecomités zijn sinds de jaren zestig een zeer gebruikelijk vorm van zelforganisatie. Ze bestaan uit individuele burgers die zich inzetten voor een bepaald belang. Dat kan van alles zijn: het behoud van een oud buurtje, een ruimte voor de jeugd om popmuziek te spelen, het autovrij maken van de binnenstad of dat vervoermiddel juist ruim baan geven. Doel van het comité is, zoals de naam zegt, het voeren van actie. Dat zijn in het algemeen activiteiten die de aandacht trekken van de massamedia: demonstraties, bezettingen, handtekeningenacties, huurweigering. Omdat deze media op zoek zijn naar het ongebruikelijke, wordt het steeds moeilijker om met een gewone massademonstratie publiciteit te maken. Men tracht dan ook op allerlei manieren een zekere uniciteit te bereiken. Het eenvoudige spandoek wordt steeds meer vervangen door allerlei vormen van bizarre en soms symbolische huisvlijt. De demonstranten verkleden zich. De gezagsdragers ontvangen geschenken, zoals een rode kaart (die de scheidsrechter tijdens voetbalwedstrijden toont aan zich misdragende spelers). Toen in 1986 het Ministerie van Onderwijs de faculteit Maatschappijgeschiedenis van de Rotterdamse universiteit wilde sluiten, trokken de studenten in rouwgewaad met een doodkist door de stad. Kwade Amsterdamse brandweerlieden spoten eens de omgeving van het parlement vol blusschuim. In 1993 ontving de Duitse regering een miljoen briefkaarten met de leuze 'ik ben woedend'. Dat richtte zich tegen het vermeend herleven van het racisme bij de oosterburen.

Burgemeester Van Hall had destijds in zijn strijd tegen de provo's zoveel gezag verloren, dat hij in arren moede aftrad. Overal in het land overkwam dat met name sociaal-democratische ambtsbekleders die in botsing kwamen met de actiecomités en mondige burgers. Want zij werden binnen hun eigen partij geconfronteerd met oppositie. Vaak waren dat de voorlieden van actiecomités, die trachtten de door hen omarmde thema's op deze manier op de politieke agenda te krijgen. De sociaal-democratie leek daarvoor met zijn reformistische inslag het beste podium.

De zittende bestuurders leerden echter snel. Confrontatie met de mondige burgers, het inzetten van politie tegen demonstranten, het negeren van protest, leidde in het algemeen tot schandaal. Zij pasten zich snel aan en begonnen de nieuwe oppositie te behandelen als hun collega's uit belendende zuilen. Tegenover het conflictmodel van de actiecomités stelden zij de bereidheid tot goed overleg. Tegenwoordig zal een minister, een wethouder, een burgemeester altijd een delegatie van de demonstranten ontvangen, het symbolische geschenk met sussende woorden aanvaarden, zich altijd open tonen voor overleg. Vanaf de jaren zestig valt in heel Nederland en op alle niveaus een enorme opbloei te zien van pr- en voorlichtingsafdelingen. De bestuurders verklaarden bijna van de ene dag op de andere, dat de burgers natuurlijk bij de besluitvorming moesten worden betrokken. Nieuwe plannen, bijvoorbeeld op het gebied van planologie, doorliepen voortaan een inspraakronde. Dat wil zeggen: er werden avonden belegd, waarop belangstellenden hun zegje konden doen en met al dan niet geveinsde belangstelling door de autoriteiten werden aanhoord. Dat werd later zelfs verankerd in de wetgeving. De voorlieden van de actiecomités zagen zich al gauw uitgenodigd voor allerlei vormen van overleg. Zo werden velen betrokken bij het totstandbrengen van de compromissen, waar de bestuurders traditioneel aan gewend waren.

Zo reageerde de regering op studentenverzet aan de universiteiten met een wet op de universitaire bestuurshervorming: die gaf studenten en docenten via een ingewikkeld stelsel van raden medezeggenschap. Tot dan toe was de academische macht volledig in handen geweest van de hoogleraren alleen. De bewuste wet werd totstandgebracht door een katholiek minister.

Op die manier verspreidde de overlegcultuur van de toppen der zuilen zich naar beneden. De voorlieden van de nieuwe oppositie werden voortaan mede aan de vergadertafel genood.

Daar leerden zij snel de vigerende omgangsvormen, werden zij ingeleid in de cultuur van het compromis. De zittende bestuurders leerden het jargon van de actiecomités snel beheersen. Omgekeerd maakten de nieuwe gesprekspartners zich als het ware toon en stijl van de bestuurders eigen.

Bij de oude regentencultuur hoorde formaliteit in gedrag en spreken. Het Nederlands kent voor de tweede persoon twee woorden, 'jij,' gebruikt onder goede vrienden, broers en zusters. En 'u' voor mensen die op een grotere afstand van elkaar staan. 'U' geeft ook gezagsverhoudingen aan. De meeste kinderen spraken hun ouders traditioneel met 'U' aan, terwijl voor hen 'jij' gereserveerd werd.

Maar met 'u' en 'jij' werden ook standsverschillen geaccentueerd. Wie arbeider was, werkte in overal of stofjas, werd door de baas altijd met 'je' en 'jij' aangesproken, zou het niet in zijn hoofd halen ook zo te reageren. Maar het kantoorpersoneel, dat in een kostuum op het werk verscheen, viel altijd in de 'u'-categorie. In families met een arbeidersachtergrond worden nog wel eens anekdotes verteld over opa of overgrootvader, die het gewaagd had met een hoed op het werk te verschijnen en niet met de pet, het hoofddeksel van de werkman. Daar had de baas dan wat van gezegd en er werd gesproken over het verschil tussen 'hoeden' en 'petten'. Vage echo daarvan is, dat bij arbeidsconflicten de mensen van het kantoor veelal minder militant blijken dan het produktiepersoneel. In de relaties tussen studenten en docenten aan de universiteit kwam het woord 'jij' eenvoudigweg niet voor.

In de jaren zestig nu werden de omgangsvormen heel snel een stuk jovialer. 'U' raakte steeds meer op de achtergrond en werd gereserveerd voor vreemden. Bestuurders maakten hun omarming van de nieuwe tijd duidelijk door te verlangen met 'jij' en hun voornaam te worden aangesproken. Ook in het hoger onderwijs drong deze informaliteit snel door.

De ooit strenge kledingvoorschriften vielen ten offer aan deze revolutie. De spijkerkleding rukte op tot in kringen van management en wetenschap, vooral in de non-profitsector en de vrije beroepen. Daardoor werd het een stuk moeilijker met een oogopslag de baas te herkennen, want die leek in uiterlijk en gedrag sprekend op de ondergeschikten. Het maakte allemaal een heel democratische indruk. De hoogmogenden leken na eeuwen van het toneel verdwenen.

Hadden zij zich ertoe beperkt hun hoogmogendheid aan het gezicht te onttrekken?

Waren zij werkelijk verdwenen, of hadden zij zich ertoe beperkt hun hoogmogendheid aan het gezicht te onttrekken?

Of nu ook de onderlinge verhoudingen in het land zo democratisch werden, is nog maar de vraag. Een secretaresse blijft een ondergeschikte positie innemen, ook al mag ze de baas met 'Jan' of 'Piet' aanspreken en ontstaan er geen problemen, als ze nu en dan eens stevig klaagt. De leidinggevenden in het land leerden snel hun besluiten uitvoerig te motiveren. Goede waarnemers ontdekken echter, dat na alle inspraak en overleg het voorstel van de leidinggevende toch in essentie hetzelfde is gebleven. Ondanks al het joviale 'jij-en' en 'jouwen' blijft het onverstandig radicaal in te gaan tegen het beleid van superieuren. Dat kan de loopbaan schaden. Het is bovendien moeilijk vol te houden tegenover zoveel redelijkheid en bereidheid tot luisteren van bovenaf. In de jaren zestig nog genoot het werk van de Amerikaanse marxist Marcuse met zijn theorie over de 'repressieve tolerantie' een tijdlang onder linkse intellectuelen grote populariteit.

Het dagblad *De Telegraaf* deed schamper over dit alles. Een deel van de mondige burgers moest niets hebben van deze overlegcultuur, die naar hun mening ontaardde in een inerte bureaucratie. Ze zochten hun inspiratie en hun rolmodellen eerder bij de vrije ondernemer, die zijn heil zocht door alert te opereren op de vrije markt. Ze beschouwden de staat als een gevaarlijk en bemoeizuchtig lichaam, dat met al zijn subsidies en sociale voorzieningen, de persoonlijke verantwoordelijkheid van de mensen wegnam en daardoor op den duur de vrijheid bedreigde. Deze mensen vonden een ideologisch tehuis bij de Volkspartij voor Vrijheid en Democratie (VVD), tot dan toe een redelijke marginale groepering die voortkwam uit de oude liberale partij, welke sinds de jaren zestig door katholieken en calvinisten een minderheidspositie was gegund in de regering.

De VVD werd gedomineerd door vrije ondernemers met een afkeer van staatsbemoeiing. In de top van de partij waren nogal wat intellectuelen actief. Typisch voorbeeld daarvan was de fractieleider in de jaren vijftig Pieter Jacobus Oud, hoogleraar aan de Rotterdamse universiteit, wiens reputatie grotendeels berustte op een standaardwerk over de Nederlandse staatkundige geschiedenis. Het was een beschaafde en deftige partij.

Maar in de jaren zeventig werd de VVD geleid door een gesjeesd student, Hans Wiegel, telg uit een sociaal-democratische familie, die de denkbeelden van zijn zuil had afgezworen, omdat hij het groepsdenken benauwend achtte. Wiegel sloeg een populistische toon aan, nauw verwant aan de redeneertrant in *De Telegraaf*. Hij klaagde de hoge belastingen aan, dreef de spot met de vele subsidies, vermoedde achter het trekken van de bijstand luiheid. De intellectueel-liberale redeneringen, *forte* van Oud, raakten op de achtergrond.

Wiegels geliefkoosde vijand was Joop den Uyl, politiek leider van de Partij van de Arbeid. Den Uyl was groot geworden in de sociaal-democratische zuil, maar had tijdig de nieuwe activisten in zijn overlegcircuits betrokken. Nu verkondigde hij een ideologie waarin de 'spreiding van inkomen, kennis en macht' centraal stond. 'Nivellering' noemde Wiegel dat, 'het afhakken van de bloemen die boven het maaiveld uitsteken'. Zo kwam het vrijheidsmodel van Wiegel te staan tegenover dat van Den Uyl die geregeld zijn geloof uitsprak in de 'maakbaarheid van de samenleving'. Hij bedoelde daarmee een samenleving, die al haar leden de kans gaf 'zich te ontplooien'. Dat was eerder geestelijk en cultureel bedoeld dan materieel. Beiden gooiden daarmee electoraal hoge ogen. Den Uyl wist zijn partij te redden uit de instortende sociaal-democratische zuil, was zelfs in de jaren zeventig vier jaar minister-president. Wiegel was de welsprekende woordvoerder van de behoudende oppositie. Beiden knaagden aan het vaste kiezersvolk van de calvinistische en katholieke partijen. In 1977 haalde de Partij van de Arbeid meer dan eenderde van de stemmen. Wiegel echter wist met de gedecimeerde katholieken en calvinisten een parlementaire meerderheid te vormen en verwees de sociaal-democraten naar de oppositie, waar ze op een kort intermezzo na tot 1989 zouden blijven.

De bewegingen van het kiezersvolk zelf gaven ook blijk van de ondergang der zuilen. Traditioneel waren de politieke verhoudingen in Nederland bijzonder stabiel. Toen in 1937 de calvinistische premier Hendrikus Colijn twéé zetels won, gold dat als een politieke verschuiving van belang en een groot electoraal succes. Sinds de jaren zestig boeken politieke partijen veel grotere winsten en verliezen, met name de nieuwe partij Democraten '66. Opiniepeilingen leren, dat het contingent 'zwevende' kiezers – dat zijn burgers die nu eens de ene, dan weer de andere partij kiezen zonder vaste ideologische basis – toeneemt tot tientallen procenten van het electoraat.

De verkiezingen van 1994 gaven daaraan duidelijk uiting. De christendemocratische partij verloor twintig van de 51 zetels, de sociaal-democraten moesten er twaalf prijsgeven. D'66 won er twaalf en de VVD zes. Dit in een parlement met 150 zetels en een stelsel van evenredige vertegenwoordiging. Hoe hardnekkig de Nederlandse continuïteit is, blijkt overigens uit het feit, dat er voor het eerst sinds het begin van de eeuw een paarse regering kwam, dat wil zeggen, zonder confessionele partijen.

Het onderhandelingsproces dat tot deze regering leidde, toonde echter grote overeenkomsten met de oude regententraditie. Vertegenwoordigers van PVDA, VVD en D'66 onderhandelden met elkaar in het diepste geheim. Na een maand of wat lieten de leiders weten, dat ze alledrie wellicht hun programmatische uitgangspunten – waarop de verkiezingen waren gewonnen – moesten vergeten. Tradities van leidinggeven blijken in Nederland uiterst taai. De heren sloten onderling in goed overleg een compromis. De burger werd geacht dit te accepteren.

Vermoedelijk zou de burger het ook accepteren, want in het land was sinds de jaren tachtig het gevoel gegroeid, dat deze zich steeds minder aantrok van wat de overheid allemaal verzon en voorschreef. Den Uyl, die tot halverwege de jaren tachtig de sociaal-democratische oppositie bleef leiden, had dat al voorspeld. Hij voorzag een maatschappelijke jungle, waarin ieder zich een eigen pad zou hakken. Hij constateerde bovendien een tendens van wat hij aanduidde als 'de tweedeling in de samenleving'. Er ontstond – constateerde hij – een nieuwe klasse armen en kanslozen, zoals die bekend was uit de negentiende eeuw.

Er zijn tendensen in de Nederlandse samenleving die daarop wijzen. De fenomenale groei van de jaren vijftig en zestig vlakte later af en werd onderbroken door fikse depressies. Daardoor steeg de werkloosheid tot niveaus die sterk deden denken aan de crisis van de jaren dertig. Dat legde een enorme druk op de staat, die de uitkeringen waarop de slachtoffers nu eenmaal recht hadden, moest financieren. Het ingewikkelde Nederlandse systeem van subsidies en herverdeling werd te duur. Hans Wiegel (ja, hij!) hield tijdens zijn ministerschap in een coalitiekabinet met de katholieke politicus Van Agt de boot af door het financieringstekort te laten stijgen. Maar sinds het begin van de jaren tachtig was er geen politieke meerderheid meer te vinden om deze oplossing toe te passen. De christen-democraten vonden een nieuwe leider in de katholieke industrieel Ruud Lubbers die – *no nonsense* – meer de nadruk legde op de persoonlijke verantwoordelijkheid van de burger voor het eigen welzijn. In deze optiek zijn persoonlijke risico's geen zaken waartegen de overheid iemand al te zeer in bescherming zou moeten nemen. Het is aan het individu zelf om zich daar bijvoorbeeld via persoonlijke verzekeringen tegen te beschermen en niet via collectieve regelingen. De staat zou zich meer moeten terugtrekken op bestuurlijke kerntaken. Andere dienstverlening zou zoveel mogelijk moeten worden afgestoten naar de particuliere sector. 'Privatisering' heette dat. De regeringen-Lubbers stelden bovendien vast, dat Nederland in het streven naar rechtvaardigheid grote hoeveelheden regels en voorschriften kende, die wellicht overbodig waren. Dat leek op de boodschap die Wiegel in de jaren zeventig met zoveel succes had verkondigd.

Het vaandel was kostenbeheersing

Maar het vaandel waaronder de kabinetten-Lubbers in de praktijk opereerden, was kostenbeheersing.

De kabinetten-Lubbers trachtten de uitgaven van de overheid terug te dringen, want de staat dreigde 'onbetaalbaar' te worden. De premier deed dat met de VVD als junior partner, toen hij daar in 1989 mee in conflict raakte, zette hij een vergelijkbare politiek voort met de sociaal-democratische PVDA, wat die partij een groot deel van haar traditionele aanhang kostte.

Maar de samenleving bleek weerbarstig. De bezuinigingen tastten aan, wat de nog steeds deels volgens het zuilenpatroon georganiseerde netwerken van belangenorganisaties en instellingen voor maatschappelijke dienstverlening als verworven rechten beschouwde. Zij organiseerden een effectieve tegendruk, zorgden in de talloze overlegcircuits voor aanpassingen van de soms radicale plannen. Bovendien gebruikten zij hun contacten in de politiek. Ze brachten bovendien in navolging van de door de actiecomités geïntroduceerde technieken de kwade burgers op straat. Nog nooit hadden zo vaak zulke grote volksmenigten hun huisvlijt in demonstraties voor het parlement vertoond.

Lubbers bleek een bekwaam jongleur in formuleringen en compromissen, waarmee hij de grote lijn van zijn beleid overeind hield. Het resultaat was, dat het totale apparaat van subsidies en regelingen min of meer overeind bleef, maar de financieringsstromen werden schraler. Een fraai voorbeeld was de aanpak van zijn minister van onderwijs Wim Deetman. Deze kondigde af, dat het hoger onderwijs het met minder subsidie moest doen. Om de gevolgen daarvan op te vangen dienden de universiteiten onder meer dubbel werk te voorkomen. 'Taakverdeling en concentratie' heette dat. De minister liet het vervolgens aan de universitaire bestuurders over deze taakverdeling en concentratie te regelen. Hierdoor verlegden zij hun aandacht naar onderling overleg in plaats van hun gezamenlijke oppositie tegen de minister te richten.

Het was de enig mogelijke aanpak. Maar het verhinderde werkelijk doortasten, zoals bleek uit de verwikkelingen rond de Wet op de arbeidsongeschiktheidsverzekering (WAO). Deze wet gaf werknemers die door ziekte of ongeval niet langer konden functioneren, een zeer behoorlijke uitkering. Hij wordt uitgevoerd door instanties, waarin vakbonden en werkgeversorganisaties samenwerkten. Het aantal uitkeringsgerechtigden steeg al snel in de richting van het miljoen, want de WAO was een uitgelezen middel om overbodige of lastige werknemers te lozen. De definitie van 'ziekte' was breed en kon ook een psychisch karakter dragen. Zulke kwalen sloegen met name toe in bedrijfstakken, die wegens economische problemen veel personeel niet langer konden betalen. Het was een publiek geheim, dat de WAO steeds meer een schuilplaats werd voor verborgen werklozen. Toch lukte het Lubbers pas in de jaren negentig deze wet aan te pakken. Nog slaagde hij er niet in de fundamentele fout in de organisatie – het feit dat zij werd uitgevoerd door belanghebbenden die op een goedkope en sociaal aanvaardbare manier overtollig personeel konden afvoeren – weg te nemen. De toelatingseisen werden verscherpt, alle WAO-gerechtigden moesten zich volgens nieuwe strenge regels laten herkeuren, maar wet noch uitvoeringsmodel veranderden radicaal van karakter.

Tijdens de epoche Lubbers daalde de koopkracht van wie van een uitkering afhankelijk was. De werkenden zagen hun welvaart in het algemeen toenemen.

Maar niet radicaal. Lubbers predikte loonmatiging, omdat dat de enige methode zou zijn om werkloosheid en uitstoot door mechanisering te voorkomen. Daarmee verwoordde hij een algemene consensus.

Hierbij hoort de vage, in Nederland vaak geuite gedachte, dat rijkdom niet beklijft. Zij is de vrucht van hard werken, maar kan net zo goed als herfstbladeren worden meegesleurd in de storm. Een zekere zorgelijkheid behoort tot de goede toon. Dat blijkt bijvoorbeeld uit de troonredes, een soort beleidsverklaringen die elke regering aan het begin van het parlementair jaar opstelt. Zij worden in een plechtige zitting van beide kamers van het parlement voorgelezen door de koningin. Daarin is altijd sprake van veel bezorgdheid, van een zekere angst. De regering constateert met zorg... Het lijkt wel of men steeds op het ergste is voorbereid. Maar daardoor wordt tevens de indruk gewekt, dat de autoriteiten er tijdig bij zullen zijn, nog net voordat het mis gaat. Dat leidt tot geruststelling. Premier Ruud Lubbers was daar een meester in door het geven van zorgelijke antwoorden in zijn wekelijkse interview op de televisie. Gelukkig was hij alert. In de jaren dertig besloot de legendarische minister-president Hendrikus Colijn een radiopraatje, waarin hij een devaluatie aankondigde, met de opwekking *'Gaat u maar rustig slapen.'* In de jaren zeventig verklaarde premier Den Uyl naar aanleiding van de eerste oliecrisis: *'De wereld zal nooit meer zijn, zoals hij was.'* De burger blijft achter met de onuitgesproken gedachte, dat wij elkaar in deze wereld bij de hand moeten houden. Alleen dan wordt de wens bewaarheid, door de fameuze presentatrice Sonja Barend altijd aan het eind van haar wekelijke talkshow geuit: *'En morgen gezond weer op.'*

De Evangelische Omroep houdt zich met traditionele calvinisten nog steeds aan de regel, dat men een voornemen in de toekomst nooit als vaststaand afkondigd. De zender komt niet morgen bij u terug, maar hoopt bij u terug te komen. Alles is in Gods onvoorspelbare hand.

Maar het beeld van God is in de visie van de meeste Nederlanders ernstig verbleekt. Daarom zijn zovelen van hen, aldus weer de onderzoeker Ernst Zahn naar een andere straffende hand die meer realiteitswaarde heeft. Die zou dan gevonden zijn in het milieu, waarvoor de zorg religieuze kenmerken heeft gekregen.

Toch rijden er in het land vier miljoen auto's, die tijdens de spitsuren kilometerslange files veroorzaken. Steeds meer chauffeurs stappen echter met een kwaad geweten achter het stuur. Het is minder courant trots te zijn op je flitsende, snelle sexy wagen. Je motiveert de aankoop met het bewijs, dat je hem werkelijk nodig hebt en dat het zonder dit vervoermiddel niet echt gaat. Toch blijft het autobezit groeien, want bekommerdheid om het milieu hoeft net als de Vreze Gods geen reden te zijn tot een daadwerkelijke gedragsverandering in de praktijk. De *embarrassment* is onvoldoende om van de *riches* af te zien. Bovendien: als het waar is, dat veel Nederlanders God hebben verwisseld voor het milieu, dan blijft dat toch even vaag, als de almachtige, net voordat die in hun denkkaders helemaal was opgelost.

Sinds het begin van de jaren negentig komt in de publieke discussie trouwens een nieuw type Nederlander voor, die het tegendeel is van de bekommerde mens: de calculerende burger. Dat is een amorele egoïst voor wie alleen het eigenbelang telt. De calculerende burger maakt gebruik en misbruik van alle regelingen en mogelijkheden in het welvarend Nederland om het eigen lot te verbeteren. Hij tilt de belastingen door het inkomen vals op te geven. Hij weet zich van een werkloosheidsuitkering te verzekeren, terwijl hij tegelijkertijd toch betaald werk verricht dat zich aan het zicht van de controlerende instanties onttrekt. Hij heeft lak aan de regels van het menselijk en van het autoverkeer, zolang dat voordeel oplevert. De calculerende burger voelt zich pas *senang* in het schemergebied van legaal en illegaal. Hij is om zo te zeggen de soevereiniteit in eigen kring in optima forma, waarbij hijzelf die eigen kring is.

De calculerende burger is een nieuwe Satan geworden, Beëlzebub, de verderver, het spook dat je vermoedt om de hoek, het karakter dat je in de buurman meent te herkennen, slachtoffer van veel verbaal geweld. Juist dit vijandbeeld wijst er echter op, dat er ondanks alle individualisering veel constanten in de maatschappij zijn gebleven. Het juiste rolmodel – gematigd, geneigd tot overleg, niet schreeuwerig, poenerig en pronkend met rijkdom en macht, eerlijk en zuinig – overleeft de stormen van de maatschappelijke ontwikkelingen met gemak.

De Nederlander weet, dat er misschien een calculerend burger in zijn ziel woont die nu en dan tevoorschijn springt.

Maar dan staat er toch een kwaad geweten in de weg. Vaag klinkt de echo van Calvijns scherpe stem: Je bent slecht en God zal je weten te vinden. Wie in overvloed leeft, wordt door doornen omringd.

2. PRAKTISCH

'En in alle gewesten wordt de stem van het water met zijn eeuwige rampen gevreesd en gehoord'

De strijd tegen het water – Polders, molens en gemalen – De noodzaak van precieze en nauwkeurige samenwerking – De ingenieursmentaliteit – Je kunt het water wel beheersen, maar niet dwingen – Social engineering – Sociale uiterwaarden – Maatschappelijk sturen, maar niet organiseren volgens een masterplan – Het gedogen

HET WAS KIL OP DE DIJK. Bij mijn weten is geen roman op deze wijze aangevangen, maar een meer Nederlandse beginzin kan men zich moeilijk voorstellen. Dat 'kil' verwijst naar het vaak onaangenaam, winderig klimaat. Dijken, die tegen het vijandige water opgeworpen wallen, doorsnijden het land. Tegenwoordig is hun kruin bedekt met asfalt. Toch zijn ze gereduceerd tot secundaire verbindingen. Want de echte verkeersaders zijn de vierbaansnelwegen die inmiddels even karakteristiek zijn geworden voor het landschap: honderdtwintig kilometer per uur, regenspatten op de voorruit, grauwe wolken die uit het zuidwesten worden voortgejaagd, voor je middenklassers en op de rechterbaan iets langzamer vrachtwagens, de horizon gekarteld door de flatgebouwen van de volgende stad. Dat zie ik voor me, als ik aan Holland denk.

Holland en niet Nederland. Het gebied dat gekarakteriseerd wordt door eindeloze platheid, sloten en dijken omvat iets meer dan dertig procent van het nationale grondgebied. Het strekt zich uit langs de Noordzee en beslaat ruwweg de provincies Zeeland, Noord-Holland, Zuid-Holland, Friesland en Groningen met nog een aantal uitlopers. Maar daar woont wel de grote meerderheid van de bevolking, daar liggen alle grote steden, daar klopt het hart van de economie en de cultuur. De oude provincie Holland was destijds de drijvende kracht achter de Republiek van de Gouden Eeuw. Ze vormt nog steeds de kern van het land, al zal deze conclusie bij bewoners van de andere provincies op zijn minst tot het verontwaardigd optrekken van de wenkbrauwen leiden. 'Vroeger kwamen de wijzen uit het oosten, tegenwoordig komen ze blijkbaar uit het westen,' zeggen de bewoners van Twente, een landstreek aan de Duitse grens. En de Limburgers, emotioneel sterk verbonden met hun prachtige heuvelland in het uiterste zuiden, hebben nog steeds de neiging in de 'Hollanders' een beetje koloniale overheersers te zien. Buiten de Randstad – de kring van steden in het westen, die gedomineerd wordt door Amsterdam, Den Haag, Rotterdam en Utrecht – leert men de buitenlander dan ook snel het land niet aan te duiden als 'Holland,' maar als *the Netherlands*. Die snelweg door de groene weiden, dat is niet representatief. In Limburg golft hij door de rivierdalen, op de Veluwe doorsnijdt hij eindeloze bossen.

Heel Nederland behoort tot een delta

Toch horen ook deze gebieden bij het Koninkrijk der Nederlanden, wat lage landen betekent. Heel Nederland maakt deel uit van een delta die voornamelijk wordt gevoed door de rivieren Rijn en Maas, terzijde ook enigszins door de Schelde en de Eems. De Noordzee is altijd dichtbij en grotendeels verantwoordelijk voor het winderig en regenachtig klimaat.

De rivieren zijn eigenzinnig. De Rijn – inmiddels bedwongen – heeft de neiging zijn loop te verleggen. De hoeveelheden die de Maas aanvoert, wisselen sterk, zoals de Limburgers in 1993 merkten, toen ongekende watermassa's hun dalen binnenstroomden. Heel Nederland is in principe laag en er bestaat geen duidelijke grens tussen land en water. Althans die zou niet bestaan, als de Nederlanders zelf hem niet scherper hadden getrokken. Maar de overstroming van Limburg en de evacuatie van 200 000 mensen in het rivierengebied in 1995 leerde, dat het water zich niet zo gemakkelijk laat beheersen als de buitenstaander, onder indruk van de geweldige waterstaatkundige werken, graag gelooft. Die verklaart dan: 'God heeft de wereld geschapen, maar de Nederlanders hebben Nederland geschapen.' Het is een cliché, het is waarschijnlijk een eeuw of drie oud. Maar je blijft het graag horen. En het verdient relativering.

Op zijn best is er sprake van gelijk spel

De fameuze Nederlandse strijd tegen het water is pas deze eeuw overgegaan van verdediging naar een zeker offensief. Op zijn best is er sprake van gelijk spel. Want het water is zijn aanvalskrachten al meer dan een millennium aan het vergroten.

Voor de Tweede Wereldoorlog zag Hendrik Marsman (1899–1945), een der grootste Nederlandse dichters van de eeuw nog geen snelwegen en flatgebouwen:

> *Denkend aan Holland*
> *zie ik brede rivieren*
> *traag door oneindig laagland gaan,*
> *rijen ondenkbaar*
> *ijle populieren*
> *als hoge pluimen*
> *aan de einder staan,*
> *en in de geweldige*
> *ruimte verzonken*
> *de boerderijen*
> *verspreid door het land,*
> *boomgroepen, dorpen,*
> *geknotte torens,*
> *kerken en olmen*
> *in een groots verband.*
> *De lucht hangt er laag*
> *en de zon wordt er langzaam*
> *in grijze veelkleurige*
> *dampen gesmoord,*
> *en in alle gewesten*
> *wordt de stem van het water*
> *met zijn eeuwige rampen*
> *gevreesd en gehoord.*

Door het afsmelten van de Noordpool stijgt de zeespiegel. Ondertussen klinkt het land door een vorm van uitdroging in. Dat verzwakt de defensie van de Nederlanders. Discussies over een mogelijk broeikaseffect, dat het smelten aan de polen sterk zal vergroten, worden dan ook met aandacht en grote bezorgdheid gevolgd. Niet dat de Nederlander van nu bang is voor natte voeten. Die beseft het nauwelijks, als hij enkele meters onder de zeespiegel woont. Het is meer een vage zorg over het lot van de kindskinderen. En er bestaat hoe dan ook de neiging water als een gevaar te zien. Daar kun je in verdrinken. Om die reden organiseert het onderwijs voor bijna alle kinderen zwemles en pas in tweede instantie, omdat het trekken van baantjes zo goed is voor lijf en leden.

Dit alles is gestoeld op een collectieve ervaring van meer dan duizend jaar, waarin de bewoners van generatie op generatie proefondervindelijk leerden, hoe je je tegen het wassende water kon beschermen.

In zijn oorsprong was het huidige Nederland – zeker het westelijk gedeelte – een moerassig gebied, dat waterstaatkundig grote overeenkomsten vertoonde met het huidige Bangladesh. De rivieren stroomden met een aantal armen uit in de Noordzee, waarbij ze nu en dan hun loop verlegden, zoals de Ganges en de Brhamaputra of de Mississippi dat nog steeds doen. Tegenwoordig stort de Rijn haar voornaamste watermassa's uit bij Hoek van Holland ter hoogte van Rotterdam. Ooit deed hij dat zestig kilometer noordwaarts bij Katwijk, achter Leiden. Een smal stroompje, de Oude Rijn, getuigt daar nog van.

Maar de grillige Noordzee kan net zo goed het duin wegvreten

De Noordzee is even grillig. Stormen zwepen het water op. Stromingen voeren zandmassa's mee, ruwweg van het zuiden naar het noorden, zodat de kustlijn niet stabiel is. Op den duur ontstaan ondiepten en tenslotte komt het zand boven water. Zo groeide er – vanaf ongeveer 5000 voor Christus, schat men – een aaneengesloten rij zandheuvels, die door plantengroei werden vastgezet. Deze duinen strekken zich langs de hele Nederlandse kust uit, onderbroken door de riviermonden.

Maar de grillige Noordzee kan net zo goed het duin wegvreten om het zand elders weer op te werpen. Door de gestage stijging van de zeespiegel wordt dat een steeds krachtiger proces. De duinen zouden het niet lang houden, als de Nederlanders geen tegenmaatregelen namen. Je kunt de bestaande duinen stabiliseren door er bijvoorbeeld helmgras op te planten, dat het schuivende zand vasthoudt. De stromingen die het strand wegvreten, houd je op een afstand door op vaste afstanden strekdammen op te werpen – met de keiharde steensoort basalt bekleed – die enkele tientallen meters de zee in reiken. Daar loopt de stroming dan op stuk. Men vindt ze bijvoorbeeld tussen Hoek van Holland en Den Haag. Toch worden bij storm soms hele stukken duin weggeslagen, omdat de wind het water over de dammen heen opstuwt. In het noorden van het land probeert de zee gaten in de duinen te slaan. Bij Petten was het in de middeleeuwen al nodig ter bescherming een zeedijk aan te leggen die sindsdien steeds moet worden vergroot en beschermd. Nog verder naar het noorden is de duinenrij onderbroken, zodat de zogeheten Waddeneilanden zijn ontstaan. De noordpunt van het grootste, Texel, kalft steeds meer af, een proces wat zich ook met de modernste technologie niet goed laat bestrijden. Ten zuidwesten van Texel een stuk buiten de kust komt daarentegen een heel nieuw eiland boven water, de Razende Bol, waar nu de aangrenzende gemeentes over twisten.

De Noordzee drong vanaf een jaar of duizend geleden dieper het gebied achter Texel binnen. Daar werd een steeds groeiende baai uitgeslepen die op den duur de naam 'Zuiderzee' kreeg. Zo raakte het noordelijke Friesland gesplitst in twee ver van elkaar liggende gedeelten. Het westelijke heeft zijn Friese karakter geheel verloren, op de naam na: West-Friesland. Het maakt deel uit van de provincie Noord-Holland.

Aan de zuidkust van de nieuwe zee, aan de rand van de hooggelegen, nooit door het water bedreigde beboste Veluwe ligt Elburg, de oudste geplande stad van Nederland, geheel volgens een schaakbordpatroon opgetrokken. Dat is het werk van Arent toe Boecop, die aan het eind van de veertiende eeuw het oorspronkelijke Elburg liet ontruimen, omdat de zee zich niet meer liet tegenhouden en in het hogere achterland een nieuwe stad stichtte. Ook het duidelijk geplande stadje Naarden is een voorbeeld van zo'n terugtrekkende beweging. De Zuiderzee was een agressieve plas, waarin Noordzeewater hoog werd opgestuwd.

Achter de duinen lag oorspronkelijk een moerassig, met talloze kreken doorsneden gebied, waar de invloeden van eb en vloed zich deden gelden, het zeewater de rivierarmen binnendrong. Tegenwoordig is dat zoute water meetbaar tot bijvoorbeeld Schoonhoven, een stadje in het oosten van Zuid-Holland op de grens met de provincie Utrecht. Eb en vloed doen hun invloed nog veel verder gelden, tot Culemborg, halverwege tussen de kust en de Duitse grens.

Het leek allemaal wel wat op mangrovewouden, al bestond de vegetatie natuurlijk uit soorten die bestand waren tegen het koude klimaat, zoals wilgebomen. De organische resten vormden een grondsoort, veen, waarin nog zoveel van de plantenstructuur is bewaard gebleven, dat het – na te zijn gedroogd – een uitstekende brandstof is. Laagveen kan in plakken worden losgesneden. De kachels hebben er eeuwenlang op gebrand.

Dit ongastvrije gebied was toch bevolkt. De Romeinse schrijver Tacitus bijvoorbeeld, schildert uitvoerig een opstand van de Germaanse stam der Bataven tegen het gezag van keizer Vespasianus, die regeerde in de eerste eeuw. Wat latere geschiedschrijvers er toe bracht, die Bataven uit te roepen tot hun directe voorvaders. Na de bezetting door de Fransen in 1795 heette het land zelfs een dikke tien jaar Bataafse Republiek.

Archeologisch onderzoek leert, dat het boerenculturen betrof, waarin de veeteelt centraal stond. De bewoners beschermden zich tegen het water door kunstmatige heuvels op te werpen, waarop bij extreem hoog tij genoeg ruimte was voor mens en vee. In de noordelijke provincie Friesland zijn er nog talrijke te vinden. Ze worden terpen genoemd. Meestal zijn ze de kern van een dorp en boven op de terp prijkt een eeuwenoud kerkje.

De stap naar de omwalling van een groter gebied is dan niet zo verschrikkelijk groot: je houdt dan met dezelfde hoeveelheid aarde meer land droog. Zo'n wal is een dijk. Er zijn resten gevonden die stammen uit de achtste en de negende eeuw. De vraag is alleen: waarom zou iemand dat doen?

Land was particulier bezit

De klassieke culturen van de Grieken en de Romeinen, waarop de huidige Europese nog steeds voor een belangrijk deel stoelen, kenden de notie van grondeigendom. Land was particulier bezit, in grote delen van Europa op den duur zelfs mét de mensen die erop woonden. Zij waren – zo luidden de wettelijke formules ongeveer – aan hun akker gebonden.

In die andere gigantische rivierdelta, waar tegenwoordig de republiek Bangladesh ligt, bestond de notie van grondeigendom traditioneel niet. Er waren wel grote heren aan wie de boeren in de omgeving eerbied betuigden en belasting afdroegen, maar dat was het gevolg van hun macht en hun bevoegdheden, niet van het feit, dat zij de bezitter waren van de grond. Dat was een collectief goed net als de lucht die men inademde. In het natte Bengalen heeft men dan ook nooit een technologie ontwikkeld om land tegen het geweld van zee en rivieren te beschermen. Verlegde de Ganges haar loop, vrat de zee gebied weg, dan paalden de boeren gewoon een stukje verder nieuwe akkers af, want van de huidige overbevolking was nog geen sprake. Pas toen de Engelse kolonialen het grondbezit invoerden en het in handen gaven van die grote heren, begonnen ook zij hier en daar met dijken en waterwerken.

Dat men in de delta van Rijn en Maas de Bengalen een dikke duizend jaar voor was, heeft dan ook waarschijnlijk te maken met het feit, dat grond daar particulier bezit werd, van onafhankelijke vrije boeren, van edellieden, van katholieke kloosters. Neemt de rivier of de zee je weiden weg, dan wordt opschuiven een stuk moeilijker. Verderop zit immers een andere eigenaar.

Kloosters en edellieden begonnen hun bezit dan ook te beschermen door het aanleggen van aarden dijken. Soms slingeren de resten daarvan zich nog door het landschap. Hoe dat allemaal georganiseerd werd, is niet altijd even duidelijk, want het proces kwam op gang in een primitieve tijd, toen er nog nauwelijks geschreven administraties werden bijgehouden.

Aanvankelijk waren die eerste dijkjes wel voldoende, omdat de zeespiegel nog veel lager stond dan tegenwoordig. Zij beschermden bovendien betrekkelijk kleine stukken land. Uit die tijd ook moeten bepaalde uitvindingen stammen, zoals het nog steeds toegepaste duikertje. Dat is een pijp met een aan een kant loshangende deur erin. Stijgt de stand van het water en wil het binnendringen, dan duwt de stroming het deurtje dicht. Komt het van de andere kant, dan blijft het juist open staan.

Maar een dijkje rondom verandert nog niets aan de moerassige toestand van het land. Bovendien dringt het grondwater naar boven. Daarom vereist het aanleggen van een dijk drainage. Dat gebeurt door middel van kaarsrechte sloten, waarin het water zich verzamelt. De Nederlandse taal heeft een enorm aantal afzonderlijke woorden voor kunstmatig aangelegde waterlopen – sloot, gracht, vaart, vliet, tocht enzovoorts – die allemaal iets zeggen over breedte, diepte of functie. Maar steeds speelt drainage een rol. Dat geldt ook voor de vijvers en waterpartijen in parken en buitenwijken, die daar niet zozeer voor het mooi liggen, als wel om het grondwater uit de kelders te houden.

Buitenwater kruipt onder de dijk door en staat zo in verbinding met dat in de grond. Naarmate de zeespiegel steeg, bleek het aanleggen van duikertjes niet meer voldoende. De meest primitieve afvoerwijze voor overtollig water is gewoon met bakken hozen. Sinds de veertiende eeuw gebruikte men echter een nieuwe vorm van energie: windmolens. Dat waren aanvankelijk primitieve gevallen, niet meer dan een as met aan de ene kant vier wieken en aan de andere een schoepenrad. Maar de technologie van de molenbouwers kwam van generatie tot generatie tot meer ontwikkeling. De molens werden steeds groter. De wieken kwamen tenslotte terecht op een kap die naar de wind kon worden gedraaid. In de romp van de molen stond een houten machinerie die voor die tijd behoorlijk energie-efficiënt was. De molen werd vervolmaakt door de invoering van de vijzel of schroef. Die kon het water maximaal vier meter omhoog brengen.

De kracht van een traditionele windmolen laat zich niet precies bepalen, maar komt maximaal op zo'n tachtig tot honderd pk. Ter vergelijking: de Volvo s40 en v40, waarvan er bij NedCar in Born zo'n honderdvijftigduizend per jaar van de band rollen, komt op 109 pk.

Een door dijken omringd en gedraineerd stuk land heet een polder. Het is duidelijk dat niet alleen het aanleggen, maar ook het onderhouden daarvan organisatie vergt. Die treedt ook buiten de polder zelf. Want het water, dat de een uitslaat, komt bij de ander terecht. Dit blijkt heden ten dage een groot probleem in Bangladesh, waar nieuwe polders een dorp verder grote wateroverlast kunnen bezorgen. Dat leidt tot conflicten en zelfs het vernielen van dijken. Uit de Nederlandse geschiedenis zijn vergelijkbare conflicten bekend. Men zou dus denken, dat het omdijken van land typisch iets is voor een gecentraliseerde organisatie. Temeer ook, daar de beroemde deltabeschavingen uit de geschiedenis, zoals de Egyptische of de Mesopotaamse in het algemeen uiterst autoritair georganiseerd waren met een goddelijke koning en een bestuurskaste die een hoofdrol speelde bij de organisatie van irrigatie en drainage. De graafschappen en hertogdommetjes uit de middeleeuwen misten echter de macht om zo'n systeem op te bouwen. Ze probeerden het wel. De graven van Holland belastten hun baljuws, een soort lokale plaatsvervangers, met het beheer over polders en dijken. Zij stelden op hun beurt uit de boerenbevolking secondanten aan, maar die lieten zich vanwege de beperkte grip der graven op de heerschappij zich maar matig regeren en verwierven zich allerlei bevoegdheden en voorrechten, een beetje naar het model van de stedelijke besturen met hun gekochte autonomie.

De rivieroevers raakten bedijkt. De polders rijgen zich aaneen. De vele kreken die het land doorsneden werden afgedamd. Boten moesten met touwen over zo'n dam worden getrokken, wat werkgelegenheid met zich meebrengt. Daarom ontstonden er rond zo'n dam vak nederzettingen. Talloze plaatsnamen eindigen tot op de huidige dag op -dam, de hoofdstad Amsterdam voorop. Het eerste deel van de plaatsnaam verwijst gewoonlijk naar de afgesloten kreek, die meestal nog wel terug te vinden is: de Amstel in Amsterdam, de Rotte in Rotterdam, de Ee in Edam. Zeer vaak ook heet straat of plein ergens in het centrum 'Dam'. Daar bevond zich ooit de oudste bewoning. De Dam van Amsterdam, waar zich een koninklijk paleis bevindt en het Nationaal Monument, is de beroemdste van Nederland.

De meeste dammen zijn op den duur weer doorgraven. Het zo ontstane gat werd weer afgesloten door enorme deuren, sluizen, die geopend konden worden om overtollig water uit te laten en schepen de kans te geven de dam te passeren.

Het onderhoud van de dijk werd aanvankelijk eenvoudig georganiseerd: boeren werden verantwoordelijk gesteld voor het stuk dat aan hun land grensde. Dat leidde tot onderhoud van wisselende kwaliteit. Bovendien was het niet eerlijk, boeren met grond midden in de polder en ver van de dijk, ontsprongen de dans. Daarom sprak men vanaf het eind van de vijftiende eeuw steeds vaker af de dijk 'gemeen' te maken. De achterwonenden waren gezamenlijk verantwoordelijk voor het onderhoud. Ze gingen met zijn allen aan het werk en/of betaalden een soort belasting aan de secondanten van de baljuw, in het algemeen heemraden genoemd, die onderling een coördinator aanwezen, de dijkgraaf.

Want helemaal veilig achter de dijken was men nooit

Deze functionarissen bezaten grote macht: ze konden betaling in geld en in werk afdwingen. Zij hebben tot op de huidige dag het recht in tijden van gevaar de hele bevolking op te roepen om oorlog te voeren tegen het aanstormende water. Want helemaal veilig achter de dijken was men nooit. Zeestromingen konden het fundament weggraven, zodat ze ineens instortten. Zware stormen joegen – vooral als ze gepaard gingen met springvloed – ongekende watermassa's op tegen dijken die zulk een geweld niet aankonden. Elke generatie maakte wel één of twee watersnoden mee, grote overstromingen die vele slachtoffers maakten.

Het kan op de Noordzee behoorlijk spoken, al zijn de meeste stormen niet te vergelijken met de tyfoons die elk jaar de kust van Bangladesh beuken, zich storten op Hongkong of Manila. Windsnelheden boven de elf zijn zeldzaam. Tyfoonkracht bereiken ze maar één of twee keer per tien jaar.

Maar dat was genoeg: tussen Gorinchem en Geertruidenberg op de grens van de provincies Zuid-Holland en Noord-Brabant ligt een wild natuurgebied, de Biesbosch, dat nog het meest lijkt op het Nederland van voor de duinen of dijken. Maar het is geen rest van het oorspronkelijk mangrovebos. Het was ooit ingepolderd landbouwgebied, dat het slachtoffer werd van de Sint Elisabethsvloed – overstromingen werden genoemd naar de heiligen op wier dag ze plaatsvonden – uit 1421. Het verloren gebied is in een proces van eeuwen weer op de zee teruggewonnen, maar aan de Biesbosch is men nooit toegekomen.

Het verdronken land van Saaftinge en het verdronken land van Zuid-Beveland bestaan ook uit verloren landbouwgrond. In het laatstgenoemde gebied vindt men soms nog oude bakstenen, de laatste resten van de ooit bloeiende stad Reimerswaal, waarvan de laatste inwoners aan het begin van de zeventiende eeuw de strijd tegen het water opgaven.

Als het water komt, komt het als een muur

De gevolgen van overstromingen werden ernstiger naarmate de zeespiegel meer steeg en het land meer inklonk. Als het water komt, komt het als een muur. De dijk zakt in en het kolkt door het gat, eerst als een schroef een diep gat borende in het land direct daarachter. Dan zoekt het zich met donderend geraas een weg, vee, bomen en mensen voor zich uitvegend. Het slaat met een klap tegen de huizen aan. De enige manier om aan dat geweld te ontsnappen is onmiddellijk naar zolder te vluchten of – als dat kan – naar een stuk dijk dat de storm doorstaat. Dan is het een kwestie van wachten, tot er op bootjes hulp komt, wanneer de wind eenmaal is gaan liggen. Bij de laatste watersnood – die van februari 1953, grote delen van de provincies Zeeland, Holland en Noord-Brabant werden getroffen – kwamen 1835 mensen om. Meer dan honderdduizend moesten er in de dagen na de ramp worden geëvacueerd. Het had een haar gescheeld, of ook de dijken die de grote steden van het westen beschermden, waren doorgebroken. Het was de grootste overstromingsramp sinds meer dan een eeuw.

Maar het landschap toont tientallen relicten van eerdere catastrofes. De gaten die de draaikolken achter een doorbraak boren, zijn tot vijftien à twintig meter diep en vullen zich met grondwater. Zij liggen als min of meer ronde meertjes – Nederlandse benaming: wiel – binnendijks als blijvende herinneringen aan dagen en nachten van schrik.

Na de ramp worden de gaten in de dijk gewoonlijk weer gedicht. Vervolgens begint het moeizame uitpompen van het water, een proces dat zelfs met de moderne technologie van tegenwoordig maanden duurt, laat staan wanneer men aangewezen is op windmolens. Na de watersnood van februari 1953 duurde het tot november, voor het laatste gat was gedicht. Daarna pas kon het droogmaken beginnen.

In oude tijden was men zich dan ook van het altijd dreigende water zeer bewust. Sommigen beweren, dat juist daarom veel Nederlanders zich zo aangetrokken voelden tot de sombere boodschap van Calvijn. Ze wisten al: waakt en bidt, want gij kent dag noch uur. De watermuur kan alles wat je opgebouwd hebt, zelfs je leven in enkele seconden wegspoelen. Inderdaad is een rechtzinnig calvinisme nog maatgevend voor de Alblasserwaard, een der laagste gebieden van Nederland, waar achter de dijk het ene wiel na het andere getuigt van vele watersnoden.

Aan de andere kant was deze vijand net als Alva en zijn Spanjaarden gevaarlijk genoeg om samenwerking af te dwingen. De verschillende polderbesturen en hoogheemraadschappen – de benamingen van de waterautoriteiten verschilden nogal – kwamen dan ook tot vormen van samenwerking. Het Schielandhuis in het centrum van Rotterdam, een zeventiende-eeuws pronkgebouw, laat zien, tot hoe een groot vertoon van macht en invloed ze konden komen. Tegenwoordig herbergt het een groot historisch museum.

De Noordzee en wassende rivieren bedreigden de polders niet alleen. De mensen deden dat zelf ook. Met name de turfgravers. Zij groeven overal in het westen het laagveen af, dat – als turf – letterlijk in rook opging. Er bleven grote plassen achter die de aangrenzende weidegrond aanvraten. Zo ontstond aan de binnenkant van duinen en zware dijken een watervijand van menselijke makelij. Dat werd door de tijdgenoten zeker doorzien. Aan de andere kant kon de samenleving niet zonder grote hoeveelheden turf. Het was de enige brandstof die voor brede lagen van de bevolking betaalbaar was. En ondanks het betrekkelijk milde klimaat van Nederland, is een winter zonder kachel in huis toch niet goed te overleven. Zeker niet enkele eeuwen geleden, toen het naar verhouding veel meer vroor dan tegenwoordig, zoals blijkt uit de talloze schaats- en ijsscènes van de landschapschilders uit de Gouden Eeuw. Hetzelfde proces dat de zeespiegel doet stijgen, zorgt ook voor een gestaag klimmen van de gemiddelde temperatuur.

Op den duur was de technologie ver genoeg gevorderd om dit soort watervlaktes aan te pakken. De molenmaker Jan Adriaensz Leeghwater (1575–1650) was de grootste van alle landaanwinners. Het systeem werkte als volgt: men omringde een meer met een dijk en een vaart. Vervolgens bouwde men voldoende schroefmolens om het droog te malen, waarna een drainagesysteem werd aangelegd. De molens bleven permanent om het overtollige water te blijven wegpompen. Leeghwater werkte in opdracht van Amsterdamse financiers die in een nieuwe polder wel een goede investering zagen. Ze pakten het groots aan. Leeghwater begon met het meer Beemster, 7189 hectare groot, dat steeds meer aangrenzend land wegvrat. Het droogmalen duurde twee jaar, waarna een watersnood het verrichte werk in één dag weer ongedaan maakte. De financiers fourneerden nieuw kapitaal, zodat de polder twee jaar later, in 1612, opnieuw droogviel. Zij kregen hun investering dubbel en dwars terug.

De Beemster is tegenwoordig een van Nederlands mooiste polders met prachtige historische boerenhoeven en elegante dorpjes. Leeghwater herhaalde dit meesterstuk met vele andere – kleinere – meren, maar zijn grootste ambitie kon hij toch niet waarmaken: het droogmalen van de Haarlemmermeer tussen Amsterdam en Leiden, een gigantische waterplas, waar heden ten dage vliegveld Schiphol gelegen is. Om dit meer te temmen waren honderden molens nodig. Leeghwater schreef er een veel gelezen en veel herdrukt 'Haarlemmermeerboek' over, dat door de tijdgenoten echter meer als *science fiction* werd beschouwd.

Men kon beschikken over stoomkracht

Het zou tot de negentiende eeuw duren, voor men de Haarlemmermeer daadwerkelijk durfde aan te pakken. Dat kwam, omdat men niet meer van molens alleen afhankelijk was. Men kon beschikken over stoomkracht.

In de zeventiende en achttiende eeuw raakte heel het westelijk deel van Nederland met molens bedekt. Ze hadden echter een maximale capaciteit, zodat ze via allerlei ingenieuze systemen parallel geschakeld werden. Het kwam erop neer, dat de eerste serie molens het water een reservoir in pompte, de zogeheten boezem, en een tweede naar een volgende, wat hoger gelegen, totdat het water tenslotte in een naar de zee stromende riviertak terecht kwam. Van deze molens heeft maar een klein gedeelte de introductie van stoomkracht, elektriciteit en dieselmotoren overleefd. De mooiste molengang staat bij Kinderdijk in een hoek van de Alblasserwaard.

Die zwoegende molens hadden echter ondanks hun grote aantal al direct na de bouw er moeite mee om de Alblasserwaard echt droog te houden. Sommige gedeelten waren te vaak onverantwoord drassig en dat terwijl het gemiddeld waterpeil in de sloten twee eeuwen geleden toch al hoger stond dan tegenwoordig, omdat er geen beter resultaat behaald kon worden. Vandaar dat de eerste stoommachines die in Nederland – aanvankelijk zeer mondjesmaat – werden geïnstalleerd – met de strijd tegen het water te maken hadden. Zij bewezen hun kracht en hun betrouwbaarheid echter pas goed bij het droogmalen van de immense Haarlemmermeer (1849–1851). Drie stoomgemalen – een heette 'Leeghwater' – deden het werk, waarvoor de zeventiende-eeuwse molenbouwer nog honderden molens nodig had geacht.

Daarmee was het pleit beslecht. Dankzij de moderne gemalen – stoom is inmiddels al lang vervangen door elektriciteit en diesel – is het mogelijk de waterstand binnendijks zeer precies te beheersen. Bovendien hebben zij bij elkaar genoeg kracht om de drassigheid, waar ze bijvoorbeeld in de Alblasserwaard zoveel last van hadden, te voorkomen: Nederland is nog nooit zo droog geweest.

De waterbeheersing van Nederland ligt tot op de huidige dag in handen van een aparte bestuurslaag, die der water- en hoogheemraadschappen –

rechtstreeks ontleend aan de middeleeuwse voorbeelden. Ze worden bestuurd door gekozen raden van hoofdingelanden, maar democratisch zijn ze niet, want het stemrecht hangt samen met grondbezit. Toch leggen zij aan de hele bevolking belastingen op die tegelijk met de rekening voor gas en elektra wordt betaald. Deze belastingen hebben te maken met de kwaliteit van het water. Want de waterschappen houden zich tegenwoordig ook bezig met de strijd tegen de chemische vervuiling daarvan. Zij verrichten hun werk grotendeels in het verborgene. De belastingen zijn niet hoog genoeg – enkele tientjes per jaar – om de algemene verontwaardiging te wekken. Van eisen tot democratisering is in het algemeen geen sprake. Ook al zijn er wel botsingen tussen de waterschappen en organisaties voor natuur en milieu, die zich verzetten tegen allerlei neigingen tot 'modernisering' van het landschap vanuit de door grondbezitters – vaak boeren – beheerste besturen.

De stoomgemalen van de Haarlemmermeer hadden geleerd, welke perspectieven de moderne technologie openden. De ingenieurs kwamen tot de overtuiging, dat prestaties als die van Leeghwater zich op veel groter schaal lieten herhalen, dat men zich niet tevreden hoefde te stellen met de kleine inpolderingen die tot dan toe plaats grepen, bijvoorbeeld in Zeeland, waar zich buitendijks hier en daar kleilagen afzetten of in het Noorden, waar zich tussen de eilanden en het vasteland zich de steeds ondieper wordende Waddenzee uitstrekte.

Ir. Cornelis Lely (1854–1929) was het prototype van de moderne ingenieur die grote projecten aandurfde. Hij ontwikkelde een plan om de Zuiderzee voorgoed onschadelijk te maken. Het bevatte twee onderdelen: ten eerste zou het Noordzeewater door een dijk tussen Noord-Holland en Friesland voorgoed moeten worden buitengesloten. Zo kon de Zuiderzee worden teruggebracht tot het IJsselmeer. In dat bekken projecteerde hij een groot aantal polders, zodat meer dan de helft van de watervlakte plaats maakte voor landbouwgrond. De rest kon dienen als zoetwaterbekken. Enkele liberale regeringen namen hem in hun midden op. Toch lukte het Lely pas in 1918 voldoende steun te verwerven voor zijn Zuiderzeewet. Zijn plan is nu grotendeels uitgevoerd. De Zuiderzee is herschapen in het IJsselmeer. Vier van de door hem geprojecteerde polders zijn daadwerkelijk aangelegd.

Lely was de voorloper van een machtige kaste van ingenieurs die grote invloed kregen op de manier waarop Nederland is vormgegeven. Een groot aantal van hen werkt bij een overheidsdienst, Rijkswaterstaat, die verantwoordelijk is voor het onderhoud en de aanleg van waterstaatkundige werken. Deze dienst bestaat min of meer van grootse projecten. De traditie van

Leeghwater is zeer levend. Hij wordt slechts geremd door de zuinigheid van politici. Maar een watersnood opent de beurzen. Ir. Lely kreeg zijn Zuiderzeewet door de kamer, twee jaar na een grote overstroming in Noord-Holland, waarvoor Zuiderzeewater verantwoordelijk was.

Succesvolle aanvallen van het vijandige water wekken eerder agressie op
Door de ontwikkeling van de moderne technologie zijn Nederlanders niet het respect, maar wel hun angst voor de zee grotendeels kwijtgeraakt. Succesvolle invasies van het vijandige water wekken eerder agressie op dan mijmeringen over de broosheid van het eigen bestaan. De overstroming van 1916 schreeuwde om radicale tegenmaatregelen, het onmiddellijk buiten gevecht stellen van de Zuiderzee, wat het ook mocht kosten. De ramp van 1953 had hetzelfde effect. Alle dijkdoorbraken hadden plaatsgevonden binnen de riviermonden van de Rijn- en Maasdelta. Dat kwam, omdat de storm – op tyfoonsterkte – daar enorme watermassa's naar binnen had gestuwd. In de eerste weken na de ramp al benoemde de regering een commissie van ingenieurs. Opdracht: onderzoeken, of de delta kon worden afgesloten en als het moest meteen ook de Waddenzee. De commissie stelde een *Deltaplan* voor ter afsluiting van alle uitgangen naar zee behalve een enkele mond van de Schelde en dito van de Rijn, omdat die open moesten blijven voor de zeehavens van Antwerpen en Rotterdam. Men introduceerde bovendien een nieuw begrip: deltahoogte. De dijken en dammen moesten zo hoog en geweldig worden, dat zij een combinatie van springvloed en storm konden weerstaan, zo ernstig, dat zij statistisch slechts eens in de tienduizend jaar voorkomt.

Het uitvoeren van het Deltaplan duurde ongeveer vijfentwintig jaar. Tegenwoordig zijn de gigantische dijken en de enorme sluizen een toeristische attractie, waar de Nederlander zijn buitenlandse gasten graag naar toe leidt. In de kranten is nu en dan gegromd over budgetoverschrijdingen, want Rijkswaterstaat wil traditioneel alleen het beste en het hoogste – maar het hele gigantische werk blijkt erg goed te zijn geweest voor de nationale trots en het gevoel van veiligheid der burgers. Algemeen bestaat het idee dat rampen zoals die van 1953 tegenwoordig niet meer kunnen voorkomen. Maar dat heeft eerder bestaan. Onderzoek leerde dat de meeste autoriteiten in de getroffen gebieden zich geen enkele zorg maakten, tot de watermuur zich op hen stortte. De regering moest uit bed gehaald worden en de nationale radiozenders hadden hun programma's ondanks de zich ontwikkelende noodsituatie en het eminente belang van goede instructies aan de bedreigde bevolking, gewoon beëindigd.

Maar daarmee, luidt het algemeen geloof, is – Nederlands gezegde – leergeld betaald. De dijken op Deltahoogte zijn daar een bewijs van. Toch slaat je de schrik een heel klein beetje om het hart, als de radionieuwsdienst bij zware storm meldt dat 'beperkte dijkbewaking' is ingesteld.

Dijken op deltahoogte vormen nog niet het halve werk

Dijken op deltahoogte zijn spectaculair, maar ze vormen nog niet het halve werk. Nederland houdt droge voeten door het uitgekiende netwerk van gemalen en gemaaltjes, van duikers en sluizen, van sloten en vaarten, dat zich over het land uitstrekt. Dat is allemaal mensenwerk. Dat vereist een zorgvuldige kennis van zaken.

Water is bovendien multifunctioneel: je kunt er schepen op laten varen. Tot de massale opkomst van het vrachtverkeer en in het kielzog daarvan de grootschalige aanleg van autowegen, geschiedde in Nederland het meeste vervoer per schip. Zelfs goederentreinen konden deze overheersende positie niet wezenlijk aantasten. Je kon tenslotte per schip bijna overal komen. Het land wordt dan ook niet alleen doorsneden door waterlopen die voor drainage bedoeld zijn, maar ook door een groot aantal kanalen voor het vervoer. Nog steeds strekken zich de zogeheten trekvaarten kaarsrecht uit door het landschap. De meeste stammen uit de Gouden Eeuw en maken deel uit van een vergeten netwerk voor openbaar vervoer. Op die kanalen voeren de door een paard op het pad aan de oever voortgetrokken trekschuiten. Die waren langzaam, ze haalden maximaal een snelheid van drie tot vier kilometer per uur. Maar ze waren betrouwbaar, ze voeren op tijd, ze konden in de overdekte en verwarmde kajuit grote aantallen passagiers meevoeren. En ze lieten zich in de winter alleen door ijsgang tegenhouden. In de tijd van prins Maurits, de Gouden Eeuw, zijn er zelfs wel eens hele legers met de trekschuit naar het front gebracht. De soldaten verbaasden zich over dit wonderlijke en gelukkige land, waar je niet eens naar de oorlog hoefde lópen. De trekschuiten waren twee eeuwen lang de veiligste en meest betrouwbare vorm van openbaar vervoer ter wereld. Ook de goedkoopste trouwens. Alleen in Nederland kon je een reis echt plannen, met behoorlijk grote zekerheid weten, op welke dag en hoe laat je op je bestemming zou aankomen. Trekschuiten vormden een uiterst belangrijke factor in de infrastructuur die de economische bloei van de Gouden Eeuw droeg. Tegenwoordig is de trekschuit het symbool van traag conservatisme. Maar dat werd hij pas, toen Nederland de stoomtrein leerde kennen en een wegennet kreeg, waarop postkoetsen voortsnelden die lang het domein bleven van sigarenrokende zakenlieden met een portefeuille, dik genoeg om het hoge tarief te betalen. De trekschuiten gaven zelfs aanleiding tot het ontstaan van een hele politieke pamfletliteratuur, de schuitpraatjes, waarvan de auteurs stellingen ontwikkelden middels discussies, gevoerd in de kajuit.

Ordening en goede afspraken

Dit alles kan alleen in stand blijven door ordening en goede afspraken, door zorgvuldig onderhoud volgens vaste normen, door precies op tijd sluizen te openen en weer te sluiten, door molens – en later gemalen – volgens duidelijke patronen te laten draaien, door een precies omschreven werkwijze te hebben bij plotselinge problemen – storm, extra hoog water – en die dan ook toe te passen. Dat vereist op zijn beurt weer een nauwkeurige afbakening van taken en verantwoordelijkheden, zodat iedereen op elk moment precies weet, wat hij moet doen en wat hij moet laten. Tegelijkertijd blijft samenwerking onontbeerlijk, vooral als de nood aan de man lijkt te komen. Dan moet alles opzij gezet worden. Is er geen ruimte meer voor discussie, worden onderlinge geschillen en verschillen vergeten, maar zwoegen allen gezamenlijk ter afwending van het gevaar.

Wellicht heeft het gevoel voor orde en ordening, dat ondanks alle zo duidelijk beleden eigenheid, ondanks de traditie van soevereiniteit in eigen kring zo duidelijk naar voren komt, daarmee te maken.

Dat geeft de bijbelse opdracht van God aan Adam een radicale dimensie

In ieder geval bestaat er een zeer duidelijke traditie met betrekking tot de maakbaarheid van het landschap. Er bestaan in het westen en het noorden van het land eigenlijk geen echte natuurgebieden. Alles is gecreëerd door menselijk ingrijpen, ook de overgebleven plassen die het resultaat zijn van turfafgravingen. Het landschap is het product van de mens. Dat geeft de bijbelse opdracht van God aan Adam – heer zijn over de schepping – een radicale dimensie. Oudtijds hadden de Nederlanders twee termen voor maagdelijke gebieden, zoals die zich vooral uitstrekten in het hoger gelegen oosten en het zuiden van het land: *onland* en *woeste gronden*. Dat zijn zeer negatieve begrippen. Het bijvoeglijk naamwoord 'woest' staat in tegenstelling tot beheerst en beschaafd, duidt ook irrationele woede aan. Het voorvoegsel *on-* creëert een ontkenning met de duidelijke connotatie van slechtheid, zoals in ongeluk, onkruid, of ongedierte.

Onland en woeste gronden zijn vijandig, net als de onvoorspelbare zee. En tot in de vorige eeuw vrij onaantastbaar. De landbouw in het oosten en zuiden van Nederland was traditioneel gemengd bedrijf: de boeren bebouwden akkers en hielden daarnaast vee. Het bebouwde areaal werd beperkt door de maximale hoeveelheid mest die de beesten produceerden. In de arme provincie Drenthe lagen de akkertjes – met een dorp in het midden – als eilanden in de hei, een soort vlaktes van taaie door paarse bloempjes gesierde planten die uitstekend voedsel zijn voor schapen. Wie de hei ontgon voor akkerbouw, kon geen schapen meer houden en miste de onontbeerlijke mest. *Some catch, that catch 22.* Van de onlanden en de daaraan verwante hei was inmiddels gebleken, dat de natuurlijke vruchtbaarheid te gering was om ze in exploitatie te nemen. Zo raakte men in een *zero sum*-situatie die eeuwen aanhield. Pas de negentiende eeuw bood een technologisch breekijzer: goedkope kunstmest en allerlei machines die de ontginning mogelijk maakten. Je kon nu op grote schaal grond 'verbeteren,' zoals men in Zeeland en het noorden bij eb droogvallende gronden inpolderde.

De boeren zijn daarvan zeer activistisch geworden

De Nederlandse boeren zijn daarvan zeer activistisch geworden. Hun organisaties namen het initiatief tot een heel net van landbouwopleidingen, waarvan het pronkstuk de Landbouwuniversiteit te Wageningen is. Dominees en pastoors richtten in het kader van de opbouw van het zuilenstelsel confessioneel gerichte boerencoöperaties op, waaronder een netwerk van krediet verlenende banken. Die werken tegenwoordig – katholiek of protestant, dat maakt niet meer uit – samen in de Rabo-organisatie, een van de grootste twintig bankconglomeraten ter wereld. Tegenwoordig is de gemiddelde Nederlandse boerderij een geheel op een zo groot mogelijke produktie ingesteld, veelal heel specialistisch, zoveel mogelijk doorgemechaniseerd en steeds meer geautomatiseerd bedrijf. Bij elkaar hebben ze Nederland tot een van de belangrijkste voedselexporteurs ter wereld gemaakt. Dat maakt de gemiddelde boerderij zeer kapitaalintensief. Het dwingt de eigenaar alle groeiprocessen zo nauwkeurig en zo totaal mogelijk te beheersen. Ze hebben tenslotte grote verplichtingen aan de plaatselijke Rabobank die alle technologie heeft voorgefinancierd.

Kernstuk van deze exploitatievorm is een groeiende omzet. Kleine boeren worden eigenlijk sinds de Tweede Wereldoorlog steeds meer uit de markt gedrukt. Dit ondanks het feit, dat de machtige Europese landbouwlobby binnen de Europese Unie voor gegarandeerde en zwaar gesubsidieerde prijzen heeft gezorgd.

De sociaal-democratische minister Sicco Mansholt zette in de jaren vijftig een systeem op om boeren die de omvang van de technologisering niet aankonden, van staatswege min of meer uit te kopen. Hun grond werd verkocht of verpacht aan kapitaalkrachtiger buren. Die schaalvergroting vindt tot op de huidige dag voortgang. De produktie heeft sinds Mansholt een gigantische stijging doorgemaakt, maar het aantal mensen dat in de landbouw zijn brood verdient – in 1900 nog meer dan de helft van de bevolking – is gedaald tot nog geen drie procent van alle Nederlanders. Daarbij zijn niet meegeteld de werknemers in de voedselverwerkende industrie.

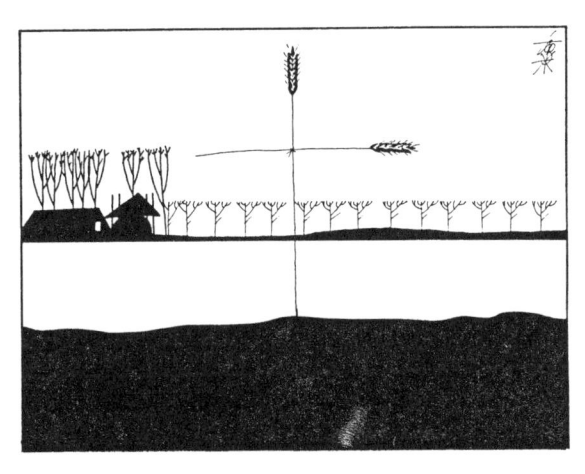

De subsidies hebben tot een enorme overproduktie geleid. Sinds de jaren tachtig proberen de Europese en de Nederlandse overheid daar iets tegen te doen. Zo heeft elke veeboer een melkquotum opgelegd gekregen. Overschrijdt zijn produktie de hem maximaal toegewezen hoeveelheid melk, dan levert dat een fikse boete op.

Ze denken, dat ze het milieu kunnen reguleren

De boerenstand heeft vijanden gekregen in de beschermers van natuur en milieu, want onder steeds meer Nederlanders wordt de gedachte gemeengoed, dat de beheersing en de ordening van het landschap te ver doorgeschoten is. Wat vroeger onland heette, is tegenwoordig de vrije natuur, die in de ogen van steeds meer Nederlanders een noodzakelijk element is in een kwalitatief waardevol bestaan. Bovendien leren steeds meer bittere ervaringen, dat de aarde minder beheersbaar is dan ze lijkt. Minister Sicco Mansholt, de promotor van modernisering en schaalvergroting, had op zijn oude dag openlijk spijt van dit beleid. Zelfs de hoogleraren in Wageningen afficheren hun fameuze instellingen tegenwoordig als milieu-universiteit. Ze denken, dat ze het milieu kunnen reguleren. Er zijn de laatste jaren al akkers en weiden 'herschapen' in natuurgebied. Nu Nederlanders waardering krijgen voor 'woeste gronden,' leggen ze die – *contradictio in terminis* – ááń.

Elke burger wordt dagelijks geconfronteerd met het milieuprobleem, de wraak van lucht, aarde en water op de pogingen van de samenleving om hen te reguleren. De eeuwenlange opeenstapeling van menselijk ingrijpen in de natuur bedreigt wat de Nederlanders aanduiden als leefbaarheid. Daarvan is iedereen overtuigd. Wij komen om in ons eigen vuil, prediken milieuactivisten. De meeste Nederlanders geloven, dat daar in principe wel wat in zit. Er bestaat tegenwoordig een Groene Partij die de samenleving radicaal wil hervormen volgens ecologische principes. Ze bepleit in feite een nieuw begin volgens geheel andere uitgangspunten, een échte post-industriële samenleving. Bij verkiezingen hebben deze Groenen – onder leiding van de inmiddels grijze ex-provo Roel van Duijn – niet meer bereikt dan hier en daar een enkel gemeenteraadszeteltje. De meeste Nederlanders geloven, dat je het milieu met een aantal praktische maatregelen wel kunt redden. Zo verklaarde Bas van der Wal, hoofd oppervlaktewater van het Hoogheemraadschap Delfland in een interview met het vakblad *Milieu Aktief* over de sloten in zijn werkgebied. 'Toch is de visstand zeer onevenwichtig. Door de eutrofiëring zie je hier veel karpers en brasems. Ook kikkers zie je wel, die zijn niet erg gevoelig voor bestrijdingsmiddelen. Daarvoor spelen weer andere factoren mee, zoals de structuur van de oever. Daardoor lijkt het voor leken vaak, alsof er nog aardig wat natuur is. Terwijl feitelijk het ecologisch kaartenhuis op instorten staat. Want al die verschillende organismen vormen een even belangrijk onderdeel in het aquatisch ecosysteem. Maar het meest zit onder water en is klein, dat ziet de leek dus niet.'

Hij maakte zich zorgen over de ondergang van de watervlo die model staat voor het afvlakken van de biologische diversiteit.

Van der Wal wist echter ook oplossingen. Die hadden te maken met het kunstmatig creëren van iets wat op vrije natuur lijkt. De werkelijke oplossing was natuurlijk, aldus Van der Wal, om de tuinders – in Delfland is veel verbouw in kassen – ervan te overtuigen hun gebruik van bestrijdingsmiddelen met 99 procent terug te brengen. Daar had hij zelf niet zoveel fiducie in. 'Motivatie van de tuinders is in zo'n situatie natuurlijk best een probleem. Daar kijken we ook naar mogelijkheden om wel vast wat te doen aan de waterkwaliteit. Je kunt ondertussen toch wel wat voor de levensgemeenschappen doen. Bijvoorbeeld door waterberging en opvangbekkens te maken die er niet uitzien als een rechte bak. Je kunt ze een flauw talud geven en voorzien van een natuurlijke oever. Je kunt zorgen voor welige waterplanten en drijfplanten. En voor een diepere put als plek voor de vissen om te overwinteren. De komst van kikkers, amfibieën en bijvoorbeeld de bunzing voegt duidelijk iets toe aan het aquatisch milieu en bevordert de waardering ervoor'. Zo profileerde hij zich als een mini-Lely van de Delflandse watervlo.

Wat professor Opschoor noemt 'de milieugebruiksruimte'

Van der Wal staat model voor het soort ambtenaar en bestuurder, dat in Nederland de laatste twintig, dertig jaar steeds vaker voorkomt: iemand die duidelijk belangstelling heeft voor de kwaliteit van het leefmilieu en denkt, dat min of meer te kunnen organiseren. Dit is een brede overtuiging. Vrijwel dagelijks vertoont de televisie overheidsspotjes, waarin de burgers worden opgeroepen zuinig om te gaan met wat de econoom prof. dr. J. B. Opschoor van de Vrije Universiteit noemt 'de milieugebruiksruimte'. 'Alles heeft zijn prijs,' zeggen de Nederlanders en Opschoors wetenschappelijk onderzoek is erop gericht die te berekenen. Dan kan milieuschade opgeteld worden bij de investeringen en afgetrokken van de winst, zó, dat een naar zijn inzicht feitelijker beeld ontstaat van de werkelijke kosten en opbrengst.

De Vrije Universiteit is ooit gesticht door Abraham Kuyper, de grondvester van de calvinistische zuil en Opschoors benadering roept vaag de bijbelse boodschap in herinnering dat de mens Gods rentmeester is en dan ook de dure plicht heeft de aarde verantwoordelijk te beheren. Toch duidt dit rentmeesterschap een soort toppositie aan. In het eerste bijbelboek, *Genesis*, stelt God immers na hemel en aarde totstandgebracht te hebben Adam, de eerste mens, aan tot Heer der Schepping. Zonder enige restrictie. Dat onderscheidt zijn nakomelingen principieel van al het andere leven op de planeet. Ze kunnen ermee doen wat ze willen, die volledig naar hun hand zetten. De indianen van Guatemala voelen zich eerder integraal onderdeel van hun *milpa*, hun maïsakker, dan eigenaar of pachter. Zij hebben een bijzondere verantwoordelijkheid die zij delen met plant en dier. Dat brengt een zekere voorzichtigheid met zich mee, een kennen van grenzen, dat niet bestaat in het bijbels primaat van de mensen, waar hoogstens dat rentmeesterschap hen ertoe kan brengen roofbouw achterwege te laten. Wat ook de hele opzet is achter Opschoors denkwerk.

Toch zijn er in de Nederlandse milieubeweging hier en daar tendensen te vinden die een zekere verwantschap tonen met de opvatting van de Guatemalteekse indianen. Maar zij blijven het domein van een kleine voorhoede. De grote meerderheid treedt in het krijt voor reguleren en beschermen.

Dat beschermen gaat terug op een oudere traditie. De negentiende-eeuwse romantiek heeft een sterke invloed uitgeoefend op de Nederlandse elites. Zij kregen waardering voor de schoonheid van de woeste gronden, creëerden in hun tuinen en in de eerste stadsparken iets wat daarop leek. Aanvankelijk was de eerste siertuinaanleg geïnspireerd door het voorbeeld van het Franse koninklijke paleis te Versailles. Zij bewees de absolute heerschappij van de mens over de schepping: een geometrische opzet, gladgeschoren gazons, streng beheerst struikgewas dat vaak met grote kunstigheid geknipt werd in vormen van menselijke uitvindingen, zoals molens. Het bewonderde landschap was het ontgonnen landschap, zoals Leeghwaters polders. Want die hadden nut.

De romantiek betekende een radicale ommekeer. De Versailles-tuinen gingen massaal op de schop om vervangen te worden door zo wild mogelijke bossen. Nederlandse tuinarchitecten ontwikkelden veel talent om door het listig planten van bomen de rand te suggereren van een eindeloos woud, aldus het tuinhek aan het oog onttrekkende. Vijvers kregen het aanzicht van natuurlijke kreken. Men metselde zelfs ruïnes en rotspartijen op. Steden die zichzelf respecteerden legden volgens deze principes plantsoenen en stadsparken aan. Voorbeelden daarvan zijn het Park (aan de Maas) in Rotterdam en het Amsterdamse Vondelpark. Alle modernere parkaanleg heeft tot op de huidige dag een sterk romantisch karakter. Tuinen met een Versailles-karakter bestaan nauwelijks meer.

Tuinieren heeft zich ontwikkeld tot een volkshobby. In het kleine Nederland wonen miljoenen mensen in flatgebouwen en op bovenhuizen, maar elke enquête bewijst strijk en zet, dat dé grote wens van bijna alle Nederlanders is een huisje met een voor- en een achtertuin.

Rond de grote steden bevinden zich complexen van volkstuinen. Die stammen meestal uit het begin van deze eeuw. Het oorspronkelijke idee was minvermogenden zelf in staat te stellen groentes te verbouwen, want de medische wetenschap had bewezen, dat die goed waren voor de gezondheid. Tegenwoordig zijn het bijna allemaal siertuinen, waarin de huurders van het lapje grond hun ziel en zaligheid leggen. Want zij hebben voor hun volkstuin jaren op de wachtlijst gestaan.

De Nederlanders onderhouden hun tuin goed. Wie niet vaak genoeg het gras maait, wie zijn 'onkruid' niet wiedt, zodat de zaden bij de buurman terecht komen, kan rekenen op het misprijzen van de hele buurt en op den duur problemen met de omwonenden. Want 'onkruid' is geen gezicht. Tenzij volstrekt beheerst en onderdeel van een romantische 'wildtuin,' maar het verschil daartussen en een verwaarloosd gazon valt ieder op.

Toch zien de Nederlanders van tegenwoordig hun tuin als een stukje 'natuur' voor de deur. De opvatting heerst algemeen dat kinderen in een 'groene' omgeving moeten opgroeien. Maar dat groen – het kan niet voldoende benadrukt worden – dient zorgvuldig gereguleerd.

Tegelijkertijd bestaat er een uit de romantiek stammende algemene waardering voor wat tegenwoordig heet de 'vrije natuur,' een term met een zeer positieve lading, dit in tegenstelling tot de oude benamingen 'onland' en 'woeste gronden'. Die waardering begon in het laatste kwart van de negentiende eeuw concrete vormen aan te nemen tegelijk met een hernieuwde eerbied voor bestaande stedelijke bebouwing. Men begon in vervallen oude teringpanden de nalatenschap te zien van een groots voorgeslacht, dat een zorgvuldig bewaren wettigde. Velen raakten er zelfs van overtuigd, dat de voorouders een betere smaak hadden dan de huidige generaties. Wat massaal was opgeruimd als hinderpaal voor de vooruitgang en herinnering aan vroegere achterlijkheid, kwam nu in aanmerking voor bescherming als monument. De Amsterdamse kunstcriticus en katholieke voorman J.A. Alberdinck Thijm voerde bijvoorbeeld actie tegen het dempen van de middeleeuwse gracht Nieuwezijds Voorburgwal, waar het gemeentebestuur een verkeersweg had gepland. Hij verloor het pleit, maar sindsdien hebben ridders van de vooruitgang nauwelijks meer kans gezien een Amsterdamse gracht – product van de bewonderde Gouden Eeuw – te dempen. De Nieuwezijds Voorburgwal kreeg een nieuwe reputatie als de Nederlandse versie van Fleet Street – de nieuwe weg maakte expeditie van kranten gemakkelijk en de beurs, bron van economisch nieuws, lag bijna om de hoek. Maar tegelijkertijd behield zij de naam van een voorgoed verpest stuk stedeschoon, een dolkstoot in het hart van de stad, een helder voorbeeld van hoe het niet moet.

De overheid begon historische bouwwerken op de monumentenlijst te plaatsen. De eigenaren mochten ze niet zomaar afbreken of verbouwen. Dat werd aan regels gebonden, opgesteld door deskundigen die het behoud van het historisch karakter bewaakten. Daar stonden subsidies tegenover voor wat 'restauratie' heette. Een Rijksdienst Monumentenzorg, in status en opzet gelijk aan Rijkswaterstaat, leverde de deskundigheid. Monumentenzorg heeft een dicht netwerk van vertakkingen over het hele land. Ze heeft vele gespecialiseerde architecten in dienst, die de restauratieprocessen controleren en voorkomen, dat eigenaars het karakter van hun monument aantasten, bijvoorbeeld door het aanbrengen van kunststoffen sponningen. Tegenwoordig bestaan er zelfs beschermde stads- en dorpsgezichten. Nieuwbouw is daar wel toegestaan, maar mag het bestaande aanzicht niet (teveel) aantasten. In de loop der tijd is de monumentenlijst steeds meer uitgebreid. De laatste jaren komen er steeds meer negentiende en twintigste-eeuwse bouwwerken op en zelfs fabriekspanden uit de eerste jaren van de Nederlandse industriële revolutie. Plannen tot afbraak van karakteristieke oude panden zijn een belangrijke bron van inspiratie voor gespecialiseerde actiecomités en de historische verenigingen en genootschappen die bijna elke gemeente tegenwoordig binnen haar grenzen heeft.

'Woeste gronden' werden met dezelfde mentaliteit benaderd. De belangrijkste organisatie op dit gebied heet niet voor niets de Vereniging tot Behoud van Natuur*monumenten* in Nederland. Ze is opgericht in 1905, toen de gemeente Amsterdam het plan opperde de nooit ingepolderde veenplas het Naardermeer te dempen met stadsvuil. Natuurmonumenten, opgericht door de liberale elitepoliticus P.G. van Tienhoven en de bioloog-popularisator Jac. P. Thijsse, aan wie het volkstuinpubliek tot op de dag van vandaag veel inspiratie ontleent, kocht het Naardermeer aan om het uit te roepen tot natuurreservaat. Dat was het eerste in een hele reeks. Natuurmonumenten beheert deze reservaten zorgvuldig en laat weinig aan het toeval over. De leden van de vereniging hebben toegang, als zij binnen de gebaande paden blijven.

Typisch voorbeeld van deze benadering is wat in de Biesbosch, die rest van de Sint Elisabethsvloed uit 1421, gebeurde. Daar liet het Ministerie van Landbouw, Natuurbeheer en Visserij bevers uit Oost-Europa los, omdat die – zo bleek uit historische bronnen – er vroeger ook voorkwamen. Een ander voorbeeld is het onderscheid dat Nederlandse biologen maken tussen 'inheemse' planten en later geïmporteerde. Zij tasten – vond men lange tijd – natuurmonumenten aan, zoals allerlei aanbouwsels uit later tijd een historisch bouwwerk konden verknoeien. Deze radicale houding heeft overigens veel terrein verloren.

Het moderne milieuactivisme vindt zijn oorsprong in de grote stad

Het moderne milieuactivisme vindt zijn oorsprong in de grote stad, een beetje naast het traditionele natuurbehoud. Het staat daar in principe ook los van, omdat het zijn inspiratiebron in eerste instantie vindt bij de vervuiling van de leefomgeving door menselijke bedrijvigheid. Niet dat daar nooit aandacht voor heeft bestaan. Al in vroegere eeuwen brachten bestuurders regels tot stand om de burgers tegen zulke overlast te beschermen. Stinkende leerlooierijen bijvoorbeeld en lawaaierige 'klopmolens,' waar koper werd geplet, moesten een eindweegs buiten de bebouwde kom gevestigd worden. Maar de toenemende vanzelfsprekendheid van de welvaart, zoals die met name sinds de jaren zestig vanzelfsprekend werd, maakte de burgers kritischer. 'Weinig verkeer,' concludeerde de minister van Buitenlandse Zaken Joseph Luns, begin jaren zestig nog, toen hem, op bezoek in West-Berlijn een blik over de muur naar het oosten werd gegund. En inderdaad, beelden van lege straten vol voetgangers golden als bewijs voor het fiasco van het communisme. PVDA-leider Den Uyl sprak in het openbaar als zijn mening uit, dat elk Nederlands gezin een auto moest hebben. Enkele jaren later al hield hij met zijn fijne neus voor de trends van de tijd gedreven toespraken over de 'kwaliteit van het bestaan,' die aangetast zou worden door ongebreidelde groei van de industrie.

Een belangrijke katalysator was de hevige brand die in 1963 de Superfosfaat trof, een kunstmestfabriek iets buiten de bebouwde kom van de Zuidhollandse stad Vlaardingen. Een oostenwind woei de giftige gaswolken tussen de omliggende dorpen door naar zee. Had de veel gebruikelijker westenwind gewaaid, dan was de gaswolk over de nabije Rotterdamse agglomeratie getrokken, waarvan Vlaardingen een uitloper was. Dat had zeker tienduizenden het leven gekost. Het kabinet was al in spoedzitting bijeengekomen om voorbereidingen te treffen voor een massale evacuatie. Die kon op het laatste moment worden afgeblazen. Maar het was een dubbeltje op zijn kant geweest. De Superfosfaat was onderdeel van een enorm complex chemische industrieën en raffinaderijen, dat tussen Rotterdam en de zee verrees. Daar was zelfs een gewaardeerd natuurmonument voor opgeofferd. Nu had Nederland een aansprekend voorbeeld gekregen, wat een ongeluk teweeg kon brengen.

De kritische generatie van de jaren zestig nam het milieu bij haar activiteiten mee. Hier was een nieuwe zonde die de misselijk makende middenstand aankleefde. De opvatting van Zahn, als zou de Nederlandse zorg om het milieu, een vervaagde God vervangen, verdient zeker de aandacht, maar even belangrijk zijn de ongunstige ervaringen met een stinkende en soms afbrandende industrie.

Bovendien werd de milieuschade, naarmate de tijd voortschreed, zichtbaarder. Oude industrieën, zoals gasfabrieken, bleken de grond waarop zij stonden, zo ernstig te hebben vervuild, dat men er alleen met gevaar voor eigen gezondheid op kon wonen. Andere bedrijven bleken giftige stoffen gestort te hebben op gebied, waar later woonwijken waren verrezen. Dit vereiste een uiterst kostbare chemische schoonmaak en soms was afbraak van die huizen het enige redmiddel. Er bleken honderden 'gifbelten' te bestaan, sommige eeuwenoud op plekken, waar het voorgeslacht uit de Gouden Eeuw loodwitfabriekjes had gevestigd, de meeste meer recent. Er werd berekend, dat het miljarden zou kosten om dit vuil op te ruimen. Van de belastingbetaler, want de dader lag veelal, zoals een Nederlands gezegde luidt, op het kerkhof, wat betekent, dat hij niet meer op te sporen is.

De milieubeweging organiseerde zich in de inmiddels gebruikelijke actiecomités die zich veelal tegen een of enkele vervuilers richtten en concrete maatregelen eisten. In eerste instantie lag de nadruk nogal op de vervuilde lucht die de omwonenden in hun neusgaten kregen en nu niet meer accepteerden. Daar kwam al gauw aandacht bij voor het vervuilde oppervlaktewater en de gifbelten. En vervolgens voor de kapitaalintensieve landbouw die gigantische hoeveelheden kunstmest en bestrijdingsmiddelen gebruikte om de opbrengsten zo hoog mogelijk op te voeren. Terwijl de enorme veestapels – Nederland kent net zoveel inwonende mensen als varkens, vijftien miljoen – zoveel mest produceerden, dat die gigantische voorraad niet meer weg te werken viel en op zijn beurt het milieu aantastte.

Bestuurders behandelden de nieuwe actiecomités als alle andere: ze accepteerden ze als gesprekspartners, namen de terminologie en de doelstellingen min of meer over. Provinciale en landelijke koepelorganisaties die uit het activisme voortkwamen, kregen subsidie en begonnen de rol te spelen van een door de overheid zelf gestimuleerde en gesubsidieerde milieulobby. De meeste organisaties stammen uit het begin van de jaren zeventig.

De overheid nam deskundigen in dienst om het milieu te reguleren. De Rotterdamse agglomeratie werd verrijkt met een groot aantal 'snuffelpalen,' apparaten die de luchtkwaliteit maten en doorgaven. Zij staan onder beheer van de Milieudienst Rijnmond die ook dag en nacht een telefoonlijn voor klachten van de burgerij openhoudt. Het milieu kwam terecht bij het Ministerie voor Volkshuisvesting en Ruimtelijke Ordening, dat nu de M van milieu aan zijn acroniem zag toegevoegd.

Radicale critici beweerden zelfs, dat voor een zeer intensieve en dankzij subsidies overlevende landbouw in Nederland op den duur geen plaats meer was. Boeren zouden zich moeten herscholen tot 'natuurbeheerders'. Subsidies daarvoor zouden beter besteed zijn dan aan hun wanhopige pogingen om met steeds meer ingrijpen, steeds intensievere bebouwing van het areaal, met biotechnologie en kostbare machines het hoofd financieel boven water te houden.

Zij blijven een minderheid. Toch zijn er in Nederland tendensen aan te wijzen die op zo'n toekomst blijven. De laatste grote, door ir. Lely nog ontworpen polder wordt waarschijnlijk niet aangelegd. Landbouwgrond valt toch niet commercieel te exploiteren en Nederland heeft de zoetwatervlakte van het IJsselmeer in de toekomst misschien harder nodig dan nieuw land. Gemeentes in het Oldambt, een streek in de noordelijke provincie Groningen maakten het plan om oude polders onder water te laten lopen, zodat er een meer ontstaat, dat hopelijk toeristen trekt en daardoor werkgelegenheid schept. In het hart van de provincie Zuid-Holland, ongeveer tussen Rotterdam en Gouda wordt een oud veeteeltgebied met een romantisch bos beplant, zo dat het miljoen inwoners van de agglomeratie Rotterdam er een stuk 'natuur' bij krijgt. Niemand zal het nog in zijn hoofd halen de bij eb grotendeels droogvallende Waddenzee verder in te polderen. Die geldt als een waardevol natuurgebied en een agressieve en invloedrijke Waddenvereniging met leden door het hele land stelt elk plan tot aantasting heftig aan de kaak. Zij verzet zich bijvoorbeeld tegen proefboringen naar olie en aardgas.

De milieubeweging volgt het doen en laten van de overheid kritisch, voor een gedeelte zelfs met groot wantrouwen, maar de gedachte, dat ook de natuur zich tenslotte laat reguleren, blijft de grondslag.

Ingenieurs zijn op een bepaalde manier bescheiden

Lely's blijvende roem, zoals tot uiting komende in Lelystad, hoofdstad van de door de Zuiderzeepolders gevormde nieuwe provincie of het intercityspoorwegstation Amsterdam Lelylaan, is gebaseerd op zijn waterstaatkundige visie. Maar hij betekende veel meer. Lely is ook de vader van de ongevallenwet, die schadevergoeding regelde voor op het werk gehandicapt geraakte arbeiders. De ingenieursmentaliteit – de gedachte, dat je op basis van een stel goede uitgangspunten en kennis van zaken en praktische experimenten veel kunt regelen en ordenen – laat zich ook op de samenleving toepassen. Studenten uit Lely's tijd waren diep onder de indruk van professor Hendrik Baltus Pekelharing (1841–1922), die aan de Technische Universiteit van Delft staathuishoudkunde en economie doceerde. De colleges en de gespreksgroepen van Pekelharing hadden grote invloed: ze gingen over planning, niet van de grond, maar van de samenleving. Leerlingen van de professor bemoeiden zich met de politiek, waarbij zij vaak terecht kwamen in de Sociaal-democratische Arbeiderspartij. De Nobelprijswinnaar en grondlegger van de econometrie prof. dr. Jan Tinbergen verklaarde nog in 1936, dat zijn vak eigenlijk een 'ingenieurswetenschap' was. Net als de rivieren die door de vlakke Hollandse delta stroomden, was ook de ontwikkeling van de maatschappij beheersbaar.

Die gedachte heeft iets totalitairs. Toch hebben totale ideologieën, zoals communisme of nationaal-socialisme in Nederland nimmer echt voet aan de grond gekregen, ook niet aan de technische universiteiten, al moet worden toegegeven dat de Nederlandse namaak-*führer* ingenieur Anton Mussert heette. Dat komt, omdat ze in beginsel strijdig zijn met de ingenieursgedachte. Zij gaan uit van een aantal onwrikbare uitgangspunten, een aantal beginselen volgens welke de samenleving dient te worden georganiseerd. Of dat rassische superioriteit is, dan wel de dictatuur van het proletariaat en het collectief bezit der produktiemiddelen, doet er niet toe. Het komt erop neer, dat alles in een van voren bedacht stramien wordt gedwongen.

In het Waterloopkundig Laboratorium te Delft gaat men anders te werk. Daar probeert men de Rijn niet totaal aan zijn wil te onderwerpen, men tracht haar stroom te reguleren teneinde enige wenselijke doelen te bereiken. Ingenieurs zijn op een bepaalde manier bescheiden: ze eerbiedigen natuurwetten en de krachten op hun pad voldoende om nooit totaal in te grijpen. Want dat – weten ze – leidt tot een catastrofe. Ze weten ook, dat deze wetten niet de produkten zijn van de menselijke logica alleen. Die logica is toegepast om orde te brengen in de chaos van talloze uit empirisch onderzoek naar voren gekomen bevindingen. Zo komen natuurwetten tot klaarheid. Maatschappelijk georiënteerde ingenieurs hebben zelden in de samenleving zoveel natuurlijke orde aangetroffen, dat zij onwrikbare wetten durfden vast te stellen, de enkele communist of Anton Mussert daargelaten, maar dat waren toch geïsoleerde figuren. Ze geloofden wel in regulering en ordening. Ze deden daartoe talrijke voorstellen, maar die stoelden mede op hun uiteenlopende levensbeschouwingen die zij ontleenden aan het gedachtengoed van de zuilen. Tegelijkertijd geloofden zij wel degelijk in de resultaten van wetenschappelijk onderzoek. Als medische wetenschappers vaststelden, dat de gevreesde volksziekte tuberculose juist voorkwam bij mensen die in donkere vochtige huizen woonden, dan was het een maatschappelijke plicht om aan nieuwe woningen wettelijke kwaliteitseisen te stellen met betrekking tot de te gebruiken bouwmaterialen, de minimale omvang van ramen en deuren en de ventilatie. Dat kon dan behoorlijk ver gaan. In Delft bestond een afdeling van bouwkundige ingenieurs waar veel nagedacht werd over optimale arbeiderswoningen. Tot in de twintigste eeuw sliepen de meeste Nederlanders in de bedstee, een soort in de muur uitgespaarde kast. of zij plaatsten hun bed in de tussenkamer, een donkere ruimte tussen de aan de voorzijde van het huis gelegen salon, waar men gasten ontving en de achterkamer, waar de gezamenlijke maaltijden genoten werden en het gezin – behalve op hoogtijdagen – woonde. Moderne architecten voerden de tussenkamer rigoureus af. Zij plaatsten de lichtpunten zo in het plafond, dat de lamp wel boven deze eettafel terecht moest komen. Dan konden de arbeiders na de maaltijd de avond doorbrengen met lezen, want de lamp wierp een helder licht op de bladzijden.

Maatschappelijk georiënteerde ingenieurs geloofden sterk in de gedachte, dat kennis macht was

Maatschappelijk georiënteerde ingenieurs geloofden sterk in de gedachte, dat kennis macht was. Daarop stoelde tenslotte hun eigen vakmanschap. Binnen het zuilenstelsel bloeiden grote uitgeverijen die volgens de normen van de eigen wereldbeschouwing grote hoeveelheden 'goede en goedkope' lectuur op de markt brachten. Ook het netwerk van openbare bibliotheken, dat nu het land overdekt, compleet met bibliobussen die afgelegen gemeenschappen afrijden, komt uit deze overtuiging voort.

Het is duidelijk dat deze reguleringsgedachte gemakkelijk aansluiting vindt bij het traditionele Nederlandse paternalisme, bij de mentaliteit van de regent die immers beter weet dan de burgers zelf, wat goed voor hen is.

Buitenlandse waarnemers stellen vaak vast, dat Nederlandse steden even strak gepland en georganiseerd zijn als het landschap. Dat heeft daarmee te maken. Architecten als Berlage en Oud poogden tot een soort volkswoningbouw te komen die de burgers als het ware zeer dringend uitnodigde om zich geestelijk te ontplooien. Maar dat niet alleen: ook om contact te onderhouden met de gemeenschap. Ze ontwierpen 'tuindorpen,' waarin de huisjes – keurig met voor- en achtertuin – gegroepeerd waren rond een soort plein. De architecten van de zogenoemde Amsterdamse School zagen meer in kasteelachtige complexen, die een vergelijkbare geborgenheid suggereerden, maar dan met steen, poorten en siertorentjes, zodat de bewoners zich beschermd konden wanen door een collectieve burcht. Tegenwoordig worden zulke wijken meer en meer als monument erkend.

In een ongereguleerde maatschappij, waarin de wet van vraag en aanbod alles bepaalt, krijgt zulke woningbouw nauwelijks kans. Sociaal-democraten eisen daarom bijkans vanaf de oprichting hunner partij woningbouw door de gemeentelijke overheid. Daar is het pas heel laat van gekomen. Wel waren de bestuurders in het algemeen bereid steun te verlenen aan verenigingen, waarvan de leden goede en goedkope huurwoningen wilden bouwen, bijvoorbeeld door garant te staan voor hun leningen op de kapitaalmarkt. Deze verenigingen ontstonden op grote schaal en volgden al gauw het vertrouwde zuilenpatroon. Zo ontstonden naast elkaar rooms-katholieke, calvinistische en sociaal-democratische complexen. Het waren deze verenigingen die verantwoordelijk waren voor het merendeel van de tuindorpachtige bouw.

Pas na de Tweede Wereldoorlog nam de overheid zelf op zeer grote schaal de woningbouw ter hand. Dat was eigenlijk een praktische noodmaatregel. Tijdens de bezetting en de op Nederlands grondgebied geleverde veldslagen waren zoveel huizen verwoest, dat de oplossing van de woningnood niet aan de vrije markt kon worden overgelaten. Er kwam woningdistributie die de schaarste aan woonruimte zo eerlijk mogelijk verdeelde. De huren van de huizen, die de overheid bouwde, werden door subsidies kunstmatig laag gehouden. Zij werden echter alleen toegewezen aan mensen beneden een bepaalde inkomensgrens. De welgestelden tenslotte beschikten over genoeg geld om hun heil op de vrije markt te zoeken.

De architecten van het moment waren zeer gecharmeerd van rationalisme en massale hoogbouw à la Le Corbusier. Voordeel: door de standaardisering kon men tegen een betrekkelijk lage prijs veel bouwen. Zo verrezen rond de steden uitgebreide wijken, bestaande uit flatgebouwen, meestal met ruime speelweiden en groengebieden daaromheen. Ook nu bevorderde de architectuur een bepaalde levensstijl. De nieuwe flats bevatten standaard een douchecel, iets nieuws voor de Nederlanders die tot dan toe gewoon waren zich eens in de week, met een teiltje staande voor de kachel te wassen.

Om ervoor te zorgen, dat de huurders die douche ook voor het gestelde doel gebruikten, dwongen de meeste gemeentebesturen hen tegen een zeer lage prijs een geiser te huren, zodat er warm water uit de kraan kwam. In de jaren zeventig keerden de architecten weer terug tot de oude laagbouw en een tuindorpachtige architectuur, die echter hier en daar werd veroordeeld als 'nieuwe truttigheid'. Ook hier stond het gemeenschapsgevoel weer centraal, maar dat bleek te botsen met het opkomen van het individualisme en de ondergang van de zuilen. Veel Nederlanders wilden vooral *privacy* en niet zoveel van de buren merken. Talrijke actiecomités bloeiden op rond het thema 'overlast'.

Andere actiecomités verzetten zich met succes tegen de afbraak van hun verkrot geachte wijk. Zij boekten veel succes. Sinds de jaren zeventig praktiseren veel gemeentes de 'vernieuwbouw'. Het karakter van de oude bebouwing – met name de buitengevels – wordt zoveel als doenlijk gehandhaafd. Maar binnen treft de bezoeker het gemak aan van een modern appartement.

De gedachte, dat je maatschappelijke ontwikkelingen kunt reguleren, strekte zich veel verder uit dan de ruimtelijke ordening alleen. Ze gaf aanleiding tot het ontstaan van een uitgebreid vergunningenstelsel, dat zich tot steeds meer aspecten van de samenleving uitstrekte. Dankzij dit systeem konden paternalistische bestuurders bijvoorbeeld het aantal kroegen waar alcoholische dranken geschonken worden, welke zoals bekend niet tot de volksontwikkeling bijdragen, beperkt houden. De overheid stelde vaste openings- en sluitingstijden van winkels vast. Niet alleen om het personeel te beschermen, maar ook om de kleine kruidenier een eerlijke kans te geven tegenover het grootwinkelbedrijf, dat met wisseldiensten gemakkelijk vierentwintig uur per dag open zou kunnen zijn. (Inmiddels is tot een veel liberaler openings- en sluitingstijdenbeleid besloten.) Steeds meer beroepen en commerciële sectoren werden gesloten voor personen die niet beschikten over de vereiste vakdiploma's. Een strenge Keuringsdienst van Waren handhaafde de minimale eisen waaraan produkten die de consument werden aangeboden, moesten voldoen. Een stelsel van vestigingsvergunningen kwam tot stand om te voorkomen, dat in dezelfde wijk niet teveel kleine ondernemers elkaar met hetzelfde aanbod zouden doodconcurreren. Deze bestuurlijke mentaliteit kreeg op den duur haar eigen dynamiek, zodat menig Nederlander zich nu en dan onderdrukt voelt door een tirannieke overheid. Als bijvoorbeeld blijkt, dat voor het aanleggen van een extra tuinhek een vergunning nodig is. Of als een klein verbouwingsplan moet worden voorgelegd aan de schoonheidscommissie van de gemeente, die ervoor waakt dat het straatbeeld oogstrelend blijft en niet ontsierd wordt door kitsch. Ondanks het feit dat volgens een veel gebruikt Nederlands spreekwoord over smaak niet valt te twisten.

Nederland kent een hele beroepsgroep van 'sociale' ingenieurs, die opgeleid zijn aan een vorm van hoger beroepsonderwijs, de sociale academie en bij de – overigens pas sinds de jaren zestig – belangrijke sociale faculteiten van de universiteiten. Zij vinden bijvoorbeeld emplooi als 'opbouwwerkers'.

Dat grote aanbod aan begeleiding en zorg kan soms behoorlijk op de zenuwen werken

Dat zijn overheidsfunctionarissen die allerlei buurtgebonden activiteiten begeleiden, waarbij het meestal gaat om het ontwikkelen van een of ander gemeenschapsgevoel. Andere specialisten begeleiden mensen die om de een of andere reden ondersteuning behoeven, bijvoorbeeld om hun huwelijk te redden of om zich staande te houden in de samenleving. Ook hier gaat het steeds om sturen en reguleren. Dit hele complex van maatschappelijke dienstverlening staat bekend als het welzijnswerk.

Maar dat grote aanbod aan begeleiding en zorg kan soms behoorlijk op de zenuwen werken. De kritische filosoof Hans Achterhuis maakte in de jaren tachtig furore met het polemische boek *De markt van welzijn en geluk*, waarin hij korte metten maakte met deze sturings- en begeleidingsgedachte. Achterhuis, wiens denken deels bepaald wordt door negentiende-eeuws anarchisme, neemt een giftig mengsel waar van regentesk paternalisme en pure bemoeizucht met het leven van anderen, dat in de praktijk meer kwaad dan goed doet, terwijl een hele sector zogenaamde deskundigen er goed van leeft. Achterhuis duidde dezulken aan als 'nieuwe vrijgestelden'. Vrijgestelden zijn in hun oorspronkelijke betekenis activisten die van hun vakbond een salaris ontvangen, zodat zij zich fulltime aan de organisatie kunnen wijden.

Sindsdien heeft de overheid sterk op deze 'nieuwe vrijgestelden' en hun apparaten bezuinigd.

Toch valt ook in de samenleving van nu veel te herkennen, dat wijst op de ingenieursmentaliteit. Veel organisaties en mensen verklaren dat hun taak te maken heeft met stimuleren of faciliteren, het bevorderen van processen, het begeleiden van activiteiten. Daarbij komt gewoonlijk ook het begrip coördinatie op de proppen, dat eerder thuishoort in een samenleving waarin men niet gauw machtig genoeg is om zich als onbetwist leider op te werpen.

De buitenstaander krijgt uit dit taalgebruik wel eens de indruk, dat achter deze terminologie zich een daadloos nietsdoen waarnemen. Dat is zelden het geval. Stimuleren en begeleiden is een erg effectieve manier van optreden in een overlegsamenleving, waarin men gewend is min of meer gezamenlijk beslissingen te nemen en het door allen geaccepteerde compromis centraal staat.

Stimuleren en begeleiden betekent bovendien, dat je een rol probeert te spelen in bestaande processen. Het vereist, dat je daarbij niet uitgaat van spijkerharde premissen en onwrikbare theoretische modellen. De actie stoelt toch op het waarnemen en interpreteren van de feitelijke situatie. Hoe dat werkt, wordt bijvoorbeeld duidelijk uit de rol van het Centraal Planbureau. Dat Centraal Planbureau is in 1945 in opdracht van de overheid gesticht door Jan Tinbergen, de man die vond, dat economie eigenlijk een ingenieurswetenschap is. Zijn hele wetenschappelijke leven heeft deze Nobelprijswinnar zich ingespannen om economische processen meetbaar en kwantificeerbaar te maken. Want alleen de harde cijfers vormden volgens hem voldoende fundament om er beleid op te grondvesten. Tinbergen ontwikkelde modellen om de economische werkelijkheid in wiskundige formules te vatten. De ontwikkeling van de computer stelde zijn opvolgers in staat deze steeds verder te verfijnen.

Het Centraal Planbureau is helemaal geen planningsinstantie. Het meet de economie op basis van een groot aantal indicatoren en doet op basis daarvan prognoses voor de toekomst. Maar de allerbelangrijkste taak is het 'doorrekenen' van beleidsvoornemens op zijn effecten voor de welvaart van het land. Tijdens onderhandelingen voor nieuwe regeringen, sturen de onderhandelingspartners hun compromissen steeds vaker naar het Planbureau. Dat 'rekent' dan 'uit' of de gewenste doelen ook bereikt worden. Sinds de jaren tachtig streven alle regeringen naar het op peil houden en zo mogelijk vergroten van de werkgelegenheid. Tijdens de coalitie-onderhandelingen van 1994 verwezen de betrokken politici menig in moeizame onderhandelingen totstandgebracht compromis zelf naar de prullenmand, omdat volgens de computermodellen van het Centraal Planbureau het 'Werkgelegenheidseffect' te gering of te ongunstig was. Het ging daarbij op den duur zelfs zo ver om zelf beleidssuggesties te doen, een gewoonte die het Planbureau al sinds jaar en dag heeft bij het publiceren van zijn geregelde prognoses. Men kan daarvan denken wat men wil – sommige commentatoren, zoals de monetaire econoom en publicist prof. dr. Eduard Bomhof, vinden deze eerbied voor computermodellen wat al te verregaand – maar het betekent toch, dat bij vrijwel alle politici van links tot rechts een praktische en utilitaire aanpak toch verre uitgaat boven ideologisch bepaalde vooronderstellingen.

Zulke beginselvastheid is buiten de verkiezingsstrijd zelden merkbaar. Uiteindelijk gelooft men, dat men door tijdig bijsturen op een vastgestelde tijd op de juiste bestemming kan komen. Zoals de trekschuit dat ooit in de Gouden Eeuw ook garandeerde. En zoals men door nauwkeurig op de stromingen van zee en rivier in te spelen niet slechts het hoofd boven water houdt, maar ook de voeten droog.

Dat geloof wordt algemeen beleden, maar het heeft niet meer de kracht van een of twee generaties geleden. De PVDA-voorman Joop den Uyl introduceerde in de jaren zestig het concept 'de maakbare samenleving'. Zelfs de huidige sociaal-democraten beweren, dat dit een volstrekt achterhaalde en door de feiten gelogenstrafte gedachtengang is. Gewoon, omdat teveel beleidsmaatregelen niet leidden tot het gestelde doel, maar veeleer tot iets heel anders of zelfs het tegendeel. Het hangt een beetje van iemands politieke smaak af, waar men dan op wijst. Het ontslagrecht dat het bedrijven moeilijk maakt om werknemers te ontslaan, maar daardoor ook aan werklozen de weg naar een baan verspert. Of de verdubbeling van snelwegen, die mensen stimuleert om een auto te kopen, waardoor de verkeersopstoppingen per slot van rekening niet af- maar toenemen, terwijl de files zich ook nog naar de bebouwde kom van de steden verplaatsen.

Toch wil slechts een enkeling terug naar wat in de discussie wel wordt aangeduid als de 'nachtwakersstaat,' het concept van een overheid die slechts het leven en het eigendom van de burgers beschermt, terwijl de rest wordt overgelaten aan het vrije spel der maatschappelijke krachten. Wat onder kritiek staat, is hoogstens de sturing op detail. Dat laatste past weer bij de eerbied die het Nederlands waterstaatkundig complex ondanks haar finesse weet op te brengen voor de macht van het water. Je kunt de bedding van een rivier wel in een bepaalde richting sturen, je kunt haar niet verbieden te blijven stromen.

Wie op de Nederlandse rivierdijken rijdt, stelt vast, dat er nog veel land ligt tussen dit kunstwerk en de daadwerkelijke bedding. Dat zijn de uiterwaarden, weiden vaak, waar het vee van de boeren graast. Soms zijn ze zelfs door lage dijkjes beschermd. Toch worden deze gebieden grotendeels overgelaten aan de willekeur van de rivier. Bij zeer hoge waterstanden – goed voorspelbaar, zodat de eigenaars hun vee weg kunnen halen – loopt het hele gebied onder. Bedijking van de uiterwaarden zou het water zo'n kracht geven, dat geen dijk er tegen bestand is, ook vandaag de dag niet. Je moet de rivier en *mutatis mutandis* de zee de ruimte geven, anders laat ze zich niet temmen, maar verandert – opgesloten als ze is – in een wild beest, dat alles in haar omgeving vernietigt. Wie te ver gaat, verzamelt ongekende krachten tegen zich. Er valt veel te regelen en te ordenen. Zin voor de praktijk en een logische denktrant leveren bruikbare oplossingen op. Maar je moet altijd met de aangetroffen situatie meewerken. En vaak genoeg ben je gedwongen om ondanks je wensen, je bedoelingen en je principes ruimte te laten, zoals de uiterwaarden nooit kunnen worden ingedijkt.

Sociale uiterwaarden

Zo is ook de Nederlandse samenleving rijk aan sociale uiterwaarden, buitendijks gebied, waar naar de mening van de verantwoordelijken geen duidelijke orde kan worden totstandgebracht.

Die waarheid zit diep in het denken verankerd. Ook bij mensen die maatschappelijke processen proberen te sturen. Die zijn vaak niet beheersbaar en dan is het beter je te beperken, hoogstens proberen erger te voorkomen. Als je bovendien staat in een oude traditie van noodgedwongen gedogen, dat enige redmiddel van de regenten uit de Oude Republiek, dan krijgt die gedachte van beperkte beheersbaarheid veel aantrekkelijks. Naast de eerbied voor het eigene en de erkenning van andermans soevereiniteit in eigen kring heeft deze mentaliteit veel te maken met wat zoveel buitenlandse waarnemers ervaren als de overdreven liberaliteit en wetteloosheid in Nederland.

Rotterdam is nog steeds de grootste haven van de wereld, Schiphol een van Europa's belangrijkste vliegvelden. Doorvoer van goederen is een belangrijke pijler van de nationale welvaart. De federalisering van Europa die langzaam maar onstuitbaar vorm krijgt, leidt tot het wegvallen van steeds meer grenscontrole. Dat maakt van Nederland een samenleving die zeer open is, ook voor ongewenste producten, zoals drugs. Het is niet moeilijk in die gigantische goederenstroom een zending hasjiesj of erger te verbergen.

Het gebruik van drugs – soft of hard, dat maakt niet uit – is in Nederland bij de wet verboden. Dat leverde traditioneel geen problemen op. Alleen onder de kleine Chinese minderheid, die meestal via de kolonie Nederlands-Indië naar de steden Amsterdam en Rotterdam was gekomen, kwam opiumgebruik voor. De politie zag geen kans deze zeer gesloten groep binnen te dringen. Aan de andere kant raakte de overheid ervan overtuigd, dat dit opiumschuiven geen kwaad kon, zolang het maar binnen de perken bleef en een tijdverdrijf voor oudere Chinese heren, die daar in hun vaderland blijkbaar aan gewend waren geraakt. Daarom gedoogde de politie Chinese opiumkitten, zolang de exploitanten hun klantenkring maar tot de Chinese gemeenschap beperkten.

Op die manier ontstond wél een schemergebied tussen wet en praktijk
In 1911 had een door de christelijke zuilen gedomineerde regering de prostitutie aan banden gelegd. Het was vrouwen niet verboden seksuele diensten te verkopen, maar alle activiteiten daaromheen, zoals souteneurschap, het verhuren van hotelkamers per uur of het exploiteren van bordelen werden illegaal. Het was van het begin af aan duidelijk dat deze wet niet te handhaven viel. Daarom werd zij beperkt toegepast. In buurten waar de prostitutie vanouds bloeide, zoals de wereldberoemde Wallen in het centrum van Amsterdam of het Rotterdamse Katendrecht, werd deze bedrijfstak weinig hinderpalen in de weg gelegd, al speurde de politie voortaan wel zeer actief naar minderjarige hoertjes, die zo mogelijk werden teruggebracht naar hun ouders of opgenomen in opvoedingsinstellingen.

Uit andere wijken werd de prostitutie echter verdreven. Op die manier was, meenden de autoriteiten, het kwaad geconcentreerd in een geïsoleerd gebied – het Rotterdamse Katendrecht was zelfs een schiereiland met één uitgang naar de buitenwereld. Op die manier ontstond wél een schemergebied tussen wet en praktijk. De betrokken autoriteiten verdedigden deze vaagheid met het argument, dat zij zo als puntje bij paaltje kwam greep hadden op de situatie en de ergste misstanden konden voorkomen. Dat gold voor de prostitutie. Dat gold voor de opium.

In de jaren zestig werden hasjiesj en marihuana plotseling zeer populair onder jongeren, want het gebruik van verboden middelen paste uitstekend binnen de groeiende protestcultuur. Het aanbod was van uitstekende kwaliteit, kwam via allerlei kanalen binnen. Aanvankelijk reageerde de overheid zeer agressief, zoals de bekende experimentele dichter Simon Vinkenoog, profeet van de jongerenrevolutie, merkte. Hij kwam voor het bezit van een kleine hoeveelheid hasjiesj – het gebruik werd door hem met succes gepropageerd als geestverruimend en inspirerend – enkele maanden achter de tralies terecht. Dit voorbeeld maakte geen indruk. Het gebruik van softdrugs nam zeer sterk toe. Een aantal deskundigen verklaarde in de media zonder al te sterk te worden tegengesproken, dat marihuana en haar derivaten niet verslavend waren, althans minder dan alcohol en nicotine. Dat leidde tot een gedogen in de praktijk. Sommige jongerencentra stelden zelfs huisdealers aan, zodat hun bezoekers zeker konden zijn van de kwaliteit en niet werden afgescheept met een versneden produkt, waarin soms gevaarlijke chemicaliën zaten. Uiteindelijk leidde een en ander tot het *gedogen* van de zogeheten coffeeshops, waar de bezoekers met verbazing worden tegemoet getreden, als zij inderdaad die koffie bestellen. Nederlanders zijn grote koffiedrinkers, ook in openbare gelegenheden, maar die heten sinds een jaar of twintig nooit meer 'coffeeshop'. Ook hier is het argument, dat zo het onuitroeibare gebruik tenminste kan worden gecontroleerd. Tegelijk is duidelijk dat de autoriteiten onverbiddelijk ingrijpen, als zij merken dat in zo'n coffeeshop ook harddrugs worden verkocht of als de marihuana openlijk ten verkoop wordt geboden. Een afbeelding van een hennepblad wordt nog net getolereerd, maar niet meer.

Aan de andere kant blijft de overheid de groothandel bestrijden. Nu en dan bevatten de kranten berichten, dat vissersboten vol hasjiesj of voorraden van honderden kilo's in beslag genomen zijn. Dat heeft iets paradoxaals en dat wordt ook beseft. Het gedoogbeleid heeft trouwens een groot aantal tegenstanders.

Een van de argumenten om het gebruik van softdrugs ongemoeid te laten was, dat er op die manier geen vermenging zou ontstaan tussen de hashscene en die van heroïne en cocaïne. De handel in harddrugs wordt door de Nederlandse overheid – ondanks vooral in het buitenland gedane beweringen van het tegendeel – niet geduld en de politie besteedt een groot deel van haar tijd en mankracht aan een overigens weinig effectieve en soms chaotische bestrijding daarvan. Tegelijk heeft zich sinds de jaren zeventig in de grote en een aantal kleine steden een harddrugsscene ontwikkeld.

Heroïne en cocaïne zijn niet alleen sterk verslavend, maar ook duur. Wie eenmaal aan deze genotmiddelen vastzit, heeft duizenden guldens per maand nodig om – zoals dat heet – te kunnen scoren. Dat is enkele malen een gemiddeld Nederlands salaris. Dat geld kunnen slechts weinigen op een eerlijke manier verdienen. De harddrugsscene is verantwoordelijk voor een groot deel van de inbraken, de berovingen, de auto- en de fietsendiefstallen in Nederland.

De verslaving heeft aanleiding gegeven tot een sterke groei van de straatprostitutie. Het gaat dan meestal om soms heel jonge vrouwen, maar niet uitsluitend. Het pooierdom – nu met de injectienaald als machtsmiddel – maakt een hernieuwde bloei door.

Het merendeel van de veroordeelden in de gevangenis is verslaafd. De drugscriminaliteit maakte zelfs de laatste jaren een grote uitbreiding van het aantal cellen noodzakelijk. Toch is ook hier sprake van een zeker gedogen. Maar de argumentatie is enigszins anders. De bevoegde autoriteiten concentreren zich op de strijd tegen de grote handelaren, de steenrijke spinnen in het drugsweb, de leiders van de heroïne- en cocaïnekartels om – zo beweren zij – het kwaad bij de wortel aan te pakken. De verslaafde op straat, de kleine wederverkoper, heeft in het algemeen weinig te vrezen, tenzij hij of zij voor overlast zorgt. Dat wil zeggen, als de buren klagen.

Tegelijkertijd respecteert de politie de ruimte die allerlei hulpinstanties vragen. Sinds AIDS – verspreid door vuile injectienaalden – onder verslaafden de kop opsteekt, zijn er plekken, waar men schone naalden kan krijgen, want een verslaafde zonder aids is altijd nog beter dan een met die dodelijke ziekte. Andere instanties die proberen de slachtoffers van hun gewenning af te helpen, stellen methadon ter beschikking, een chemische substantie die ontwenningsverschijnselen wegneemt, maar – heel calvinistisch – niet het zaligheidsgevoel geeft, dat heroïne tot zo'n gevaarlijke verleiding maakt. Sommige van die hulpinstanties hebben zelfs ruimtes, waar verslaafden, vaak zwervend en volledig aan de grond, op verhaal kunnen komen en zelfs mogen gebruiken. In Amsterdam heten die met een echte gedoogterm 'café-achtige ruimtes'.

De meeste grote steden, Amsterdam en Rotterdam voorop, kennen zogenaamde gedoogzones, straten, waar de politie niet optreedt tegen het tippelen van meestal verslaafde prostituees. In zulke straten wonen weinig mensen, zodat van de directe buren weinig tegenkanting te verwachten valt.

Wel spreken steeds meer hooggeplaatste politiemensen en vertegenwoordigers van het Openbaar Ministerie zich uit voor legalisatie van harddrugs. Argument: waarom zou men cocaïne en heroïne verbieden, als nicotine- en alcoholverslaving (dik een half miljoen Nederlanders gaan aan de drank ten onder) sociaal wel geaccepteerd zijn? Legalisatie van heroïne en cocaïne haalt de scene van de ene dag op de andere uit het criminele circuit. De overheid zou deze middelen dan tegen een acceptabele prijs – vergelijkbaar bijvoorbeeld met die van sterke drank – op de markt kunnen brengen, zodat de verslaving minder duur wordt en de betrokkenen niet meer hoeven te stelen. Dat maakt hulp aan de verslaafden gemakkelijker en neemt een groot deel van het sociale probleem weg. De tegenstanders van legalisatie zijn overigens verre in de meerderheid. Hun voornaamste argument: Nederland zou daarmee alleen staan en een paria worden onder de beschaafde landen.

De huidige praktijk echter met zijn mengsel van tolerantie en scherpe bestrijding leidt al tot scherpe kritiek van de buurlanden. Nederland verdedigt zich met het argument, dat het harddruggebruik binnen zijn samenleving zeker niet wijder verbreid is dan over de grens. Zelfs veel minder dan in metropolen als bijvoorbeeld New York of Los Angeles. Dat is zeker het geval. Het land kent op bijna zestien miljoen inwoners 22 000 tot 23 000 harddrugs verslaafden, wat geen gek resultaat is.

Toch trekt de overheid zich de kritiek aan. In 1994 begon de politie een actie tegen buitenlandse verslaafden die per auto naar Nederland rijden om daar harddrugs te kopen. Zij worden veelal aan de grens al opgewacht door drugsrunners, gidsen die potentiële klanten naar een pand leiden waar het spul te koop is. Zowel de drugsrunners als de kopers worden geregeld met grote acties van de weg gehaald. Daarbij werkt de Nederlandse politie nauw samen met de collega's uit de buurlanden. Uitwisseling van databestanden bewijst goede diensten bij het opsporen van verdachten.

Niettemin is het probleem van de harddrugs en de daarmee samenhangende criminaliteit sinds de jaren negentig in Nederland een ernstig gevoeld probleem. Het is zeker in de grote steden op straat zeer zichtbaar. Ervaringen uit het buitenland leren, dat een harde op strenge wetten en vervolging gebaseerde aanpak weinig uithaalt. Maar evenmin is goed bewijsbaar, dat het Nederlandse mengsel van begeleiden en gedogen inderdaad tot een acceptabel bedijken van het probleem leidt, zodat de burgers zich in hun eigen sociale polder veilig kunnen voelen.

Waar leven en dood elkaar ontmoeten

Gedogen, er het beste van maken, de stroom reguleren, vindt in Nederland evenzeer plaats op een veel gevaarlijker terrein, daar waar leven en dood elkaar ontmoeten. De afgelopen twintig jaar vonden er in het land heftige discussies plaats, eerst over abortus, vervolgens over euthanasie.

'Baas in eigen buik,' was de vrolijke leuze van de feministische beweging die in het kielzog van de opstandigheid uit de jaren zestig opkwam. Dat was een directe verwijzing naar de mogelijkheid tot abortus. 'Vrouw, beslis' kon men op hun spandoeken tevens lezen.

De wet was duidelijk, ze stelde abortus gelijk met moord. Toch kon men in de jaren vijftig en zestig al artsen vinden die bereid waren om een zwangerschap af te breken. Zij deden dit met het argument, dat 'engeltjesmaaksters,' illegale aborteurs het anders wel voor hun rekening zouden nemen en maar al te vaak het leven van hun klanten in gevaar brachten. Zo lang die artsen hun activiteiten niet al te zeer naar buiten brachten, leverde dat betrekkelijk weinig problemen op. In de jaren zestig maakte de Nederlandse Vereniging voor Sexuele Hervorming (NVSH) echter grote opgang. Deze organisatie zette zich in voor seksuele bevrijding en plaatste ook het recht op abortus op de agenda. Dat kwam haar op felle tegenkanting te staan, vooral uit religieuze hoek, waar men opkwam voor het ongeboren leven en de foetus rekende tot de 'zwaksten in de samenleving' voor wie de maatschappij diende op te komen. Niet-christelijke partijen, waaronder het vernieuwende D'66 – drongen aan op legalisatie van de abortus, onder meer met het argument, dat zeker in de eerste weken van menselijk leven geen sprake kon zijn.

Tegelijkertijd echter verrezen er al klinieken – vaak onder de hoede van aan de NVSH verwante stichtingen – waar zonder problemen werd geaborteerd. Uiteindelijk kwam er een compromiswet tot stand die abortus tot de derde maand onder een groot aantal beperkende voorwaarden toestond. Maar die waren tegelijkertijd zo vaag geformuleerd, dat in de praktijk elke vrouw die dat wil, zonder problemen een abortus kan krijgen. Van die mogelijkheid wordt zelfs door velen uit de omliggende landen gebruik gemaakt, die soms in groepen per bus naar Nederland reizen.

Toch bestaat er nog steeds een felle oppositie tegen deze vorm van gedogen. Maar die heeft geen effect: het argument dat handhaven van de wet tot nog grotere problemen en massale terugkeer van de engeltjesmaaksters zou leiden, heeft in de maatschappij grotere kracht dan het principe, dat ongeboren leven als 'zwaksten in de samenleving' bescherming behoeven.

Er bestaat in Nederland een Vereniging voor Vrijwillige Euthanasie die het recht van de burgers bepleit om zelf een einde te maken aan wat zij noemt ondraaglijk lijden. Artsen zouden patiënten wier toestand hopeloos is, op hun verzoek moeten helpen bij zelfdoding. Dit verlangen botst met de eed van Hippocrates waaraan ook de hele Nederlandse medische stand zich gebonden weet: zij is er om het leven te verlengen, niet om het te verkorten. Aan de andere kant biedt de vooruitgang van de geneeskunde de mogelijkheid om het leven van patiënten te verlengen, zonder dat er enige kans bestaat op bestrijding van de kwaal. De meest tragische voorbeelden daarvan zijn coma-slachtoffers die vaak decennia als een plant vegeteren, afhankelijk van machines die hun stofwisseling instandhouden.

Ernstig zieken komen zeer vaak in de situatie, dat alleen zo'n apparaat, een hart-longmachine bijvoorbeeld hen aan onze kant houdt van de grens tussen leven en dood. Dat brengt artsen en verwanten in een verschrikkelijk dilemma: heeft het zin om de machine aan te laten staan of gebiedt de menselijkheid nu om de knop om te draaien? Dat laatste is een vorm van euthanasie, de goede dood.

En dan, als een kankerpatiënt op de grens van afschuwelijk leiden en gruwelijke aftakeling verklaart waardig te willen sterven, mag men zo'n verzoek dan weigeren?

In de praktijk gaat die machine af. Veel artsen zullen het verzoek om waardig te sterven inwilligen. Veel Nederlanders – ook ik – kennen daarvan voorbeelden uit hun directe omgeving. In mijn geval ging het om een gehuwde vrouw van nog geen veertig die door leverkanker werd gesloopt. Zij voerde een diepgaand gesprek met haar katholieke huisarts die haar voldoende tabletten verstrekte om, wanneer ze de tijd gekomen achtte, haar voornemen waar te maken. Dat heeft ze – na enkele weken de tijd genomen te hebben om afscheid te nemen van man en kind – op een namiddag gedaan. De tabletten brachten eerst een sluimering en na een uur of wat een pijnloze dood.

Ik ben van deze gang van zaken nog steeds diep onder de indruk. Voor haar hele omgeving – mij incluis – was het een troost, dat een menselijk arts haar deze keus geschonken had. Wij waren dankbaar voor dit gedogen.

Dezelfde arts die de tabletten had verstrekt, stelde een natuurlijke dood vast, zodat geen sectie zou volgen. Anders had de patholoog-anatoom zeker vergiftiging geconstateerd en was door de officier van justitie vervolging ingesteld. Maar niemand zag reden om sectie te vragen, ook de specialisten van het rooms-katholieke ziekenhuis niet, waaruit de betrokken vrouw enkele weken voor haar dood ontslagen was en die reden hadden om aan te nemen, dat zij haar leven met bestralingen en chemotherapie zeker nog een jaar had kunnen rekken. Zo werkte in haar geval het gedogen.

De activiteiten van de Vereniging voor Vrijwillige Euthanasie konden dan ook in veel medische kringen niet op waardering rekenen. Zij vestigde de aandacht op een zorgvuldige praktijk die van geval tot geval tot verantwoorde beslissingen leidde, maar – aan het daglicht getreden – een stuk moeilijker werd. Want het ging, hoe dan ook, om levensbeëindiging of hoe je het ook eufemistisch wilde noemen. Uiteindelijk bleef het moord, doodslag, dood door schuld.

Bovendien is het woord euthanasie besmet. Hitler en de nazi's gebruikten het als eufemisme om een eind te maken aan wat zij 'onvolwaardig leven' noemden. Dat had in de jaren veertig het leven gekost aan duizenden Duitse zwakzinnigen en ernstig gehandicapten. De tegenstanders van euthanasie brachten het afzetten van een hart-long-machine met deze vorm van genocide in verband. Zij stelden het hellend vlak aan de kaak, waarop de overheid zich begaf met het gedogen van zulke levensbeëindiging, die zij kortweg 'moord' noemden.

Bovendien: wie bepaalt wat mensonwaardig lijden is? Soms is een patiënt in staat daarover zelf een oordeel te vellen. Maar wat als dat besluit aan anderen, de familie bijvoorbeeld, moest worden overgelaten? Deze kritiek leeft vooral in confessionele kring. In de jaren tachtig verzocht een echtgenoot van een vrouw die al jaren in coma lag, het ziekenhuis de machine af te mogen zetten. De verantwoordelijke artsen – de instelling was van christelijke snit – weigerden in ieder geval dit zelf te doen. Ze verboden de echtgenoot echter ook om zelf aan de knop te komen. Hij zocht vervolgens de publiciteit om zijn verlangen – het beëindigen van ondraaglijk leven – verwezenlijkt te krijgen. Dit leidde tot veel discussie en uiteindelijk is het overlijden van de vrouw bewerkstelligd.

Een andere discussie bestrijkt het probleem van zo ernstig gehandicapt geboren baby'tjes, dat zij geen serieuze overlevingskans hebben en geen mogelijkheid tot een waardig bestaan. Maar wie definieert de waardigheid van het bestaan? Wat is geen serieuze overlevingskans? Maximaal enkele maanden? Enkele jaren? De volwassenheid niet halen? Volgens een aantal Nederlanders mogen zulke vragen niet eens gesteld worden. Je komt dan – Nederlands gezegde – op een hellend vlak. Je glijdt af naar beneden. Je begint uiteindelijk op Hitler te lijken.

Dit alles leidde tot een wet die artsen verplicht zulke levensbeëindiging onder aandacht van de officier van justitie te brengen, die achteraf bepaalt of strafrechtelijke actie ondernomen wordt. In 1994 sprak de Hoge Raad overigens een psychiater vrij die een ernstig depressieve patiënt had geholpen met levensbeëindiging. Alle rechters in lagere instantie hadden geoordeeld, dat hier toch een grens was overschreden.

De affaires rond de euthanasie geven de zwakke plek aan van het gedoogbeleid. Dat is niet zozeer de ruimte voor willekeur, maar de neiging van grenzen om zich te verleggen, het zich organisch uitbreiden – om een cynische, maar hier gewettigde vergelijking te maken – van de gedoogzone. De inktvlek van het kwaad die zich langzaam maar zeker uitbreidt over het maatschappelijk vloeipapier.

Toch blijft het gedoogbeleid op zoveel terreinen vast verankerd. Niet alleen omdat zo een stroom die niet tegen te houden valt, zich toch – althans dat hoop je – laat reguleren, maar ook omdat het conflict voorkomt.

Als de dijken het maar houden, als de voeten maar droog blijven. Toch blijft ook op dit ethisch en maatschappelijk terrein de waarschuwing van Marsman geldig:

> *en in alle gewesten*
> *wordt de stem van het water*
> *met zijn eeuwige rampen*
> *gevreesd en gehoord.*

3. GEORGANISEERD

'Ik houd zo van die donkre burgerheren'

De drang om op tijd te zijn – Het leven door agenda's gereguleerd – Alles op afspraak – Overleg en het zoeken naar consensus – Vergadercultuur – Het haalbaar compromis als hoogste ambitie – Het vertrouwen in de overheid – Het primaat van het beleid

OP ELKE HALTE VAN HET OPENBAAR VERVOER hangt een dienstregeling. Die geeft tot op de minuut nauwkeurig aan, wanneer bus of tram zullen passeren. Daar leest men bijvoorbeeld 19.37 of 8.57. De vertrektijdenboekjes die de uiteenlopende vervoersondernemingen publiceren relativeren deze exactheid. Ze adviseren passagiers een speelruimte aan te houden van vijf minuten. Bovendien stellen ze ondubbelzinnig vast, dat aan de gegevens geen rechten kunnen worden ontleend. Toch is de ambitie duidelijk: de bus zal precies op tijd zijn.

Voor de spoorwegen geldt hetzelfde. Komt het daar tot vertraging, dan wordt op de stations via omroepen en borden zelfs aangegeven, hoeveel die zal bedragen. Op de perrons wacht dan een verbitterde menigte, want de Nederlanders wensen aan te kunnen op de toezeggingen van het openbaar vervoer. Dat die in de praktijk niet altijd worden waargemaakt – bussen en trams lopen vast in de file, het spoorwegnet blijft, zolang een groot project om op veel trajecten het aantal sporen van twee op vier te brengen niet is voltooid, overbelast – leidt tot kritiek in de volksvertegenwoordiging en sikkeneurige krantencommentaren. Te laat komen wordt erg met falen en onbetrouwbaarheid geassocieerd.

Men ziet zich korzelig behandeld en na tien minuten aan de deur gezet

Men merkt dat ook bij het maken van afspraken. Wie onaangekondigd bij enige instelling of bedrijf verschijnt, schept voornamelijk verwarring en soms irritatie. Het blijkt dat het dagprogramma van alle medewerkers van uur tot uur is vastgelegd. Het onverwachte bezoek doorbreekt dit schema:

men ziet zich korzelig behandeld en binnen tien minuten aan de deur gezet. Dat valt dan nog mee, want de kans is groot dat men naar een secretaresse wordt verwezen, die in de agenda gaat zoeken naar 'een gaatje,' waarop de persoon die men wil spreken, beschikbaar is. Vaak is dat minstens een week verder en de afspraak wordt dan tot op het kwartier nauwkeurig vastgelegd. Het is dan zaak op tijd aanwezig te zijn. Anders wordt de hele procedure herhaald. De betrokkene is immers bezig met de volgende afspraak. Dit schema kan niet worden doorbroken. Anders zou hij of zij immers zélf als onbetrouwbaar worden ervaren.

Er zijn wel uitzonderingen op deze regel. Vooral overheidsdiensten hebben vaak informatiediensten waar iedereen op vaste uren terecht kan. Men trekt dan een volgnummertje en wacht tot men wordt geroepen. Maar ook die diensten hebben – vooral als je niet in één of twee minuten geholpen kunt worden – de neiging een afsprakensysteem te hanteren. Zelfs de meeste kappers zijn hiertoe overgegaan. Als men bij de figaro zonder meer kan aanschuiven, wat tegenwoordig een grote uitzondering is, wordt dat met een groot bord voor de deur aangekondigd.

Het afsprakensysteem is tot diep in het dagelijks leven doorgedrongen. Vrijwel iedere Nederlander heeft een agenda op zak, die onmiddellijk tevoorschijn komt, als een ander zegt in de toekomst contact te willen. Zelfs voor een gezellige lunch- of dinerafspraak. De Nederlander kijkt moeilijk en bedenkelijk, vindt tenslotte een avond waarop geen gezinsleden bezet zijn.

Vooral mensen wier baan organisatorische aspecten heeft of die veel vergaderen – en dat doe je al gauw vaak in een overleggende, consensus-zoekende samenleving – hebben wat heet volle agenda's. Ik was jarenlang secretaris van een redactionele adviesraad en het kostte vaak moeite om dit gezelschap in haar geheel bijeen te krijgen, zelfs als de volgende vergadering drie maanden later gepland werd.

Aan dit ritueel zijn vele Nederlanders gewend: je kunt ervan uitgaan, dat het tien minuten tot een kwartier duurt, voor de vervolgbijeenkomst is gepland. Haastige secretarissen stellen dan voor datumbriefjes rond te zenden. De deelnemers ontvangen na enkele dagen een schrijven waarin een tiental nauwkeurige data en tijden worden gesuggereerd met het verzoek 'per omgaande,' aan te kruisen wanneer men kan. De secretaris hoopt dan maar, dat er inderdaad onmiddellijk wordt gereageerd en dat één datum en tijd allen schikt. In het algemeen valt het rondzenden van datumbriefjes af te raden, want anderen concurreren om de tijd van de betrokkenen en hun agenda's lopen steeds voller. Daarom vergaderen de vakkundige secretarissen liever

133

een kwartier, ja zelfs een half uur extra, dan dat zij voor de moeizame weg van de schriftelijke communicatie kiezen.

De eerste agenda ontvangt de Nederlander op de basisschool

Buitenlanders hebben het wel eens over de agendaterreur en die kwalificatie wordt door hun Nederlandse gesprekspartners gretig overgenomen. Daarna nemen zij afscheid, want zij hebben over een kwartier elders een afspraak. Het zit er allemaal heel diep in.

De eerste agenda ontvangt de Nederlander op de basisschool en wel, als na de eerste, behoorlijke speelse jaren echt huiswerk opgegeven wordt. De onderwijzers dicteren dat en zien erop toe dat het ook wordt genoteerd. De schoolagenda is dan ook een belangrijk attribuut van elke leerling die zich serieus neemt. Uitgeverijen voeren een heftige concurrentie op dit gebied, die zijn beslag vindt in de laatste weken van de zomervakantie. De laatste tien jaar wordt de schoolagenda steeds meer een identiteitsbepalend boekje dat informatie geeft over de subcultuur waartoe de eigenaren behoren. Er zijn strakke exemplaren met niet meer dan voldoende ruimte om het huiswerk en de afspraken op te schrijven voor de studiebollen. Andere bieden meer. Zij bevatten talrijke foto's van popidolen. Zij hebben in vormgeving een romantische, dan wel een politieke inhoud. Zij bevatten interviews met sportkampioenen of vrome traktaten over de Derde Wereld. Zo wordt de schoolagenda een stuk van je identiteit.

Als het einddiploma behaald is, kan men zonder een agenda niet meer leven. Vrijwel elke Nederlander heeft er meer dan één, niet omdat het afsprakenstelsel de aanschaf van meerdere exemplaren vereist, maar omdat een nieuwe agenda het meest geliefkoosde relatiegeschenk is voor de grote massa. Winkels, banken, bedrijven, overheidsinstanties beginnen vanaf november op grote schaal zakagenda's uit te reiken voor het nieuwe jaar, hun naam discreet in zilveren lettertjes op het omslag gedrukt.

Vandaar de geprikkeldheid die ontstaat als trein of bus te laat blijken, als de file voor de poorten van de grote stad onwrikbaar vast blijft zitten. Het systeem werkt alleen, als iedereen zich ook daadwerkelijk aan de afspraken houdt. Verrassingen, buitengebeurens vereisen improvisatie en de verslaving aan het ritme van de agenda heeft het talent om snel ergens een mouw aan te passen verdrongen. Vandaar die ergernis: wie te laat komt, weet zich in de rol gedrongen van de Spanjaarden en de Latijnsamerikanen aan wie een mañana-mentaliteit wordt verweten: zij houden zich niet aan hun afspraken en stellen – Nederlands spreekwoord – tot morgen uit, wat gij vandaag kunt doen. Nu dwingt de overbelaste infrastructuur een zelfde gedrag af, maar de Nederlander zal zich dit persoonlijk verwijten.

De agendacultuur is net als elders in de wereld opgekomen als gevolg van de industriële revolutie die in Nederland zo'n honderdvijfentwintig jaar geleden begon. Zij schiep om zo te zeggen de praktische voorwaarden.

Traditionele boeren leven met het ritme der seizoenen. Zij hebben weinig plichten die op een bepaald moment van de dag precies dienen te geschieden. Dat zelfde geldt – zij het al in wat mindere mate – voor een stad die wordt gedomineerd door handel en ambachtelijke werkplaatsen. Toch hadden de meeste kerktorens sinds de late middeleeuwen uurwerken, maar die hingen daar meer voor de status. Zij werden pas betrouwbaar toen de Haagse natuurkundige Christiaan Huygens in de Gouden Eeuw de wetten van de slinger had ontsluierd en op basis daarvan een nauwkeurig uurwerk in elkaar geknutseld. Dat bleef de basis van alle klokken, tot de elektronica zijn digitale alternatief bood.

De burgers richtten hun blik zelden op de wijzerplaat. Zij gingen af op de verschillende signalen die de luidklokken gaven. Die luidklokken waren in eerste instantie bedoeld om de gelovigen te waarschuwen, dat de godsdienstoefeningen begonnen. Zij verschilden naar gelang van de ceremonie. Voor de mis werd lang en krachtig geluid, vrolijk voor een bruiloft, somber voor een begrafenis. De gebedsstonden van angelus ('s morgens) en vespers ('s avonds) gingen met bescheidener klanken gepaard.

De lokale overheid voerde wereldser signalen in: om aan te geven dat de stadspoorten binnen een kwartier voor de nacht gesloten werden. In vele steden luidde men de papklok ten teken aan de meesters, dat zij hun knechts naar huis moesten laten gaan voor het avondmaal. Zo kende elke gemeenschap zijn vaste signalen om aan te geven, dat de tijd ongeveer was aangebroken voor een bepaalde dagelijkse bezigheid. Men onderscheidde ze bovendien naar klankkleur door luidklokken te gebruiken van verschillend formaat. Als het assortiment groeit, ontstaat vanzelf een muziekinstrument. Dat is het carillon, zonder wie geen enkele stad kan. Zij zijn al eeuwenlang een belangrijk statussymbool.

Carillonklokken worden niet geluid, zij worden van buiten door hamers aangeslagen. De beiaardier slaat met zijn vuisten op een soort klavier om deze hamers in beweging te brengen.

Vandaar dat men in menige Nederlandse stad op ongebruikelijke tijden een klok hoort slaan. Dat is dan de papklok of het teken dat de reeds lang afgebroken stadspoorten gesloten zullen worden. Vaak houdt men zulke tradities in ere, zonder dat de omwonenden – buiten een kleine kring van deskundigen – nog weten, waarom de klok luidt. Al was het alleen maar, omdat het voorgeslacht twee of drie eeuwen geleden dat signaal mechanisch in het uurwerk naar het model van Christiaan Huygens heeft ingebouwd.

Ook de carillonmuziek die over het Marktplein tinkelt, is vaak mechanisch. Dan brengt een gigantische speeldoos – gewoonlijk zeer oud – de hamers in beweging. De meeste kerken met carillon hebben echter per regio gezamenlijk een beiaardier in dienst, die op gezette tijden – als er veel mensen in de buurt zijn, bijvoorbeeld op marktdag of bij bijzondere feesten – concerten geven. Dan blijkt hoeveel zij al beukende op dat klavier aankunnen: oud-vaderlandse melodieën en Bach worden afgewisseld met *ragtime*, de nieuwste hits of hymnen over het Nederlands elftal. Het blijft achtergrondmuziek voor op straat. Toch staan de meeste concerten in de plaatselijke pers aangekondigd, soms zelfs met het programma van de te spelen nummers.

Het ritme van de machine en de massaproduktie

Het zijn zoete herinneringen aan rustiger tijden. Want de meeste steden vertonen nog andere relicten die stammen uit de tijd dat het fundament werd gelegd onder de haast van de moderne tijd: dat zijn de op palen geplaatste stadsklokken die men op veel plekken nog vindt. Vroeger waren het er veel: zij stelden mensen die zich geen horloge konden veroorloven, in staat toch op tijd te zijn. Het was een service van de overheid in het verlengde van de openbare straatverlichting des nachts. Want het ritme waarop de Nederlanders met hun agenda's leven, is eigenlijk het ritme van de machine en de massaproduktie.

Een ambachtsman werkt in zijn eigen tempo met zijn eigen werktuigen. Hij neemt om zo te zeggen de grondstoffen ter hand en levert het eindprodukt af. Dat voldoet niet langer als je de produktie anders gaat organiseren. Als je het werk van de ambachtsman naar deeltaken uitsplitst en zorgt dat elke werker een klein stukje aan het eindprodukt toevoegt, dan moeten alle betrokkenen ongeveer in hetzelfde tempo werken, op precies hetzelfde moment beginnen en ook weer ophouden. De produktie gaat dan veel sneller en efficiënter, zoals de profeet van het kapitalisme Adam Smith in zijn *Wealth of Nations* al aantoonde met als voorbeeld de speldenfabricage. Maar als een schakel uit deze keten wegvalt, komt er niets meer uit de handen van alle werkers. Daarom vereist serieproduktie veel meer controle en discipline.

Dit wordt klemmender wanneer de mensen niet meer onderling het tempo bepalen, maar er machines aan te pas komen. Zodra de stoommachine puffend het raderwerk op gang brengt, moet iedereen klaar staan. En dan is er geen genade: je moet je aanpassen bij het tempo dat door de machine wordt aangegeven. Daarom zit er in de oude socialistische leus: 'Heel het raderwerk staat stil, als Uw machtige arm het wil,' een element van *wishful thinking*. Het betekent, dat je niet ongeveer om zeven uur aan moet komen zetten om je werktuigen ter hand te nemen. Je moet nauwkeurig om zeven uur precies op je plaats staan, want dan brengt elders in het bedrijf de machinist de boel in beweging.

De Nederlander is door klokken omringd

Dezelfde moderne industrie bracht de instrumenten op de markt die de mensen in staat stelde om zich aan die voorwaarden te houden en door de massaproduktie werden zij steeds goedkoper. Zo verschenen er sinds het laatste kwart van de vorige eeuw wekkers in de winkel. Gewone arbeiders konden die nog bij lange na niet betalen. Dat zou tot in de twintigste eeuw duren. Zij huurden voor een kleinigheid de porder, een arme sloeber die 's morgens met een lange staak op de ruiten van zijn klanten tikte, tot zij aangaven te zijn opgestaan. Maar wekkers, zak- en tenslotte polshorloges werden steeds goedkoper, zodat het pordersberoep verdween. Tegenwoordig zijn het echte gebruiksartikelen geworden die geen enkele statuswaarde meer hebben, ja zelfs, zoals de Rolex, je status terugbrengen tot die van een patser en een opschepper.

De Nederlander is door klokken omringd: naast zijn bed staat de wekker. In de woonkamer is een klok te vinden, die meestal een sierfunctie heeft. In de keuken ontbreekt er zelden een en evenmin op het werk. Ze zijn zo algemeen geworden, dat de radio is opgehouden de juiste tijd aan te geven behalve de piepjes van de atoomklok vlak voor de nieuwsberichten op het hele uur.

Dit alles is niet zonder slag of stoot verlopen. Sommige historici beschrijven de recente geschiedenis van Nederland als een disciplineringsproces dat de volksmassa's soms met harde hand orde en regelmaat oplegde. Inderdaad ontdekt men in het laatste kwart van de negentiende eeuw allerlei industriële fiasco's die samenhangen met het feit dat een bevolking zich nu eenmaal niet van de ene op de andere dag aan een nieuw levensritme aanpast. Ze lijken als twee druppels water op de mislukte 'ontwikkelings'-projecten van nu.

Toch was het terrein voor zo'n omslag misschien vruchtbaarder dan op veel andere plekken in de wereld. De harde strijd tegen het water, het eeuwig offensief van de zee had de Nederlanders tot organisatie en samenwerking, tot het nauwkeurig vervullen van deeltaken gedwongen. Bovendien was er een elite die de eisen van de nieuwe tijd in dit opzicht 'begreep'. Zij waren eraan gewend hun leven te organiseren.

Het zal de buitenstaander snel opvallen dat de heilige agenda van veel Nederlanders vol staat met besprekingen, vergaderingen en 'overleg,' een eigenlijk onvertaalbaar woord. In het algemeen lukt het vrij snel om telefonisch door te dringen tot de persoon die je zoekt – al zal die niet veel meer doen dan een afspraak maken – maar de zaak is vrijwel hopeloos als een collega of de afdelingssecretaresse meedeelt dat betrokkene 'in vergadering' of 'in overleg' is.

Een vergadering is pas geslaagd, als consensus bereikt is

Zo iemand wordt dan niet gestoord, of het moest een sterfgeval in de familie zijn. De beslotenheid van het overleg is totaal. Wie na lang aandringen toch iemand uit de vergadering weet te halen, krijgt vrijwel altijd een gehaast, nerveus en kribbig persoon aan de lijn, dat nauwelijks bereid is te luisteren en waarschijnlijk allergisch en afhoudend reageert op welk betoog dan ook.

Dat heeft te maken met de compromiscultuur. Een vergadering is pas geslaagd, als consensus bereikt is. Daarvoor moet iedereen de gehele discussie kunnen volgen en er zo mogelijk in participeren, al was het maar met een goedkeurende glimlach. Dit proces wordt verstoord als iemand tussentijds de bijeenkomst verlaat en er wordt dan ook vaak genoeg gewacht tot die weer terug is. Om dezelfde reden is het eigenlijk *not done* om te laat te verschijnen of voortijdig weg te gaan. Is dat onvermijdelijk, dan wordt duidelijk gemaakt waarom. Veel mensen sturen zelfs naar openbare bijeenkomsten, waarop hun aanwezigheid niet verplicht is, een bericht van verhindering, dat dan door de voorzitter wordt voorgelezen. Te laat komen, afhaken of zonder meer wegblijven zou de indruk kunnen wekken dat men het behandelde – of nog erger – de aanwezigen niet belangrijk genoeg vindt. Die nemen dan wraak door je voortaan minder serieus te nemen. Bovendien: waar niet is, verliest de keizer zijn recht. In een compromiscultuur is het van het grootste belang de collectieve gedachtenbepaling goed te volgen.

Dat hadden de oude regenten uit de Republiek, die alleen door het voorzichtig streven naar consensus iets konden bereiken, al geleerd. Om invloed te hebben moest je steeds aanwezig zijn. Omdat het in feite ging om vrijwillige samenwerking, had niemand belang bij besluitvorming met een geringe opkomst. Er stond voor stad, streek of provincie geen enkele sanctie op het zich onttrekken aan meerderheidsbesluiten en dat gebeurde in de praktijk ook. Een goede voorzitter en een goede secretaris zorgden er dan ook voor, dat zoveel mogelijk iedereen aanwezig was.

Dan nog is het moeilijk om tot consensus te komen. Politici besteedden dan ook veel aandacht aan informeel overleg buiten de officiële bijeenkomsten ten einde de geesten rijp te maken voor het compromis dat zij in gedachten hadden. Dit is tot op de huidige dag een belangrijk kenmerk van de Nederlandse politiek op alle niveaus. Premier Lubbers, de langst regerende minister-president uit de Nederlandse geschiedenis, die in 1994 aftrad, gold als een erkend meester in dit masseren van de zielen en het vervolgens formuleren van het voor ieder acceptabele. In de lofprijzingen die over zijn persoon verschenen, stond deze eigenschap centraal. Dit soort informele voorbesprekingen – vaak onder vier ogen – heet 'wandelgangen' naar de corridors van het Binnenhof, waar de Staten-Generaal al eeuwen bijeenkomen. In elke wat grotere instelling heeft men het geregeld over dingen die 'in de wandelgangen' gehoord en besproken zijn.

Zonder last of ruggespraak

Ondanks dit alles bleef het totstandbrengen van een compromis een moeilijk proces. Vooral in de dagen van de Republiek, want vaak genoeg beweerde de vertegenwoordiging van stad, streek of provincie geen 'last' te hebben om met een bepaald voorstel akkoord te gaan. Daarom diende eerst 'ruggespraak' te worden gehouden met de achterban. In de dagen van de trekschuit gingen daar al gauw weken mee heen. Een nationale bedreiging kreeg de betrokkenen meestal wel op één lijn, maar anders verzandde de meeste besluitvorming in eindeloos gepalaver. De centrale autoriteiten van de Republiek slaagden er slechts tweemaal in een oorlogsverklaring op te stellen, nog voordat de vijand in arren moede de zijne maar op het Binnenhof had bezorgd. Vandaar dat de wet tegenwoordig nauwkeurig vaststelt dat volksvertegenwoordigers – van gemeenteraad tot en met parlement – beslissen 'zonder last of ruggespraak'.

Deze manier van werken vergt een nauwkeurige notulering en een precies en zo ondubbelzinnig mogelijk vastleggen van het uiteindelijk genomen besluit. Afspraken moet je vastleggen. Anders ontstaan er later interpretatieverschillen. Dan ontbreekt een hogere macht om aan het nieuwe gekrakeel een eind te maken. Tot op de huidige dag zetten Nederlanders veel op papier en wat op papier staat is heilig. Er bestaat een zeker wantrouwen tegen mondelinge afspraken. Worden ze toch gemaakt en hebben ze een enigszins officieel karakter, dan bevestigt men ze graag schriftelijk, vaak met de slotzin dat men er zonder tegenbericht van uitgaat dat het zo is en niet anders. Het is ook nooit zo, dat zo'n schriftelijke besluitvorming een soort verhulling is van de persoonlijke deal die men – bijvoorbeeld op basis van vriendschap – heeft gemaakt. Er staat wat er staat en dát geldt.

De regenten uit de Republiek met hun eindeloze besluitvormingsprocessen maakten deel uit van een zelfbenoemde aristocratie met, naarmate de tijd verstreek, corruptere praktijken. Toch had hun systeem het meer dan tweehonderd jaar uitgehouden, toen in 1795 een Frans invasieleger het land binnentrok. Dat ondervond steun van een binnenlandse oppositie die opkwam voor allerlei varianten van effectief bestuur.

De Franse hegemonie duurde achttien jaar, tot 1813. Vanaf 1810 maakte Nederland zelfs rechtstreeks deel uit van het napoleontische keizerrijk. In die jaren is de opzet van het land geheel vernieuwd. De vage confederatie maakte plaats voor een eenheidsstaat, waarin de verhoudingen tussen centrale overheid, provincies en gemeentes helder werden geregeld. Er kwam, zoals eerder gezegd, eenheid van wetgeving en gelijkheid van iedereen voor de wet. En alle obstakels die de Republiek tot zo'n moeizaam geheel maakten, werden uit de weg geruimd. Dit alles is na de verdrijving van Napoleon gehandhaafd en verder uitgebouwd. De laatste eeuw van de Republiek kreeg de reputatie van een zwarte periode, die zij tot op de huidige dag behouden heeft. Sindsdien gelden corrupte praktijken als een zware zonde. Belangrijk epitheton van gezagsdragers bij overheid en bedrijfsleven is 'onkreukbaar'. Een onkreukbaar iemand biedt succesvol weerstand tegen elke geldelijke verleiding. Hij houdt zich scrupuleus aan gestelde regels en afspraken, probeert die niet in zijn eigen richting te interpreteren. Hij werkt volgens vaste, door iedereen gekende procedures. Hij beslist zonder aanzien des persoons. Dit alles in tegenstelling tot de regenten van het gevloekte voorgeslacht.

'Consciëntieus', 'zorgvuldig' en 'punctueel'

Zo kreeg het schriftelijk vastleggen van besluitvorming en de uitkomst daarvan een nog grotere nadruk.

Wie moderne personeelsadvertenties of taakomschrijvingen doorneemt, treft daarin vaak de termen 'consciëntieus', 'zorgvuldig' en 'punctueel' aan. Slordigheid, het niet op orde hebben van de administratie en daaraan verwante zaken pleiten nauwelijks voor een persoon. Men vindt deze eigenschappen acceptabel, misschien zelfs vertederend bij 'genieën', zoals kunstenaars of romanciers, maar die staan altijd in de zijlijn. Zij krijgen gul applaus en op den duur koninklijke onderscheidingen, maar daadwerkelijke invloed op de gang van zaken hebben zij zelden.

Men dient punctueel te zijn. Geen wonder. De Nederlandse elites hebben traditioneel nauwe banden met de handel. Dan moet je de cijfers op een rij hebben. Waar de boekhouding onhelder is, gaat de zaak ten onder. Het door de overheid op kwaliteit gecontroleerde onderwijs, zoals dat sinds het begin van de negentiende eeuw totstandkwam, besteedde dan ook grote aandacht aan rekenen en schoonschrijven. Een leesbaar handschrift volgens gestandaardiseerde normen was tot de uiteindelijke overwinning van de schrijfmachine en vooral de tekstverwerker een belangrijke voorwaarde om een baan te krijgen. Tot op de huidige dag voegen veel Nederlanders bij hun sollicitaties in ieder geval een handgeschreven begeleidende brief. Tot voor een jaar of twintig was dat bijna een eis om voor een gesprek te worden opgeroepen.

De napoleontische bureaucratie is gebaseerd op precies afgepaalde taakomschrijvingen, bevoegdheden en hiërarchische verhoudingen. De werkzaamheden worden volgens vaste procedures verricht. Er bestaat een uitgewerkt systeem van rapportage van de hogere naar de lagere regionen. Men archiveert de correspondentie volgens vaste systemen die het materiaal ook na jaren snel opzoekbaar maken. Men verzamelt veel gegevens en legt die vast. Men doet onderzoek. Het was de Franse keizer die de Nederlanders voor het eerst dwong om een achternaam te kiezen die erfelijk overging op de nazaten in de mannelijke lijn. Op basis daarvan liet hij een bevolkingsregister totstandbrengen, voornamelijk om zo dienstplichtigen te kunnen oproepen voor de massale legers die hij op de slagvelden van Europa de dood injoeg. Het bevolkingsregister is sindsdien een belangrijk bestuursinstrument. Dankzij deze administratie weet de overheid nauwkeurig wie waar woont. Ze kent de gezinssamenstelling, ze weet de leeftijden. De kaart in het bevolkingsregister bevat nog een belangrijk gegeven: iemands levensovertuiging is vastgelegd onder het rubriekje 'godsdienst'.

Sommige Nederlanders lijden onder een merkwaardige achternaam. Zij heten 'Niemandsverdriet', 'Naaktgeboren' of 'Klootjes'. Dat valt onder bepaalde omstandigheden wel te veranderen, maar het is een kostbare zaak die veel tijd vergt. Zo'n achternaam danken zij aan een wantrouwige voorvader die daarmee Napoleons soldatenjagers op een dwaalspoor trachtte te brengen of de spot wilde drijven met de Franse overheersing.

Maar na de val van Napoleon herwon Nederland haar onafhankelijkheid. Er was geen reden meer om het gezag als vreemd element van buitenaf te wantrouwen. De meeste Nederlanders beschouwen sindsdien de overheid als iets van zichzelf. Zij hebben er in principe vertrouwen in. Zij zijn loyaal en overtuigd van haar goede bedoelingen, al worden die in de praktijk niet altijd waargemaakt. En al zit er misschien een regering van wie zij om politieke redenen niet gediend zijn. Die is dan echter wel goedwillend. Zij heeft het slechts bij het verkeerde eind.

Deze houding vertaalt zich naar de particuliere sector. Nederland kent een krachtige vakbeweging, maar de politieke stroming die het bedrijfsleven en de *captains of industry* principieel als eeuwige vijand en tegenstander ziet, heeft nooit veel invloed gekregen. Ook de goede bedoelingen van de directie staan in principe buiten kijf.

Naarmate het stemrecht zich uitbreidde, nam de legitimatie van een en ander toe. De democratisering brak niet alleen in de politiek baan. Directies hadden de neiging in geregeld overleg te treden met de 'bedrijfskernen' die de vakbonden vormden. Dat leidde tot de Wet op de ondernemingsraden, die elk bedrijf met meer dan vijftig werknemers een soort door het personeel gekozen parlement heeft bezorgd. Een ondernemingsraad heeft in de praktijk alleen maar een adviserende functie, maar de directie is verplicht een aantal belangrijke beslissingen – meestal hebben die invloed op de werkgelegenheid – eerst te bespreken met de ondernemingsraad, voor het uiteindelijke besluit valt. De ervaring leert, dat zo'n raad, mits een aantal leden goed en overtuigend kan argumenteren, de bedrijfsvoering sterk kan beïnvloeden. Dat blijkt meestal het zakelijk succes zeer ten goede te komen.

Je moet je dan wel weten te beheersen

Je moet je dan wel weten te beheersen en dat geldt *mutatis mutandis* voor elke vorm van besluitvorming in Nederland. Voor felle emoties is geen plaats. Al in de dagen van de Republiek muntten de bijeenkomsten der regenten uit door afstandelijke deftigheid. Als je zoveel mogelijk van je eigen denkbeelden in een compromis wilt onderbrengen, moet je je niet laten meeslepen door schitterende welsprekendheid en theatrale optredens. Integendeel, die wantrouw je. Je bent bovendien bescheiden in het laten merken van bijval of afkeuring. Alles wat op *prima donna*-gedrag lijkt, straf je meedogenloos af. Niet door je eigen versie daar tegenover te stellen, maar door betrokkene kalm te negeren. De retoriek is in Nederland dan ook slecht ontwikkeld. De meeste parlementariërs lezen op vervelde toon teksten af van een papiertje. Alleen de meest bekwamen raken niet in de war van interrupties, die trouwens slechts onder bepaalde voorwaarden zijn toegestaan. Alles ademt een grote afstandelijkheid. De kwaliteit van de redenering telt, de woordkeus niet. Als het betoog al te vloeiend is, kan dat zelfs contraproduktief werken.

Vergaderingen in Nederland verlopen volgens vaste normen. Het is *not done* om zich tegen de leiding van de voorzitter te verzetten. Voorzitters zijn er trouwens op uit iedereen zo veel mogelijk het woord te laten doen en zij zijn allergisch voor alles wat de orde van de vergadering doorbreekt. Iedereen probeert zoveel mogelijk te laten merken dat het om de zaak gaat en niet om de personen, want daarmee zijn, als gezegd, in het verleden slechte ervaringen opgedaan. En het kan heel lang duren voor het tot stemming komt. De gemiddelde voorzitter zal er trouwens naar streven tot een algemene consensus te komen, zodat aan het eind van de vergadering volstaan kan worden met de vraag: 'Is er iemand tegen?'

Het lijkt in tegenspraak met het voorafgaande, maar die is er vrijwel altijd. Als zo'n opposant érg tegen is, vraagt hij zelfs dat met zoveel woorden in de notulen vast te leggen. Dit heeft op de uitvoering van het besluit geen invloed en in veel gevallen dragen ook de tegenstemmers daaraan loyaal hun steentje bij. Want zij hebben democratisch verloren. Tegelijk weet iedereen, waar zij staan.

De regenten uit de Republiek vertegenwoordigden een stad of een streek. In de dagen van de verzuiling maakte je deel uit van een stroming. Je had een calvinistische, een katholieke, een liberale of een sociaal-democratische achtergrond. Dat maakt een totale compromisbereidheid wat moeilijker. Er zijn principiële uitgangspunten waarmee niet te marchanderen valt. De besluitvorming zou worden lamgelegd als dit er toe leidde dat men dan ook op andere terreinen geen samenwerking wenste met andersdenkenden. Die keus maken Nederlanders zelden, want daarmee verliezen ze alle invloed. De calvinistische zuil had tot in de jaren vijftig principieel bezwaar tegen de kermis, zijnde een bron van ijdel vermaak, een klatergouden paleis van verleiding, waar Satan verblijf hield. Hun politieke vertegenwoordigers stemden dan ook altijd tegen het toelaten van de kermis en zij zetten zich in voor een officieel verbod. Ook waren zij onwrikbaar tegenstander van loterijen. Daar stemden zij dus tegen, wel wetende dat zulke voorstellen het nooit zouden halen en hun partners van het moment uit de andere zuilen gunden hen die houding. Zij hadden ook zo hun punten waarover niet te onderhandelen viel. Die hadden altijd een immaterieel karakter. Er was niet of nauwelijks geld mee gemoeid. Na de verloren stemming kon men verklaren, dat men zijn best gedaan had.

Nu kun je natuurlijk zo principieel zijn, dat een zuiver standpunt te allen tijde belangrijker is dan een aandeel in het compromis. Voor zo'n houding kiezen de Nederlanders in het algemeen niet, maar er zijn uitzonderingen. Hoeveel? Er voor het gemak van uitgaande dat de verkiezingsuitslag de geestesgesteldheid van de samenleving goed weergeeft, komt men op een percentage van onder de tien procent. Van de honderdvijftig kamerleden nemen er tien tot vijftien altijd wel zo'n principiële positie in. Zij maken dan ook deel uit van zeer kleine, elkaar onderling ook bestrijdende fracties. In het parlement van 1994 zetelden zeven streng calvinistische kamerleden, verdeeld over drie partijen, tussen welke het verschil alleen voor echte insiders helder was. Zeven uiterst linkse parlementariërs waren verdeeld over twee fracties, maar de grootste daarvan – vijf leden – is een moeizaam totstandgekomen fusie van pacifistisch socialisten, communisten en christenradicalen die traditioneel zeer gescheiden optrokken en in hun nieuwe partij – Groen Links – slecht met elkaar overweg kunnen. De grote politieke formaties hebben de neiging deze principiëlen vriendelijk te dulden als onderdeel van de nationale folklore, maar het blijven randfiguren. Zo vindt men overal waar Nederlanders samenwerken wel zulke opposanten. Zij staan ernaast. Sommigen worden om hun intellectuele inzet en kennis van zaken hogelijk gewaardeerd, maar zij gelden toch al gauw als nauwelijks serieus te nemen piassen. De grens tussen beide types is vloeiend.

Toch hebben zij een functie: je kunt de zeven strenge calvinisten moeilijk verwijten dat zij niet geregeld gewaarschuwd hebben voor Gods straffende hand. Activisten van de uiterst linkse partijen stellen vaak vast, dat zij als eerste ideeën in het publieke debat brachten die later gemeengoed werden. Wat de aandacht voor het leefmilieu betreft, is dat zeker waar. Radicale eenlingen met wie niet te praten valt, blijken achteraf soms voorlopers.

Maar het blijven uitzonderingen. In 1934 had de dichter Jan Greshoff, hoofdredacteur van de *Nieuwe Arnhemse Courant*, een hoekje over op de voorpagina. Hij dacht aan het nabije Velperplein, waar de elite van Arnhem, de deftige hoofdstad van de provincie Gelderland, vaak bivakkeerde en schreef:

LIEFDESVERKLARING

Ik houd zo van die donkre burgerheren
Die langzaam wandlen over 't Velperplein
In deze koele winterzonneschijn:
De dominee, de dokter, de notaris
En 't klerkje dat vandaag wat vroeger klaar is.
Maar 't kan verkeren.

Zo onmiskenbaar ziet men aan hun kleren
Dat zij rechtvaardig zijn, terwijl de plicht
Die eedle lijnen groefde in hun gezicht:
De dominee, de dokter, de notaris,
Drievuldig beeld van al wat wijs en waar is.
Maar 't kan verkeren.

Op aarde valt voor hen niets meer te leren,
Zij zijn volkomen gaaf en afgerond,
Oud-liberaal,* wantrouwend en gezond:
De dominee, de dokter, de notaris,

---

* Een toen veel gebruikte aanduiding voor liberalen van het deftige en behoudende soort.

Voor wie de liefde zelfs zonder gevaar is.
Maar 't kan verkeren.

Zij gaan zich nu voorzichtig laten scheren,
Om daarna, met ervaring en verstand,
Een glas te drinken op het heil van 't land:
De dominee, de dokter, de notaris.
'k Weet geen probleem dat hun na zes te zwaar is.
Maar 't kan verkeren.

Ik hou zo van die zindelijke heren,
Levende monumenten op het plein
In deze veel te heldre winterschijn:
De dominee, de dokter, de notaris,
Die denken dat uw dichter niet goed gaar is.
Maar 't kan verkeren.

Dat dachten ze inderdaad. Greshoff kon per omgaande met ontslag. Teveel heren abonnees hadden zich in het gedicht herkend. Zij ervoeren de milde spot als een persoonlijke aanval en verwijderden de verantwoordelijke uit hun midden, de verantwoordelijke die zij overigens als hoofdredacteur gaarne een plaatsje in hun midden hadden gegund. Maar nu was een norm overschreden. Dat de Arnhemse heren hun portret niet konden velen, leidde overigens in de rest van het land tot veel vrolijke verontwaardiging. Maar daar had Greshoff zijn baan niet mee terug. Hij vestigde zich in het buitenland. En *Liefdesverklaring* werd een van de bekendste gedichten uit de hele Nederlandse literatuur.

De vermoorde onschuld uithangen

Deze lichtgeraaktheid doet op het eerste gezicht wonderlijk aan in een land dat zich op zijn tolerantie voorstaat. Toch is het niet écht wonderlijk. Persoonlijke tegenstellingen laten zich minder gemakkelijk wegpraten dan zakelijke. Voor wie gelooft in de cultuur van het compromis, is een rechtstreeks commentaar op het ego dan ook moeilijk te accepteren. Dat heet in Nederland 'onder de gordel raken'. Zo'n strategie richt zich in het algemeen tegen de aanvaller zélf, terwijl de slachtoffers in het openbaar met waardigheid hun wonden likken en, zoals de uitdrukking luidt 'de vermoorde onschuld uithangen'. Had Greshoff de oudliberale ideologie tot onderwerp van zijn ironie gemaakt in plaats van voor ingewijden herkenbare personen te portretteren, dan was hem waarschijnlijk niets overkomen.

Overigens zijn heden ten dage de normen een stuk breder gesteld. Toch wekt het in brede kring wrevel als op de persoon gespeeld wordt, zowel in prijzende als in kritische zin. Toen in 1994 de christen-democraten spectaculair de verkiezingen verloren, werd dit door velen geweten aan een verkeerde strategie. Men had de persoon van de partijleider centraal gesteld, niet de christen-democratische achtergronden. Bovendien had de partij, concludeerde een onderzoekscommissie, te weinig warmte uitgestraald. Ze bedoelde de warmte van een groepsproces, waarin min of meer gelijkgezinden tot elkaar komen.

Nederland lijdt aan een zekere voorspelbaarheid

Alles bij elkaar levert dit produkt wel effectieve samenwerking op: het leidt echter nooit tot spectaculaire vernieuwingen, het plaatst een spectaculaire ommezwaai op welk terrein dan ook buiten de mogelijkheden, maar het stelt alle betrokkenen wel in staat een duidelijke koers uit te zetten, al is het nooit een avontuurlijke. Nederland lijdt aan een zekere voorspelbaarheid. De ene afspraak vloeit uit de andere voort en dat schept continuïteit. Je zou bijna kunnen zeggen: ook de samenleving heeft een agenda die al tamelijk ver in de toekomst volloopt.

Maar de werkelijke deugdelijkheid van zo'n systeem bewijst zich pas in een crisissituatie. Die heeft Nederland deze eeuw één keer meegemaakt, van 1940 tot 1945, tijdens de Duitse bezetting. Op 10 mei 1940 viel een gemotoriseerd Duits leger in het kader van de *Blitzkrieg* op het westfront Nederland binnen. Vijf dagen later capituleerden de Nederlandse strijdkrachten. Koningin en regering hadden enkele dagen eerder de wijk genomen naar Londen, waar zij een regering in ballingschap vormden.

Kernstuk van Hitlers nationaal-socialistische ideologie was het racisme. Het Duitse volk was aan alle andere superieur. De nazi's echter hadden de Nederlanders, die een aan het Duits nauw verwante taal spreken, hoog zitten. Sommigen onder hen beschouwden hun buren zelfs als een soort Duitsers die door de grillen van de geschiedenis op een dwaalspoor geraakt waren. Hetgeen nu kon worden rechtgezet. Berlijn bepaalde dat bij voedselgebrek de Nederlandse rantsoenen negentig procent moesten bedragen van wat Duitsers zouden krijgen. Dat geeft een indicatie.

Hitler benoemde de Oostenrijkse nazi Arthur Seyss-Inquart tot rijkscommissaris om de plaats van de gevluchte regering in te nemen. Zijn taak was de Nederlandse economie zoveel mogelijk in dienst te stellen van de oorlogsinspanning, maar hij kreeg ook een meer 'ideële' opdracht mee: de Nederlanders bekeren tot de hitleriaanse heilsleer.

Het nationaal-socialisme had tot dan toe niet veel bereikt. Ir. Anton Mussert, 'Leider' van de Nationaal Socialistische Beweging (NSB) voerde een vierkoppige fractie in het parlement aan en hoorde als zodanig bij de hierboven aan de orde gestelde randfiguren. Seyss-Inquart had echter goede hoop de in Nederland levende misverstanden snel weg te kunnen nemen. Wanneer men maar de juiste maatregelen nam.

De Duitse maatschappelijke tradities verschillen radicaal van de Nederlandse. Terwijl in Nederland de regenten delibereerden, heersten over de oostgrens dictatoriale vorsten. In Duitsland had men de neiging om het algemeen belang gelijk te stellen aan het staatsbelang. Maatschappelijke groeperingen dienden zich dan ook in dienst te stellen van de staat, niet die in allerlei vormen van overleg vorm te geven. Het was allemaal heel hiërarchisch gedacht.

Seyss-Inquart vond in Nederland een goed georganiseerde samenleving. Behalve de ministers was eigenlijk bijna iedereen op zijn post gebleven. Dat moest je doen, stond in een voor de Duitse invasie uitgevaardigd Landsoorlogsreglement, om de belangen van de Nederlandse bevolking te beschermen. Men mocht de vijand echter bij zijn oorlogsvoering ook niet helpen. Precieze richtlijnen ontbraken. Het was een vaag document.

Seyss-Inquart liet het hele bestuurssysteem intact. Op strategische plaatsen stationeerde hij waarnemers uit zijn eigen ambtelijke staf om de boel in de gaten te houden en zo nodig in te grijpen.

Omdat zij 'fout' waren

De periode van de Duitse bezetting is tot op de huidige dag aanleiding tot de heftigste controverses. Daarbij staat de vraag centraal: heeft het Nederlandse volk, toen het erop aan kwam, gefááld of niet? Stonden wij als één man in het verzet, of waren wij meer laffe collaborateurs die onze houding aanpasten bij de wisseling der krijgskansen? Nederland acht het toen doorleefde zo belangrijk, dat de regering al een paar maanden na de Duitse capitulatie het Rijksinstituut voor Oorlogsdocumentatie oprichtte om de geschiedenis ervan te schrijven. De directeur, de historicus dr. L. de Jong, kreeg een onafhankelijke positie. Vanaf de jaren zestig begon zijn monumentaal geschiedwerk in afzonderlijke delen te verschijnen, die stuk voor stuk bestsellers waren. Ze gaven een voor een aanleiding tot fel debat, geknakte reputaties en heftige polemiek. Want wat De Jong boven water haalde, was lang niet altijd prettig om te lezen. De mythe van de onverzettelijkheid tegenover de terreur ging aan diggelen. Vele vooraanstaanden bleken tijdens de bezetting dingen gedaan te hebben – vooral in de eerste periode, toen de krijgskansen voor Hitler nog niet waren gekeerd – die achteraf een hoogst twijfelachtig karakter droegen. Waren die mensen nu 'goed' of 'fout'? Het ging er niet om, had minister Jaap Burger van justitie in 1945 vlak voor de bevrijding al gezegd, mensen aan te pakken, omdat zij fouten hadden gemaakt, maar omdat zij 'fout' wáren. Dat vertroebelde de herinnering aan de hele periode. Het ging er niet meer om de gebeurtenissen te analyseren, het ging erom vast te stellen, hoe 'goed' of hoe 'fout' de betrokkenen waren. Dat de collaborateurs en hun leider Mussert niet deugden, stond natuurlijk buiten kijf. Mussert was trouwens als landverrader terechtgesteld. Ook over de duizenden Nederlandse vrijwilligers van het ss-legioen 'Westland' – een beetje veel eigenlijk – hoefde je niet lang te discussiëren. Maar daarbuiten bevond zich zoveel schimmigheid.

Onder vakhistorici bestaat tegenwoordig vrijwel eenstemmigheid dat de meeste Nederlanders een soort accommodatietactiek toepasten. Zij probeerden zoveel mogelijk het vertrouwde leven voort te zetten en pasten zich bij de omstandigheden aan waar dat kon. Slechts een minderheid koos voor het verzet of voor totale collaboratie. Maar de meesten hadden het allemaal over zich heen laten komen.

Interessanter is echter de vraag: kon Seyss-Inquart de opdrachten van zijn *Führer* vervullen? Het antwoord op deze vraag luidt: ja en nee. Steeds als hij Nederlanders en Nederlandse organisaties in situaties bracht, waarin zij duidelijk kleur moesten bekennen, boekte hij een fiasco. Toen hij een universitaire studie afhankelijk maakte van een loyaliteitsverklaring, bleef negentig procent van de studenten liever van de universiteit weg. Als hij nazi's aan het hoofd plaatste van de oude organisaties der zuilen, zegden de gewone leden massaal op. Zo liepen alle vakbonden leeg. Nieuwe organisaties volgens nationaal-socialistisch stramien bleven op een enkele uitzondering na lege hulzen. De collectanten van de charitatieve 'Winterhulp' werden genegeerd onder het door de Londense radio doorgegeven motto: 'Nog niet het knoopje van mijn gulp gaat er naar de Winterhulp'. De genazificeerde radio en pers verloren met de maand aan geloofwaardigheid.

Dat is één kant van de zaak.

Maar zolang de bezetter maatregelen nam die géén kleur bekennen inhield, was de medewerking aardig tot voortreffelijk, vooral in de eerste periode van de bezetting. Ter verduidelijking een citaat uit het illegale blad *Het Parool* van 21 augustus 1942: 'De Gestapo en de Nederlandse distributie. Elk distributiekantoor in ons land moet bij vermissing van bonkaarten, het ontdekken van vervalste bonnen of het vinden van verkeerde bonnen op plakvellen een lijst van deze gevallen opmaken en deze inzenden naar het Centrale Distributiekantoor in Den Haag. Op 30 juni j.l. ontvingen alle chefs der distributie-kantoren in Nederland een vertrouwelijk schrijven van het Centrale Distributiekantoor, dat met ingang van 1 juli j.l. een afschrift van deze lijst moet worden opgezonden naar de Deutsche Sicherheits Polizei, Binnenhof, Den Haag. Op deze wijze moeten onze distributie-kantoren de helpende hand bieden om vaak volkomen onschuldige Nederlanders naar het concentratiekamp voor distributie-overtredingen in Ommen te sturen. Ambtenaren, werkt hieraan niet mee. Controleer minder nauwkeurig of vergeet het zenden van afschriften.'

De illegale pers stond vol met zulke aanmaningen en de treurige constatering, dat die veelal niet opgevolgd werden uit een verkeerd soort plichtsgetrouwheid. Nederland had een traditie van vertrouwen in de overheid. Onkreukbare en punctuele ambtenaren dachten niet zo gauw aan sabotage. Daarbij speelde angst voor represailles een grote rol – daarin gingen de Duitsers zeer ver – maar juist ook de vraag, of hier nu de grens bereikt was. Gewend als zij waren aan het sluiten van praktische compromissen, had men al gauw de neiging te vinden, dat dit ook nog wel door de beugel kon. Bovendien: Seyss-Inquart had de neiging opengevallen functies met NSB'ers te vullen. De partij zag zich zelfs gedwongen een schriftelijke cursus op te zetten voor aankomende burgemeesters. Alles beter, zo verdedigde menig zittend functionaris het aanblijven, dan zo'n NSB'er.

De Nederlandse bestuurslichamen ontwikkelden tijdens de bezetting een koortsachtige activiteit. Bevrijd van controle door een parlement lieten zij een stortvloed van regels en bepalingen over het land neerdalen, die nu niet meer eerst door de filter van het openbare debat heen hoefden. Zo kondigde men in 1941 een nieuw Wegenverkeersreglement af. Er kwam een nieuwe en veel eenvoudiger regeling voor de loonbelasting. Naar schatting is negentig procent van het toen geregelde na de bevrijding gewoon gehandhaafd.

Daartussendoor slopen de door Seyss-Inquart opgedragen maatregelen om het Nederlandse volk verder aan Hitlers totalitaire hand te onderwerpen. Op die manier slaagde economische uitplundering van het land volkomen. Het bestuur werkte in het algemeen mee bij de oproep en selectie van jonge mannen die verplicht werk in Duitsland moesten aanvaarden, op den duur ook als zij in Nederland al een baan hadden. Tenslotte moesten alle mannen beneden de veertig zich melden. Dat werkte allemaal vrij bevredigend.

De geschiedenis van een moord

Dankzij deze houding lukte het de nazi's hun meest misdadige programmapunt in het bezette Nederland grotendeels waar te maken: de uitroeiing van de joden. 'Dit boek behelst de geschiedenis van een moord,' zo begint professor Jaques Presser zijn *Ondergang*, de magistrale beschrijving van de *Endlösung* in Nederland, die hij in opdracht van het Rijksinstituut voor Oorlogsdocumentatie schreef. Het boek heeft een verpletterende werking gehad. Presser bewees zonneklaar dat de isolering, wegvoering en uiteindelijke vergassing van de joodse Nederlanders zonder veel problemen kon geschieden, dankzij het goede samenspel van de betrokken instanties en een veel te laat en te fragmentarisch op gang gekomen sabotage van de Duitse maatregelen. Toch waren de eerste antisemitische bepalingen begeleid door een massale protestactie van heel Amsterdam.

Er hangt een sfeer van strijdbare rouw

In de binnenstad van Amsterdam, voor de zeventiende-eeuwse Hoogduitse Synagoge, staat een beeld. Het is een gespierde dokwerker, die, de vuisten gebald, uitdagend kijkt naar het verwaaide plein voor hem.
  Elk jaar, op 25 februari, verzamelt zich een menigte rond het beeld. Niet alleen het gemeentebestuur legt een krans, ook vele anderen, aan wie een bestuurslidmaatschap is af te zien. Het zijn vaak oude mensen.
  Maar onder het publiek zijn alle generaties vertegenwoordigd. Toch valt het op dat er veel grootouders bij zijn, die hun kleinkinderen hebben meegenomen, kennelijk om ze van iets te doordringen. Er hangt een sfeer van strijdbare rouw.
  Dat is de herdenking van de Februaristaking. De Dokwerker symboliseert de Amsterdamse arbeiders, die op 25 februari 1941 massaal het werk neerlegden uit protest tegen de vervolging van hun joodse collega's. De hele stad deed mee. Op de beurs stokte de aandelenhandel.

Die vervolging gebeurde op straat. Een soort militie van Nederlandse nationaal-socialisten lokte antisemitische rellen uit, waarbij het publiek het nadrukkelijk opnam voor hun joodse stadgenoten. De Duitsers reageerden hierop met openlijke contraterreur tegen de joden. Dat bracht het ondergrondse netwerk van de kleine communistische partij er op haar beurt toe stakingsoproepen te verspreiden. De bezetter sloeg dit verzet na twee dagen neer.

Het beeld van de Dokwerker houdt de herinnering aan deze solidariteitsstaking levendig. De jaarlijkse herdenking roept niet alleen de helden van toen in herinnering, maar is ook een manifestatie van strijdbaarheid tegen terreur en racisme. Ze is voor de psyche van Amsterdam zeer belangrijk. Na de bevrijding stond de koningin de hoofdstad toe in het stadswapen de leus te voeren: 'Heldhaftig, vastberaden, barmhartig'.

Toch is dat plein kaal en leeg, een plek waarheen je voeten je zelden voeren. De monumentale synagoge bewijst: dat moet het centrum geweest zijn van een drukke joodse wijk. Die is afgebroken, verdwenen, weg. Zoals Rika Jansen zong op tekst van Kees Manders:

> *Als vader weer bladert in zijn fotoboek*
> *dan sta je versteld als hij weer vertelt*
> *van de Weesperstraat en de Jodenhoek.*
> *Als hij dan verhaalt hoe het leven begon*
> *bij het ontwaken, handel en zaken*
> *Humor en gein, dat was de levensbron*
> *en had je een dag eens geen mazzel gehad*
> *Dan 's avonds naar de Tip Top*
> *waar je je sores vergat.*
> *Soms riep d'r nog één in 't late uur:*
> *'Ik heb mooie olijven en uitjes in 't zuur.'*
> *Amsterdam huilt, waar het eens heeft gelachen.*
> *Amsterdam huilt, nog voelt het de pijn.*

In *Ondergang* vertelt Jaques Presser, hoe dat kon gebeuren. De nazi's maakten niet meer de fout zó openlijk straatterreur tegen de joden te organiseren. Zij pakten het meer administratief aan. Ze brachten met een hele reeks kleine maatregelen hun slachtoffers steeds meer in het nauw.

Nu bleek, waar die bevolkingsregisters met gegevens niet alleen over naam, adres en leeftijd, maar ook over de religieuze achtergrond, nog meer bruikbaar voor waren. Men kon de joden er zo uitlichten. Pas toen het eigenlijk te laat was, kwamen sommige ambtenaren op het idee steekkaarten weg te moffelen. Dat gebeurde echter incidenteel en op zeer kleine schaal. Bovendien had elke Nederlander al in de eerste maanden van de bezetting een formulier gehad met vragen over eventuele joodse ouders en grootouders. Vrijwel iedereen had dit, zoals je placht te doen met vragenlijsten van de overheid, naar waarheid ingevuld. Ondanks de omineuze titel boven het document: *ariërverklaring*.

De ijverige Haagse ambtenaar Lentz zag kans een plan van hem door te voeren, dat de Nederlandse regering uit overwegingen van zuinigheid altijd in de la had laten liggen: elke Nederlander zou een persoonsbewijs bij zich moeten hebben. Lentz had er een ontworpen, die met de techniek van die tijd nauwelijks te vervalsen viel. Seyss-Inquarts staf gaf hem alle steun en medewerking. Gedurende de hele bezetting heeft deze ambtenaar ijverig en nauwgezet gewerkt aan de perfectionering van deze identificatieplicht. Hij heeft nooit goed begrepen waarom hij na de bevrijding moeilijkheden kreeg.

De joodse gemeenschap in Nederland was bij het aanbreken van de Tweede Wereldoorlog ongeveer 140.000 personen groot. De meesten stamden af van vluchtelingen die in de Gouden Eeuw naar de tolerante Republiek waren gevlucht om aan vervolging te ontkomen. Van enige wettelijke apartstelling was sinds 1795 al geen sprake meer. De gemeenschap wist dat ze er in Nederland bij hoorde. De verzuiling stelde haar bovendien in staat haar eigenheid te bewaren, waar en wanneer zij dat wilde zonder dat dit repercussies opleverde.

Woorden met een Hebreeuwse of Jiddische achtergrond waren in de Nederlandse taal doorgedrongen, met name in het dialect van de hoofdstad Amsterdam. De tweede door alle Amsterdammers met trots gebruikte naam voor hun stad is dan ook tot op de huidige dag 'Mokum', afgeleid van het Hebreeuwse woord voor 'stad'. Iedereen wéét dat ook. Het onofficiële volkslied van Amsterdam begint met de zin *In Mokum ben ik rijk en gelukkig tegelijk, geef mij maar Amsterdam*.

Joden hadden nooit reden gehad om de Nederlandse overheid en haar vertegenwoordigers te wantrouwen. Ook wanneer die een ariërverklaring ter invulling opzond. En vervolgens alle joodse ambtenaren ontsloeg – de eerste tijd zelfs met behoud van salaris. En vervolgens de leraren, maar tegelijkertijd toestond dat die nieuwe aanstelling kregen op speciale joodse scholen.

De meeste Nederlanders reageerden op deze maatregelen met enige wrevel, maar aan de andere kant waren zij heel herkenbaar.

Na de Februaristaking vormden de Duitsers de Joodsche Raad voor Amsterdam, die onder leiding werd gesteld van twee vooraanstaande figuren uit de joodse gemeenschap en allerlei bestuurlijke bevoegdheden kreeg. Ook dat zag er niet onbetrouwbaar uit. Misschien was het wel goed dat er een vertegenwoordigend lichaam bestond dat in goed overleg afspraken kon maken met de bezetter. De leiding van de Joodsche Raad merkte meteen dat er met de bezetter niet te praten viel, maar dat zij slechts zijn maatregelen diende uit te voeren. Die hadden voor een belangrijk deel te maken met de selectie van personen die in aanmerking kwamen voor uitzending naar Duitsland of nog verder oostwaarts, waarvoor steeds nieuwe criteria werden vastgesteld. Natuurlijk bestonden er vele beroepsprocedures om van zulke lijsten af te komen, of er zelfs aan te worden toegevoegd. Het was allemaal voortreffelijk opgezet, tot medische keuringen aan toe.

Zo slaagden de nazi's erin de joden steeds meer te isoleren van hun medeburgers. Ze maakten zich zonder veel problemen meester van hun eigendommen door ze te dwingen al hun tegoeden over te brengen bij één speciale joodse bank. Ze concentreerden alle joden van Nederland in de buurt, waar nu het beeld van de Dokwerker staat. Keurig met medewerking van de gemeentebesturen overal in het land en onder controle van de Nederlandse politie.

Het ritme van deze maatregelen werd bepaald door de moordcapaciteit van de vernietigingskampen in Polen. De wegvoering geschiedde in twee etappes. De geselecteerde groepen werden 's avonds laat met extra gemeentetrams naar het Centraal Station van Amsterdam gereden, vanwaar vervoer per spoor mogelijk was naar het doorgangskamp Westerbork dichtbij de Duitse grens. Vanuit Westerbork vertrok iedere week een goederentrein, volgepakt met gedeporteerden, rechtstreeks naar de gaskamers van Auschwitz-Birkenau.

Die extra trams werden bestuurd door personeel van het Gemeentelijk Vervoerbedrijf. Na de bevrijding constateerde Presser bitter, dat de Nederlandse Spoorwegen hun railnet niet alleen ongeschonden door de oorlog hadden gekregen, maar het zelfs hadden uitgebreid: met het lijntje Hooghalen-Westerbork. Van de 140.000 Nederlandse joden – mannen, vrouwen en kinderen zijn er 110.000 vermoord. Dat is 79 procent. Ter vergelijking: in het eveneens door de nazi's bezette Frankrijk en België bedraagt dat percentage respectievelijk 40 en 38 procent. Niet omdat de Nederlanders antisemitischer zouden zijn, maar omdat in die landen mensen, als het er op aan kwam, sneller en effectiever de vernietigingsmachine wisten te saboteren. Er waren genoeg protesten tegen de jodenvervolgingen – met name de Nederlandse kerken lieten zich in dezen niet onbetuigd – maar te weinig praktische en stille ongehoorzaamheid. Toen verzetslieden – van binnen en buiten de joodse gemeenschap – ontsnappingsnetwerken begonnen op te zetten, was het eigenlijk al te laat.

De rijkgeschakeerde verzetsbeweging groeide naarmate de bezetting langer duurde en kon ook steeds meer rekenen op sympathie van de bevolking. Maar actieve medewerking was een heel andere zaak. De hele Nederlandse bestuurs- en beheersstructuur heeft zich op incidentele uitzonderingen na de hele oorlog gericht naar de wensen van Seyss-Inquart en zijn medewerkers. De betrokkenen konden niet goed begrijpen dat hier geen sprake was van een andere partij met wie je kon onderhandelen, maar van een vijand zonder enige scrupule met wie in geen enkel opzicht te praten viel, die altijd de volle honderd procent zou eisen. Ook al leek hij zich voor het ogenblik even aan te passen, een moment hanteerbaar. Dat was dan altijd een strategische pas op de plaats om kort daarna des te harder toe te slaan.

Dit doet niets af aan de heldendaden door duizenden Nederlanders met gevaar voor eigen leven verricht, aan de onverschrokken verzetslieden die vervolgden uit de handen van de nazi's hielden en een soms belangrijke bijdrage hebben geleverd aan de overwinning van de geallieerden.

Op één punt stak het Nederlandse verzet boven dat in alle andere bezette landen uit: het uitgeven van illegale brochures, pamfletten, boeken en op en duur zelfs dagbladen. Tegen het eind van de bezetting schommelde de dagelijkse oplage rond het miljoen. Dat werd allemaal in het geheim samengesteld, gedrukt, verspreid. De catalogus van de verschillende illegale uitgaven die het Rijksinstituut voor Oorlogsdocumentatie heeft uitgebracht, beslaat honderden pagina's. Ondanks het feit dat de meeste Nederlanders zich tijdens de bezetting accommodeerden, wensten zij toch hun eigen mening – die niet veranderde – gereflecteerd te zien in ongecensureerde lectuur. Men was bereid daarvoor grote risico's te lopen, want op het bezitten van illegale bladen stond gevangenisstraf en concentratiekamp, op schrijven, verspreiden en drukken de doodstraf.

De herinnering aan de Tweede Wereldoorlog speelt tot op de huidige dag een belangrijke rol in vele publieke discussies. Die neemt eerder toe dan dat zij wegebt. Nog steeds zijn de gebeurtenissen in de oorlog om de paar weken onderwerp van artikelen in de pers. Het Rijksinstituut voor Oorlogsdocumentatie blijft onverminderd voortbestaan, ook nu De Jongs monumentale geschiedenis voltooid is. Er verschijnen elk jaar boeken over deelaspecten van de bezetting en de oorlog duikt steeds weer op in de belletrie. De bezettingstijd krijgt zelfs mythische aspecten. Ze heeft een vaste plaats in het collectieve geheugen van de natie. Het is een decor, waarin goed en kwaad hun strijd op leven en dood voeren met ss'ers in de rol van Darth Vader en Luke Skywalker-achtige helden daartegenover.

Maar tegelijkertijd leeft het besef, dat het in veel opzichten een weinig roemvolle periode was. Dat fouten, toen gemaakt, niet moeten worden herhaald. In alle buurlanden is identificatieplicht de normaalste zaak van de wereld. Als Nederlandse regeringen die willen invoeren, ontstaat onmiddellijk een heftig debat, waarin het woord 'persoonsbewijs' de boventoon voert. Pas in 1994 slaagde de regering er in na een jarenlang moeizaam proces een vorm van identificatieplicht in te voeren. Maar geen persoonsbewijs. Nederlanders moeten op sommige exact bepaalde momenten en aan nauwkeurig omschreven functionarissen hun identiteit kunnen bewijzen met gebruikmaking van een paspoort, een rijbewijs of een gemeentelijk identificatiebewijs. Bijvoorbeeld op het werk, bij allerlei gemeentelijke instanties of in het openbaar vervoer, maar dan alléén, als bij controle blijkt dat zij géén kaartje hebben gekocht. Het is ook verboden om zonder identiteitsbewijs in voetbalrellen verzeild te raken.

Dat klinkt allemaal absurd. Maar het wordt in het licht van het recente verleden wel verklaarbaar.

Om dezelfde reden heerst in Nederland een grote angst voor de koppeling van gegevensbestanden, die dankzij computernetwerken zo aantrekkelijk en gemakkelijk wordt. Er bestaat een wet die deze mogelijkheden aan strenge beperkingen onderwerpt, want de ervaring heeft geleerd dat zulke data in verkeerde handen kunnen vallen. Het duurde jaren voor de volksvertegenwoordiging toestemming gaf om de gegevens van de belastingen en van de sociale dienst met elkaar te vergelijken, het meest probate middel om te zien of mensen ten onrechte uitkeringen genieten.

Ondanks al die garanties heerst er een redelijk wijdverspreid geloof dat al die bestanden in het geniep natuurlijk wél aan elkaar worden gekoppeld.

Pressers idee, dat het antwoord op onderdrukking is stille, maar effectieve sabotage, is niet doorgedrongen. Toen de regering van Saoedi-Arabië, een belangrijke handelspartner van Nederland, voor visa-aanvragen niet-joodverklaringen begon te eisen, ontstond er een discussie of men deze nieuwe versie van de ariërverklaring moest accepteren en of de christelijke kerken in de vorm van kopieën uit hun doopregisters extra bewijsmateriaal mochten leveren. Het antwoord van de kerken was: nee. Niemand stelde voor deze antisemitische maatregel van de Saoedi's te ontkrachten door de geëiste niet-joodverklaringen met zoveel mogelijk voor de gelegenheid gecreëerd bewijsmateriaal te omgeven, met name als het ging om personen met een joodse achtergrond. Tegelijkertijd bleek, dat de meeste Nederlanders die voor zaken naar Arabische landen moesten, zonder blikken, blozen of veel nadenken hun best deden hun 'arische' afstamming duidelijk te maken als daar naar gevraagd werd. Ze konden het zich wel voorstellen, gezien het conflict met Israel. Ze zochten er weinig kwaads achter. En het betekende helemaal niet, dat zij een uitzondering vormden in een publieke opinie die massaal op de hand van Israel was en is.

Veel Nederlanders hebben een scherp oog voor onderdrukking in het buitenland

Nederlanders behouden zich hun eigen mening voor, maar zij koesteren tegelijkertijd een groot respect voor afspraken en regels. Zij zijn er immers aan gewend dat die in overleg en 'democratisch' zijn totstandgekomen. Velen nemen die onwillekeurig ook aan ten opzichte van overheden wier positie in feite op macht en onderdrukkingsmechanismes berusten.

Maar dat is bij lange na geen algemeen verschijnsel. Veel Nederlanders hebben een scherp oog voor onderdrukking in het buitenland. De media besteden daar veel aandacht aan. Er bestaan talloze solidariteitscomités met soms heel verre onderdrukte landen en volkeren die in het algemeen de tactiek van de actiegroep volgen. Amnesty International is bijna een massaorganisatie. En iedereen op deze aarde die het waagt een coup te plegen – vooral een militair – kan rekenen op een protestactie voor zijn ambassade in Nederland.

Het blijft echter bij uitspraken. Het komt zelden tot daden. Oproepen tot handelsboycots en andere maatregelen sorteren bij de meerderheid in het parlement of bij de regering nooit effect, tenzij Nederland zich bij een internationale westerse en sinds de ineenstorting van het Sovjet-imperium tamelijk mondiale consensus kan aansluiten. Amnesty International verklaart haar succes in Nederland uit het feit dat de leden voor zichzelf het idee hebben, dat zij tenminste iets doen. Zij bewijzen daarmee, dat zij 'goed' zijn en niet 'fout,' zoals de landverraders in de oorlog en wellicht zoveel anderen.

Toch is er niet zoveel reden om aan te nemen, dat bij een volgende bezetting de Nederlanders zich in de praktijk weerbaarder zullen tonen.

Een verklaring is het feit, dat Nederland historisch weinig ervaring heeft met vreemde overheersing. Zij zijn al eeuwen gewend aan een gezagsstructuur van hun eigen mensen die ze dan ook niet beschouwen als gevaarlijke buitenstaanders. De Vlamingen, die ten zuiden van Nederland in het noorden van België wonen en dezelfde taal spreken, hebben zich eigenlijk pas de laatste vijftig jaar serieus aan overheersing door buitenstaanders weten te ontworstelen. Daar is de kunst van de stille sabotage dan ook hoog ontwikkeld. Vlamingen zijn daardoor niet alleen meesters geworden in de belastingontduiking, maar ook in het stilletjes ontmantelen van dictatoriale structuren. Zij slaagden er tijdens de Tweede Wereldoorlog veel beter in de nazi's te belazeren en te bedriegen dan hun broedervolk vlak over de grens. De verzetsstrijder Eduard Veterman, kunstenaar en meester in het vervalsen van documenten constateert in zijn oorlogsherinneringen *Keizersgracht 763*: 'Het was natuurlijk kluchtig dat de politie van een Brusselse voorstad een afnemer in het groot werd – De Belgische ambtenaren werkten in dit opzicht oneindig veel meer mee dan de Hollandse.'

Na de bevrijding is het hele Nederlandse bestuursapparaat dan ook noch in personele, noch in organisatorische zin substantieel gewijzigd. Alleen de manifeste Duitsgezinden, zoals leden van de NSB, werden verwijderd. Pas latere generaties werden in dit opzicht kritischer. In 1958 nog kon een man als professor Jan de Quay, oprichter na de bezetting van een kortstondige volksbeweging, die het Europa zoals Hitler zich dat voorstelde, accepteerde, zonder problemen minister-president worden. Zijn secondanten maakten allemaal een mooie carrière. Nu zou dat – zeker sinds de publikaties van dr. L. de Jong – niet meer lukken.

Het vertrouwen in de goede wil van de macht was ongeschokt en is dat tot op grote hoogte gebleven.

Nu hebben de Nederlanders daar een aantal objectieve redenen voor. Zij weten dat er ook door grote organisaties rekening met hem wordt gehouden. Zij kunnen ervan uitgaan, dat afspraken en beloftes gehouden worden binnen de gestelde termijn. Zo niet, dan zijn er altijd beroepsprocedures. Niemand hoeft zonder meer genoegen te nemen met een belastingaanslag, een bevel van de gemeentelijke overheid of een vergelijkbaar blijk van machtsuitoefening. Je kunt altijd in beroep gaan. Dat wordt dan serieus bekeken en de kans is reëel, dat men achteraf gelijk krijgt. Blijft de burger bokkig, dan bestaat de mogelijkheid de zaak voor te leggen aan onafhankelijke, maar gespecialiseerde rechters. Dat kan leiden tot langdurige procedures, die in een groot aantal gevallen, zoals dat heet, een opschortende werking hebben. Er wordt dan ook heel wat met zulke procedures gedreigd. Niet omdat Nederlanders elkaar zo graag voor de rechtbank ontmoeten, maar als aanleiding voor een hernieuwde gedachtenwisseling, waaruit een voor alle partijen acceptabel compromis voorkomt. Waarbij het aankomt op geven en nemen.

Zij bevatten een hoeveelheid wisselgeld

Wie zich zuchtend zet aan het invullen van het belastingbiljet, weet dat de ambtenaren aan de andere kant zeker niet alle aftrekposten zullen accepteren, maar een aantal wél en heeft de neiging daarmee genoegen te nemen. Ondertussen ook minder waarschijnlijke posten opvoerend in de hoop, dat de behandelend ambtenaar zich daarop zal richten. Zo doen vakbonden, werkgeversorganisaties en belangengroepen voorstellen, waarvan iedereen tevoren weet dat die straks in de onderhandelingen voor een groot deel zullen worden ingeslikt. Zij bevatten, wat in de onderhandelingsvaktaal heet, een hoeveelheid 'wisselgeld'.

Zonder zulk wisselgeld bereikt men weinig in Nederland. Dat geldt voor de grote politiek evenzeer als voor de sportvereniging, het schoolbestuur of een vakgroep. Alle betrokkenen zijn eraan gewend hun zegje te mogen doen en willen daar iets van herkennen in het uiteindelijke besluit.

Wie anderen nodig heeft om een bepaald plan te realiseren, peilt eerst in de directe omgeving informeel de haalbaarheid.

Daaruit krijg je een indicatie van wat ongeveer voor iedereen acceptabel is. Vervolgens stel je het plan op met het nodige wisselgeld. Dat zijn deelaspecten – maar niet de essentiële – die uit verschillende hoeken bezwaar zullen oproepen. Hierna volgt, wat heet, het overleg met alle betrokkenen. Het blijkt, dat die betrokkenen inderdaad allerlei commentaar hebben.

Een beroep op talent en eigen voortreffelijkheid is meestal contraproduktief

Botte afwijzingen zijn zeldzaam. De opmerkingen staan in het teken van verbetering. Het zijn meer kanttekeningen. De indiener staat hiervoor open en legt het wisselgeld munt voor munt op tafel. Dat vereist handigheid en ervaring. Hoe sneller het wisselgeld zichtbaar wordt, des te groter zal de som zijn die de anderen eisen. Het is een traag en voor buitenstaanders soms irritant proces, vooral omdat het niet goed te doorbreken valt. Een beroep op eigen talent en voortreffelijkheid is meestal contraproduktief. Dat zelfde geldt voor een verdediging die is gebaseerd op de intrinsieke genialiteit van het voorstel, betogen *à la*: 'dit is de oplossing. Nu zijn we van alle problemen af. Morrel hier niet aan'. Wie het zo aanpakt, organiseert een gesloten oppositiefront. Nu brengen de gesprekspartners wel fundamentele kritiek naar voren. Nu wordt de hele zaak zonder mankeren van tafel geveegd, juist omdat de voorsteller zich blijkbaar niet als gesprekspartner opstelt, maar als iemand die anderen een bepaalde lijn op wil leggen. De overige betrokkenen vinden dan dat zij niet – zoals de uitdrukking luidt – in hun waarde worden gelaten. Zij 'herkennen zich niet' in wat ter tafel komt en daarmee is de discussie uit. Dan helpen alleen machtsmiddelen. Wie een hiërarchisch hogere positie inneemt, kan zijn of haar zin doordrijven, de discussie sturen, grenzen stellen. Maar dan nog is het onverstandig zo te werk te gaan, geen ruimte te laten voor de inbreng van ondergeschikten. Zij brengen dan een machtig wapen in stelling: zij verliezen hun betrokkenheid. Zij raken gedemotiveerd. Zij trekken om zo te zeggen hun creativiteit in. Ze houden zich verder aan de regels, maar verklaren tegenover vrienden en bekenden dat het 'hen voortaan aan hun reet zal roesten' of nog minder parlementaire taal van vergelijkbare strekking. Gedemotiveerd personeel is een belangrijk probleem in bijna alle Nederlandse organisaties en bedrijven. Vooral omdat de wettelijke regels voor ontslagbescherming het moeilijk maken zulke mensen de laan uit te sturen.

Leidinggevenden dienen hiervan doordrongen te zijn. Op sollicitatiegesprekken trachten zij blijk te geven van een doortastende instelling. Maar bij het sociaal wenselijke antwoord hoort toch de verzekering dat men vooral 'goed kan luisteren' en een hartstochtelijk beleden geloof in de onontbeerlijkheid van 'goed overleg'.

Het is een vorm van groepscommunicatie voor onderlinge informatievoorziening

Het woord 'overleg' is eigenlijk onvertaalbaar. Het is een vorm van groepscommunicatie die niet zozeer tot doel heeft om tot besluitvorming te komen, maar die eerder dient voor wederzijdse informatie. Nederlanders blijken tijdens de werkuren vaak 'in overleg'. Dan zitten ze met collega's de gang van zaken te bespreken. Ze vertellen uitvoerig waar ze zelf mee bezig zijn. In principe zijn commentaren van alle toehoorders welkom. Een hiërarchisch hoger gestelde licht uitvoerig zijn plannen toe en geeft informatie over het overleg dat hij weer voert met directe collega's elders in het bedrijf of de organisatie. Iedereen, vooral die hoger gestelden, motiveren, waarom ze iets doen of nalaten. Ze zijn niet bang voor soms zeer kritische vragen en zij nemen uitvoerig de tijd om die te beantwoorden. Tijdens het overleg lopen de gemoederen vrijwel nooit hoog op. Gebeurt dat wel, dan zit er iets fout.

Aan het eind van het overleg hebben alle deelnemers inzicht in elkaars agenda, wat zeer belangrijk is om te kunnen functioneren. Dankzij de vragen, de commentaren en de reacties daarop is ongeveer duidelijk waar de grenzen liggen van een algemene consensus. Vaak constateert de voorzitter dan ook tevreden dat 'de neuzen weer in dezelfde richting wijzen' of dat – heel typerend – 'de klokken zijn gelijkgezet'. Zo'n overleg kan resulteren in praktische besluitvorming, maar vaak beperkt het zich tot wederzijdse informatie. Na afloop zie je de deelnemers twee aan twee bij elkaar staan, de agenda in de hand. Dan maken zij afspraken.

Wie zonder duidelijke en van tevoren opgegeven reden het overleg mist, wordt daarop aangekeken. Vooral als het argument achteraf blijkt te zijn, dat men 'wel wat belangrijkers' te doen had. Omgekeerd is 'in overleg zijn' altijd een acceptabel excuus voor onbereikbaarheid.

Toch hoort het tot de goede toon om te klagen over al dat eindeloze overleg en de talrijke vergaderingen. Je krijgt al gauw het gevoel dat zulke bijeenkomsten niet bijdragen tot de efficiency. Het gemiddelde overleg wordt dan ook gekenmerkt tot een zekere matheid. De verveling loert om de hoek en kan gemakkelijk binnentreden, juist omdat Nederlanders hun retorisch talent – zo aanwezig – zelden tot ontwikkeling brengen. Iedereen moet in principe aan het woord mogen komen, wat een strak, maar niet manipulerend voorzitterschap vanzelfsprekend maakt. De meeste voorzitters beperken zich ertoe interrupties in de hand te houden – mensen hebben er recht op uit te spreken – wat de levendigheid niet ten goede komt. Dit alles verhindert dat het geklaag over eindeloos overleg ook leidt tot beperking van deze vorm van communicatie. Ieder klage vol overtuiging mee, maar wie overleg onvoldoende serieus neemt, doet dat slechts tot eigen schade. Met name als de overige deelnemers ondergeschikten zijn.

Dit alles bergt een belangrijk gevaar in zich: men verliest zich in eindeloos overleg. Het ene compromis wordt op het andere gestapeld. Wat er uiteindelijk tevoorschijn komt is zo verwaterd dat men eigenlijk beter niets had kunnen doen. Een nettoresultaat dat men zich herinnert uit de geschiedenislessen over de Republiek.

De regering heeft een beleid, maar het bestuur van de kleinste vereniging ook

Er is een instrument om dat te voorkomen: 'het beleid'.

Beleid wordt gewoonlijk vertaald met *policy*. Dat is soms adequaat, maar meestal niet. Eigenlijk is dit Nederlandse woord net zo onvertaalbaar als 'overleg'. In zijn oorspronkelijke betekenis duidt het een soort voorzichtige werkwijze aan. Wie een kapotte microscoop wil repareren, moet niet snel driftig worden, maar geduld opbrengen en 'met beleid' het probleem aanpakken. Typerend: een synoniem hiervoor is 'met overleg'.

De regering heeft een 'beleid,' maar het bestuur van de kleinste vereniging ook, de directies van Philips en Shell kennen een beleid, maar de drukkerij om de hoek met vier man personeel eveneens. Natuurlijk staat het op papier. Het beleid is vastgelegd.

Beleid geeft de doelstellingen en de richting van activiteiten aan. Het stelt bovendien grenzen. Dit alles is soms heel scherp geformuleerd, maar meestal behoorlijk vaag. Met het beleid in de hand kunnen alle betrokkenen bepalen of een bepaald voorstel nog binnen die begrenzingen blijft. Compromissen worden dan ook afgewezen met de motivatie dat dit 'geen beleid' is. Omgekeerd gebeurt het vaak dat aan allerlei activiteiten elementen worden toegevoegd die juist wel 'beleid' zijn. Als het bijvoorbeeld 'beleid' van de regering is om meer vrouwen in dienst te nemen – wat inderdaad het geval is – dan zullen personeelsafdelingen van ministeries daar hun werving op af moeten stemmen. Daar valt dan niet over te praten. Wie het toch probeert, ziet zich onmiddellijk afgehamerd met een beroep op het beleid.

Natuurlijk komt het beleid in overleg met alle betrokkenen tot stand. Maar als het eenmaal zover is, krijgt het tamelijk onwrikbare kenmerken. Iedereen weet dat je binnen het beleid van bestuur of directie moet blijven.

Daarom wordt er groot belang aan gehecht. Nederlanders met ambitie doen dan ook hun best zoveel mogelijk bij de opstelling van het beleid betrokken te worden. Als ze tegenover vrienden en collega's of in de kroeg belangrijk zitten te doen, scheppen ze op over de omvang van hun bijdrage. In sollicitaties meten ze een en ander zo breed mogelijk uit. Want het wekt eerbied. Niet voor niets is een van de hoogste functies in de overheid die van 'beleidsadviseur'.

Ontevredenen vertellen: 'Het beleid deugt niet'
Dit alles leidt vooral in overheidskringen tot de conclusie dat problemen veroorzaakt worden door gebrek aan beleid. Belangenorganisaties, beroepsverenigingen en actiecomités nemen dit idee over en eisen te pas en te onpas over van alles en nog wat beleid. Politici stellen hun achterban tevreden met de toezegging dat er rond de klachten een beleid zal worden ontwikkeld. En als dat in de praktijk te lang uitblijft, zullen de media hen aan de schandpaal nagelen. Omgekeerd maken zij zich van een netelige kwestie af met de blote opmerking dat daarvoor gelukkig beleid ontwikkeld is. De kans is groot dat niemand vraagt naar de inhoud daarvan.

Ontevredenen vertellen in het café, dat Nederland één belangrijk probleem heeft: het beleid deugt niet. Het is geheel verkeerd. Het is verouderd. Het houdt geen rekening met de werkelijke feiten. Als het niet gauw verandert en drastisch verandert, dan gaan wij – hierbij dient of mismoedig in het glas te worden gestaard of bestraffend de wijsvinger te worden gegeven, een tussenweg is er eigenlijk niet – allemaal naar de klote.

Beleid is dus een serieuze zaak. Het wordt maar al te gauw verward met de oplossing en niet altijd uit gemakzucht. Dat heeft te maken met het feit dat Nederlanders – als puntje bij paaltje komt – geloven, dat de meeste dingen wel beheersbaar zijn, als je ze maar een beetje behoorlijk organiseert. (Anders is er altijd het gedoogbeleid.) Het succes van hun samenleving, de geslaagde modernisering in het laatste kwart van de negentiende eeuw en de mateloze welvaart van na de Tweede Wereldoorlog geven die gedachte voedsel: op het juiste moment ingrijpen op de juiste plek met de juiste doelstellingen leidt altijd tot het gewenste resultaat.

Beleid heeft dan ook vaak te maken met het reguleren van bestaande processen. Daar is de overheid aanvankelijk pas door de nood gedwongen mee begonnen. Nederland wist zich buiten de Eerste Wereldoorlog (1914–1918) te houden, maar de economie leed sterk en er dreigde altijd voedselgebrek. Dankzij een groot aantal gerichte overheidsmaatregelen wist men ineenstorting van het zakenleven te voorkomen. Middels ander ingrijpen kwam er een niet al te onbillijke verdeling van het beschikbare voedsel tot stand. Ook de zware economische crisis die veroorzaakt werd door de ineenstorting van Wall Street in 1929 leidde tot veel overheidsingrepen en -reguleringen om de nood zoveel mogelijk binnen de perken te houden. Dankzij 'beleid' bestond daar samenhang in.

Zo werd die aanpak vrij vanzelfsprekend, al ontbrak het niet aan critici die de heilige 'Sint Bureaucratius' introduceerden. Velen stelden bovendien wrevelig vast, dat de overheid wel wat veel commissies benoemde om allerlei problemen te bestuderen en om met suggesties te komen. Geheel tevergeefs. Want die commissies waren ook bedoeld om de ideologische angel zoveel mogelijk uit het te vormen beleid te halen. De hele exercitie heeft immers alleen maar zin, als het resultaat breed genoeg onderschreven wordt. De partijen in de te vormen consensus moeten zich in het resultaat kunnen herkennen, althans niet teveel elementen aantreffen waarin ze juist datgene herkennen, waartegen zij zich altijd verzet hebben. 't Is dan ook altijd beter, als het beleid lijkt voort te komen uit de feiten of uit wetenschappelijk onderzoek. Zulke commissies bestaan dan ook uit geleerden, of uit vertegenwoordigers van belangengroepen, aangevuld met zogenaamde onafhankelijke deskundigen waarvan men hoopt dat zij op basis van hun feitelijke kennis het voor iedereen verlossend woord kunnen spreken, als de belanghebbenden van verschillende snit er onderling niet uitkomen.

Inmiddels heeft zich bij overheid, belangenorganisaties en in sommige sectoren van het bedrijfsleven een nieuw specialisme ontwikkeld, dat der beleidsmedewerkers. Zij werken veelal op aparte afdelingen en hun functies hebben een hoge status. Ambtenaren trachtten altijd zoveel mogelijk het woordje beleid in hun functieomschrijvingen op te laten nemen, want dat is een goed argument om in een hogere salarisschaal te worden geplaatst.

Beleidswerk heeft in de ogen van de Nederlanders geen politiek karakter. De specialisten bij de overheid beroemen zich erop dat zij onder politiek verantwoordelijken van zeer verschillende kleur kunnen functioneren. Zij zijn als goede ambtenaren altijd 'loyaal' tegenover hun minister, wethouder of gedeputeerde en houden zich aan diens richtlijnen. 's Ministers ideologische uitgangspunten zullen in de nota, waarin het beleid wordt geformuleerd, dan ook niet of met moeite zijn terug te vinden. Want de effectieve beleidsafdeling zit als een spin in een maatschappelijk netwerk. Die laat zich uitvoerig en zeer nauwkeurig begeleiden. Niet alleen door allerlei speciale commissies, maar ook door de vertegenwoordigers van belangenorganisaties zelf, die talrijke, uitvoerige en precieze suggesties doen over de inhoud van het te voeren beleid, vaak zelfs volledige concepten inleveren. Rond de departementen is een groot aantal permanente adviesraden gegroeid over een veelheid van onderwerpen, van zeer breed tot uiterst beperkt. De Wetenschappelijke Raad voor het Regeringsbeleid kan zich in principe met alles bemoeien. De Raad van Advies voor het Wetenschappelijk Onderzoek in het kader van de Ontwikkelingssamenwerking houdt zich bezig met een mineur partje van de Nederlandse research. Toch beschikt zij over een kleine professionele staf. De Wetenschappelijke Raad voor het Regeringsbeleid heeft een eigen kantoor, groot genoeg om er als staflid een hele maatschappelijke carrière te maken. Is zo'n adviesraad eenmaal geïnstalleerd, dan krijgt ze in het algemeen het recht om ook ongevraagd met adviezen te komen. Daarvan wordt dan ruim gebruik gemaakt.

Hoe onafhankelijker de leden van zo'n raad of van een *ad hoc*-adviescommissie, des te groter is de kans, dat zij met beleidssuggesties komen die – bestuurlijk jargon – niet 'haalbaar' zijn, omdat er geen 'maatschappelijk draagvlak' voor bestaat. Het advies wordt, veelal na te zijn toegelicht op een persconferentie, in de media besproken, maar daar blijft het bij. Het 'verdwijnt dan in een la'. Beleidsafdelingen zijn goed in het archiveren van enorme hoeveelheden informatie, die pas weer boven water komen, als een historicus er decennia na dato in het kader van een promotieonderzoek op stuit.

Beleid kan een heel beperkt terrein bestrijken, maar het wil ook nog wel eens uit de hand lopen. Een prachtig voorbeeld daarvan is de nota *Een Wereld van Verschil*, die de sociaal-democratische minister voor Ontwikkelingssamenwerking Jan Pronk vrij kort na het begin van zijn tweede ambtsperiode publiceerde. Dat document telt 385 pagina's. Fors voor een nota, maar niet extreem.

De ondertitel geeft aan, wat de bedoeling is: nieuwe kaders voor ontwikkelingssamenwerking in de jaren negentig. Er zal dus tegelijk een richting en een begrenzing worden geboden.

Pronk geldt in Nederland een beetje als *mr. Ontwikkelingssamenwerking*. Hij staat erom bekend het hart op de tong te dragen en in dat hart treft men veel uitgesproken standpunten aan. Pronk, een leerling van de Nobelprijswinnaar Tinbergen, meent dat de wereld verkeerd is georganiseerd. Wie de armoede poogt te bestrijden, loopt steeds vast op het systeem, dat de *have's* beschermt en de *have nots* in hun treurige positie houdt. Dit vereist supranationaal ingrijpen. De minister ontpopte zich tijdens zijn tweede ambtsperiode dan ook als een groot voorstander van militair ingrijpen in conflictgebieden, als dat maar gebeurde in het kader van vredesoperaties (dat wil zeggen: compromissen sluiten. Hij blijft een Nederlander) volgens richtlijnen van de Verenigde Naties. In *Een Wereld van Verschil* zijn deze uitgangspunten niet terug te vinden, althans niet als uitgangspunten. Eenderde van de nota schetst recente historische processen met de nadruk op sociaaleconomische ontwikkelingen. De nota biedt daarvoor geen duidelijk theoretisch kader. Ze schetst een veelkleurig proces. Pas na die analyse volgen de passages over wat Nederland zou moeten doen en die worden ook vooraf gegaan door zeer uitvoerige analyses, maar nu van de situatie in afzonderlijke werelddelen. Het hoofdstuk 'De kwaliteit van de beleidsuitvoering' telt slechts dertig pagina's, nog geen tien procent van het volledige document.

Wat Nederland zou moeten doen, vloeit voort uit het karakter van de geschetste processen en het uiteraard door iedereen onderschreven standpunt, dat geld zo effectief mogelijk besteed moet worden. Het accent (let op de brede formulering), het accent dient te liggen op de armoedebestrijding. Want: 'Ondanks de belangrijke vooruitgang, bijvoorbeeld in het terugdringen van zuigelingen- en kindersterfte, de toename van alfabetisatie en een hogere levensverwachting, leven 1 miljard mensen beneden de armoedegrens. Zij hebben nauwelijks perspectief op verbetering van hun levensomstandigheden.'

Alleen de constatering is voldoende argumentatie voor deze brede kaderstelling. De gedachte dat armoede nu eenmaal onvermijdelijk is, heeft nauwelijks krediet in een land waar niemand in principe aan zijn materieel lot wordt overgelaten. Toen de nota in het parlement behandeld werd, was er niemand die de prioriteit van de armoedebestrijding aanviel.

Vervolgens somt de nota uitvoerig de maten en soorten van armoede op én van de armen. Dat is noodzakelijk, want voor elke categorie heeft de nota een specifiek deelbeleid in petto. Armoede wordt immers beschouwd als een omkeerbaar proces. Men krijgt dat voor elkaar door op de juiste plekken interventies te plegen. Dan ontstaat een mondiale organisatievorm die wel perspectief biedt aan alle mensen. Let wel: het is dus niet zo dat de nota de structurele oorzaken van de armoede aanwijst en vervolgens nieuwe structuren suggereert. Het gaat om een groot aantal interventies in een bestaand proces. De nota meldt niet dat de Nederlandse ontwikkelingssamenwerking – ongeveer een gulden per wereldburger per jaar – nauwelijks gewicht in de schaal legt als het om wereldwijde processen gaat. Wel noemt zij vrij precies de terreinen en de voorwaarden waaronder ontwikkelingsprojecten uit Nederlands geld gefinancierd kunnen worden. Je zou een beleidsnota voor het verder inpolderen van de Noordzee op dezelfde manier in elkaar kunnen zetten.

Minister Pronk is een notoire *workaholic* die grote delen van zijn nota's zelf schrijft. Dat valt niet bij iedereen in goede aarde. Een minister dient niet teveel te knoeien in de concepten die zijn ambtenaren op basis van zoveel advies en na zoveel overleg hebben opgesteld. Een bewindsman geeft ze terug met eventueel in de kantlijn commentaar, dat dan door de beleidsafdeling in de tekst verwerkt wordt, net zolang tot er uit de kamer van de minister geen klachten meer komen. De gemiddelde beleidsnota toont dan ook de sporen van vele auteurs en je komt vaak genoeg mensen tegen die er trots op wijzen, dat bepaalde hoofdstukken en alinea's van hun hand zijn, dat ze daar minstens grote invloed op hebben uitgeoefend. Dit betekent, dat zij deel hebben genomen aan overleg, waar de beleidsnota *in statu nascendi* aan de orde is geweest.

Het probleem is dat zulk beleid niet zo lang meegaat

Het probleem is dat zulk beleid niet zo lang meegaat. De omstandigheden veranderen snel en dan ontvalt al dan niet deels de grond aan het gegroeide beleid. Drie jaar na zijn *magnum opus* moest minister Pronk een soort supplement opstellen – op basis van recente ontwikkelingen, vooral het in West-Europa nauwelijks verwachte opvlammen van etnisch geweld. Deze keer ging het om slechts 123 pagina's. Maar ook nu sprak de ondertitel boekdelen. *Een wereld in geschil. De grenzen van de ontwikkelingssamenwerking verkend.* Op instigatie van het parlement produceerde Pronk bovendien nota's over allerlei deelaspecten van het beleid, die ooit op hun beurt zullen moeten worden aangepast.

Zo blijven in Nederland talloze grote en kleine beleidsmachines continu draaien.

Ook de maatschappij heeft een agenda, waarin je afspraken kunt noteren. Dan komt het allemaal goed

Beleid is altijd gericht op de toekomst. Nederlanders gaan er onwillekeurig van uit, dat net als zij zelf ook de maatschappij een soort agenda heeft, waarin je afspraken kunt noteren. Dan komt het allemaal goed. Zij bladeren terug in de planning van het afgelopen half jaar en constateren dat er sprake is van continuïteit. Continuïteit geldt dan ook als een groot goed. Nog steeds melden bedrijven trots het oprichtingsjaar, als dit een beetje ver terug ligt. Deze hoge leeftijd is in hun optiek niet het gevolg van toevallige omstandigheden, maar vloeit voort uit het feit dat de voorvaders destijds zo goed vooruit konden denken, waarbij de huidige leiding er voor het gemak van uitgaat dat deze eigenschap overerfbaar is. Veel Nederlanders geloven sterk in de voorspelbaarheid der dingen. Een voorstel is onder het gras te schoffelen met de constatering dat het hier slechts korte-termijnbeleid betreft. Goed beleid daarentegen heeft een lange termijn of op zijn minst een middellange. Dat leidt in de praktijk tot veel analyse- en denkwerk, dat weldra door de ontwikkelingen wordt achterhaald. Dan heeft men nog wel de neiging aan het bestaande beleid vast te houden. De nieuwe verschijnselen worden dan incidenteel genoemd en niet structureel. De ervaring leert dat bedrijven en organisaties die zich sterk in hun schoenen voelen staan, het beleid het snelste aanpassen.

Gevraagd naar zijn visie op het jaar 2000 verklaarde de futuroloog prof. drs. L. J. Schoonenboom op 9 juli 1994 tegenover de *Haagsche Courant*: 'Beleidsmatig speelt het jaar 2000 geen enkele rol.'

Beleid blijft een groeisector. Het aantal personen dat zich daarmee beroepshalve bezighoudt, vertoont nog steeds een stijgende lijn. Zij profiteerden zelfs van het bezuinigingsbeleid dat de overheid sinds het begin van de jaren tachtig voert. Want daarvoor is beleid nodig. Het valt op dat beleidsafdelingen zichzelf dan veelal ontzien, terwijl andere diensten veren moeten laten. Daar wordt de laatste jaren tegen gemord. Toch weten de beleidsmakers zich aardig te handhaven, nu ook in Nederland net als overal in de geïndustrialiseerde wereld het nut van middenkaderfuncties en chefschappen steeds kritischer wordt bezien. Beleidsmedewerkers vallen daar met hun aparte status een beetje buiten. Zonder beleid worden de maatschappelijke onderhandelingsprocessen op alle niveaus immers onstuurbaar.

Toch vragen sommigen zich af, wat nu het nuttig effect is van al deze inspanningen. Helpt het inderdaad ergens beleid op los te laten?

Die vraag is moeilijk te beantwoorden, want de beleidsstukken zijn zelden echt eenduidig, streven zelden één doel na. Meestal zijn het er meer. Ze lopen parallel, of worden aangeduid als subdoelstellingen. In Pronks strijd tegen de armoede spelen de bescherming van het milieu en de emancipatie van de vrouw naast enkele andere elementen een belangrijke rol. Dat beleid zoveel doelstellingen heeft, hangt samen met het compromiskarakter dat zo'n nota altijd heeft: men probeert er zoveel mogelijk in te stoppen om zoveel mogelijk belangengroepen tevreden te stellen. Maar daar blijft het niet bij. Uit zucht naar effectiviteit en werkbaarheid ontwikkelt men deelbeleidjes voor allerlei kleinere doelgroepen. Er bestaan immers in de visie van de betrokkenen geen alomvattende modellen die je op de werkelijkheid vast kunt schroeven, ook al breken er hier en daar een paar randjes af. Er zijn altijd uitzonderingen en bijzondere situaties waarvoor je iets speciaals moet regelen. Dat maakt het beleid uiteindelijk zeer onoverzichtelijk, terwijl het moeilijk wordt om de resultaten te meten. Het geeft bovendien aanleiding tot een zeer ingewikkelde regelgeving. De hoogte van een bijstandsuitkering is afhankelijk van de gezinssituatie. Twee individuen ontvangen meer dan een echtpaar. Als de partner een betaalde baan heeft, vervalt het recht op uitkering. Inmiddels zijn er meer dan twintig verschillende samenlevingscategorieën gedefinieerd, waaronder een potentieel bijstandsgerechtigde kan vallen. De uitvoerende ambtenaren weten het onderscheid evenmin te maken en klagen over het produkt van hun beleidscollega's, waarop zij hun praktijkwerk moeten baseren. In de media wordt dan ook geregeld verslag gedaan over krankzinnige situaties die ontstaan wanneer verschillende vormen van beleid elkaar doorkruisen.

Politici proberen daar op gezette tijden een einde aan te maken. Dat loopt dan vast in het parlement, waar volksvertegenwoordigers beginnen over onrecht en wat heet 'schrijnende gevallen'. De ministers – of wethouders – zeggen toe een bijzonder beleid te zullen ontwikkelen voor de schrijnende gevallen. Op deze wijze is bijvoorbeeld een vereenvoudiging van de belastingwetgeving mislukt. Het oorspronkelijke voorstel – van een commissie deskundigen – werd zodanig aangepast dat er een nieuw stelsel van regels en uitzonderingen ontstond, niet minder ingewikkeld dan het oorspronkelijke. Want het was te onrechtvaardig en er kwamen teveel burgers, zoals de uitdrukking luidt 'tussen de wal en het schip terecht,' waar men, zoals bekend is, wordt vermalen.

Dat station zijn we al lang gepasseerd

Vaak ook blijkt beleid het omgekeerde van zijn doelstellingen te bereiken. Zo poogde de overheid het ontslag van werknemers die om de een of andere medische redenen niet meer in hun gewone baan kunnen functioneren tegen te gaan door hun bedrijf in dat geval te beboeten. Het resultaat was dat bedrijven die boetes gewoon betaalden, maar ondertussen veel hogere eisen stelden aan de gezondheid van hun nieuwe werknemers. Sollicitanten van wie men ook maar enigszins kon vermoeden, dat ze in de toekomst op dat gebied problemen konden krijgen, kwamen bijna nergens meer aan de bak. Dat maakte het voor ouderen en gehandicapten nog moeilijker om betaald werk te krijgen. Het zal op den duur wel lukken om zulk beleid te wijzigen, maar van de ene dag op de andere gaat dat niet. Over elke beleidsmaatregel is immers uitentreuren overlegd. 'Die discussie is al gevoerd,' of 'dat station zijn we al lang gepasseerd,' is een veel gehoorde en vaak effectieve reactie op suggesties om bestaand beleid nog eens kritisch te herzien. De discussie heropenen lukt alleen als je kunt aantonen dat de omstandigheden zijn veranderd, zó dat 'het beleid in de lucht hangt'. Dat geeft de besluitvorming in Nederland toch iets traags, of zoals de Nederlanders het zelf zeggen iets 'stroperigs' naar de taaie vloeistof – een suikerderivaat – waarmee ze hun pannekoeken bedekken. Daar klinkt zelfkritiek in door, maar in meer dan goede voornemens heeft die niet geresulteerd. Waar gehakt wordt, vallen spaanders, wordt vaak gezegd. De conclusie luidt dan: liever niet hakken.

Wie door bepaalde vormen van beleid geraakt dreigt te worden, doet er dan ook goed aan dat proces goed te volgen, er – waar maar enigszins mogelijk – betrokken bij te raken. De gebruikelijke weg is die van het overleg. In hun pogingen om zoveel mogelijk mensen en betrokkenen aan hun activiteiten te committeren proberen beleidsmakers dit zelfs te bevorderen. Zij hebben dat nodig voor de uiteindelijke legitimiteit van hun produkt. De actiecomités van de jaren zestig hebben hen daarbij geholpen door bij zoveel mogelijk gelegenheden inspraakprocedures af te dwingen. In de praktijk betekent dat het uitschrijven van openbare bijeenkomsten – waarvoor speciale sectoren, de bewoners van een bepaalde straat, werknemers in een bepaalde economische sector nadrukkelijk worden uitgenodigd. Zij hebben het karakter van een overleg. De uitnodigende instantie presenteert plannen, vaak in een aantal varianten. Daarna mag iedereen zijn zegje doen.

Vaak leidt dat ertoe, dat sommige genodigden zich opgeven voor een werkgroep die nader advies geeft. Zo krijgt men de kans een beetje mee te sturen. Daarbij is het – nogmaals – meestal niet zinnig dwars tegen de al gekozen richting in te gaan, omdat dit niet past bij het zoeken naar consensus en de algemene neiging niet alles zwart-wit te zien. Toch zal men merken, dat tijdens dergelijk overleg een onuitgesproken wantrouwen baan breekt. Want er ligt iets niet op tafel, waarvan velen vermoeden dat het bestaat: *de verborgen agenda*. Wie door de omgeving van zo'n verborgen agenda wordt verdacht, heeft eigenlijk maar één mogelijkheid om het zo ontstane wantrouwen weg te nemen: openheid. Zelden zal iemand rechtstreeks over deze verborgen agenda beginnen. Je merkt het aan toenemende koelheid van je gesprekspartners. Het is onverstandig de zaak zelf rechtstreeks aan de orde te stellen met opmerkingen als 'Denkt u soms, dat ik een verborgen agenda heb?' Transparantie, de zaken op tafel leggen, zo veel en zo uitgebreid mogelijk informeren is het enige effectieve antwoord. Dat is echter gemakkelijker gezegd dan gedaan. Bureaucratieën en in opzet daaraan verwante organisaties hebben de neiging te zwijgen over zaken, die intern nog ter discussie staan. Dat zijn dan 'punten die gevoelig liggen'. Het komt weinig voor dat men gewoon meedeelt er nog niet uit te zijn, of dat er nu een gevoelig thema aangesneden wordt, waarover welke uitspraak dan ook alle betrokkenen zou kunnen schaden. Op deze akker van zwijgzaamheid komt dan het idee van de verborgen agenda tot wasdom.

De regenten uit de tijd van de Republiek hielden al hun overleg binnenskamers. Dat vertegenwoordigende lichamen in het openbaar vergaderen, is een verworvenheid uit de negentiende eeuw. Openheid was een belangrijke eis van de actiecomités, zoals die sinds de jaren zestig totstandkwamen. Dat leidde aanvankelijk tot een grote proliferatie van publieke tribunes. Menige gemeenteraadsfractie zag zich gedwongen het intern vooroverleg in het openbaar te houden. Deze openbaarheid heeft niet lang standgehouden. Doorgewinterde lieden verplaatsten de werkelijke consensusvorming naar de wandelgangen en allerlei informele bijeenkomsten. Sinds de jaren tachtig is een terugkeer te zien naar het besloten overleg. De kabinetsformatie van 1994 had een beslotener verloop dan ooit. Deze ontwikkeling is heel voorstelbaar: je schept geen klimaat voor consensus als er allerlei buitenstaanders met hun grote oren bij zitten.

Deze vorm van vertrouwelijkheid biedt grote kansen om het beleidsproces via externe factoren te beïnvloeden. Nederland kent een vrije pers met betrekkelijk weinig eerbied voor het gezag. Daarvan maken manipulatief ingestelden bij tijd en wijle gebruik: zij lekken informatie naar de pers. Goede journalisten gaan er groot op, dat zij nu en dan vertrouwelijke documenten in de brievenbus vinden. De media besteden daar dan uitgebreid aandacht aan. Journalisten zullen hun bron altijd en tot elke prijs beschermen. Ook al hebben zij in tegenstelling tot artsen geen officieel zwijgrecht. Pogingen om via de rechter de verantwoordelijke voor zo'n lek te achterhalen hebben in het verleden altijd geleid tot een schandaal waaruit de journalist als martelaar voor de vrijheid tevoorschijn kwam. Daarom proberen hooggeplaatsten, slachtoffer van zo'n lek, de daders via intern onderzoek te achterhalen. Zij worden dan zelden ontslagen. Hun loopbaan neemt een noodlottige wending en zij zien zich door superieuren en collega's buiten de gang van zaken gehouden. Vertrouwelijke informatie verstrekken, brengt dan ook een zeker risico met zich mee: het spoor mag nooit naar de dader leiden, althans niet uitsluitend.

Media zijn nooit strafbaar, omdat zij 'geheimen' publiceren. Niemand zal ze in het openbaar daarvoor veroordelen, hoogstens proberen ze op inhoudelijke fouten te betrappen en daarop een tegenaanval baseren, die op zijn beurt weer ruime openbare aandacht zal krijgen. De handigste en meest effectieve manier om de gevolgen van een lek te minimaliseren is onmiddellijk de meest volledige openheid betrachten. Dat gebeurt in de praktijk ook vaak.

Overigens kent Nederland sinds de jaren zeventig een Wet op de openbaarheid van bestuur die in principe iedereen inzage geeft in alle documenten van de overheid, tenzij die pertinente gegevens bevatten over de privésfeer van personen, zoals personeelsdossiers. De archieven van de Binnenlandse Veiligheidsdienst – de Nederlandse KGB of – zo u wilt – CIA zijn hiervan uitgezonderd. Toen de Koude Oorlog beëindigd was, wilde de BVD een groot deel van zijn persoonsarchieven vernietigen. Daartegen bestond enig maatschappelijk verzet. Zij zouden – zo luidde de eis – opengesteld moeten worden voor wetenschappelijk onderzoek en voorzover zij personen betreffen, voor die personen zelf.

De mantel der liefde

De BVD en de regering zien deze dossiers liever in de papiervernietiger verdwijnen, want een recht op inzage geeft allicht aanleiding tot het oprakelen van allerlei onverkwikkelijke zaken. Wie voor het goed functioneren aangewezen is op een proces van consensusvorming, koestert daarvoor een zekere angst. Want dat geeft aanleiding tot conflict en daadwerkelijk conflict is in strijd met de traditie van eeuwen. Dan weten Nederlanders zelden een goede uitweg. Natuurlijk treden onmiddellijk de verzoeners aan. Een chef wiens ondergeschikten elkaar niet meer in de ogen willen kijken, zal in eerste instantie 'met de partijen rond de tafel gaan zitten'. Helpt dat niet, dan worden er buitenstaanders bijgehaald. Commissies van 'wijze mannen' – met tegenwoordig soms ook een vrouw erbij – zijn een bekend instrument voor conflictbeheersing. Rechters die twee partijen voor het hekje zien verschijnen, doen waar mogelijk eerst een poging tot verzoening, zodat hun uitspraak niet nodig is en gaan er groot op, als hen dat vaak lukt.

Zo raken de meeste conflicten de wereld uit. Maar niet alle. Dan is de vijandschap hard en duurzaam. Ze duurt jaren en slijt niet. De vijanden in kwestie moeten overigens isolement vrezen, want het zal ze moeite kosten in hun omgeving bondgenoten te vinden. Daar wil men met iedereen in gesprek blijven. Het kenmerk van zulke vijandschappen is echter, dat de betrokkenen hun omgeving proberen in te delen in bondgenoten en tegenstanders. De meeste Nederlanders houden niet van zo'n duidelijke positie en proberen dus – meestal met succes – beide partijen te mijden. Je wilt 'je vingers niet branden aan zo'n kwestie'.

Willen vijanden tot elkaar komen, dan moeten zij bereid zijn het verleden te vergeten. Deze vergeetachtigheid wordt dan ook door de omgeving gestimuleerd. Je moet bereid zijn 'sommige dingen met de mantel der liefde te bedekken'. Deze mantel is dan ook een veel gebruikt hulpmiddel om potentieel conflict te voorkomen. Niemand vindt het een fraai gezicht, als partijen hun verschil van mening tot in laatste instantie uitvechten, of zoals de uitdrukking luidt 'vechtend over de straat rollen'.

De omgeving probeert er dan ook voor te zorgen, dat tenminste een van de betrokkenen besluit 'de eer aan zichzelf te houden'. Dat wil zeggen: te stoppen met vijandige daden en handelingen. Daarvoor is het noodzakelijk, dat zo iemand dit niet als een onvoorwaardelijke overgave beschouwt. Daarom zorgt de omgeving er vaak voor, dat iemands val gebroken wordt. Zo zien in de problemen geraakte topambtenaren zich soms met hun eigen instemming aangesteld als 'raadsadviseur' van de minister. Dat is een mooie oplossing, temeer daar er ook de nodige uiterst invloedrijke raadsadviseurs bestaan. Men verneemt soms dat collega's zich de komende tijd zullen storten op speciale projecten. Een uitweg voor politici die door hun geestverwanten niet meer gepruimd worden, is het burgemeestersambt. Het komt uiterst zelden voor dat iemand na een conflict of een misstap aan de dijk gezet wordt, zoals de uit de middeleeuwen afkomstige uitdrukking luidt, die oorspronkelijk betekent, dat iemand uit zijn stad, dorp of streek verbannen werd. Natuurlijk helpt de wetgeving die ontslag zonder meer ernstig bemoeilijkt, bij het zoeken naar zulke oplossingen. Maar deze mildheid heeft toch veel te maken met het vasthouden aan de sfeer die nodig is voor het zoeken naar consensus. Toen de PVDA voor de verkiezingen van 1994 de kandidatenlijst sterk ververste en veel oudgedienden niet meer voor herverkiezing in aanmerking kwamen, richtte de voorzitter een apart bureautje in om deze mensen te helpen om aan een andere maatschappelijke functie te komen. En dat terwijl elke democratische politicus wéét dat zijn of haar loopbaan afhankelijk is van de eigen achterban en de kiezers. De PVDA bezwoer echter op deze manier potentiële conflicten.

Deze benadering wordt echter ook toegepast als mensen duidelijke fouten maken. In zijn extreme vorm heet deze manier van conflict beheersen de doofpot. Het mooiste voorbeeld van een effectieve doofpot stamt uit het begin van deze eeuw, toen de grondvester van de calvinistische zuil Abraham Kuyper in de problemen kwam. Gedurende zijn ministerschap hadden twee lieden een koninklijke onderscheiding gekregen, terwijl hun voornaamste verdienste leek, dat zij een fors bedrag hadden gestort in de kas van Kuypers Anti-Revolutionaire Partij. Althans dat beweerde een liberale parlementariër. Er werd een ereraad gevormd van 'wijze mannen' die vaststelde, dat de beide heren ook zonder die gulle gave wel een onderscheiding hadden gekregen. Niemand geloofde dit. Abraham Kuyper bleef bij zijn ontkenning, maar verklaarde in de Tweede Kamer: 'Het boetekleed misstaat de man niet.' In het daarop volgende debat beweerden zijn tegenstanders om strijd, dat het niet hun bedoeling was verder in de modder te roeren. Daarna liet iedereen de zaak rusten. Het was echter wel duidelijk dat Kuyper nooit meer tot het ministersambt geroepen zou worden, maar hij bleef de onbetwiste leider van zijn partij en een uiterst gerespecteerd man.

Tegenwoordig zou hij er niet zo gemakkelijk zijn afgekomen, maar ook dan was een maatschappelijke ondergang hem bespaard gebleven. Dit blijkt uit de grootste zaak van de jaren zeventig, de Lockheed-affaire.

Prins Bernhard, echtgenoot van de toenmalige koningin Juliana, had als inspecteur-generaal van de krijgsmacht en erkend ambassadeur van het Nederlands bedrijfsleven, het nodige te maken met de keuze van nieuwe gevechtsvliegtuigen. In de media lekte uit dat de prins niet ongevoelig was gebleven voor royale verlokkingen door het Amerikaanse bedrijf Lockheed. Ook nu werd een commissie van wijze mannen gevormd, onder leiding van een der allerhoogste rechters in het land. De uitkomst bevestigde de geruchten. Voor prins Bernhard betekende het in de praktijk dat hij zich niet meer met de aankoop van vliegtuigen mocht bemoeien en dat hem verboden werd in militair uniform op te treden. Voor de prins persoonlijk was dat een zeer zware straf, want de strijdkrachten waren hem dierbaar en zijn rol bij de bevrijding van de nazi-bezetting mag niet worden onderschat. De persoonlijke populariteit van de prins heeft onder de affaire niet geleden en na een paar jaar begon Bernhard zijn militaire uniform nu en dan weer uit de kast te halen, zonder dat daar veel schande van gesproken werd: de lont was uit het kruitvat gehaald door het betrachten van echte openheid. Conflict was voorkomen door het uitdelen van een correctie die in grote lijnen de betrokkene in staat stelde de eer aan zichzelf te houden. En langzaam maar zeker strekte zich de mantel der liefde over de hele zaak uit.

Zo raakt men in het bedrijfsleven falende directeuren vaak door een gouden handdruk kwijt. Of men moffelt ze weg in adviesfuncties en raden van commissarissen. Op dit alles bestaat één uitzondering: wanneer de misstap een duidelijk ideologische component heeft, is de behandeling strenger. Dat bemerkte eveneens in de jaren zeventig de toenmalige leider van de Anti-Revolutionaire Partij Willem Aantjes.

Aantjes was als zoveel Nederlanders tijdens de bezetting in Duitsland gedwongen tewerkgesteld. Er was een manier om officieel weer naar Nederland terug te komen: aanmelding bij de Germaanse ss, het elitekorps van de nazi's. Dat had Aantjes in de laatste maanden van de oorlog gedaan, toen het front een beetje te dicht in de buurt kwam van de plaats waar hij tewerk was gesteld. Aantjes gebruikte het lidmaatschap uitsluitend om in die chaotische laatste maanden van de oorlog naar Nederland terug te komen.

Dat werd hem meer dan dertig jaar naar dato niet vergeven. De gebrandmerkte politicus legde al zijn functies neer. Een burgemeesterschap zat er niet in. Aantjes werd na een jaar of wat voorzitter van de Voorlopige Adviesraad voor Openluchtrecreatie, om het maar zachtjes te zeggen een weinig prominent officieel adviesorgaan.

Want hij was fout geweest in de oorlog. Zijn kunstgreep om uit de gevarenzone weg te komen had tevens een openlijke loyaliteitsverklaring met het nazistische streven ingehouden. Daarvoor bestond, naarmate de maatschappij de bezettingsjaren verder achter zich liet en deze strijd tussen goed en kwaad in het collectief geheugen steeds mythologischer proporties aannam, een afnemend begrip. Wie zoiets met de mantel der liefde poogde te bedekken, merkte, dat er onmiddellijk gaten in vielen.

Men zou zich kunnen voorstellen dat een communistisch verleden dezelfde gevolgen met zich meebracht. Daar is tot nog toe weinig van gebleken. Natuurlijk grensde de samenleving zich in de hoogtijdagen van de Koude Oorlog sterk van de weinige communisten af, die zich beschermd wisten in een partij met een sterk stalinistisch karakter. Zij zagen zich gewantrouwd en geïsoleerd. Een behoorlijke maatschappelijke loopbaan zat er niet in. Inmiddels is de partij opgeheven. De oud-activisten lijken van hun verleden weinig last te hebben. Zo neemt menig redacteur van het ooit beruchte partijdagblad *De Waarheid* nu een vooraanstaande positie in bij de media. En de Tweede Kamer heeft een vergaderzaal genoemd naar Marcus Bakker, de legendarische fractievoorzitter uit de hoogtijdagen van het Nederlands communisme.

Dat heeft met twee dingen te maken: ten eerste speelden de communisten tijdens de bezetting een belangrijke rol in het verzet. Dat is nooit vergeten en evenmin gerelativeerd. Ten tweede is de communistische leer – in tegenstelling tot de praktijk – emotioneel voor de meeste Nederlanders verteerbaar: einddoel is immers een rechtvaardige samenleving, waarin iedereen produceert en consumeert naar behoefte, zodat een staatsgezag overbodig is. Dat heeft wel wat van een consensusmaatschappij. Althans daar kan men zich een prettige voorstelling bij maken. Nationaal-socialisme en fascisme zijn hiermee diametraal in tegenspraak. In die ideologieën is er sprake van een superieur volk of ras, dat het recht heeft alle andere aan zich te onderwerpen, in het meest extreme geval als minderwaardig aangeduide groepen mag uitroeien. Dit is volstrekt in strijd met de eeuwenoude Nederlandse traditie van consensus, compromis en soevereiniteit in eigen kring. Het impliceert immers, dat men anderen altijd als gelijkwaardig beschouwt. Om die reden hebben extreem-rechtse wereldbeschouwingen in Nederland nooit voet aan de grond gekregen.

Misschien is dat gelukkig toeval. Misschien heeft ook het leven bij een agenda vol overleg en beleidsdiscussie een matigende, nee, laat ik het als Nederlander maar noemen, beschavende werking.

'Ik houd zo van die donkre burgerheren'.

Tegelijk en nadrukkelijk: 'Maar het kan verkeren'.

4. KOOPMANSGEEST

'Nederland is Nederland gebleven, omdat onze oudelui goed op de zaken pasten'

Van vissers tot kooplieden en vervoerders – Nederland een handelsland – Continuïteit als zakelijk principe – Concurreren ja, maar niet op leven en dood – De aandacht voor kostenbeheersing – Ken het buitenland, want daar zijn klanten – Internationale oriëntatie

EIND MEI, BEGIN JUNI ontpoppen talloze Nederlanders zich als eters van rauwe vis. Ze hebben het al uit de media vernomen: de nieuwe haring is in het land. Meestal is de allereerste minimale voorraad bij een Michelin-sterrenrestaurant aangekomen, dat daarvoor duizenden guldens heeft neergeteld. Weldra daalt de prijs echter tot enkele guldens en dan staat men in de rij bij visverkopers die deze lekkernij op de openbare weg aanbieden. Want haring eet je het liefst staande op straat: Amsterdammers prikken kleine mootjes van een kartonnen bordje op. In de rest van het land neemt men de vis bij de staart om vervolgens met stevige happen te genieten. 'Gelieve de haring slechts eenmaal door de uitjes te halen,' deelt de visboer dan ook op een bordje mee.

Deze vis is niet echt gekaakt. Zij is ingevroren

Echte geboren en getogen inwoners van de Zuidhollandse stad Vlaardingen laten zich hun nieuwe haring evenmin ontgaan, maar velen doen dat met gemengde gevoelens. Zij wijzen op een rood streepje ter hoogte van de graat: dat is bloed. Deze vis is niet echt gekaakt. Zij is ingevroren. Echte Vlaardingers houden vol dat dit beetje bloed de echt perfecte smaak niet ten goede komt. En het wordt hen droef te moede vanwege de ondergang der Nederlandse haringvisserij. 'Hollandse Nieuwe!' juichen de affiches die in de etalages van de detailhandel verschijnen. De Vlaardingers weten: het is allemaal import uit Denemarken.

De laatste haringvissers legden een jaar of twintig geleden hun schepen op, omdat het bedrijf niet meer lonend was. Daarmee kwam een eind aan een prachtige traditie van zes eeuwen oud. Elk schoolkind leert nog, dat in 1385 Willem Beukelszoon van het Zeeuwse stadje Biervliet het haringkaken uitvond. Dat is een manier om met behulp van een mesje in één enkele ruk de ingewanden van de vis te verwijderen. Opgeslagen in tonnen tussen laagjes zout is de vis dan vrijwel onbeperkt houdbaar. Enig nadeel: naarmate de tijd verstrijkt wordt de smaak steeds zouter en na een jaar of wat is de inhoud van zo'n tonnetje niet meer genietbaar. Vandaar dat de komst van de Hollandse Nieuwe zo'n gebeurtenis was: de smaak van de haring was nog nauwelijks door het zout aangetast.

De haringscholen verschijnen begin mei in de Noordzee. Dan tuigden de vissers hun schepen met talloze vlaggetjes op en hun gemeenschappen – Vlaardingen, de Haagse voorstad Scheveningen, IJmuiden, Maassluis en kleinere plaatsen – vierden feest. Het uitvaren geschiedde op dezelfde dag. Want daarmee was de haringrace begonnen. De allereerste tonnetjes brachten op de afslag – een soort visserijveiling – gigantische bedragen op. Omdat elk bemanningslid een deel van de opbrengst kreeg, deed iedereen met overgave aan deze race mee. Dat verklaart de weemoed der Vlaardingers.

De Vlaardingse vissershaven is vrijwel leeg. Toch strekt zich daarachter een welvarende stad uit. Shell heeft er een belangrijke vestiging. Unilever bouwde er een van zijn belangrijkste researchlaboratoria. Op straat wijst men de uitvinders van Becel-halvarine en het Mona-toetje aan, produkten die in elke Europese supermarkt en ver daarbuiten te vinden zijn. Qua volume zijn wasmiddelen – ook van Unilever – waarschijnlijk het belangrijkste exportprodukt van de stad. *Shopping malls* beheersen de oude binnenstad, waar ooit de armzalige krotjes van de vissermannen zich aaneenrijden. De ondergang van de visserij heeft géén armoede gebracht, integendeel. Dertigers en veertigers herinneren zich, hoe hun vaders nog aan het eind van de jaren vijftig vergeefs en verbitterd staakten voor een vaste gage in plaats van het mager deel van de vangst dat de reders hen gunden. Zij beseffen, dat het de schraalheid in hun ouderlijk huis was die het voortbestaan van de haringteelt mogelijk maakte, het eeuwige gesappel en de gehoorzaamheid aan de reders met hun herenhuizen op de kop van de haven. Zij zelf hebben door kunnen leren en bewonen een koophuis dankzij die baan bij het Unilever Research Lab, de Shell of de chemische industrie aan de overkant van de rivier die zich uitstrekt tot de zee, dertig kilometer verderop. Toch hebben zij vaak het gevoel, dat zij in een geheel nieuwe stad wonen, een stad die het oude Vlaardingen heeft verbannen naar het Visserijmuseum. Je hoort het ratelen van de stoomlieren niet meer, of het stampen van een scheepsmotor, hoogstens – als het warm is en de ramen der kantoren open staan – piepjes van een personal computer.

Toch is er een band tussen die computers en de haring: de enorme scholen die oudtijds de Noordzee in zwommen in de richting van het Kanaal, heeft van de kustbewoners zeevaarders gemaakt. En daarna handelaars. De complexen aan de andere kant van de rivier behoren bij het havengebied van Nederlands tweede stad Rotterdam, die zich mondiaal aanprijst als de *Mainport*, waarin jaarlijks het grootste scheepstonnage ter wereld wordt verwerkt. 't Begon in de middeleeuwen met tonnetjes gezouten, houdbare haring, waar een internationale markt voor was. Wie de geschiedenis van de steden in het westen van het land bestudeert, ontdekt dat de visserij aan hun eerste economisch fundament niet vreemd was. Nog in de Gouden Eeuw, die de Nederlanders zelf eerder associëren met internationale handel, was de visserij van het allergrootste belang voor het handhaven van het hoogste welvaartspeil in het toenmalige Europa.

Onverwachte storm jaagt schepen op het strand

Daarom heeft die haring van vroeger méér met het huidige Vlaardingen te maken dan de meeste mensen denken. De haven van Rotterdam, het internationale knooppunt van luchtverbindingen Schiphol, de effectenbeurs van Amsterdam, de trucks die hun ladingen tot diep in Iran afleveren, de ABN AMRO-bankfilialen van New York tot en met Hongkong vinden hun wortels in de visserij die ooit eeuwen geleden de Hollanders de zee op lokte, zodat zij ontdekten dat die niet alleen een vijand was, maar ook een vriend: de verbinding naar verre kusten.

Maar er is stoutmoedigheid voor nodig om vanuit Nederland het zeegat te kiezen. Zelfs heden ten dage, nu de flitsen van vuurtorens – elk heeft een herkenbaar ritme – zich tientallen kilometers door de nacht boren, nu computers de brug domineren en de kapitein zijn positie bepaalt aan de hand van satellietgegevens. De Noordzee is zelfs de nauwkeurigste weersvoorspellingen soms te slim af en onverwachte storm jaagt schepen op het strand. Nog elk jaar verzwelgt ze zeelieden. En ondanks de geavanceerde technologie van de schepen en de havenverkeersleiding zijn schepen verplicht een loods aan boord te nemen, die een lange studie van de verraderlijke wateren achter de rug heeft.

De middeleeuwse schippers voeren met hun houten hulkjes geheel op ervaring. Meestal hadden ze zelfs geen kompas. Ze waren afhankelijk van onbetrouwbare, snel van richting wisselende winden. Ze hadden – eenmaal op zee – geen enkele communicatie met de vaste wal. Vliegende stormen en piraten vormden een permanente en directe levensbedreiging. De vissers van nu, vaak gebaseerd in de dorpen Katwijk of Urk – die niet meer op de haring afgaan, maar wel op kabeljauw of de exquise tong – brengen kotters in de vaart met krachtige motoren. Met een echolood speuren zij de zee af. De radio garandeert een permanente communicatie met de thuisbasis. Bij ernstige ziekte of ongeval verschijnt een helikopter om de patiënt snel naar het ziekenhuis te brengen. Hun voorouders waren aan zichzelf overgeleverd en aan het geluk: vissen was een risicovol bedrijf.

Dat maakte de vissers tot stugge overlevers

Dat maakte de vissers tot stugge overlevers. De bemanning op zo'n scheepje wist, dat ze voor het overleven van elkaar afhankelijk waren. Maar ook dat alles daarbuiten in principe gevaarlijk en bedreigend was. 'En de geest Gods zweefde boven de wateren,' zegt *Genesis*. Dat was hun enige houvast. Nog steeds zijn Nederlandse vissers vaak zeer gelovig, waarbij zij de voorkeur geven aan een strikt calvinisme, dat gedomineerd wordt door een strenge, wrekende God die slechts een klein hoopje wil redden en vliegende stormen zendt om de mens in zijn slechtheid te straffen. Het zijn ook uiterst onafhankelijke lieden die zich door niets laten hinderen dat de vangst in de weg staat. Toen het Ministerie van Landbouw, Natuurbeheer en Visserij in het kader van Europese Unie-afspraken vangstbeperkingen oplegde – de zee dreigde te worden leeggevist – kwam een gigantische illegale handel op gang buiten de officiële visveilingen om – waarbij ook de streng gelovigen een ongehoorde creativiteit aan de dag legde. De zaak ontwikkelde zich tot zo'n schandaal, dat het de loopbaan van een minister voorgoed brak.

Via de visserij leerden de schippers de gevaren van de zee trotseren, of liever gezegd overleven. Ze waagden zich steeds verder van hun thuishaven weg. Zo ontstond de vakkennis voor koopvaardij, eerst op de noordelijke zeeën van Europa, later tot op de kusten van Turkije en vanaf het eind van de zestiende eeuw over de hele wereld. De Hollandse steden ontwikkelden zich tot stapelplaatsen waar produkten uit de hele wereld verhandeld werden. Het ging niet alleen om im- of export, maar juist ook om doorvoer. Een toertje door de Rotterdamse haven bewijst, dat het nog zo is. Daar ziet men, hoe gigantische containers uit de buik van een schip worden gehesen om meteen op een truck geplaatst te worden. Nederlanders zijn in heel Europa als vrachtrijders beroemd en in de geest van de truckers valt dezelfde hardnekkigheid, dezelfde onafhankelijkheid en eigenwijsheid te herkennen als bij de vissers.

Zie ik Hollands vlag op verre kust, dan juicht mijn hart 'victorie', leerden de kindertjes ooit op school zingen. Tegenwoordig is dit lied gearchiveerd als een bedenkelijk exempel van achterhaald imperialisme, maar het is wél waar. De gemiddelde Nederlander wordt aangenaam getroffen, als hij op de Avenida Paulista te São Paulo het forse gebouw aantreft van de ING-bank, compleet met Nederlandse leeuw. Of te Manila constateert, dat het alom tegenwoordige Alaska-melkpoeder van een bedrijf is uit de provincie Noord-Brabant. Of in een Hongkongse kroeg van die rauwe Sliedrechtse baggerjongens tegen het lijf loopt: zij werpen wél het kunstmatig eiland op voor het nieuwe internationale vliegveld, dat de stad straks als bruidsschat meeneemt voor haar terugkeer bij China. 'Klein land,' denkt zo'n Nederlander dan onwillekeurig, 'Grote prestaties'. Want als je behoort tot een volk van vijftien miljoen zielen, dan geeft het extra cachet, als je in de verste buitenlanden bedrijven uit eigen land aantreft in een vooraanstaande positie.

Als men ze op zee tegenkomt, wordt men zeker door hen beroofd

'Er ligt een roofstaat aan de zee tussen Oost-Friesland en de Schelde.' Dat sentiment wordt soms óók bij Nederlanders wakker. Het citaat stamt uit *Max Havelaar, of de Koffieveilingen der Nederlandsche Handel-Maatschappij*, een verpletterende roman uit de negentiende eeuw, waarmee de schrijver Eduard Douwes Dekker (pseudoniem: Multatuli) in zijn eentje de hele Nederlandse literatuur vernieuwde. Het is een aanklacht tegen misdadige koloniale en handelspraktijken van Joseph Conrad-achtige kracht. Het bracht een maatschappelijk kwaad geweten tot stand, dat bij het wapperen van Hollands vlag aan vreemde kust nog steeds een schril muziekje verzorgt. In een eeuwenoude Chinese tekst wordt het Nederlands zeemanschap sterk geprezen. Maar: 'Als men ze op zee tegenkomt, wordt men zeker door hen beroofd.' Menig Nederlander heeft dit citaat paraat, niet echt wetende wat hij ervan denken moet. En in discussies over de zakenwereld duikt al meer dan een eeuw lang het clichébeeld op van de Nederlander met onder zijn ene arm de Bijbel en onder de andere het kasboek. Geef eerst je bezit aan de armen en volg mij,' zei Jezus tot de rijke jongeling die vervolgens heen ging. Dat bijbelverhaal is zowel in katholieke als calvinistische kring zeer bekend en de meeste Nederlanders moeten toegeven, dat zij net als die jongeling heengingen.

Het christendom als zodanig heeft eigenlijk niet zoveel op met de zakenwereld. Koopmanschap staat dicht in de buurt van de zonde. Het standpunt over het uitlenen van geld tegen rente – in strijd met Gods wil – dat nu binnen de islam hernieuwde actualiteit krijgt – maakte tot het eind van de middeleeuwen een vast onderdeel uit van het katholiek gedachtengoed. De eerste calvinisten dachten daar iets gemakkelijker over, maar ook zij hadden zo hun problemen met het najagen van rijkdom. Omwille van het geld zelf mocht je het niet doen. *Geld maakt niet gelukkig,* luidt een algemeen onderschreven gezegde en de populaire cultuur met zijn volksromans en sinds een paar jaar tv-*soaps* van Nederlandse makelij leveren daarvan het bewijsmateriaal. De ook in Nederland gigantische populariteit van mondiale successeries in het *Dallas-, Dynasty-* en *Santa Barbara*-genre heeft veel te maken met deze overtuiging: zie: zij hebben alles wat hun hartje begeert. Maar geld maakt niet gelukkig.

Dit is echter voor Nederlanders nooit een argument geweest om de stand van hun bankrekening te veronachtzamen. 'Ik zou zelfs naar de hel varen om er twee stuivers te kunnen verdienen,' moet een zeventiende-eeuwse zeekapitein eens hebben opgemerkt. Toch blijft de ambivalentie overeind. Wat dat voor de levensstijl der rijken betekent, hoeft hier niet nog eens herhaald te worden. Maar het doet ook zijn invloed gelden op de Nederlandse stijl van zakendoen, op de uitgangspunten waarmee de Nederlandse ondernemer zijn kansen en zijn risico's calculeert. Want, zegt een ander spreekwoord: *Zo gewonnen, zo geronnen.* '*Get rich quick*', is geen aansporing die men zich gauw eigen maakt. Rijkdom is het gevolg van een gestage, langdurige activiteit. Wat niet wil zeggen, dat een oplichter met een *get rich quick scheme* in Nederland geen vruchtbaar werkterrein vindt. Zo iemand zal echter over een gemiddeld zeer hoge overtuigingskracht moeten beschikken. Als de werkelijkheid tenslotte aan het licht komt, overheerst in de media de vrolijkheid over de slachtoffers en niet de verontwaardiging over de misdadige praktijken waarvan zij het slachtoffer werden. Het mooiste vermaak is leedvermaak en niemand zal een spoor van medelijden vertonen met de gedupeerden die hun spaarcentjes kwijt zijn. Ze hadden beter kunnen weten.

Er is in de hele Nederlandse geschiedenis maar één voorbeeld van een algemene speculatiekoorts en dat is een korte periode in de zeventiende eeuw, toen de prijs van tulpenbollen een maand of wat die van huizen begon te benaderen. Het Nederlands hield daar een woord aan over: 'windhandel'. Sindsdien wordt elke hausse met scepsis bekeken. De echte beursspeculant heeft in tegenstelling tot de serieuze belegger een lage reputatie. De jongens en de meisjes van de optiebeurs, die sinds het eind van de jaren tachtig de financiële wereld heeft verrijkt, gelden in veler ogen als spelers van een gevaarlijk spel. Ondanks het feit dat diezelfde optiebeurs inmiddels een onmisbaar instrument is geworden, ook voor degelijke financiers, die beweren, dat zij zich daarmee juist tegen risico's indekken.

Het ontbreekt die lui van de optiebeurs in de ogen van velen aan wat men tot een vorige generatie 'soliditeit' noemde. Voor je met een zakenpartner in zee gaat, kijk je of die wel solide is. Dat wil zeggen: niet te springerig, goed voor zijn geld en als het kan al lang met dezelfde zakelijke activiteit bezig. Wie van branche naar branche springt, oogst weinig bewondering. Over mr. B. Moret, een der grondleggers van het bekende accountantskantoor Moret, Ernst & Young, constateerde een necrologie al in de tweede alinea: 'Moret stamde uit een accountantsfamilie.' En: 'Hij was een bestuurder en ondernemer, met grote visie, durf, doortastendheid en besluitvaardigheid, vasthoudend waar het de grote lijn betrof, bewegelijk en bereid tot schikkingen, waar het om zaken ging van niet-wezenlijke aard in zijn ogen.' Natuurlijk wordt er bewijsmateriaal aangedragen voor die stelling. Tijdens het bewind-Moret breidde de accountantsfirma zich gestaag uit, onder meer door enkele fusies. Moret had een visie die resulteerde in een proces van continue groei. Spectaculaire coups, zakelijke hoogstandjes spelen in de necrologie van Moret geen rol, al zullen ze ongetwijfeld zijn voorgekomen. Over de sleepbootkoning Murk Lels (Smit Internationale) dichtte een personeelslid ter gelegenheid van zijn veertigjarig jubileum:

> *Mastermind in towing business*
> *undisputed salvage king*
> *Ruler of the world's best tugboats,*
> *knowing prizeman in the ring*

> *Let your houseflag in the future*
> *eager wanted colours be*
> *Let there always be employ for*
> *Smit's towing company.*

De grote gaven van Lels zijn duidelijk: hij houdt zich staande en zorgt voor een continuïteit, die – hoopt de gelegenheidsliterator – ook voor de toekomst zal gelden. Met dit gedicht sluit Lels' necrologie af. En dan gaat het ook nog om een hoogst avontuurlijk bedrijf. Smit Internationale gaat op wrakken en schepen in nood af. Dat is vaak *no cure, no pay*. Of het is een race met andere bedrijven, waarbij de eerste die de tros vastmaakt, de opdracht heeft, soms zelfs – als het verlaten is – eigenaar wordt van het schip. De dichter haalt geen herinneringen op aan een of twee sterke staaltjes van de *undisputed salvage king*, het gaat hem om het permanent blijven wapperen van de bedrijfsvlag. Dát is de verdienste van Murk Lels.

De goede zakenman zet niet alles op één kaart

De goede zakenman zet niet alles op één kaart. Hij is bereid risico's te nemen, forse soms, maar een alles-of-niets situatie dient tot elke prijs te worden vermeden. Die mentaliteit is al in de late middeleeuwen terug te vinden. Kooplieden investeerden liever niet in een eigen schip of een eigen vloot. Zij namen wél met anderen aandelen in een aantal schepen. Als dan zo'n zeilschip ten prooi viel aan de nukken van de Noordzee of de alomtegenwoordige piraten, was niet alles verloren. Het risico bleef voldoende gespreid. Het betekende tevens, dat je andere kooplieden niet uitsluitend als concurrent beschouwde, maar ook als collega, waarmee in voorkomende gevallen wordt samengewerkt. Wie uit is op continuïteit, schuwt de strijd niet, maar wordt terughoudend, als het er een op leven of dood is. Men vindt dat tot op de huidige dag terug. Het Nederlandse bedrijfsleven is rijk aan allerlei brancheorganisaties die onderlinge afspraken maken. Zo heeft het Koninklijk Verbond van Drukkers een soort standaardcontracten ontwikkeld, waarin niets staat over prijsafspraken, maar wel veel over andere zaken, zoals de minimale opzegtermijn voor het grafisch verzorgen van bijvoorbeeld een tijdschrift. In slechte tijden valt er met benarde ondernemers wel over te praten, maar in principe bestrijdt niemand de concurrent door zelf gemakkelijker voorwaarden te stellen.

In 1993 begon de Amsterdamse apotheker P. Dijk een postorderbedrijf in medicijnen, die hij tegen lagere prijzen leverde dan in de branche gebruikelijk. De gevestigde groothandels en apotheken dreigden met een boycot. Dijk spande een proces aan met een beroep op de antikartelwetgeving, verloor dat in eerste instantie en ging in hoger beroep. Daarop maakten de groothandels en de apothekers hun boycot waar, zo dat de ondernemer in arren moede dat beroep introk.

Het Ministerie van Economische Zaken – sinds een aantal jaren verklaard tegenstander van dit soort praktijken – stond machteloos. Het had een rechterlijke uitspraak nodig om het apothekers- en groothandelskartel te kunnen breken. Aangezien deze kartel ondernemers als Dijk breekt, voor zij van de rechter hun gelijk hebben gekregen, kan er niets worden gedaan.

Onderlinge prijsafspraken zijn in het Nederlandse bedrijfsleven niet ongebruikelijk. Zo coördineren de dagbladen hun abonnementsprijzen al sinds jaar en dag en een prijzenoorlog bij de kiosk is onvoorstelbaar.

Dit klimaat brengt een ondernemer er snel toe te denken aan fusies met de concurrenten. Daardoor kunnen monopoliebedrijven ontstaan. Een eeuw geleden al is dat in de Verenigde Staten verboden. In dezelfde tijd speelde een vergelijkbare discussie in de Nederlandse politiek. De politici – liberalen voorop – kozen een andere weg. Zij stelden dat monopoliebedrijven – men dacht daarbij allereerst aan openbare diensten, zoals de gasleverantie of de telefoon en later het openbaar vervoer – in overheidshanden dienden te komen. Dan konden de gekozen volksvertegenwoordigers misbruik van de monopoliepositie tegenhouden. Zo ontwikkelden gemeentes, provincies en de nationale overheid zich tot ondernemer. Deze ideologie heeft tot in de jaren tachtig onverminderd standgehouden. Nu is er sprake van een nieuwe privatisering, waarvan de achtergronden later aan de orde worden gesteld.

Een overheid die het bedrijfsleven reguleert, past sterk in de Nederlandse en Europese traditie. In de middeleeuwen waren vrijwel alle branches georganiseerd in gilden die erop gericht waren alle vakbroeders een plaatsje onder de zon te gunnen. Regels met wetskracht waren erop gericht onderlinge concurrentie en teveel groei ten koste van anderen tegen te gaan. In een aantal gevallen verboden zij technologische vernieuwing, die immers de enkeling op een voorsprong kon zetten. De opleiding van nieuwe krachten was nauwkeurig geregeld, waarbij de gildebroeders de neiging hadden de eisen steeds meer op te schroeven, zodat nieuwkomers de toegang zoveel mogelijk versperd werd. Deze gilderegels hebben gegolden tot in 1795 de Franse invasielegers hun revolutie brachten. Daar hoorde ondernemersvrijheid bij.

In 1596 bereikten de eerste Nederlandse schepen Indonesië, waarmee het monopolie gebroken was, dat Portugese zeevaarders bijna een eeuw lang hadden weten te handhaven. Hun behouden terugkeer leidde tot een groot aantal expedities. Dat inspireerde de overheid tot ingrijpen. Die bracht alle investeerders ertoe toe te treden tot de Vereenigde Oostindische Compagnie. Lokmiddel: een onwrikbaar monopolie op de handel in artikelen uit Azië. De officieel gesanctioneerde piraterij in het Caribisch gebied – gericht tegen schepen van het toenmaals vijandige Spanje – werd later op dezelfde wijze ondergebracht in een Westindische Compagnie, die zich bovendien het monopolie verwierf op slavenhandel van Afrika naar de beide Amerika's.

Beide compagnieën waren vroege voorbeelden van vennootschappen op aandelen, die aan de Amsterdamse beurs verhandeld werden. Zij stonden onder leiding van een soort raad van bestuur – de Heren Zeventien en de Heren Negentien – die leiding gaven aan een behoorlijk gedecentraliseerd bedrijf.

Zo'n compagnie streefde ook naar een monopolie aan de kant van de inkoop. Zij poogden met de leveranciers een soort eeuwige contracten af te sluiten die zakendoen met andere compagnieën – uit Frankrijk bijvoorbeeld of Engeland – uitsloot. Het is duidelijk dat hiervoor vaak eerder vuur- dan overtuigingskracht de doorslag gaf. De compagnieën moesten zich steunpunten veroveren, waar ze ook de politieke macht bezaten en op den duur hele legers financieren. Dat ging de draagkracht van de Westindische Compagnie steeds te boven, maar de Oostindische zat financieel beter in elkaar. Het ontwikkelde zich tot de grootste onderneming ter wereld, een positie die ze zeker honderdvijftig jaar lang wist te behouden, en een vroeg voorbeeld van een echt multinationaal opererend bedrijf. Ze heeft het grootste gedeelte van haar bestaan behoorlijke dividenden uitgekeerd. De maatschappij is uiteindelijk tóch te gronde gegaan aan de hoge kosten, verbonden met het handhaven van het inkoopmonopolie, en bureaucratische verstarring.

Toch is tweehonderd jaar een mooie leeftijd voor een onderneming.

De stedemaagd krijgt produkten uit de hele wereld aangeboden

De façade van het zeventiende-eeuwse stadhuis van Amsterdam, het tegenwoordige Paleis op de Dam, wordt gesierd door een fries, dat laat zien, waar het de toenmalige bestuurderen om ging: de stedemaagd krijgt produkten uit de hele wereld aangeboden: Amsterdam was een overslagplaats van mondiale betekenis. De welvaart van de stad berustte, zoals gezegd, niet op im- of export, maar op doorvoer van artikelen die op Nederlandse schepen werden aangevoerd. In een aantal gevallen, zoals bij tabak of suiker, ondergingen zij eerst in trafieken een bewerking. De nazaten van de Noordzeevissers waren vervoerders geworden die de Europese scheepvaart volstrekt domineerden. Zo bereikte bijna de hele graanexport van Noordwest-Europa via Hollandse havens uiteindelijk zijn bestemming. Hollanders bouwden de beste en de goedkoopste schepen volgens vaste patronen en soms bijna in serie. Het duurde lang voordat andere Europese landen – met name Engeland, in mindere mate Frankrijk – die achterstand hadden ingehaald. Zij hanteerden het middel van de protectie om de overheersende positie van de Nederlandse handel aan te tasten.

Vooraanstaande kooplieden maakten tevens deel uit van de heersende regentenfamilies. Hun visies hadden dan ook grote invloed op de buitenlandse politiek. Die had dan ook één vast principe: Nederland is voorstander van een internationaal bestel, waarin de handel zo weinig mogelijk belemmeringen in de weg worden gesteld. De meeste oorlogen uit de roemruchte Gouden Eeuw werden gevoerd om dat doel dichterbij te brengen. Oorlogen zijn echter duur en kooplieden hebben de neiging kritisch naar de kosten te kijken, vooral als ze niet snel genoeg succes opleveren, wat naarmate de tijd verstreek steeds vaker voortkwam. Dat resulteerde in een omslag naar een neutraliteitspolitiek die steeds principiëler vormen aannam. Nederland trachtte met zo veel mogelijk mogendheden op goede voet te blijven, zodat de zaken voortgang konden vinden. Want dat bleef en blijft het allereerste uitgangspunt. Tot de Duitse inval van 1940 voerde Nederland een neutraliteitspolitiek die alleen maar vergelijkbaar is met het traditionele Zwitserse beleid. Het land kreeg zelfs de neiging zich in het schitterwitte kleed van pacifisme en beschaving te hullen om de werkelijke achtergrond van dit beleid aan het gezicht te onttrekken.

De Duitse bezetting maakte voorgoed een einde aan deze neutraliteitspolitiek. Nederland sloot zich aan bij het westers bondgenootschap en werd een trouw lid van de NAVO. Tegelijkertijd ontwikkelde het zich tot een kampioen van supranationale samenwerking. Nederland is stichtend lid van de Europese Gemeenschap en speelt altijd een stimulerende rol, als het gaat om nadere federalisering. Want zo ontstaan steeds grotere economische ruimtes, waarin de zakenman geen belemmeringen in de weg worden gelegd. De middelen mogen anders zijn, het doel is hetzelfde gebleven: een zo vrij mogelijk internationaal verkeer van goederen.

Men koestert in Nederland dan ook als vanouds een grote belangstelling voor het internationaal recht. Voor het stadhuis van Rotterdam, de grootste haven van de wereld, prijkt dan ook het standbeeld van de zeventiende-eeuwse regent/geleerde Hugo de Groot, die voor deze belangstelling de grondslag heeft gelegd. Zijn hoofdwerk – de *Mare Libero*, over de vrije zee – betoogt, dat die zee een vrije doorgangsweg is voor allen en dat de soevereiniteit van naties zich niet verder uitstrekt dan drie mijl buiten de kust. Waarom drie mijl? Zover reikte in zijn tijd het zwaarste kanon. De Groots visie is gemeengoed geworden en dat bijna tot deze generatie gebleven. Tegenwoordig – nu bodemschatten onder de oceaan exploitabel zijn – raakt het principe van de vrije zee steeds verder aangetast. In Nederland is de gedachte populair, dat deze schatten niet in handen moeten vallen van de kuststaten, maar behoren tot het erfgoed van de mensheid en dan ook door de Verenigde Naties zouden moeten worden beheerd. Geen wonder: voor een klein land met een korte kustlijn is dat de beste deal.

Wie van buiten de Europese Unie tracht een Nederlandse niche te vinden voor zijn produkt, zal van dit alles verbaasd staan. De poorten van de Europese Unie staan wijd open voor de meeste grondstoffen – behalve als het continent die in aanzienlijke mate zelf voortbrengt. Naarmate het produkt een ingrijpender bewerking heeft ondergaan, worden de invoerrechten hoger. De Europese Unie heeft zelfs de import van bepaalde produkten – zoals textiel of tapioca – aan quota gebonden. Dat is om het zachtjes te zeggen niet geheel compatibel met het hooglied van de internationale vrije toegang. Met name aan directietafels en op ministeries van economische zaken in ontwikkelingslanden valt dan ook vaak het woord *hypocrisie*. Officieel Nederland verdedigt zich tegen die aantijging met de opmerking, dat het als klein land nu eenmaal niet straffeloos een eigen koers kan varen, maar dat het zich bij bondgenoten en in de internationale fora altijd inzet voor een vrijere handel. En inderdaad: diplomaten en ambassades zijn zeer wel in staat, als het moet, bewijsmateriaal voor die stelling op tafel te leggen. Toch beweren critici in eigen land vaak, dat de Nederlandse onderhandelaars zich misschien wat minder gemakkelijk bij de gebruikelijke gang van zaken zouden kunnen neerleggen. Waarbij in dat kader vaak genoeg het primaat van het kasboek boven de Bijbel wordt gegispt. Hoe dan ook, in dit opzicht is Nederland nog niet veel verder gekomen dan goede bedoelingen. Als de buitenwacht het dan heeft over fraaie praatjes en schijnheiligheid, is er verweer, maar dat dit dan zwak gevonden mag worden, is ieders goed recht.

Je moet geen dief zijn van je eigen portemonnee
Aan de andere kant: je moet geen dief zijn van je eigen portemonnee. Als wij het niet doen, doet een ander het wel. Deze waarheden liggen diep in het referentiekader van de meeste Nederlanders verankerd. Zij zijn graag bereid dit ook te definiëren als wat het is: cynisme. Maar zij gaan liever voor cynisch door dan voor naïef.

Bovendien: wat vrijhandel? Nederland heeft een eeuwenoude traditie van krachtige overheidsinterventie in de economie. De liberalen van de negentiende eeuw introduceerden de echte vrijhandel, maar hun dominantie hield slechts enkele decennia stand. De vroege neiging om monopoliebedrijven in overheidshand te brengen is al aan de orde geweest. Maar de staat ging verder. In 1902 stichtte ze de staatsmijnen, omdat de particuliere steenkolenexploitatie naar het inzicht van de publieke opinie te chaotisch verliep. De crisissituatie, veroorzaakt door de Eerste Wereldoorlog, leidde tot veel meer direct economisch ingrijpen, waaraan iedereen spoedig wende. Een nieuwe golf van directe economische interventie volgde na de Wall Street krach van 1929. De drijvende kracht achter dit alles was een voormalig topman van de Shell, de antirevolutionair Hendrikus Colijn. De overheid had daarbij de natuurlijke neiging om allerlei overlegsituaties te bevorderen, gewend als zij was aan besluitvorming door middel van consensus. Het Nederlandse bedrijfsleven raakte niet alleen aan deze inmenging gewend, maar begon er weldra ook om te vragen. Directies doen dat als de continuïteit van hun onderneming of van de hele bedrijfstak in gevaar komt.

Zo heeft de Nederlandse staat een aantal malen geïntervenieerd om de Nederlandse vliegtuigproducent Fokker te redden. Zij deed dat zelfde om het faillissement te voorkomen van de vrachtautofabrikant DAF. Het gaat dan soms om honderden miljoenen of – zoals in het geval van de kapseizende scheeps- of vliegtuigbouw – om miljarden. De staat stelt dan wel herstructurering als voorwaarde. De ervaringen met deze vorm van steun zijn niet altijd even goed. De Nederlandse scheepsbouwindustrie – ooit van eminent belang – wist zich toch niet te handhaven tegen nieuwe en goedkopere concurrenten uit Zuidoost-Azië en de overheid liet het eveneens afweten.

De Fokker-directie slaagde er niet in het bedrijf structureel in het zwart te houden, waarna het – tot de verliezen te hoog opliepen – enige tijd onderdeel uitmaakte van het Duitse DASA-concern; dit draaide in januari 1996 de knop om. De personenwagenproductie van DAF is al in de jaren zeventig overgedaan aan het Zweedse bedrijf Volvo, dat een stevige financiële injectie van de overheid eiste. Tegenwoordig is de produktielijn een *joint venture* van dit bedrijf, het Japanse Mitshubishi en de staat.

Zo slaat de overheid keer op keer de 'invisible hand' weg

Dit beleid wordt in het algemeen verdedigd met een beroep op de werkgelegenheid. Maar even belangrijk is de daarachter liggende gedachte dat de Nederlandse maatschappij de technologische kennis die in belangrijke bedrijven ligt opgesloten, niet verloren mag laten gaan. Met dat argument kreeg bijvoorbeeld de nog bestaande Rotterdamse werf RDM steun: ze heeft zeer geavanceerde duikboten in de aanbieding. Die productiecapaciteit mag niet verloren gaan.

Een belangrijk drukmiddel van grote, kapseizende bedrijven is het argument, dat zij in hun ondergang een groot aantal toeleveringsbedrijven met zich mee zullen slepen. Zo slaat de overheid keer op keer de *invisible hand* weg, die Adam Smith aanbeval als beste regulator van de economie. Maar hij is sterk, die hand, hij komt altijd terug. Het fiasco van de scheepsbouwindustrie ondanks een miljardeninjectie leidde tot een schandaal en een parlementaire enquête. Sindsdien gaan de sluizen van het overheidsgeld niet zo gemakkelijk meer open en het aantal critici van zulk beleid groeit. Zij achten de overheidsinterventie te defensief, zuiver gericht op het behoud van economische sectoren die een hoog ontwikkeld, geïndustrialiseerd land beter aan anderen kan overlaten. Als er geïntervenieerd wordt, dan ten gunste van nieuwe en kansrijke activiteiten, is de stelling.

Deze overtuiging kan in het hart wonen, zij laat zich echter in de Nederlandse samenleving niet zo gemakkelijk waarmaken. In een consensusmaatschappij kunnen gevestigde belangen grote invloed uitoefenen. Het valt dan niet mee een economische sector aan zijn lot over te laten. De hele Nederlandse landbouw zou onmiddellijk te gronde gaan, als overheid en Europese Unie het uitgebreide stelsel van protectie en subsidies afbrak. De landbouwlobby echter is veel te machtig en invloedrijk om zich zoiets te laten welgevallen. Machtiger in ieder geval dan vijftien miljoen consumenten die nu voor hun basisvoedselpakket aanzienlijk hogere prijzen betalen dan die op de wereldmarkt. Deze eenvoudige waarheid kan echter niet op tegen de argumentatie en de macht van de landbouwlobby. Een land kan militair-strategische overwegingen hebben om een behoorlijke eigen voedselproduktie te bewaren. De onzichtbare hand zou – mits ongemoeid gelaten – op korte en middellange termijn voor veel ontregeling zorgen. Nauw met de landbouw verbonden is een gigantische voedselverwerkende industrie die essentieel is voor de Nederlandse export. En dus verbouwen de boeren in de provincies Zeeland en Noord-Brabant net als vroeger suikerbieten die in grote industrieën verwerkt worden, terwijl rietsuiker uit de tropen goedkoper is en vaak ook beter. Niemand wil het wagen het economisch tapijt onder een hele landstreek weg te trekken.

Zo bepleitte de grote Nederlandse multinationale onderneming Philips in de jaren tachtig keer op keer protectionistische maatregelen van de Europese Unie, omdat de Japanse en Koreaanse concurrenten zich schuldig zouden maken aan dumpingpraktijken. De Nederlandse overheid heeft een rijke traditie in prijsbeheersing. Die had te maken met inflatiebestrijding, maar is toch een voorbeeld van zeer nadrukkelijk ingrijpen in het dagelijkse zaken doen. Tot diep in de jaren tachtig moesten bedrijven in een aantal sectoren bij het Ministerie van Economische Zaken officieel toestemming vragen, als zij hun prijzen wilden verhogen. Keurig op een formulier en met redenen omkleed. Die toestemming werd in het algemeen wel verleend, maar niet zonder slag of stoot, zodat ondernemers een prijsverhoging goed overdachten voor zij zich op de procedure stortten.

Een woud van wetten en regels

Er bestaat nog steeds een woud van wetten en regels rond het stichten van bedrijven die soms doen denken aan de oude gildekeuren. In veel bedrijfstakken is dat recht verbonden aan een vakdiploma. Gaat het om detailhandel, dan bepalen plaatselijke overheden vaak waar en hoeveel bedrijfjes van een bepaalde categorie ze willen hebben. De wortel daarvan is vaak te vinden in eisen van de brancheorganisaties zelf, die de onderlinge concurrentie aan regels wilde binden en de strijd aanbond met beunhazen.

Een beunhaas is iemand die zonder de vereiste vakkennis op de markt opereert. De brancheorganisaties hebben deze definitie verschoven in de richting van: zonder de vereiste vakdiploma's. Omdat zij gewoonlijk het daarvoor benodigde onderwijs zelf verzorgen, zijn de eisen zwaar en de examens niet zo gemakkelijk te halen zonder een grote feitenkennis. Wie over deze horde struikelt, mag zich niet officieel vestigen. Zo weet menige branche overgeleverde tradities en de *status-quo* te handhaven.

Op het eerste gezicht lijkt dit de Sovjet-Unie wel en Nederlandse zakenlieden zullen dit gaarne tegenover hun buitenlandse vrienden beamen, vooral als de whiskeyfles voorbij is geweest. Zij heffen een gezamenlijk klaaglied aan over de jungle aan regels en voorschriften, die het de ondernemer verhinderen een eerlijke boterham te verdienen. 'Het lijkt wel, of winst een vies woord is!' wordt dan ongeveer sinds de jaren zeventig opgemerkt. Naarmate de stemming stijgt, komen bizardere anekdotes over tafel. De zorgvuldige waarnemer constateert dan veelal het volgende: de anekdotes betreffen allemaal ge- en verboden van de overheid, dan wel de lonen en de rechten van de werknemers, slechts zelden maatregelen die de concurrentie binnen de perken houden. Bovendien krijg je geen persoonlijke ervaringen te horen. De anekdotes zijn allemaal van horen zeggen en de locatie blijft vaag. Men kan de stemming snel om laten slaan door zelf een duit in het zakje te doen en vast te stellen dat de heren – dames zijn er in die kringen nog maar weinig bij – inderdaad geen toekomst meer hebben, overgeleverd als zij zijn aan een wurgende staat. Dan hijsen ze toch een mentaal rood-wit-blauw vlaggetje en blijkt het allemaal wel mee te vallen.

Aan het begin van de jaren tachtig begeleidde ik een delegatie Tanzanianen bij een excursie naar het hoofdkantoor van de Vereniging van Nederlandse Ondernemingen (VNO), Nederlands belangrijkste werkgeversorganisatie. Onze gastheren nagelden de hoogte der salarissen en de overmaat aan regulering aan de schandpaal. Daardoor had het bedrijfsleven het uiterst moeilijk. Eén Tanzaniaan vroeg bescheiden het woord: als de toestand zo treurig was, waar betaalde men dan dit luxueuze kantoor van? De VNO-vertegenwoordigers zwegen welsprekend.

Toegegeven, deze anekdote heeft een demagogisch element. Ze relativeert echter wel het verstikkende in al die regels en afspraken. Een wandeling door de binnenstad, een blik in de pers met zijn talloze advertenties waarin ondernemers met een veelheid van produkten en diensten elkaar proberen te overschreeuwen, laten zien dat Nederland voor alles een vrijmarkteconomie is, waar een ondernemer in eerste instantie staat of valt bij de juiste kwaliteit/prijsverhouding.

Kwaliteit staat hier voorop en dat is niet voor niets

Kwaliteit staat hier voorop en dat is niet voor niets. De kracht van de economie heeft eigenlijk nooit zo gelegen in zijn concurrerende prijzen. Nederland is gewoon geen goedkoop land. Zijn ondernemingen moeten het hebben van service, degelijkheid en een goede kwaliteit. Voor een positie aan de onderkant van de markt heeft het land geen goede uitgangspositie. En voor zover dat ooit het geval was, is die ruimschoots overgenomen door lagelonenlanden. Zo ging in de jaren zeventig al de belangrijke textielindustrie geheel te gronde op een aantal heel gespecialiseerde bedrijven na. Dat zelfde overkwam de scheepsbouw. Bij de multinational Philips is de divisie consumentenelektronica al sinds jaar en dag de zwakke broeder. En dat terwijl Philips op dit terrein nooit voor prijsbreken heeft gekozen: een Philips-tv was vaak wat duurder dan die van andere merken, maar je wist dat je een kwaliteitsprodukt in huis haalde en dat er een uitgebreid servicenetwerk klaar stond om eventuele mankementen snel te verhelpen.

Maar daarmee alleen kan een onderneming zich niet meer handhaven tegen de internationale – vooral Aziatische – concurrentie. De Philips-bedrijfsleiding heeft de schrale troost, dat zij hierin niet alleen staat. In het algemeen gaat de volgende stelling op: Nederlandse producenten van technologisch eenvoudige artikelen of van halffabrikaten hebben het niet gemakkelijk. Behalve als het om sectoren gaat waar Nederland vanouds een grote voorsprong in heeft, zoals kaas, bloemen of verse groente. Maar zelfs daar rukt de concurrentie dreigend op.

Voor diensten geldt hetzelfde verhaal. De Nederlandse handelsvloot – in de jaren vijftig behorende tot de top tien van de wereld – heeft nog maar weinig betekenis. Rederijen hebben massaal de Panamese of Liberiaanse vlag op hun schepen gehesen. Maar waar Nederland niet te kloppen vakmanschap in huis heeft – baggeren bijvoorbeeld, allerlei infrastructurele werken waar water en waterbeheersing aan te pas komen – zijn er nauwelijks problemen.

Er valt wel een verschuiving te constateren van industriële produktie naar het leveren van diensten. Dat verschijnsel komt in elke hoog ontwikkelde economie tot uiting, maar in Nederland is er een dimensie extra. Het past bij de historische traditie van het land. Nederland was tenslotte van oudsher de natie met de grote handelshuizen en daaruit voortkomende banken. Het bezat geen grond- en delfstoffen, waarop je een industriële basis kunt vestigen. Althans dat dacht men – in de jaren zestig bleek het land te rusten op een aardgasbel van OPEC-dimensies die gigantische bedragen in het laatje brengt.

In Nederlands buur en verreweg belangrijkste handelspartner Duitsland was dat wel het geval. Daar stimuleerde sinds het laatste kwart van de vorige eeuw een regering krachtig de opbouw van een enorm industrieel apparaat, dat tot op de dag van vandaag het fundament is onder de fenomenale Duitse welvaart. Van zo'n beleid is in Nederland nooit echt sprake geweest. De industrie kwam tot ontwikkeling en behoorlijk ook, maar dat is meer te danken aan visionaire ondernemers met goede ideeën dan aan een soort nationale inspanning. En het meegesleept worden in het kielzog van het nabije Duitsland is onmiskenbaar. Tot op de huidige dag wordt nu en dan het ontbreken van een echte industriepolitiek aan de kaak gesteld.

Misschien is dit de achtergrond van het feit dat industriëlen en ondernemers hoogst zelden uitgroeien tot nationale figuren. De reputatie van premier Ruud Lubbers, die de Nederlandse politiek tussen 1983 en 1994 domineerde, was op alles gebaseerd, maar niet op het feit dat hij telg is uit een uiterst succesvol ondernemersgeslacht. Lubbers trachtte trouwens zelf dit feit zoveel mogelijk op de achtergrond te houden. Dat zelfde gold voor zijn voorganger uit de jaren dertig Hendrikus Colijn. Die genoot een groot vertrouwen als beginselvast calvinist. Zijn grote carrière bij Shell had niets met zijn electorale successen te maken.

Er staan dan ook geen ondernemers in het Pantheon van de gemiddelde Nederlander. Misschien met twee uitzonderingen, Albert Plesman en Anthonie Fokker, respectievelijk grondlegger van de KLM en vliegtuigbouwer. Maar hun werkterrein lijkt op dat van de grote ontdekkingsreizigers uit de zeventiende eeuw en zij werden daar door hun tijdgenoten ook uitvoerig mee vergeleken. Het is de pioniersgeest die men bewondert, niet het ondernemerschap. Wie een beetje doorgraaft, krijgt dan misschien nog de naam Anton Philips, grondlegger van het gelijknamig concern, boven tafel, maar daar blijft het veelal bij. Een man als Henry Deterding is buiten kringen van historici nauwelijks bekend. Toch heeft hij Shell groot gemaakt, en was hij de enige ondernemer die het ESSO van de Rockefellers serieus kon bedreigen.

Het vrije ondernemerschap is een gewaardeerde maatschappelijke keuze

Schrikt een Nederlander dan, als hun dochter met een zakenman thuiskomt? Of – naarmate de emancipatie voortschrijdt – hun zoon met een zakenvrouw? Daar is geen sprake van, want het vrije ondernemerschap is een gewaardeerde maatschappelijke keuze. Wie een eigen zaak heeft, meldt dat trots. Toch zal de traditionele moeder hopen, dat hun dochter met een dokter thuiskomt (vooral een chirurg) of een professor. Want die beroepen zijn maatschappelijk hoger gewaardeerd. Een ander bewijs voor de waardering die het bedrijfsleven geniet, is de trouw die Nederlandse werknemers betonen aan hun werkgevers. In het algemeen staan zij voor de zaak en het product, gaan ze onmiddellijk in de verdediging als een buitenstaander met kritiek komt. Maar wel op het product en dan pas de baas, in die volgorde.

In het algemeen hebben managers dan ook geen moeite hun gezag te laten gelden, als ze het maar doen op de vertrouwde Nederlandse manier van overleggen en motiveren. De scheepsbouwer Bartel Wilton, een van de meest gewaardeerde ondernemers in het Rotterdamse van de jaren vijftig en zestig, verklaarde: 'Je moet zien de omstandigheden te optimaliseren, samenwerking tussen de mensen bewerkstelligen, voorkomen van missers door onbegrip.' Over de wettelijk voorgeschreven ondernemingsraad zei hij: 'In een koud klimaat trek je warme kleren aan om je toch *senang* te blijven voelen in dat klimaat. Je verandert het klimaat niet door de kleding, maar wel de leefbaarheid. Zo is het eveneens in het bedrijfsklimaat. Je blijft werknemers en werkgevers houden, die het met elkaar moeten doen.' Wilton stond hier en daar wel bekend onder de bijnaam 'Rooie Bart'. Het is echter opmerkelijk om te zien hoeveel Nederlandse ondernemers – hoewel bekend als keurig liberaal dan wel christen-democraat – met het epitheton 'rooie' door het leven gingen. Het betekende, dat er met hen te praten viel. Je kon, afhankelijk van de omstandigheden, een behoorlijke en praktische deal met hen sluiten.

Dat is een ondernemerschap, gebaseerd op marktkennis

Dat hangt misschien samen met de oude Hollandse koopmanstraditie. De traditionele ondernemingsgeest in Nederland heeft niet zozeer te maken met het opbouwen van industriële imperia als wel met het op een bepaalde tijd leveren van een bepaalde hoeveelheid goederen op een bepaalde plaats tegen een van tevoren afgesproken prijs. Dat is een ondernemerschap, gebaseerd op marktkennis. Het betekent op het juiste moment de uitgekiende offerte ter tafel leggen, zodat de klant toehapt.

Dat houd je alleen vol, als je een breed overzicht hebt van je branche, als je de omstandigheden van je potentiële klanten perfect kent en kunt inschatten, hoeveel ze bereid zijn te betalen en ook wat ze waard zijn. Bij succesvol ondernemerschap hoort in Nederlandse ogen dan ook een brede belangstelling. Je moet weten wat in de wereld te koop is, luidt een oud gezegde. Dat is aardig doorgesijpeld naar de hele samenleving. Tot diep in de twintigste eeuw plaatsten de kranten buitenlandse berichten het liefst op de voorpagina, voorafgaand aan het nieuws uit Nederland en de plaats van verschijning zelf. In die volgorde. In de Gouden Eeuw was de koopmansstad Amsterdam zo ongeveer de belangrijkste informatiecentrale van de wereld. Ondernemingen als de Vereenigde Oostindische Compagnie hielden er groots opgezette berichtennetwerken op na, waarbij men het middel der bedrijfsspionnage bij de concurrentie grote betekenis toekende. Voor de meest actuele berichtgeving over alles en iedereen moest je in Amsterdam zijn. Handige ondernemers maakten daar op zich weer een exportproduct van. In 1620 bijvoorbeeld begon de drukker Broer Jansz een Engelstalige versie van zijn nieuwsweekblad dat naar Londen verscheept werd. Het eerste Engelse dagblad, de *Daily News* uit 1702 drukte onder de kop de reclameslogan af, dat het alle berichten bevatte uit de *Opregte Haarlemsche Courant*. De Franstalige *Gazette de Leyde*, die twee keer per week uitkwam, gold meer dan een eeuw lang in heel Europa als het meest betrouwbare nieuwsmedium.

Nederland heeft zijn leidende positie als verzamelaar en distribuant van nieuws al lang en breed aan centra als Londen, Parijs en New York af moeten staan, maar de belangstelling is gebleven.

Buitenlandse boeken zijn tot in de kleinste plaatsen te krijgen

Dat kennis van één en liefst meer vreemde talen onontbeerlijk is voor een behoorlijke opvoeding is al sinds de Gouden Eeuw onomstreden. Ieder kind dat meer dan lager onderwijs geniet – en dat zijn ze sinds deze eeuwhelft allemaal – maakt in ieder geval kennis met Engels en in de meeste gevallen ook met Frans en Duits. Tot in de jaren zestig moest voor elke voortgezette opleiding, behalve het lager en middelbaar technisch onderwijs, in al die drie talen ook eindexamen worden afgelegd. Sindsdien mogen leerlingen van die drie talen er twee laten vallen, maar daarom hebben ze er toch minstens twee jaar gedurende minstens twee uur per week les in gehad. Als het gaat om de import van boeken uit Angelsaksische landen, staat Nederland nummer één van alle niet-Engelstalige landen. Buitenlandse boeken zijn tot in de kleinste provincieplaatsen te krijgen. Dat zelfde geldt voor kranten en tijdschriften.

Tot de Tweede Wereldoorlog voerden Frankrijk en Duitsland een verbeten strijd om de eerste plaats in dezen. Engeland was altijd nummer drie. Na de bevrijding heeft het Engels als eerste vreemde taal de grote overwinning behaald, zoals een blik in de gemiddelde boekhandel of stationskiosk leert, waar de grote Britse en Amerikaanse paperbackuitgeverijen massaal aanwezig zijn. En niet voor de toeristen. In Nederland haal je ook buiten het seizoen de *Times Literary Supplement*, *Die Zeit*, *The New York Review of Books* of de *Nouvelles Litéraires* gewoon op het station. Evenals *Barron's*, de *Financial Times*, de Europese editie van de *Wall Street Journal*, het *Handelsblatt*, *Fortune* of *24 Ore*.

Buitenlanders die graag Nederlands willen spreken, klagen *unisono* dat hun gesprekspartners hen daar zo weinig kans voor geven. Nederlanders hebben de neiging onmiddellijk op het Engels over te gaan, of zelfs de taal van hun gesprekspartner te spreken als ze die maar enigszins machtig zijn. Ook dat heeft te maken met de oude koopmanstraditie. Het is altijd beter, als jij de taal van je gesprekspartner beheerst dan wanneer het omgekeerde het geval is. De activiteiten om het Nederlands in de wereld bekend te maken zijn dan ook traditioneel altijd gering geweest, zeker vergeleken met de inspanningen zich door Britten of Fransen op dat gebied getroost, maar ook met die van relatief kleine landen als Zweden. Er bestaat zelfs geen gecoördineerd apparaat om nieuwkomers in de samenleving Nederlands te leren. Nederlanders geven dan ook van hun diepe bewondering blijk, als een buitenlander hun taal blijkt te kennen. (Waarna ze veelal toch op het Engels overstappen, zodat de enige oplossing is te veinzen van die taal onkundig te zijn.) Dit geldt ook voor instellingen. Zo kent Nederland een heel stelsel van Engelse *graduate*-opleidingen, onder meer in het leven geroepen om buitenlandse belangstellenden de moeite te besparen Nederlands te leren. Nederlandse universiteiten die graag buitenlandse studenten binnen hun poorten zien, bevorderen dat eerder door cursussen in het Engels te geven dan door allerlei faciliteiten te scheppen voor het snel leren van de Nederlandse taal. In de koloniale tijd al hanteerden de Nederlandse overheersers van Indonesië liever het Maleis of wat zij vonden dat daarvoor doorging dan hun eigen Nederlands en het beviel ze allerminst, als een 'inlander' dat Nederlands bleek te beheersen.

Veel Nederlanders denken dat zij andere talen zeer behoorlijk beheersen, vooral Engels. Dit leidt met name bij Angelsaksische inwijkelingen tot grote ergernis. Zij worden geconfronteerd met talrijke fouten en foutjes, zij zien hun inmiddels aardig geperfectioneerde Nederlands beantwoord in een hoogst persoonlijke interpretatie van Shakepeare's idioom. Waarbij – luidt een veel gehoorde opmerking in die kringen – Nederlanders beter spreken dan schrijven. Een Amerikaanse met meer dan twintig jaar Nederland-ervaring: 'Dan komt hun overmoed tot uiting. Maar vergeleken met veel andere landen, spreken de Nederlanders vaak verrassend goed Engels.' Toch meent ze, dat veel Nederlanders hun kennis op dit gebied overschatten.

Dat laatste is maar de vraag. In het algemeen zien Nederlanders de vreemde taal als een hulpmiddel. Zij willen er mee communiceren. Zij beginnen daar al mee, wanneer ze nog maar een paar woordjes kennen en schamen zich er niet voor grammaticale fouten te maken. De onderwijstelevisie organiseert cursussen in vele talen – Indonesisch en Mandarijn Chinees bleken verrassend populair. Die zijn er helemaal op gericht mensen in staat te stellen een eenvoudig gesprek te voeren. Daarnaast geven zulke cursussen veel informatie over de zeden en gewoonten in de landen, waar de onderwezen taal gesproken wordt. *'s Lands wijs, 's lands eer*, zegt een spreekwoord, dat nauw verwant is aan een andere veel gehoorde uitspraak: *de klant is koning*. Toen die van Thailand voortaan als keizer wilde worden aangeduid, schreef de vertegenwoordiger van de Vereenigde Oostindische Compagnie:

'Immer dit is seker dat sijn majit, in de Siamse taale van zijn eijgene onderdanen niet anders aangesproken en genaamd werd dan pro ponte soekka, hetgene niet ander beduijt dan Opperste Heer. Maar wij, om ons eenerzijds buijten schoots te houden, noemen hem sijn maijesteijt, differerende de verdere uijtlegginge daarover aan haar eijgen discretie.'

Zo viel aan alles een mouw te passen.

Diens collega Van Dielen in het Indiase Negapatnam ontving ongeveer tezelfdertijd belangrijke Indiase zakenrelaties volgens de lokale traditie, compleet met tempeldanseressen. Of, zoals de strenge predikant van de stad het in een aanklacht aan diens superieuren omschreef:

'dat 't opperhoofd Van Dielen tot presentie van de andere raadtpersonen met hare vrouwen, daartoe aanstellende een expresse belsjazzars maeltyt tot kaartspelen, dobbelen suypen ende heeft ontboden ende toegelaten de heidense schandhoeren ende duyverskonstenaars met trommelen schellen ende andere pagodische instrumenten klinkende, singende vervloekte liederen ende gelukwenschende gesangen, die sij den duyvel daags tevoren opgeoffert hebben, vermengt met de vuylste hoeredanse, baletten, mascaraden en duyvelsche vertooningen.'

De zaak werd nader uitgezocht, waarna de predikant op staande voet ontslag kreeg. Want, oordeelde Van Dielens directe superieur:

'Alle ergernissen sijn niet van een en dezelfde natuyr maar besondere gelegentheden, zeden, plaatsen, tijden en volkeren koomen darin groote veranderinge te veroorsaken, welke wanneer men deselve niet met alle voorsigtigheid aenmerkt, soo gebeurt 's dickmaels dat 't word in plaats van een gegeven een genomen ergernisse.'

's Lands wijs, 's lands eer. Inderdaad, de koopman heeft wel wat van een kameleon.

Als zij eenmaal in het buitenland verblijven, houden Nederlanders dan ook niet lang aan hun taal en hun gewoontes vast. De kinderen en kleinkinderen van emigranten – in de eerste helft van de jaren vijftig vertrokken er tienduizenden, voornamelijk naar Canada, Australië, Nieuw-Zeeland en Brazilië – hebben zeker vergeleken met Grieken of Duitsers behalve hun achternaam weinig wat aan hun Nederlandse afkomst herinnert.

De Nederlandse samenleving zelf staat op haar beurt zeer open voor invloeden van buitenaf. De intelligentsia bromt wel eens wat over de veramerikanisering van de maatschappij en de McDonald's-cultuur, maar in het algemeen wordt zulke invloeden niets in de weg gelegd. De jeugdcultuur volgt sinds het begin van de jaren vijftig nauwkeurig en zeer snel Amerikaanse – in mindere mate Engelse – voorbeelden. Die zien zij in toenemende mate op de televisie. Sinds de jaren tachtig reikt een kabelnet tot in de verste uithoeken van het land, zodat het gemiddelde huishouden niet alleen Nederlandse, maar ook Franse, Duitse en Engelse programma's kan volgen, plus enkele satellietzenders waaronder het muziekstation MTV. Dat is zo op zich niet zo uitzonderlijk, maar wel dat Nederland vaak vooroploopt bij het overnemen van internationale produkten en trends. Daarom wordt het land door veel bedrijven gebruikt als proefterrein voor het introduceren van nieuwe produkten.

Die worden aan de andere kant niet echt klakkeloos overgenomen. Ze worden soms verder ontwikkeld. Een recent voorbeeld daarvan is *gabberhouse*, een typisch Nederlands fenomeen, dat de in de jaren negentig wereldwijd populair geworden doorsneehouse het voorvoegsel *mellow* bezorgde. *Gabber* ontstond in de wildere sectoren van de voetbalfans die geen behoefte hadden aan melodieuze elementen in het beukende ritme.

Iets vergelijkbaars ontdekt de geregelde bezoeker van restaurants. Die met een inheemse keuken zijn verre in de minderheid. De hongerige wandelaar passeert vooral pizzeria's, Griekse eethuizen en Chinees-Indische restaurants. Indiase, Turkse, Surinaamse, Zuidamerikaanse en Ethiopische eetgelegenheden zijn sterk in opkomst. Binnen een paar jaar is het Israelische vleesgerecht *shoarma* zeer populair geworden. Dit geldt niet alleen voor de centra van de grote steden, maar juist ook voor de provincie. Al deze veelsoortige eethuisjes richten zich op een enkele uitzondering na juist op een algemeen publiek en nadrukkelijk niet op een eigen etnische doelgroep.

De Nederlanders – inmiddels aan vele *cuisines* gewend – beginnen steeds internationaler te koken, waarvoor zij de ingrediënten gewoon bij de supermarkt halen. De traditionele Nederlandse keuken – maaltijdsoepen, pap en allerlei schotels waarbij aardappels worden omringd met groente en vlees – is duidelijk op de terugtocht. Pizza's en Aziatische rijstgerechten – met name de gebakken rijstschotel nasi goreng – zijn bijna onderdeel geworden van het gebruikelijk menu.

Toch merken buitenlandse bezoekers die de *cuisine* van thuis proeven, vaak een verschil, minimaal, maar toch onmiskenbaar. De smaak is een tikje verschoven. Het is allemaal wat flauwer en/of wat zoeter geworden. Hoe dat ontstaat, is moeilijk te verklaren, maar de restaurants doen concessies aan de algemene Nederlandse smaak. Dat betekent in ieder geval niet zoveel kruiden, want de gasten vinden een gerecht gauw te scherp. Aan hun oorspronkelijke keuken met al die aardappels komen ook nauwelijks kruiden te pas. Werkelijke culinaire internationalisten weten dit ook en geven aan elkaar de adresjes door van tenten waar zulke concessies aan de Hollandse burgermanssmaak niet worden gedaan. Maar deze puristen zijn verre in de minderheid en zo krijgen ook uitheemse gerechten een onmiskenbaar Nederlandse tintje. 'Laffe smaak,' oordeelt de snob zonder genade en je voelt je ineens weer in de buurt van *doe normaal, dan doe je gek genoeg*.

Wie het werkelijk uitheemse zoekt, komt tenslotte toch weer in de boekwinkel terecht bij al die Engelse en Amerikaanse series. Maar men vindt er ook grote hoeveelheden recent in het Nederlands vertaalde literatuur uit de hele wereld. Speciale series brengen de moderne Russische, Afrikaanse en Zuidamerikaanse schrijvers onder de aandacht van het Nederlandse publiek. Hun vertaald werk kan altijd rekenen op de nodige aandacht in de serieuze media en de verkoop valt – getuige het uitbrengen van steeds nieuw werk – niet tegen. Ze figureren zelfs in enkele zeer goedkope paperbackseries, waarvan de prijzen schommelen rond een tientje. Die vertalingen zijn altijd uit de oorspronkelijke versie en niet via de Engelse editie totstandgekomen, want Nederland kent met zijn traditie op het gebied van vreemde talenkennis veel vakbekwame vertalers. Een typisch voorbeeld daarvan is dr. August Willemsen, wiens vertalingen van de hoofdwerken der Braziliaanse literatuur hem tot een nationaal bekend intellectueel maakten. Dat

Willemsen zich bovendien doet kennen als een scherpzinnig essayist – over zijn eigen vak, maar ook over zaken als alcoholisme en Braziliaans voetbal – is daar niet vreemd aan.

Ook hier geldt weer: de verspreiding blijft niet beperkt tot de grote stedelijke centra. Ook de kleine boekhandel in de provincie biedt een brede, internationale selectie.

De buitenlandse bezoeker, die een Nederlands tv-kanaal selecteert, krijgt een aangename verrassing: van nasynchronisatie, zoals in Duitsland of Frankrijk, is geen sprake. Alle buitenlandse series en films worden in de oorspronkelijke taal vertoond en zijn in het Nederlands ondertiteld. Dat zelfde verschijnsel doet zich voor in de bioscoop (behalve met getekende hoofdfilms van Walt Disney die ook voor kleine kinderen begrijpelijk moeten zijn). Nederlanders drijven graag de spot met hun Duitse oosterburen die de nasynchronisatie zijn toegedaan en spreken met ergernis over de Duits sprekende cowboys – of nog erger: Frank Sinatra – die zij bij het zappen zijn tegengekomen.

Leidt dit alles tot de ondergang van de Nederlandse taal? Die wordt wel eens voorspeld, vooral in het kader van incidenten zoals de keer dat de toenmalige minister van onderwijs Ritzen verklaarde, dat je misschien het universitair onderwijs beter in het Engels kon geven. Voormelde ondergang wil ook wel eens gespreksthema zijn aan de borreltafel. Maar tot nog toe heeft de Nederlandse taal geen blijken van zwakte gegeven. Zo zijn in het land anderstalige media, zoals bijvoorbeeld een dagblad in het Engels, nooit tot ontwikkeling gekomen. De suggestie van minister Ritzen werd in brede kring afgewezen. Wetgeving, zoals de Franse, die neologismes voorschrijft in plaats van Engelse insluipsels uit de categorie *bulldozer*, *hamburger* of *audiorack* is in Nederland ondenkbaar.

Wetenschappelijke onderzoekers hebben wel een toenemende neiging in het Engels te publiceren, maar dat heeft meer met de toenemende specialisatie te maken. Echte vakgenoten zijn dan few and far between, zodat je je wel verstaanbaar moet maken voor een internationaal publiek. Maar op de vakgroep blijft de voertaal Nederlands en een hier verblijvend buitenlander die de Nederlandse taal niet leert, zal merken dat dit tot isolement leidt en het functioneren in de praktijk zeer belemmert. Al zal niemand je dan naar de taalcursus dwingen: iemand die de inhoud van het overleg mist, zal de gevolgen zelf wel merken.

Een afkeer van flauwekul en het niet keihard verifieerbare

Maar in die koopmansgeest zit nog een element: een afkeer van flauwekul en van het niet keihard verifieerbare. Een van de beroemdste regels uit de Nederlandse literatuur – afkomstig uit Multatuli's *Max Havelaar* – luidt: 'De lucht is guur en het is vier uur.' Hij komt voor in een betoog van Batavus Droogstoppel, firmant van Last & Co., Makelaars in Koffie. Droogstoppel houdt een pleidooi voor 'waarheid en gezond verstand'. Hij zegt: 'Nederland is Nederland gebleven, omdat onze oudelui goed op hun zaken pasten, en omdat ze het ware geloof hadden. Dat is de zaak!'

En: 'Ik heb niets tegen verzen op zichzelf. Wil men de woorden in 't gelid zetten, goed! Maar zeg niets, wat niet waar is. *"De lucht is guur, en 't is vier uur."* Dit laat ik gelden, als het werkelijk guur en vier uur is. Maar als 't kwartier voor drieën is, kan ik, die mijn woorden niet in 't gelid zet, zeggen: *"De lucht is guur en 't is kwartier voor drieën."* De verzenmaker is door de *guurheid* van den eersten regel aan een vol uur gebonden. Het moet voor hem juist *één, twee* uur, enz. wezen, of de lucht mag niet guur zijn. *Zeven* en *negen* is verboden door de maat. Daar gaat hij dan aan 't knoeien! Of het weer moet veranderd, òf de tijd. Eén van beide is dan gelogen.'

Batavus Droogstoppel, makelaar in koffie, is een karikatuur. Hij is de duidelijke schurk van het boek, van wie Multatuli op de laatste pagina's zelf schrijft: 'Halt, ellendig produkt van vuile geldzucht en godslasterlijke femelarij! Ik heb u geschapen ... ge zijt opgegroeid tot een monster onder mijn pen ... ik walg van mijn eigen maaksel: stik in koffie en verdwijn!'

Toch is het type Droogstoppel tot op de huidige dag herkenbaar. Dat wil zeggen: het kost veel Nederlanders weinig moeite aspecten van diens karakter juist bij anderen op te merken. Het is opgebouwd uit elementen die je in de Nederlandse samenleving vaak tegenkomt.

Elders in *Max Havelaar* vertelt Droogstoppel, dat hij nooit een tweede maal de weg hoeft te vragen, 'want ik herken altijd een plaats waar ik eens geweest ben, omdat ik altijd zo op alles acht geef. Dit heb ik mij aangewend in de zaken'.

Bij de Hollandse koopmansgeest hoort inderdaad een scherp oog voor de feitelijke situatie. Schijn is er om ontmaskerd te worden. Je moet op de zaken passen en geen dubbeltje teveel uitgeven. De rest is fantasie. 'De zaken gaan voor het meisje,' luidt de terechtwijzing van ouders, als ze bij hun kinderen een te weinig serieuze instelling vermoeden.

Dit betekent, dat veel discussies – over welk onderwerp dan ook – al gauw een financieel aspect krijgen. 'Wat koop ik daarvoor?' is letterlijk de vraag die bijna iedereen stelt, als hem of haar gevraagd wordt aan iets mee te doen. Die zinsnede heeft inmiddels een overdrachtelijke betekenis gekregen, maar de oorsprong van de woordkeus is duidelijk: wat levert het op? Dat kan uitdraaien op schrielheid. Maar het leidt niet tot vrees voor investeren, als dat niet direct winst oplevert. Dezelfde compagniesdienaren die te Negapatnam inheemse feesten gaven, betaalden mee aan de bouw van hindoeïstische heiligdommen. Men wist in de zeventiende eeuw al, dat *goodwill* erg veel op kon leveren.

Wie één keer failliet gaat, heeft zijn reputatie voorgoed verspeeld

Een schuldenaar kan op weinig maatschappelijke waardering rekenen. Wie één keer failliet is gegaan, heeft zijn reputatie voorgoed verspeeld en zal de grootste moeite hebben het vertrouwen van crediteuren terug te winnen. De Friese hervormden sloten tot in deze eeuw bankroetiers uit van het Avondmaal, hun belangrijkste religieuze plechtigheid. De Rotterdamse lompenhandelaar Herman Heyermans jr. pleegde na zijn faillissement géén zelfmoord, zoals heren in zijn milieu hoorden te doen. Zijn familie brak met hem en Heyermans moest naar Amsterdam verhuizen, waar hij zich overigens ontwikkelde tot Nederlands grootste toneelschrijver, op één lijn met Ibsen.

Het omgekeerde komt ook tot uiting: de houthandelaar Dirk Witte was tevens een tot op heden nauwelijks overtroffen chansonschrijver. Op zijn begrafenis verscheen de *crème de la crème* van de Nederlandse kunst- en amusementswereld, maar de familie Witte constateerde tevreden, dat er veel belangstelling was geweest van de houthandel. Hij was ondanks die hobby met het cabaret toch altijd degelijk gebleven.

Als ik naar de bank ging was het altijd om geld te brengen, niet om het te halen, zo verklaarde de conservatieve vader uit een roemruchte tv-serie *De Glazen Stad*, toen zijn zoon met krediet van de coöperatieve Rabobank zijn tuindersbedrijf wilde moderniseren. Deze houding staat model voor de ouderwetse Nederlandse degelijkheid: je moet niet bij iemand in het krijt staan. Toch had de Nederlandse economie haar vleugels nooit zo wijd kunnen uitslaan, als niet een machtig bankwezen met kredieten klaar stond. Zeker heden ten dage is het vrijwel onmogelijk met eigen vermogen een bedrijf te beginnen. In de jaren negentig liet ING-bank dan ook uitentreure een commercial vertonen, waarin de lading uit San Francisco op het laatste moment nog wordt vrijgegeven, omdat de bank op basis van een enkel telefoontje een spoedkrediet verstrekt. Wie zich op die basis aandient met een goed idee, staat echter een wat andere behandeling te wachten. De banken tonen zich voorzichtig en wantrouwend. Zij vragen zekerstellingen. Zij werpen een zeer kritische blik in het voorgestelde ondernemingsplan en zullen zeker geen genoegen nemen met overtuigingskracht en zakelijk talent alléén. Een goede bank zal ook geen krediet verstrekken, uitsluitend op basis van een voldoende zekerstelling. Niemand heeft tenslotte belang bij de financiële ondergang van een cliënt. Ook banken streven naar continuïteit en als uitvloeisel daarvan langdurige relaties.

Toch heeft ABN AMRO, nummer één in Nederland, een affiche laten maken, waarop een mooie jonge vrouw verklaart: 'Ik ben goed voor dertigduizend gulden.' Dat is haar limiet voor consumptief krediet.

Zij staat in ieder geval goed bekend bij de Stichting Bureau Kredietregistratie in Tiel, een initiatief van banken, verzekeringsmaatschappijen en handelsondernemingen, waar gegevens bewaard worden over de 4,6 miljoen personen die bij elkaar acht miljoen kredieten hebben (gehad). Van groot tot heel klein. Ook alle creditcardhouders staan erbij. Het Bureau Kredietregistratie spreekt geen oordeel uit over de soliditeit van de bij haar geregistreerde personen. Dat doet de kredietgever wel. Wie een geschiedenis van wanbetaling heeft, zal verzoeken om geld of later te betalen goederen afgewezen zien. Het Bureau Kredietregistratie ontvangt veel delegaties uit het buitenland die dit systeem komen bestuderen. Het Bureau maakt overigens veel werk van de ontoegankelijkheid van haar computerbestanden voor *hackers*.

Sinds de jaren zeventig durven de Nederlanders steeds meer aan consumptief krediet op te nemen. Een groot deel van die leningen is bestemd voor (vrij) duurzame goederen, zoals automobielen. Je moet wel de staatsloterij gewonnen hebben om uit eigen geld een huis te kunnen financieren, zodat vrijwel elke koopwoning met een hypotheek is belast. Maar zo'n goed is wel heel duurzaam, zodat zulk een aankoop beter als belegging kan worden beschouwd.

Toch leerde het meest recente onderzoek op dit gebied – uit 1990 –, dat de Nederlanders de meest voorzichtige leners zijn uit de hele Europese Unie. Of de banken op hun beurt ook het meest terughoudend zijn in het verstrekken van krediet is nooit onderzocht.

Waarom is dat meisje op de affiche trouwens goed voor dertigduizend gulden? ABN AMRO hanteert als vuistregel de gedachte, dat bij een normaal leven een individu een vijftigste van de totale lening per maand over moet kunnen houden. Dat meisje zou dus na het betalen van alle vaste kosten, zoals huur of hypotheek, belastingen en verzekeringen en alle normale kosten van levensonderhoud – minimaal 950 gulden voor een mens alleen, zegt de bank – die zeshonderd gulden over moeten houden.

Dan kom je eerder op het idee een spaarrekening te openen met een stevige rente. Vooral in een land met zo'n lage inflatie als Nederland.

Het is even tekenend, dat de Nederlanders ook heel voorzichtig omgaan met de creditcard. Ze maken liever gebruik van de pincard, waarmee je elektronisch geld kunt afboeken van een lopende rekening, zodat geen moment schuld ontstaat.

Toch raakt een groeiend aantal mensen in financiële problemen. Met name die aan de onderkant van de samenleving zien zich geconfronteerd met schulden die niet meer weg te werken zijn, ook al lijkt het bedrag in de ogen van beter gesitueerden bescheiden. Wie 'op afbetaling' huishoudelijke apparaten koopt, te veel mobiel belt, ziet zich tenslotte overweldigd door een vloed aan kleine maandelijkse afschrijvingen. In dat geval bestaat er een vangnet. Nederland kent een groot aantal gemeentelijke kredietbanken die dan schuldsanering op zich nemen. Waarbij in veel gevallen ook de kredietgevers veren moeten laten. Zij gaan daar mee akkoord, omdat zij in andere gevallen helemaal niets van hun geld zouden terugzien. Overheidsinstanties, zoals de belastingen en de energiebedrijven, blijken in de praktijk het minst tot een schikking bereid.

De schuldenaars gaan twee zware jaren tegemoet, maar zijn er dan wel definitief vanaf. De Gemeentelijke Kredietbank biedt alleen de helpende hand onder strenge voorwaarden. Ze verzorgt zelf de betaling van vaste lasten, zoals huur en energie. De schuldenaars houden een bedrag over, net voldoende om zich in leven te houden. Zij krijgen bovendien begeleiding bij het budgetteren van het huishouden. Wie zich niet onder deze curatele laat stellen, wordt zonder pardon in de steek gelaten.

In de eerste vijf maanden van 1994 was de gemiddelde schuldpositie bij de Haagse Gemeentelijke Kredietbank iets meer dan eenentwintigduizend gulden, drie tot vierduizend gulden méér dan aan het begin van het decennium. In totaal had de bank 25 miljoen uitstaan. Volgens een woordvoerder reikt de bank inderdaad de helpende hand aan ongeveer veertig procent van de schuldenaars die zich melden. De rest is niet bereid of in staat aan de voorwaarden te voldoen.

Ter vergelijking: een modaal netto-inkomen bedraagt in Nederland ongeveer drieëntwintighonderd tot vijfentwintighonderd gulden netto. Dit alles kán tot de conclusie leiden, dat het genie in Nederland nogal gauw miskend wordt, dat de soldaat in zijn ransel geen maarschalkstaf draagt en dat een krantenjongen maar beter niet de ambitie kan koesteren om miljonair te worden. Je wordt opgestuwd in een welwillende maatschappelijke brei, maar de substantie is te kleverig om je naar de top te vechten. Bovendien hangen er te veel Droogstoppels aan je benen met hun ingebakken benepenheid. Je moet echt je best doen in Nederland om als zwerver te eindigen, aan de harddrugs gaan bijvoorbeeld, maar evenzeer om je vanuit het niets tot *captain of industry* omhoog te werken.

Daar zit iets in. Al was het alleen maar, omdat die klacht inderdaad geregeld gehoord wordt. Al een eeuw of twee kent elke generatie zijn profeten die hun stem verheffen tegen de verstarring en het gebrek aan dynamiek. De karikatuur Droogstoppel is tenslotte in het leven geroepen om de elite van Nederland een spiegel voor te houden die alleen hun minder prettige kanten weerkaatste. Ook de *Handelingen van de Tweede Kamer* bevatten sinds de oprichting van dat lichaam strijk en zet waarschuwingen tegen de remmingsmechanismes van de Nederlandse samenleving. Alle kabinetten onder leiding van premier Lubbers hadden tot belangrijke prioriteit om de maatschappelijke dynamiek te vergroten. De wortel daarvan werd gevonden in het ondernemerschap.

Zij hebben veel te doen

Gevraagd naar hoe het er mee staat, zullen Nederlanders vaak meedelen, dat zij het druk hebben. Zij hebben veel te doen. Er staan veel nieuwe dingen op stapel. De gewenste uiterlijke houding is er dan ook niet een van kalme rust, maar van groot activisme. 'Schrijf de kern van de zaak nu eens op één A-4tje en leg me dat voor,' zegt de gemiddelde leidinggevende graag. Daarmee wordt geïmpliceerd, dat tijd ontbreekt om lange en ingewikkelde betogen te lezen én dat een idee van betekenis altijd in enkele honderden woorden kan worden geformuleerd. Vervolgens hakt de leidinggevende de knoop door. De kabinetten-Lubbers poogden deze aanpak een extra impuls te geven. De overheid begon campagnes te voeren om burgers te stimuleren voor zichzelf te beginnen. Daarin figureerde de 'jonge starter' als model van gewenst burgerschap. Zo iemand vond een 'gat in de markt' en wist dat ten profijte van zichzelf (en dus van de werkgelegenheid, en dus van de samenleving) op te vullen. Zelfs non-profitorganisaties en overheidsdiensten gaven zich over aan dit 'marktdenken'. Het jargon van het zakenleven drong door in de ambtenarij. In het onderwijs namen opleidingen die iets te maken hadden met economie en bedrijfskunde, een enorme bloeiperiode door. Toch stond in het maatschappelijk discours niet het woord 'ondernemerschap' centraal. Wel een ander: management, het dynamisch leiden van organisaties. Studentenverenigingen die op sponsoring uit waren, afficheerden zich niet als de ondernemers van morgen, maar als de managers van morgen. *Captains of industry* presenteren zich eerder als gedreven managers van hun bedrijf dan als afsluiters van droomcontracten.

Per jaar levert de samenleving vijftien tot twintigduizend 'jonge starters' op. Voor een land met meer dan vijftien miljoen inwoners is dat niet extreem veel. Als puntje bij paaltje komt, leven de meeste Nederlands hun dynamiek toch liever uit bij een of andere bestaande organisatie die van continuïteit heeft blijk gegeven.

In de jaren negentig begon de belangstelling voor bedrijfsgerichte opleidingen weer af te nemen ten gunste van studies als psychologie. Het bedrijfsleven klaagde, dat de jonge generaties te weinig kozen voor 'harde' opleidingen, zoals ingenieurswetenschappen, zodat voor het oplopen van een technologische achterstand moest worden gevreesd.

Daar zat een element van overdrijving in, zoals een blik op de gemiddelde universiteit, in de gemiddelde fabriekshal, bij de gemiddelde boerderij, of op de gemiddelde snelweg leert. Als de samenleving ergens mee kampte, dan waren het niet verouderde bedrijven, afgeschreven machines die toch doorproduceerden of krakkemikkige technologie, waar het buitenland om lachte. Wel kan men constateren, dat Nederland op slechts weinig terreinen *trendsetter* is. Het is eerder volger in het toepassen van nieuwe technologieën, maar de pioniers voelen wel de hete Nederlandse adem in hun nek. Echt grote nieuwigheden zijn in Nederland nauwelijks ontwikkeld – de laatste echt succesvolle is de cd, die op de Philips-laboratoria in Eindhoven geschikt is gemaakt voor massaproduktie – maar ze worden wel snel toegepast. Philips zelf is daar een voorbeeld van. Het bedrijf werd aan het eind van de negentiende eeuw gebaseerd op de produktie van gloeilampen, een uitvinding van de Amerikaan Thomas Alva Edison. Koopmanschap stond voorop: de eerste echte *coup* van grondlegger Anton Philips was een opdracht om het paleis van de tsaar elektrisch te verlichten.

Rond 1990 maakte Philips een moeilijke periode door. President-directeur Timmer weet de problemen van het wereldbedrijf aan falende dynamiek. Hij voert een verbeten strijd tegen bureaucratisering – die snel toeslaat in grote Nederlandse bedrijven met hun zin voor continuïteit – en traagheid.

Een ander hoofdpunt is kostenbeheersing. Dat ligt natuurlijk sterk voor de hand, als je leiding geeft aan een bedrijf. Nodeloos gedane uitgaven beperken de winst. Maar de aandacht voor dit aspect van beheer geniet in Nederland toch een grote nadruk. Bezuinigingen in het hier en nu winnen het vrijwel altijd van verwachte inkomsten in de nabije toekomst. Wanneer de inkomsten dalen, is de eerste neiging meteen de uitgaven zoveel mogelijk te beperken. Geplande investeringen worden geschrapt, minder winstgevende activiteiten beëindigd, vaak ook als die zeker perspectief hebben voor de toekomst. Dat heet *de tering naar de nering* zetten en het lijkt erg op het regime dat de Gemeentelijke Kredietbank haar schuldenaren oplegt.

In de Nederlandse publieke discussie neemt het financieringstekort van de overheid dan ook een belangrijke plaats in. Het wordt onveranderlijk zorgwekkend genoemd en ministeries van Financiën ontwerpen beleid om het structureel terug te brengen. Het antwoord op economische tegenslag van formaat bestaat dan ook onveranderlijk uit bezuinigingen. In ieder geval nooit uit het laten draaien van de bankbiljettenpers.

De ex-zakenman minister-president Hendrikus Colijn meende, dat Nederland de gevolgen van de economische crisis in de jaren dertig alleen kon overleven door financiële aanpassingen. Een keynesiaans beleid van overheidsinvesteringen om het zakenleven weer op gang te brengen wees hij krachtig af. Dat zelfde gold voor een devaluatie van de Nederlandse gulden. Hij hield tot 1936 aan de gouden standaard vast, jaren langer dan de omliggende landen, zoals Frankrijk of Groot-Brittannië. De gave gulden was zijn grote trots. Toen ook Nederland de gouden standaard verliet, beschouwde Colijn dat als een capitulatie.

De recessie van de jaren tachtig bracht opnieuw een bezuinigingsgolf op gang, zij het met een andere argumentatie. De regering beweerde ongeveer, dat een gulden, door de overheid besteed, niet kon worden geïnvesteerd door het bedrijfsleven. De waarde van de gulden werd eveneens krachtig beschermd. De inflatie is sindsdien te verwaarlozen. In de jaren zeventig liep die nog wel eens op tot een percentage van zes tot acht procent per jaar, wat tot grote bezorgdheid aanleiding gaf.

Het krachtige herstel van de economie in de tweede helft van de jaren tachtig gaf de regering geen aanleiding om dit bezuinigingsbeleid te stoppen. De partijen die in 1994 de regering vormden, gingen ervan uit dat zij achttien tot twintig miljard gulden moesten bezuinigen. Berichten over hernieuwde economische groei en het teruglopen van de werkloosheid stemden hen niet milder. Zij voelden bovendien de hete adem van de meeste media in hun nek die bezuinigingen graag ontmaskeren als boekhoudkundige trucs.

Diezelfde media besteden altijd de nodige aandacht aan de 'mee-' en 'tegenvallers' die het Ministerie van Financiën geregeld publiceert. Die betreffen dan belastingopbrengsten of uitgaven aan de sociale zekerheid, waarvan al veel eerder prognoses waren gemaakt. 'Tegenvallers' zijn een belangrijk wapen van de minister van Financiën in zijn strijd voor een zuinig beleid, meevallers het *manna* dat uit de hemel valt voor zijn collega's op benarde *spending departments*, zoals onderwijs en sociale zaken.

In de openbare mening ontstond een tamelijk brede consensus over de stelling, dat Nederland 'te duur' was. Het zou zich uit de markt prijzen, omdat de salariskosten te hoog waren. Niet dat elk individu nu zoveel op zijn bankrekening kreeg bijgeschreven, het waren juist de hoge belastingen en premies die de kosten onverantwoord hoog maakten. Men gebruikte allerlei ingewikkelde modellen die verhoging of verlaging van de overheidsuitgaven in verband brachten met het schrappen of scheppen van banen in het bedrijfsleven. De achttien tot twintig miljard bezuinigingen zouden op die manier in vier jaar 350.000 banen moeten opleveren, aldus PVDA-leider Wim Kok die zich in de hete zomer van 1994 bezighield met het vormen van de nieuwe regering. Waarnemers stelden vast dat sinds het begin van de jaren tachtig de zakjapanner het onafscheidelijk instrument was geworden van elke politicus. Daarop maakten zij hun 'inkomensplaatjes,' hun 'inkomen-uitgaven'-berekeningen en wat daarvan het gevolg zou zijn voor de werkgelegenheid.

Dat zo'n rekenmachientje 'zakjapanner' heet, geeft een deel van het probleem aan

Dat zo'n handzaam elektronisch rekenmachientje 'zakjapanner' heet, geeft overigens in de ogen van velen een deel van het probleem aan: sinds de jaren tachtig werd de ijver en het doorzettingsvermogen van de Zuidoostaziatische economieën breed aan de zogenaamd gemakzuchtige Nederlanders ten voorbeeld gesteld. Daar was men niet op rechten uit, maar wilde nog een prestatie leveren. Treffend was overigens dat zulke critici weinig aandacht besteedden aan het loonniveau in die landen, maar eerder aan de mentaliteit. Nederlandse interpretatoren van het Japanse succes stelden vast, dat dit veel te maken had met de motivatie van alle betrokkenen bij een bedrijf. Ze herkenden iets van de Nederlandse consensusmentaliteit in de manier waarop men in het Verre Oosten met elkaar omging. Verschillende bedrijven begonnen experimenten naar Japans voorbeeld, een activiteit die op den duur de naam *toyotisering* kreeg.

Toyotisering betekende het vormen van teams uit verschillende sectoren van het bedrijf die samen moesten proberen een klantsegment zo tevreden mogelijk te stellen, want ook hier stond kwaliteit weer voorop. Dat was slecht nieuws voor het controlerend middenkader dat – afdelings- en sectorgewijs als het was – een fors deel van zijn bestaansreden verloor. De multidisciplinaire teams – van voorraadbeheerder tot en met ingenieur – moesten immers met inbreng van hun eigen vakkennis gezamenlijk het door de klant gewenste produkt totstandbrengen. Zo verving overleg sturing en coördinatie door het middenkader.

Echte *toyotisering* bleef voorlopig beperkt tot enkele bedrijven. Toch begonnen vrijwel alle grote ondernemingen in de jaren negentig kritisch de rol en de functie van het middenkader door te lichten. Waren al die chefs en onderchefjes wel ergens goed voor? Stonden zij met hun bevoegdheden, hun recht om 'nee' te zeggen en ideeën van de basis aan te passen, de zo gewenste dynamiek niet in de weg? Waren zij, kortom, hun geld waard?

Met de hernieuwde nadruk op dynamiek kwam een tweede modewoord op: *flexibiliteit*. Nederlanders, bedrijven, instellingen dienden sneller in te spelen op de eisen van het moment. De kabinetten-Lubbers waren van mening, dat die het best geformuleerd werden door de vrije markt. Zo kwam een privatiseringsbeleid op gang: waar het maar enigszins kon, moest dienstverlening door de overheid weer in particuliere handen worden gebracht. Dat gold met name voor bedrijven die ooit vanwege hun monopoliepositie in overheidshanden waren gekomen. Zo werden post, telegraaf, telefoon en verdere elektronische communicatie geprivatiseerd. Dat zelfde gold voor de spoorwegen. Overheden stootten hun woningbezit – met subsidie gebouwde huizen voor de lagere inkomensgroepen – af aan woningbouwverenigingen die sinds jaar en dag met hetzelfde doel opereerden. Vanzelfsprekend werd de mogelijkheid tot concurrentie geopend. Weldra huurde een bedrijf alle rooms-katholieke kerktorens van Nederland om op de spitsen de antennes te plaatsen voor een draadloos communicatienetwerk, dat het geprivatiseerde telefoonbedrijf afbreuk moest doen.

Flexibiliteit betekende tevens: meer onzekerheid

Flexibiliteit betekende tevens: meer onzekerheid. Wie een functie aanvaardde, kon er minder dan ooit vanuit gaan dat dit in principe een baan voor het leven kon zijn. Betekende, als vermeld, tot diep in de jaren tachtig veertig jaar trouwe dienst bij dezelfde werkgever automatisch een koninklijke onderscheiding, die gewoonte werd zonder slag of stoot afgeschaft met de motivatie, dat zulke hondentrouw tenslotte geen bijzondere verdienste inhield. Nederlanders merkten trouwens in toenemende mate, dat hun (vak)-opleiding – hoe behoorlijk ook – onvoldoende was om een werkzaam leven lang te kunnen functioneren. Met name de technische ontwikkelingen gingen zo snel, dat je er zonder bijscholing niet meer kwam. Bovendien verdwénen veel vakken. Typografen – die zich ooit trots aanduidden als de aristocratie onder de arbeiders – zagen zich verdrongen door zetcomputers. Alleen degenen die zich ontwikkelden tot grafische ontwerpers, wisten deze technologische revolutie te overleven.

Zo werden bij- en ook herscholing steeds gewoner. De Nederlanders begonnen sinds de jaren tachtig met een massaal gewenningsproces aan een samenleving die individu, onderneming noch overheidsdienst dan wel *non-profit* organisatie de continuïteit bood die men zo hoog had leren achten.

Het was en is voor velen een pijnlijke ervaring. Want het bracht ze op een bepaalde manier terug in de positie van de vissers die zes- zevenhonderd jaar geleden op haringvangst gingen: ze zeilden met hun hulkjes een stormachtige, onbetrouwbare zee op. Maar die haringvissers, die koopvaarders, die ontdekkingsreizigers hebben daarom de zee nooit gemeden.

Er zit – menen veel Nederlanders – ook veel aantrekkelijks in de nieuwe onzekerheid. Ze betonen zich graag dynamisch en flexibel. Ze houden van de uitdaging.

Maar toch: *kalmpjes aan, dan breekt het lijntje niet*, luidt de veel gebruikte zeemansterm. Een goed schipper is tot risico's bereid, maar niet roekeloos. In onbekende wateren, laat hij het schietlood vallen om de diepte te peilen. Hij mijdt lokkende kusten, tot hij zeker weet dat er geen gevaarlijke stromingen zijn.

Want uiteindelijk gaat het om de behouden thuiskomst.

Let op de KLM-piloten: het zijn de meesters van de zachte landing.

5. HET ONAANTASTBARE PRIVÉ-LEVEN
'Maar wees op je vierkante meter een vorst!'

Gereserveerdheid als levensprincipe – Voorzichtigheid met contacten – Het beheersen van emoties – Het respect voor andermans privé-sfeer – Persoonlijke keuzevrijheid en tegelijk conformisme – Geld maakt niet gelukkig – Een relatie voor immateriële tevredenheid, arbeid voor zelfrespect – Eenzaamheid – De grenzen die de gezelligheid stelt

EEN CAFÉ KAN HEEL TREURIG ZIJN. Twee of drie mannen hunkeren aan de bar naar een gesprek. Maar er staan lege krukken tussen hen in. Zij blijven alleen met hun glas. Slechts een talentvol kastelein kan zulke eenzaamheid doorbreken. Maar de meeste beperken zich tot het zwijgend uitvoeren van bestellingen.

In Nederland bestaat afstand tussen de mensen. Heel letterlijk. Nederlanders gaan alleen naast een ander zitten, als er verder geen plaats meer is. Zelfs in bus of trein. Als ze tijdens het spitsuur opeengepakt staan in het openbaar vervoer, trekken zij hun buikspieren in. Alsof ze willen zeggen: Ik sta wel tegen u aan, maar ik wil het eigenlijk niet. Ik doe mijn best mij zo dun mogelijk te maken. Mij valt niets te verwijten. Ik doe mijn best.' Wie deze krampachtigheid nalaat, kan op problemen rekenen. Dat is weer zo'n gore buitenlander die ongegeneerd tegen je aan staat te rijen.

Aanrakingen worden zoveel mogelijk vermeden. Buitenlanders uit een cultuur met een minder grote afstand tussen de mensen, zoals de Arabische, ervaren dat: hun gesprekspartners blijven steeds terugdeinzen, tot de minimaal acceptabele afstand is hersteld. Een proefneming onder collega's leverde een minimale afstand van ongeveer vijftig centimeter op. Er was geen significant verschil tussen mannen en vrouwen.

Toch staan verliefden ongegeneerd tegen de bushalte geleund te zoenen. Zij flaneren met de armen om elkaars middel geslagen door de winkelstraten. Zij liggen dicht tegen elkaar aan op het strand. Als er geen zitplaats meer is in de tram, blijft een beleefde jongen staan. Voor hetzelfde geld neemt hij zijn meisje op schoot. Daar trekt niemand zich iets van aan. Maar het zal opvallen, dat alle omstanders de blik afwenden. Je wordt niet geacht naar zulke taferelen te kijken. Veel mensen proberen zelfs te laten merken, dat ze het niet zien.

Op de televisie wordt met verbazing gadegeslagen, hoe buitenlandse staatshoofden elkaar onderaan de vliegtuigtrap omhelzen. Russische leiders plachten hun vazallen bij zulke gelegenheden ook nog eens te kussen. Dat was voor veel Nederlanders een bewijs te meer, dat ze niet konden deugen. Fatsoenlijke mensen bewaren een zekere afstand tot elkaar. Als die wegvalt, is er veel meer aan de hand. Dan is er sprake van liefde, dan horen die mensen bij elkaar en dat mag – voor zover het heteroseksueel is – best zichtbaar worden. In vreselijk geavanceerde stukjes Nederland – zoals de meer vrijgevochten wijken van de Amsterdamse binnenstad – zie je tegenwoordig een enkel keertje wel eens twee jongens hand in hand, maar dat blijft zeer zeldzaam en wordt door veel mensen (nog) niet op prijs gesteld. Hoe dan ook, een paar manifesteert zich als zodanig. De halve meter grens is tussen die twee vervallen. Dat is voor de anderen het signaal, dat die voor derden des te meer geldt.

Je begint niet zomaar een praatje met een wildvreemde

Nederlanders staan internationaal dan ook nogal eens als stug en onbenaderbaar te boek. Dat niet alleen. Zij vinden het van zichzelf ook. Daar hoort dan meestal de verzekering bij, dat wanneer het ijs eenmaal gebroken is – typerende uitdrukking – zij zich zeer trouwe vrienden en voortreffelijke gastheren betonen. In hoeverre dat waar is, laat zich moeilijk beoordelen. Iedereen heeft zijn eigen karakter. De een is meer gesteld op contact dan een ander. Maar het is buiten kijf, dat de Nederlandse omgangsvormen een zekere dam opwerpen tegen communicatie met mensen die men niet kent.

Want je begint niet zomaar een praatje met een wildvreemde. Wie voor het eerst een openbare gelegenheid betreedt, zal niet zo gemakkelijk met de aanwezigen in gesprek komen, tenzij zich daarvoor een reden voordoet. Wie een vraag stelt – naar de weg bijvoorbeeld of naar iets anders dat buiten het persoonlijk leven ligt – krijgt onmiddellijk uitgebreid antwoord. Maar men zal in een café niet snel aan een tafeltje genood worden. De reizigers tegenover elkaar in de trein volharden eveneens in stilzwijgen. Zij verdiepen zich in hun krant of sluiten zich met de walkman van de medereizigers af. Toch klinkt hier en daar geroezemoes. Er worden wel degelijk geanimeerde gesprekken gevoerd. Dat zijn vrienden of collega's op weg naar het werk.

Dit alles lijkt in scherpe tegenstelling tot de idee van een permanente communicatie die nu eenmaal nodig is in een samenleving, gericht op het compromis. Waarom praten die mensen dan zo weinig met elkaar? Het Nederlandse antwoord luidt: zij bemoeien zich met hun eigen zaken. Zij dringen niet binnen in het privé-leven van anderen. Zij zijn bang last te bezorgen. Er is immers geen thema dat die anderen bindt of zou kunnen binden. Als de trein midden in het veld stopt, zodat een vertraging van een half uur ontstaat en ieders agenda in de war raakt, dán bloeien de gesprekken op. De hete zomer van 1994 was ook zo'n bijzondere gelegenheid. De temperatuur bereikte tropische waarden en Nederlandse huizen zijn daar niet op gebouwd. De mensen vluchtten naar buiten, waar zij buurtgenoten ontmoetten die ze tot dan toe nog niet eens gegroet hadden. Van het een kwam het ander. Er werden tafeltjes op straat gezet. De speelkaarten en de flessen kwamen tevoorschijn. Dit bijzondere feit was aanleiding tot reportages in de media. Ook mijn eigen moeder, die een appartement heeft in een flatgebouw, vertelde opgetogen hoe zij met de buurtgenoten de avonden op het grasveld doorbracht. Anders zou zij het niet wagen ze 's avonds op te zoeken. Je wil de mensen niet storen.

Maar als de vertraagde trein dan toch het station is binnengereden, verloopt dit contact. En de terugkeer van het koele klimaat beëindigde onmiddellijk de samenscholingen voor de deur. Het gezamenlijk thema was verdwenen.

Veel Nederlanders hebben de indruk, dat dit gebrek aan onderling contact toeneemt. Wie interviews leest met ouderen, vindt daarover bijna onveranderlijk klachten. *Vroeger*, luidt dan de uitspraak in veel varianten, *vroeger waren de mensen één*. Ze hielpen mekaar. Daar is tegenwoordig geen sprake meer van. Iedereen is tegenwoordig veel te veel op zichzelf.

Het is de vraag, wat daarmee wordt bedoeld. Nederlanders maken een scherp onderscheid tussen vreemden, waar zij niets mee te maken hebben, en bekenden. Het zou kunnen zijn, dat in de loop der tijden de kring der bekenden smaller wordt. Daar zijn wel aanwijzingen voor. De Nederlanders zijn – met uitzondering van de migratiegolf naar de grote steden in het westen van het land rond de eeuwwisseling – lang vrij honkvast gebleken. Families bleven, waar zij vandaan kwamen. De enorme economische ontwikkeling van na de Tweede Wereldoorlog heeft daar een eind aan gemaakt. Ik herinner mij nog, hoe mijn vader en zijn vijf broers met hun hele gezin elke zondag bij hun ouders op bezoek gingen. Zij waren via talrijke soorten van relaties met andere families in onze provinciestad verbonden, wat de kring der bekenden uiterst groot maakte. Geen enkele Van der Horst van mijn generatie woont nog in deze provinciestad. De familie is over het hele land verspreid en het merendeel van mijn neven en nichten heb ik in geen twintig jaar gezien. Er zijn slechts vage berichten uit de derde hand. Ook mijn eigen broer woont in een heel ander deel van het land. (Binnen de beperkte omvang van Nederland betekent dat op vijftig kilometer afstand. Voor de Nederlandse psyche is dat ver weg.) Dit verhindert het ontstaan van grote onderling verbonden netwerken, zoals de familie Van der Horst die in de jaren vijftig nog had en die grotendeels waren opgebouwd uit afzonderlijke leden die drie, vier straten van elkaar woonden en waarvan de ouders elkaar ook altijd hadden gekend. Die verbanden zijn teloor gegaan.

Dat maakt de gevolgen van het afstand houden radicaler. Je raakt gauw in een spiraal van eenzaamheid. Met name oudere vrouwen worden daar het slachtoffer van. Hun gemiddelde leeftijdsverwachting schommelt rond de 78 jaar, waarbij zij net als in de meeste andere landen ter wereld hun mannen overleven. Dit leidt tot veel stil ongeluk achter zorgvuldig witgewassen vitrages, want Nederlanders uiten hun emoties moeilijk. Ze houden zich groot en verbergen hun ellende voor de buitenwacht. Deels uit trots, deels uit gêne en deels omdat je een ander er niet mee lastig wil vallen. Het ligt dan voor de hand die eenzamen met elkaar in contact te brengen en daar worden ook pogingen toe gedaan, maar het resultaat houdt niet altijd over, want aan die eenzaamheid ligt voor een deel de wens ten grondslag op zichzelf te blijven, van niemand afhankelijk te zijn. Zo ontstaat inderdaad een tegenstelling die zich niet laat verzoenen. Dat schept machteloosheid. In Nederland staan talloze instanties klaar om zich het lot van de burger aan te trekken. Maar de medeburgers hebben de neiging elkaar aan hun lot over te laten.

Het visioen van een zorgzame samenleving

De christen-democratische politicus Elco Brinkman stelde in de jaren tachtig deze problematiek zeer nadrukkelijk aan de orde. Hij riep het visioen op van een zorgzame samenleving, waarin familieleden en buren voor elkaar verantwoordelijkheid namen. Hij kreeg behalve bijval stormen van protest over zich heen. Brinkman wilde mensen weer afhankelijk maken van anderen. Achter zijn ideaal school botte bezuinigingspolitiek. Het was hem er slechts om te doen de sociale voorzieningen – 'verworvenheden' noemden zijn tegenstanders die – 'af te breken'.

Kinderen, zo lichtte Brinkman zijn gedachtengang toe, zouden er best eens toe over kunnen gaan om hun bejaarde ouders in huis te nemen. Dit voorbeeld leidde met name tot angst bij de oudere generaties. Die vreesden te worden gedwongen om bij hun zonen en dochters hun hand op te houden. Dat ze, zoals de uitdrukking luidt, 'alsjeblieft' moesten spelen. Het ergste wat iemand kan overkomen.

Met name bezoekers uit Azië en Afrika schrikken van de bejaardentehuizen, waar jongere generaties blijkbaar hun ouders opbergen om ze zo aan het zicht te onttrekken. Zij nagelen dat aan de schandpaal als een verregaande blijk van gebrek aan ouderliefde en verantwoordelijkheidsgevoel. Maar zo zit het niet in elkaar. Die bejaardentehuizen stellen hun bewoners in staat een eigen leven te leiden volgens hun eigen normen. Zij hoeven zich niet bij de wensen van hun kinderen aan te passen en omgekeerd geldt hetzelfde. Ook binnen de familie speelt het streven naar compromissen een grote rol. Bejaarden wensen zo serieus genomen te worden, dat zij niet meer in zo'n situatie van geven en nemen terecht hoeven te komen. Zij wensen ondanks hun leeftijd hun onafhankelijkheid en hun privé-sfeer te bewaren. Dat gaat niet op een kamertje bij de kinderen in huis. Toch hebben die Aziaten en Afrikanen een deel van het gelijk aan hun zijde. Want bejaarden klagen vaak, dat het kroost veel te weinig met de kleinkinderen op bezoek komt, één keer in de paar maanden op zijn hoogst. Maar zij beschouwen het bejaardentehuis tegelijk als een belangrijke verworvenheid.

Overigens probeert de gemiddelde Nederlander zijn verhuizing naar een dergelijk oord zoveel mogelijk uit te stellen. De overheid helpt daarbij. Bejaarde Nederlanders – zo luidt de vrijwel onaangevochten overtuiging – dienen zo lang mogelijk zelfstandig te blijven, het liefst in hun eigen huis. Pas wanneer dat echt niet meer gaat – schoonmaakhulp en aan huis bezorgde maaltijden niet langer soelaas bieden – komt het bejaardentehuis in zicht. *Oude bomen moet je niet verplanten* en mensen hebben er recht op zo lang mogelijk in hun vertrouwde omgeving te wonen.

In 1994 kregen de bejaarden de indruk, dat de overheid de ouderdomsuitkeringen voor iedereen – grote verworvenheid uit de jaren vijftig – wilde beperken. Dat zou hun onafhankelijkheid in gevaar kunnen brengen. Zij stemden zo massaal op twee ijlings uit de grond gestampte belangenpartijen, dat die bij elkaar zeven van de 150 zetels in het nieuw gekozen parlement veroverden. Dit ondanks het feit dat de meeste gevestigde partijen snel afstand namen van het idee. Het feit dat de regeringspartijen van dat moment – de christen-democraten en de sociaal-democraten – zoveel verloren – ook aan de twee liberale oppositiepartijen – had buitengewoon veel met deze *faux pas* te maken. De oudere generaties waren bang gemaakt en zij straften dat af met het meest effectieve wapen, dat een Nederlander tegen gevestigde politici in stelling kan brengen: het stemrecht. Niemand laat zomaar zijn onafhankelijkheid in gevaar brengen.

Zo eindigde in één moeite door de tot dan toe schitterende loopbaan van de politicus Elco Brinkman met zijn ideologie van 'de zorgzame samenleving'. Hij bezorgde zijn medechristen-democraten de grootste verkiezingsnederlaag uit hun honderdjarige geschiedenis.

Je vraagt je dan in gemoede af, hoe die jongen en dat meisje – zo ongegeneerd zoenend bij de bushalte – elkaar dan in hemelsnaam hebben kunnen ontmoeten, als iedereen zo op zichzelf en zijn privé-sfeer gesteld is. Het antwoord is eenvoudig: zij zijn begonnen als bekenden van elkaar, of liever gezegd, beider netwerken zijn in elkaar verknoopt geraakt. Zij zijn in een situatie terecht gekomen, waardoor zij met elkaar in gesprek konden raken over een gemeenschappelijk thema. Van het een komt het ander.

Althans dat is een heel gebruikelijke gang van zaken. Want liefde is blind en het is uiterst gevaarlijk algemene uitspraken te doen over hoe mensen elkaar ontmoeten. Het hele land is overdekt met dansgelegenheden waar vooral jonge mensen elkaar voor het eerst tegenkomen. Maar die disco's – en dat geldt voor de meeste andere uitgaansgelegenheden, vooral voor jongeren – kiezen voor een eigen subcultuur, van de conventionele *Sjonnies* en *Anita's* tot de antiburgerlijke *alto's*, wat staat voor alternatieven – vooral die lokken een bepaalde groep mensen aan met gelijkaardige leefstijlen, muzikale en culturele voorkeuren.

Deze leefstijlen en voorkeuren zijn overigens in de meeste gevallen uiterst internationaal en zien er weinig Nederlands uit. Zo bestaat er een kleine tango-subcultuur met een landelijk netwerk. De deelnemers beoefenen de sfeer van 'verdriet waarop je kunt dansen'. Je herkent de vrouwelijke leden daarvan aan zwarte kokerrokjes net boven de knie en glad gekamd donker haar. De Sjonnies en Anita's van Rotterdam daarentegen staan avond aan avond in de rij voor de gelegenheid *Baja*, waar met zand en planken een namaakstrand is aangelegd. Dat moet Florida verbeelden, verklaart het deels Amerikaanse personeel desgevraagd. Voor de ruigere rockcultuur moet je naar *Nighttown* en de corpsballen verzamelen zich met anderen die ondanks de jaren negentig nog yuppie-idealen koesteren weer een eind verder langs een tot uitgaanscentrum omgetoverde oude binnenhaven.

De leefstijlen hangen bovendien samen met muzieksoorten en ook die volgen het internationale patroon.

Toch heeft vrijwel elke gemeenschap wel een traditioneel café, waar mensen uit alle leeftijdscategorieën en leefstijlen komen. Meestal is dat een oude afgetrapte lokaliteit dewelke juist om die reden als iets heel bijzonders wordt aangeprezen. Wie daar binnendringt, ontdekt, dat er veelal een grote niet altijd even toegankelijke kern van stamgasten bestaat, die desgevraagd verklaren dat het hier voor hen een 'huiskamer' is of woorden van gelijke strekking naar voren brengen.

Er bestaan vaste normen en gedragsregels, waarbij men zich maar heeft aan te passen en je bent niet van de ene op de andere dag lid van dit gezelschap stamgasten.

De gigantische ontwikkeling die het verenigingsleven heeft doorgemaakt

Wie niet behoort tot enig relatienetwerk dat gezamenlijke gespreksthema's oplevert, vereenzaamt snel. Misschien is dat één reden voor de gigantische ontwikkeling die het verenigingsleven in Nederland heeft doorgemaakt, juist ook op het lokale niveau en juist op het niveau van hobby's en sport. Het gaat daarbij om die hobby en die sport, maar het vinden van contact met anderen is van meer dan secundair belang.

Dit systeem werkt steeds minder perfect. Naarmate de bevolking mobieler wordt, kost het individuen meer moeite om zulke netwerken op te bouwen. Geestelijken en sociale werkers noemen vereenzaming een belangrijk maatschappelijk probleem. Zo gebruiken tegenstanders van verlaging der sociale uitkeringen vaak het argument, dat werklozen nu geen geld meer hebben voor lidmaatschappen en dus geïsoleerd raken. Ondanks hun grote gevoel voor privacy zijn de meeste Nederlanders bang voor isolement. Zij willen toch functioneren in een groep, zij geloven uiteindelijk haast allemaal, dat het leven pas in zijn volheid geleefd kan worden met een partner.

Dat valt ze niet gemakkelijk. Althans de laatste dertig jaar. Net als in heel Europa was ook in Nederland het kerngezin de norm. Je trouwde als je begin twintig was, je kreeg kinderen, je beloofde mekaar trouw tot in de dood en maakte dat waar. Er zat ook niet veel anders op. De maatschappelijke druk om bij elkaar te blijven was tot in de jaren vijftig bijzonder groot. De roomskatholieke kerk kent geen officiële ontbinding van het huwelijk. Protestanten laten die mogelijkheid wel toe, maar die werd traditioneel slechts zeer weinig aangegrepen. Dit hangt ongetwijfeld samen met het feit, dat in Nederland de man geacht werd voor het totale inkomen te zorgen, terwijl de vrouw het huishouden regelde. Die norm was zo algemeen onderschreven, dat tot in de jaren vijftig de ambtenares bij het aangaan van een huwelijk automatisch eervol ontslag kreeg. De culturele omslag van de jaren zestig – en ongetwijfeld de massale introductie van de pil sinds 1963, die de vrouw de macht gaf over de anticonceptie – heeft daar binnen enkele jaren drastisch verandering in gebracht. Samenwonen zonder huwelijkscontract – traditioneel bijna gelijkgesteld met prostitutie – werd normaal. Seks voor het huwelijk – tot dan toe in ieder geval een taboe-onderwerp – raakte algemeen geaccepteerd. Nieuwe wetgeving maakte 'duurzame ontwrichting' tot scheidingsgrond, terwijl tot dan toe een van beide partijen moest bekennen, dat er sprake was van vreemdgaan, hetgeen bekend stond als 'de grote leugen'. De sociale voorzieningen garandeerden de partner zonder vast inkomen in ieder geval een minimaal bestaansniveau. Dat maakte het opbreken van relaties in de praktijk meer haalbaar.

Maar een andere factor was misschien van groter belang. Een huwelijkscontract heeft natuurlijk economische elementen.

Bij mindere welvaart voor iedereen is bestaanszekerheid een belangrijke factor in wat mensen als 'geluk' ervaren. In de maatschappij van het moment is bestaanszekerheid voor bijna iedereen vanzelfsprekend. Dan nemen andere – immateriële – elementen die rol over. Een goede relatie wordt dan voor honderd procent beoordeeld op haar emotionele kwaliteit. De persoonlijkheid van de partner staat centraal en niet wat hij of zij daarnaast nog inbrengt. Het gaat om de kwaliteit van het samenzijn. Laat die te wensen over, dan is dat aanleiding voor een breuk.

Juist door de nationale eerbied voor privacy en het vergeleken met Aziatische of Afrikaanse culturen geringe contact dat familieleden met elkaar onderhouden, zijn partners in een liefdesrelatie zeer op elkáár aangewezen. Dat volhouden tot de dood je scheidt is geen geringe opgave, als de gemiddelde levensverwachting ergens tussen de 75 en de 80 ligt. Zo'n relatie duurt dan in principe lang. En liefde moet wel heel diepgaand zijn, wil men nooit en in geen enkel opzicht op de partner uitgekeken raken. Vooral wanneer men niet bereid is met een zekere teleurstelling te leven en het niet voldoende is, wanneer zo'n partner voor gezelligheid in huis zorgt, dan wel een geregeld leven leidt en elke maand een aardig salaris mee naar huis brengt.

'Schoonheid vergaat, maar weet de lelijkheid die blijft'

De standaard voor geluk is meer dan ooit de romantische liefde in zijn zuiverste vorm. De huwelijkssluiting zelf wordt vaak geassocieerd met een sprookje. Westerse sprookjes eindigen al eeuwenlang vrijwel standaard met de zin 'en zij leefden nog lang en gelukkig'. Voor minder trekken de meeste Nederlands van nu niet bij elkaar in. Uiteindelijk leggen ze dezelfde normen aan als de bejaarde Amsterdamse volksjongen Goocheme Sallie, film- en revuekarakter uit de jaren dertig, die op tekst van Philip Pinkhof zong:

> Je bent niet mooi, je bent geen knappe vrouw.
> Je nagels zijn voortdurend in de rouw.
> Toch wil ik van geen ander weten.
> Omdat ik zoveel van je houd.
>
> Al ben je ook een beetje vreemd van ras
> Toch ben ik danig met jou in m'n sas.
> 'k Wil van een ander nooit iets weten
> Omdat ik zoveel van je houd.
>
> Wat verdriet, mooi ben je niet
> Vooral wanneer je kijft
> Al ben' je geen plaat
> Schoonheid vergaat.
> Maar weet de lelijkheid die blijft,
> daar moet je maar aan wennen.
>
> Al zijn je kleren ook van satijn
> en doe je niet mee aan de slanke lijn
> Toch wil van geen ander weten.
> Omdat ik zoveel van je houd.
>
> Al zijn je haren niet gepermanent
> en is 't gebruik van zeep je onbekend.
> Toch zou ik jou niet willen ruilen
> voor zo een maag're modeprent.

Arts zoekt Eva tot 40 jaar

Dat het steeds minder mensen lukt een relatie te vinden die aan deze hoge emotionele kwaliteitseisen blijft voldoen, blijkt mede uit een fenomeen van de laatste twintig jaar: de contactadvertentie. Steeds meer mensen laten via de kranten weten dat zij op zoek zijn naar een partner. Dat is in Nederland nooit een traditie geweest. Het fenomeen bestond wel, maar je kwam het zelden tegen en meestal begon zo'n advertentie dan met de woorden 'Langs deze mij onsympathieke weg'. Nu bevatten de landelijke dagbladen in hun zaterdagnummers anderhalf tot twee pagina's boordevol contactadvertenties. Elk afzonderlijk publiceren ze er per jaar ongeveer 200.000. Dankzij een bepaalde nummercode blijven de stellers anoniem. Belangstellenden richten hun brief aan de krant die voor doorzending aan de adverteerder zorg draagt.

Zulke annonces geven een goed beeld van wat zoal onder geluk wordt verstaan. Arts zoekt Eva tot 40 jaar: 'Biedt liefde, bescherming rust en zekerheid. Vraagt haar hart en tederheid'. Een type Cindy Crawford heeft de volgende idealen: 'Voor het ontbijt duik in zee, 's avonds hardlopen langs het strand. Ideaal: samen de zon zien ondergaan.' Ze zoekt een 'gevoelige, optimistische, boeiende sportieve man hbo/academisch gevormd.'

Vrouw, net 40, twee *kids*, zoekt een man, 'kindvriendelijk, slim, jong, hartelijk, humor, weinig sport-tv-kijkend.' Zijzelf houdt van 'cultuur, reizen, kamperen, zwemmen, wandelen, fietsen, vrienden.' 'Sportief, strand, wijn bos, gesprek, samen,' meldt een andere adverteerder. Ze is op zoek naar 'een veelzijdige jongen met hersens en gevoel.' Zelfs een 'liefhebber van hoge hak, leer' zoekt 'een goed gesprek, vertrouwen en aandacht voor elkaar.'

Of: 'Me and you against the world. Jij: een vrouw van tussen 25 en 35, slank, aantrekkelijk, controversieel. Ik: sportief, begin 30, man, creatief beroep, geprikkeld door nieuwe uitdagingen. (Dus) ook door jou.'

'Every night, when I go to sleep, I hope to see the woman of my dreams. Every morning when I wake up I hope to meet her! [...] Jij bent een charmante, aantrekkelijke en gezellige lady (25–30 jr., ac. nivo) en verlangt ook naar een serieuze relatie om samen op een plezierige manier van alle facetten van het leven te genieten. Blijf je verder dromen of schrijf je me?'

Voor homoseksuele relaties geldt hetzelfde. De advertenties voor die categorie – gewoon in de dagbladen afgedrukt – verschillen niet principieel van die der hetero-zoekers. 'Zelfstandige jonge man, 35, zoekt dito voor monogame romantische relatie. Als jij weet wat je wilt en met beide benen in het leven staat en het homowereldje nu wel hebt gezien, reageer dan (liefst met foto). Misschien kunnen we de koude winteravonden samen aan.'

Wat opvalt is, dat er mooie karakters in de aanbieding zijn

Wat opvalt, is dat er mooie karakters in de aanbieding zijn. Gegevens over het inkomen ontbreken. Ze worden ook niet geëist. Advertenties waarin het expliciet over geld en goed gaan, zijn uiterst zeldzaam. Wel bevatten de advertenties indirecte informatie. Mensen noemen hun opleidingsniveau of vragen daarnaar. In het progressieve dagblad *de Volkskrant* is vaak sprake van hbo/academisch niveau. In de rechtse *Telegraaf* presenteert men zich graag als 'ondernemer,' want dit blad heeft *free enterprise* lief en verheft de zakenman en diens levensstijl tot norm. Wie een annonce plaatst in het deftig-liberale NRC *Handelsblad*, heeft het vaak over 'enig niveau'. Achter een academicus mag men geredelijk iemand vermoeden met een behoorlijk inkomen, 'enig niveau' wijst evenmin op een door de overheid gesubsidieerd flatje in een jaren vijftig buurt, maar zo'n woordkeus is zeker géén versluierd aanbod van dan wel vraag naar een luxeleven. Het gaat echt om het niveau of de opleiding. Andere termen die men in contactadvertenties vaak aantreft zijn 'gelijkwaardigheid' en 'goed gesprek'. Daarvoor is – luidt de algemene consensus – ook een ongeveer gelijkwaardige opleiding noodzakelijk. Toch zit er een addertje onder het gras: status. In het Nederland van na de Tweede Wereldoorlog hebben de behaalde diploma's vaak vervangen wat vroegere generaties als 'stand' aanduidden. Er bestond een enorme kloof tussen hereboeren en hun arbeiders, tussen ondernemers, winkeliers en arbeiders, die soms zelfs in de kleding tot uitdrukking kwam. Winkelierszoons trouwden niet met arbeidersmeisjes, een boerendochter hoefde het in principe niet in haar hoofd te halen met een jonge landarbeider thuis te komen. 't Gebeurde wel, maar het was vragen om moeilijkheden. Door de democratisering van de samenleving als geheel is zo'n houding al tientallen jaren *not done*. Maar de opleidingseisen zijn een goede vervanging. Ze gaan immers uit van de impliciete veronderstelling dat een academicus met iemand van de huishoudschool of het middelbaar technisch onderwijs geen goed gesprek kan voeren, laat staan een huishouding op basis van gelijkwaardigheid. Intelligentie en creativiteit worden rechtstreeks gekoppeld aan diploma's.

Nu zegt dat natuurlijk niets over de talloze relaties die – buiten de advertentiepagina's om – daadwerkelijk totstandkomen. De advertenties suggereren hoogstens iets over de denkbeelden die in de hoofden van de stellers leven. Maar juist omdat zij de ideale partner omschrijven, geven ze belangrijke informatie over de idealen die in dezen bij veel Nederlanders leven. Dat Amor net als overal ter wereld in de dagelijkse praktijk heel andere spelletjes speelt, doet daar weinig aan af. Ikzelf ben nooit verliefd geworden op iemand die inderdaad voldeed aan de gedachten die ik heb over een ideale partner en zo zal het met de meeste mensen zijn. Wat blijft opvallen, is dat de eisen hoog zijn. Uit het feit, dat tegenwoordig de meeste Nederlanders buiten het gebruikelijk gezinsverband leven, blijkt bovendien, dat men ondanks het verlangen naar een relatie, minder dan ooit bereid is concessies te doen. Je kunt je afvragen, of dit winst is dan wel verlies. De maatschappij van tegenwoordig is rijk aan scheidingsdrama's. Maar misschien weegt dat niet op tegen het stil verdriet dat zovelen uit de vorige generaties droegen, terwijl de schijn werd opgehouden van een geslaagd huwelijk.

Arbeid leidt tot ontplooiing van de persoonlijkheid

Het individu heeft naast een relatie nog iets nodig om tot persoonlijke vervulling te komen: een betaalde baan. Althans, dat is een zeer breed gedragen consensus: arbeid leidt tot ontplooiing van de persoonlijkheid. Ze levert zelfrespect en eigenwaarde op. Ze brengt mensen met elkaar in contact. Wie lang zonder werk zit *wordt over de rand van de samenleving geduwd*. Die raakt *gemarginaliseerd*. Die *hoort er niet meer bij*. Voor alle politieke partijen is het scheppen van volledige werkgelegenheid dan ook een centraal programmapunt. Zij verschillen van mening hoe het ideaal moet worden bereikt. Niet over het uitgangspunt.

Maar werk is in Nederland een schaars goed. Van alle personen tussen de 16 en de 64 jaar heeft 57 procent een betaalde baan. Dat zijn er bij elkaar ongeveer 6,5 miljoen, mensen met soms heel kleine parttime functies meegerekend. Het betekent dat van de totale bevolking – meer dan vijftien miljoen – iets meer dan eenderde bij het arbeidsproces betrokken is. De rest gaat naar school, is met pensioen of geniet een of andere uitkering.

In Nederland maakt men zich nogal zorgen over deze cijfers. De indruk bestaat, dat het aantal niet-werkenden enorm toeneemt. Dat is onjuist. In 1970 werkte 58 procent van de Nederlanders tussen de 16 en de 64 jaar. Wat wel groeit is het percentage mensen dat wil werken. Nederland was vanouds een land waarin de man voor het gezinsinkomen zorgde, terwijl de vrouw thuisbleef. Dat is mede onder de invloed van de tweede feministische golf sterk veranderd. Steeds meer vrouwen zijn uit op een maatschappelijke carrière en dat wordt van overheidswege sterk gestimuleerd.

Niet dat vrouwen in vroeger tijd de wereld van het werk meden. Na hun schoolopleiding zochten de meeste meisjes een baan. Daarmee leverden zij een bijdrage aan de kosten van het huishouden. De rest werd gespaard voor de 'uitzet,' in oorsprong linnengoed, later omringd door allerlei huishoudelijke artikelen. Dat was de startbasis van haar eigen huishouden, als ze trouwde en dus thuis bleef.

Tot in de jaren zeventig bestond er een schooltype, de Middelbare Meisjesschool, oorspronkelijk bedoeld voor de dochters van de betere standen die later een al dan niet academisch gevormde heer zouden trouwen. Je kreeg er goed je moderne talen. Kunstgeschiedenis stond op het programma en literatuur, zodat je leerde tijdens het diner – zelf op tafel getoverd – over alles – desnoods in het Frans – mee te praten, maar niet te diepgaand. De MMS gaf dan ook geen toegang tot de universiteit.

Daar studeerden trouwens zeer weinig vrouwen. De meeste ouders vonden het niet nodig dat hun dochters studeerden, want die gingen later 'toch' trouwen.

Dat is allemaal drastisch veranderd.

'Het persoonlijke is politiek'

Die ommekeer wordt gesymboliseerd door wat heet 'de tweede feministische golf'. Vrouwelijke activistes uit de jaren zestig hadden gemerkt dat zij tijdens acties voornamelijk broodjes stonden te smeren, terwijl de heren het hoogste woord voerden. Sinds het begin van de jaren zeventig manifesteerden zij zich als groep met een groot aantal eisen die men samenvatte onder de leuze: 'Het persoonlijke is politiek'. Zij noemden de bestaande verhoudingen – ook binnen relaties – voor vrouwen onderdrukkend. Zij definieerden het gaande houden van een huishouden als arbeid en eisten dat ook mannen daarvan een deel op zich namen. Zij streefden ernaar dat de percentages mannen en vrouwen op het werk de verhoudingen in de bevolkingsopbouw zouden weerspiegelen. Een doel dat met positieve actie bereikt diende te worden. De bestsellerschrijver Maarten 't Hart tekende hierbij aan, dat het altijd om hogere functies ging en nooit om de bevrouwing van de vuilniswagen, maar zulke geluiden vonden weinig weerklank. Het imago van de huisvrouw veranderde. Van de vereerde, doch thuisblijvende madonna werd zij gereduceerd tot een domme sloof die zichzelf opofferde om haar man – fallocraat en onderdrukker – in staat te stellen een prachtige loopbaan te volgen. 'Theemuts', definieerde de feministische romancière Renate Dorrestein haar.

De tweede feministische golf is nooit een massabeweging geworden. Maar zij vond onmiddellijk weerklank in leidende kringen en bij de intelligentsia. Een gematigde vorm van positieve actie – bij gelijke kwaliteiten wordt de voorkeur gegeven aan een vrouw – vond ingang bij vrijwel de hele overheid. Campagnes spoorden meisjes aan juist wel te gaan studeren. 'Een slimme meid is op haar toekomst voorbereid.' De media – van links tot rechts – behandelden de feministische eisen met sympathie. Universiteiten richtten vakgroepen 'vrouwenstudies' op. Vrouwen meldden zich – steeds beter opgeleid – massaal aan op de arbeidsmarkt. Momenteel is ongeveer de helft van de studenten aan het hoger onderwijs van het vrouwelijk geslacht, al valt wel op dat zij de technische studies mijden. Het is heel ongebruikelijk geworden als een meisje in het kader van huwelijk of samenwoning haar baan opgeeft.

Dat gebeurt vaak wel als er kinderen komen, maar daarmee wachten veel paren, tot zij in de dertig zijn en voor de vrouw het moment van nu of nooit aanbreekt. Dankzij de pil en andere middelen van anticonceptie is het aantal kinderen per gezin drastisch afgenomen. Was in de jaren vijftig een gezin met zes kinderen nog normaal en negen tot 12 niet echt exceptioneel, nu geldt twee als de ideale norm. Sinds enkele jaren meldt zich een nieuwe groep op de arbeidsmarkt: moeders waarvan de kinderen groot genoeg zijn om zich thuis zelf te redden.

De statistieken weerspiegelen dan ook niet zozeer een groeiende werkloosheid als wel het feit dat steeds meer mensen nadrukkelijk werk willen. Meer dan er arbeidsplaatsen bij geschapen worden.

Maar in brede kring – tegenwoordig van links tot rechts – leeft de gedachte dat veel werklozen niet zo hard zoeken, dat zij liever 'profiteren' van hun uitkering en 'met hun luie reet voor de televisie liggen'. Het systeem van uitkeringen staat dan ook onder druk. De overheid neemt allerlei maatregelen om de aanvankelijk gemakkelijke toegang te beperken. Periodiek is er een schandaal, als werkgevers ondanks alles geen arbeidskrachten weten te vinden voor seizoenswerk. Bijvoorbeeld het oogsten van asperges, zwaar en slecht betaalde arbeid, waarvan het loon zelfs vergeleken met de laagste uitkeringen niet de moeite waard is.

Tegelijkertijd bestaat er een uitvoerig circuit van 'zwart' werk dat zich aan de controle van de fiscus en de sociale dienst onttrekt. Zo is het zwarte tarief voor huishoudelijk werk 15 gulden per uur, het witte ongeveer het dubbele en nog meer wanneer iemand meer dan acht uur per dag werkt, want dan ontstaat er een soort dienstverband met zwaardere lasten. Een groeiend aantal 'sociale rechercheurs' probeert de 'bijklussende' werklozen te vangen, terwijl men bij de overheid denkt aan allerlei maatregelen om de 'prikkel' tot het aannemen van werk te vergroten.

Hoe dan ook: tegenover elke vacature staan meerdere sollicitanten. Nu is dat een misleidend cijfer. 't Betekent in de praktijk, dat iemand die zijn baan verliest, op zijn minst enkele maanden bezig is om wat anders te vinden. Maar er bestaat wel een vuistregel: wie twee jaar zonder werk is, vindt al dan niet door eigen wanhoop nooit meer wat anders. Dat is de harde kern van de werklozen die iets minder dan eenderde van het totaal uitmaakt.

De regering tracht werk te scheppen door op de overheidsuitgaven te bezuinigen, ruwweg onder het motto, dat elke niet wegbelaste gulden zijn rol kan spelen bij investeringen door het bedrijfsleven die idealiter werk opleveren. Zo lukte het het eerste kabinet-Kok, dat in de zomer van 1994 aantrad, door een politiek van uiterst zuinig overheidsbeleid en een zo beheerst mogelijke loonontwikkeling 350.000 banen te scheppen. Er zouden zich tussen 1994 en 1998 driehonderdduizend nieuwkomers op de arbeidsmarkt melden, voornamelijk jongeren, zodat er een batig saldo overbleef van 50.000 om de werkloosheid te bestrijden. Dat leidde tot een publieke discussie over de vraag of dit magere resultaat wel zoveel opofferingen waard was. En sommigen – onder wie de socioloog en ex-PVDA politicus Marcel van Dam – beweerden, dat de werkloosheid een gegeven was. In moderne, steenrijke en doorgeautomatiseerde samenlevingen als de Nederlandse was gewoon niet zoveel te doen. Arbeidstijdverkorting was het enige antwoord, als zo nodig iedereen aan het werk moest. Een arbeidsloos inkomen voor iedereen was ook een antwoord. De burger kon dan zelf kiezen in hoeverre hij of zij dat door inkomsten uit arbeid wilde aanvullen. De hoogte van dat arbeidsloze inkomen kon bepaald worden in het democratisch maatschappelijk overleg. Het scheelde bovendien een hele hoop bureaucratisch gesodemieter, want het verfijnde netwerk van sociale voorzieningen bereikte nu ook bijna iedereen zonder inkomen, behalve zwervende junks, want voor welke uitkering dan ook moet de burger een vast adres hebben.

Deze redenering wint langzaam veld, maar wordt toch door de grote meerderheid van de Nederlanders met verontwaardiging van de hand gewezen. Men ziet er een sanctionering in van het recht op luiheid. En tegelijk het opgeven van een maatschappelijk ideaal: je mag niemand langs de kant laten staan en in feite een groot aantal burgers het recht ontzeggen zich via betaalde arbeid te ontplooien. Daarvoor zijn in het denken van de meeste mensen de begrippen 'baan' en 'zelfrespect' nog te nauw verbonden.

Een Nederlander moet zich dus twee betrekkelijk schaarse goederen verwerven, een emotioneel bevredigende relatie én zelfrespect door een betaalde baan. In dit opzicht zijn de tweeverdieners misschien de succesvolste Nederlanders: als het tussen hen goed gaat, hebben ze geluk en werk. Bovendien zijn de lonen nog steeds gebaseerd op de gedachte, dat je er een gezin van moet kunnen onderhouden, zodat ze financieel een behoorlijke speelruimte hebben. Je kunt met die centen in Thailand op vakantie gaan of de Dominicaanse Republiek, – verre bestemmingen raken steeds meer *en vogue* – maar ook een huis kopen. De hypotheekrente is volledig van de belasting aftrekbaar en de huiver voor consumptieve leningen strekt zich niet uit tot het financieren van een woning. De gedachte dat een huis op den duur alleen maar in waarde toeneemt, is vast verankerd en nooit van de kabel losgeslagen door tijdelijke dips in de woningmarkt.

Achter je voordeur kun je jezelf zijn

Een behoorlijke eigen woning staat zeer hoog op de prioriteitenlijst van de meeste Nederlanders. Want achter je voordeur kun je jezelf zijn. Wie zijn eigen inkomen heeft – salaris van het eerste baantje of een studiebeurs – denkt er serieus over het ouderlijk huis te verlaten. Je begint klein – op een kamer of een verdiepinkje – naarmate het inkomen – of de inkomens – toenemen, volgen betere huizen. Daarvoor is zelfs het neologisme 'wooncarrière' verzonnen.

Uit alle consumentenonderzoeken blijkt, wat in de ogen van de Nederlanders een ideale woning is: géén flat, maar een eigen woning – al dan niet in een rijtje of twee onder een kap – met een voor- en een achtertuin. In veel gevallen moet dat een wens blijven, want met zulke huizen is het net als het werk of een blijvend emotioneel bevredigende relatie: die heb je niet één, twee, drie te pakken. Nederland is klein en op Bangladesh na het dichtst bevolkte land ter wereld. Ruimtegebrek dwingt aannemers voor hoogbouw te kiezen, vooral in de geürbaniseerde gedeeltes van het westen. Toch heeft sinds de jaren zeventig ook daar de hoogbouw steeds meer plaatsgemaakt voor lage woningen: als je zo'n wijk intelligent ontwerpt, kun je op hetzelfde oppervlak evenveel woningen kwijt als met flatgebouwen van vier of vijf verdiepingen. Want die moeten nu eenmaal op een behoorlijke afstand van elkaar staan, wil de buurt leefbaar blijven. Hongkongse oplossingen – hoogbouw met nauwelijks tussenruimte – waren nimmer aan de orde.

Toch wordt er in menig flatgebouw of bovenwoning naar zo'n huis met een tuintje gehunkerd. Het is moeilijk daar een echte verklaring voor te vinden. Desgevraagd zullen veel mensen zeggen, dat een tuin zo leuk is voor de kinderen, of dat je toch een beetje groen voor de deur wilt. Maar een stadspark is zelden ver uit de buurt. Er is ook zelden sprake van een oude overgeleverde plattelandstraditie. De tuin is trouwens altijd voor de sier en vrijwel nooit om er groente in te verbouwen. Misschien voldoet zo'n lapje grond voor en achter het huis aan een diep verlangen de privé-sfeer uit te breiden, het terrein, waarop je jezelf kunt zijn.

Jezelf zijn? Dat levert problemen op die al een jaar of zeventig geleden ongeëvenaard onder woorden zijn gebracht door de liedjesschrijver Dirk Witte. Sindsdien behoort de tekst tot het klassieke Nederlandse repertoire:

> *Je leeft maar heel kort, maar een enkele keer.*
> *En als je straks ánders wilt, kun je niet meer.*
> *Mens, durf te leven.*

> *Vraag niet elke dag van je korte bestaan:*
> *Hoe hebben m'n pa en m'n grootpa gedaan?*
> *Hoe doet er m'n neef en hoe doet er m'n vrind?*
> *En wie weet, hoe of dat nou m'n buurman weer vindt?*
> *En – wat heeft 'Het Fatsoen' voorgeschreven?*
> *Mens, durf te leven!*

> *De mensen bepalen de kleur van je das*
> *De vorm van je hoed, en de snit van je jas*
> *En – van je leven.*

> *Ze wijzen de paadjes, waarlangs je mag gaan*
> *En roepen 'of foei' als je even blijft staan.*
> *Ze kiezen je toekomst en kiezen je werk.*
> *Ze zoeken een kroeg voor je uit en een kerk*

En wat j' aan de armen moet geven.
Mens, is dat leven?

De mensen – ze schrijven je leefregels voor
Ze geven je raad en ze roepen in koor:
Zó moet je leven!

Met die mag je omgaan, maar die is te min.
Met die moet je trouwen – al heb je geen zin.
En dáár moet je wonen, dat eist je fatsoen.
En je wordt genegeerd als je 't anders zou doen.
Alsof je iets ergs had misdreven.
Mens, is dat leven?

Het leven is heerlijk, het leven is mooi.
Maar – vlieg uit in de lucht en kruip niet in een kooi.
Mens, durf te leven.

Je kop in de hoogte, je neus in de wind.
En lap aan je laars, hoe een ander het vindt.
Hou een hart vol wan warmte en van liefde in je borst.
Maar wees op je vierkante meter een Vorst!
Wat je zoekt, kan geen ander je geven.
Mens, durf te leven!

Lap aan je laars hoe een ander het vindt. Er blijkt moed voor nodig om aan de opwekking *Mens, durf te leven* gevolg te geven. Dat levert problemen op. Dan vallen ze je lastig. Dan treedt je buiten de norm en dat velen daar niet voor voelen, blijkt uit de gelijkvormigheid van die tuintjes en het feit, dat de inrichting van de woning veelal zo voorspelbaar is. Wie zijn die 'ze'? Een paar jaar na het succes van *Mens, durf te leven* bracht de liedjeszanger Louis Davids uitverkochte zalen tot extase met een portret van zijn publiek. Het heeft nog weinig aan herkenbaarheid verloren:

Dat is die kleine man, die kleine burgerman
Zo'n hele kleine man met een confectiepakkie an
De man die niks verdragen kan, blijft altijd onder Jan
Zo'n hongerlijer, zenuwelijer van een kleine man.'

Davids hield er de erenaam 'Die Grote Kleine Man' aan over. Het volledige lied valt samen te vatten met de woorden: *de kleine man betaalt het gelag*:

> *Dempsey gaat weer aan het boksen en krijgt weer 'n dik miljoen*
> *Om zich 'n kwartiertje te laten stompen*
> *En zijn tegenstander, als ie wint, een half miljoentje meer*
> *Want die kereltjes die laten zich niet lompen!*
> *Wie snakt er naar zo'n baan, zou, kreeg ie het gedaan,*
> *Voor twee tientjes al zijn kiezen uit zijn kaken laten slaan?*

> *Dat is die kleine man, die kleine burgerman*
> *Zo'n doodgewone man met 'n confectiepakkie an*
> *De man met zo een uitgesneden linnen frontje an*
> *Zo'n zenuwelijer, hongerlijer van een kleine man*

> *We verzorgen onze medeburgers tegenwoordig best:*
> *Als je niet werkt krijg je achttien gulden premie.*
> *En dan zijn er veel slampampers die zijn liever lui dan moe*
> *Want die denken: nou achttien piek, die neem ie!*
> *Ze schelden allemaal op patroon en kapitaal*
> *En wie is weer de dupe van dat vrijheidsideaal?*

> *Dat is die kleine man, die kleine burgerman*
> *Zo'n hele kleine man met een confectiepakkie an*
> *Eén met zo'n imitatie-jaeger onderbroekie an*
> *Zo'n minimumlijer, zenuwelijer van een kleine man.*

Andere coupletten blijven hier achterwege, omdat ze zonder een exposé over Nederland in de jaren dertig niet goed te volgen zijn. Maar de Kleine Man is ook daarin een monument van jaloezie: het slachtoffer van iedereen die niet in een confectiepakkie rondloopt, van vice-admiraals tot luie werklozen, van villabewoners tot goed betaalde sporthelden. Hij is de rancuneuze kleinburger die al het onbekende afwijst en in retrospectief is het geen wonder, dat de tekstdichter, Jacques van Tol, tijdens de bezetting een nazistisch radioprogramma verzorgde, waarvoor hij onder meer een antisemitische versie van zijn meesterwerk schreef. De kleine mannen gaven hem een typerende behandeling: na de oorlog bleef Van Tol Nederlands meest produktieve tekstschrijver, maar zijn naam werd consequent doodgezwegen.

Wie fatsoenlijk wil zijn, legt zich grote beperkingen op

Even typerend is, dat de Kleine Man tot op de huidige dag in brede kring bekend staat als een briljante apologie voor de hardwerkende eenling. De artiest die het nummer aankondigt, kan rekenen op applaus nog voor de eerste noten hebben geklonken. Toch is het basiskenmerk van de kleine man, dat hij niet durft te leven. Hij acht zijn vierkante meter bedreigd. Maar hij gebruikt die niet en nooit om daar iets unieks te scheppen. Het moet allemaal in overeenstemming zijn met wat Dirk Witte in zijn lied noemt 'Het Fatsoen'. Wie fatsoenlijk wil zijn, legt zich grote beperkingen op.

Witte was zelf fatsoenlijk. Hij gaf leiding aan de houthandel van de familie. Zijn liedjes waren waarschijnlijk een veiligheidsklep op de ketel van fatsoen waarin hij zijn leven doorbracht. Daarom werden zijn liedjes ook geaccepteerd. Een fatsoenlijk man kan nu en dan iets verregaands beweren, als dat in het dagelijks gedrag maar niet tot uiting komt. Gebeurt dat wel, dan volgt onmiddellijk de straf. *'En je wordt genegeerd, als je 't anders zou doen.'* Op non-conformisme staat de sanctie van het isolement. *Ze houden je in de gaten.*

'Ze' houden je in de gaten, maar ze zullen niet gauw zo individueel of collectief maatregelen nemen. Daarvoor is de eerbied voor de privé-sfeer te groot. Geregeld bevat de pers berichten over kinderen in dichtbevolkte wijken die jarenlang door hun ouders mishandeld zijn, terwijl de buren, zoals de uitdrukking luidt, deden alsof hun neus bloedde. Dat wil zeggen: deden alsof ze er niets van merkten. En misschien spreken zulke mensen wel de waarheid. Je hoort een blinde vlek te hebben voor wat zich bij een ander binnenshuis afspeelt. Overigens zeggen zulke buren dan wel vaak: *Met dat gezin hadden wij nooit contact.*

't Was wat anders geweest, als die mishandelingen zich in de openbare ruimte hadden afgespeeld. Dan was er wel degelijk actie ondernomen. Een belangrijk kenmerk van Fatsoen is, dat *je de vuile was binnenhoudt*. Vroeger gebeurde het wel eens, dat een onderwijzer of een hopman van de padvinderij zijn functie opgaf, zonder dat er een afscheidsbijeenkomst van kwam, waarop de gebruikelijke loftrompet werd gestoken. Dan wist je: die heeft zeker aan de kindertjes gezeten.

Sinds een jaar of vijftien wordt zulke vuile was niet meer binnengehouden. Er volgt een rechtszaak en zo iemand wordt de schande van soms uitvoerige publiciteit niet bespaard. Want sinds de jaren zestig, sinds de erosie van het kerkelijk leven en het afkalven van de burgermansmoraal, is de balans van de 'Kleine man', naar 'mens, durf te leven' aan het doorslaan. Althans, dat zou je denken, als je in Amsterdam op Kalverstraat, Rembrandtsplein en Nieuwendijk de bont uitgedoste menigte ziet flaneren. En vervolgens ontdekt dat een junk de auto heeft opengebroken. Het Fatsoen is blijkbaar ver te zoeken.

Fatsoen behoort tot de internationale woordfamilie, waarvan ook het Engelse *fashion* deel uitmaakt. In achttiende- en negentiende-eeuwse teksten kom je het ook in die betekenis tegen: het gaat over kleding. Maar de tegenwoordige definitie is breder. De definitie van Van Dale is een van de langere in dit standaardwoordenboek: 'Al wat geacht wordt te behoren tot de maatschappelijke behoorlijkheid of gemanierdheid, hetzij meer in moreel, hetzij in formeel opzicht (de goede manieren in de ruimste zin), vooral echter als iets conventioneels opgevat'. Slimme woordkeus! Dankzij het consequent gebruik van de lijdende vorm wordt de vraag omzeild, wie dan wel de grenzen van het fatsoen bepaalt. Duidelijk is in ieder geval, dat fatsoenlijk gedrag erg veel te maken heeft met uiterlijke vormen, anders had men voor het begrip geen woord gekozen dat ooit alleen iets met kledij te maken had. En het gaat om gedrag buiten de privé-sfeer: je mag bij wijze van spreken thuis zoveel in je blote kont lopen als je wilt, maar alleen met de gordijnen dicht. Het gaat, anders gezegd, om normen en gedragsregels die in een collectief proces ontstaan zijn. Wil je erbij horen, dan dien je die normen althans naar de buitenwacht toe hoog te houden.

Oudere mensen klagen vaak dat het met het Fatsoen de verkeerde kant opgaat. Maar wellicht is er iets anders aan de hand: het Fatsoen erodeert niet, het raakt gefragmentariseerd. Er ontstaan steeds meer collectieve ruimtes met hun eigen vorm van fatsoen. Dat past in het organisatorisch principe van de samenleving om elke groep zijn eigen ruimte te geven. Om bij het voorbeeld van de blote kont te blijven: toen in de jaren zeventig de belangstelling voor ongekleed zwemmen sterk toenam, richtten de meeste badplaatsen naaktstranden in. Daar is het uittrekken van zwembroek of bikini geen extra optie, het is een collectief afgedwongen plicht. Ook gekleed loeren vanaf het duin is niet aan te raden. Dat levert kennismaking op met een delegatie sterke jongens, wier spierbundels door het Fatsoen van het naaktstrand des te meer tot uiting komen.

Je doet mee, of je blijft weg. Er is geen tussenweg.

In het streng calvinistische Staphorst valt met de zondagsheiliging niet te spotten. Zelfs autorijden geldt als strijdig met Gods wet. De gelovigen wensen met zulke sabbatsschending niet geconfronteerd te worden, als zij 's morgens en 's middags ter kerke gaan. Zij lopen dan midden op straat en gaan voor voertuigen niet opzij. Bij toeteren of optrekken kunnen er klappen vallen. De Staphorsters wensen niet, dat hen ergernis gegeven wordt. Daarin stemmen zij met de bezoekers van het naaktstrand overeen.

Wie in een gemeenschap woont met veel christenen voor wie de sabbatsrust een dure plicht is, doet er goed aan niet zondags het gras te maaien of op straat aan de auto te sleutelen. Ga je gang in de garage, maar maak ook daar niet teveel lawaai. Natuurlijk: het is ieders goed recht en het radicalisme van Staphorst is zeldzaam. Maar de meeste Nederlanders hebben toch wel een mentaal seintje dat piept als ze ergernis dreigen te geven. Dat legt allerindividueelst gedrag aan banden. Een Aziatisch antropoloog beweert, dat zoveel Nederlanders 's avonds hun gordijnen openlaten opdat de passanten kunnen zien, dat ook binnen niets ergernis zou kunnen opleveren. Dat is dan het zuiverste bewijs van een Nederlandse hang naar het conventionele. Als dat klopt, is het slecht nieuws voor wie van *Mens, durf te leven* houdt. Dat kun je dan maar beter verstolen neuriën. Of een subcultuur zoeken, waar de normen niet zo allerindividueelst zijn als je zelf dacht. Moeilijk is dat niet. Zelfs voor liefhebbers van SM bestaat er een contactblad.

Maar dat wordt wel in een neutrale enveloppe verzonden. Dat is nog tot daaraan toe, maar hetzelfde geldt voor *De Gay Krant*, met een oplage van dik 26.000, het meest gelezen blad voor homoseksuelen ter wereld. Ondanks het feit dat homoseksualiteit in Nederland zo geaccepteerd is dat de wet discriminatie op grond daarvan verbiedt, vinden veel abonnees het toch veiliger dat de postbode of de buren niet merken, dat het ook bij hen bezorgd wordt. Anderszijds, *De Gay Krant* is gestart als hobby door een hogere ambtenaar bij het Ministerie van Defensie, die de dienst slechts verliet, omdat het succesvolle blad teveel van zijn vrije tijd begon te vergen.

Je wilt geen ergernis geven. Je weet ook nooit, wie zich bij nader inzien toch ontpopt als die kleine man met zijn confectiepakkie aan. Juist het veelzijdig aanbod aan confectie maakt het zo moeilijk, dat op het eerste gezicht vast te stellen.

Je valt de medemens liever niet lastig met emoties

Zo beperken de vorsten en vorstinnen op hun vierkante meter hun eigen speelruimte. Daarbuiten stellen zij zich nog voorzichtiger op. Dat heeft belangrijke gevolgen: bijvoorbeeld voor het uiten van emoties. Daar val je de medemens liever niet teveel mee lastig.

Toen mijn vader overleed, was het aan mij als oudste zoon om bij de crematie enige woorden te spreken. Ik stelde een korte toespraak op, waarin ik de uitgangspunten uiteen zette, volgens welke mijn vader geleefd had en ook waarom de plechtigheid ondanks zijn rooms-katholieke achtergrond géén religieus karakter had. Vader was in de jaren zestig van het geloof weggezworven. Er zouden waarschijnlijk enkele tientallen mensen komen die hem al lang niet meer gezien hadden en daarom wilde ik het commentaar van verschillende kennissen en collega's. Dat viel slecht. Aan die confrontatie hadden slechts weinigen behoefte. Ze wisten eigenlijk niet, hoe ze met dit in hun ogen uiterst vreemde verzoek moesten omgaan. Ik trek me wel vaker weinig aan van sommige normen en gebruiken, maar nu ging ik te ver. Ik haalde mensen blijkbaar binnen in een privé-wereld, waar ze naar hun idee absoluut niet thuishoorden. Ik liet ze toe bij mijn emotie, maar dat kon ook betekenen, dat ik de deur forceerde, waarachter zij hun eigen emoties verborgen hielden. Ik deed een onverwachte inval op een pijnlijk punt.

Mijn moeder bestudeerde de tekst met des te meer aandacht. Niet omdat zij er invloed op wilde uitoefenen. Ze wilde goed weten, wat er kwam *om tijdens de crematieplechtigheid zelf niet in huilen uit te barsten*. Het was een droevige aangelegenheid. Het tonen van verdriet was gewettigd, maar heftige uitingen daarvan niet. Je houdt je groot. Je toont, dat je jezelf volkomen onder controle hebt. Daarmee breng je zelfrespect tot uiting, maar ook respect voor anderen, die misschien niet weten, hoe zij op heftige smart moeten reageren. Wij hadden achter overdreven huilen of lachen trouwens altijd aanstellerij en toneelspel vermoed.

De plechtigheid verliep geheel naar wens. De bijeenkomst verliep in stille waardigheid. We hielden allemaal onze tranen binnenboord.

Dit gaat ook voor Nederlandse omstandigheden tamelijk ver. Wij Van der Horsten hebben onze emoties wellicht achter een wat al te dikke muur weggemetseld. Veel Nederlandse lezers zullen het verhaal van mijn vaders crematie dan ook met lichte bevreemding lezen, maar het mechanisme erachter is hen niet vreemd. Je bent spaarzaam in het uiten van emoties. Je beschermt ze, want ze zijn privé. Tegelijk wil je er een ander niet mee lastig vallen. Ze horen thuis op je vierkante meter en niet daarbuiten.

Niet daarbuiten? Je kunt ze misschien – en dan nog op een beheerste manier – wel uiten in een veilige omgeving. In een professionele situatie bijvoorbeeld. Vroeger waren dat bijna uitsluitend dominees en priesters. Luisteren, vertroosting bieden en goede raad was en is het centrale kenmerk van hun dienstverlening. Geestelijken worden dan ook zelden geprezen om hun indrukwekkende liturgische prestaties. Het gaat om de vertroosting, om hun wijsheid, hun mildheid in het persoonlijk contact.

Maar de ontkerkelijking heeft grote vormen aangenomen. Tegenwoordig heeft Nederland de grootste psychologendichtheid ter wereld. Ook een psycholoog kun je toegang geven tot je eigen vierkante meter, zoals stukadoor, schilder of elektricien best de privé-sfeer mogen betreden om daar hun vak uit te oefenen. Want die brengt zijn persoonlijkheid niet binnen, maar zijn vakkennis. Dus staan bij de psycholoog de weggooizakdoekjes klaar: hier kan en mag gehuild worden.

Toch is de Nederlandse maatschappij rijk aan onverwerkt verdriet. Dat brengt geestelijke beschadigingen aan die niet zo snel genezen. Een bekend fotograaf, die twee kinderen bij een auto-ongeluk was verloren, vond een verblijf in de Sahel een verademing. Daar kon je gewoon over zulke onderwerpen praten, zonder dat de mensen schrokken. Ze wisten wat het betekenden om kinderen te verliezen. En ze gingen op een natuurlijke manier met verdriet om. Inderdaad, Nederlanders laten anderen graag alleen met hun verdriet. Zij durven er als het ware niet aan te komen. En die ander houdt dat gevoel binnenboord. Dat maakt rouw een langdurig en eenzaam proces.

De laatste jaren lijkt een aantal uiterst succesvolle televisieprogramma's deze stelling te ondergraven. Zo zijn er *dating shows*, waarin men op het scherm via een soort spelletjessysteem een partner kan uitzoeken voor een vakantiereis. Na terugkeer verschijnt het paar opnieuw op de buis om te vertellen, hoe het gegaan was. Verreweg de meest populaire show in dit genre tracht gebroken relaties te lijmen, oude vijandschappen te laten verkeren in vriendschap. De presentator treedt als verzoener op. Hij dringt evenwel niet binnen in de woning van de te verzoenen persoon. Die neemt hij mee naar een stacaravan in de buurt om daar een video te aanschouwen, waarin de ander beterschap belooft of zijn dan wel haar liefde betuigt. Een en ander gaat met veel tranen gepaard. De uiteindelijke verzoening vindt wel in de studio plaats voor een talrijk publiek.

Het succes van zulke programma's onderschrijft echter de Nederlandse traditie van de ander niet lastig vallen met problemen. De slachtoffers leggen hun leed of geluk niet bloot voor enkele fysieke personen, maar voor een anonieme onbekende massa. Interactie is niet mogelijk. Zo wordt de televisie een psycholoog. Zo kan het leed openlijk geuit worden, de verzoening publiek totstandkomen, het geluk zich manifesteren, terwijl de medemensen – al zijn het er dan miljoenen – toch op een afstand blijven. De televisie blijkt juist een veilige uitlaatklep voor emoties die anders opgekropt moeten blijven.

De leden van het publiek op hun beurt hoeven zich niet te generen voor dit gedrag. Want voor hen bestaat de mogelijkheid van interactie ook niet. Zij bevredigen hun nieuwsgierigheid, zonder dat dit gevolgen heeft. Zij hoeven niet weg te kijken, zoals met dat vrijende paartje bij de bushalte of de knetterende ruzie van de buren op de trap. Gemanifesteerd en toch op een afstand gehouden leed dan wel geluk is wel hanteerbaar.

Vriendschap neemt niet gauw de vorm aan van een overlevingsnetwerk

Dat verzoeningsprogramma heeft overigens een titel die snel aanspreekt: *All you need is love*. Nogmaals: Geluk heeft te maken met het immateriële. Relaties van werkelijke waarde ook. Vriendschap neemt zelden de vorm aan van een overlevingsnetwerk. Wie in geldnood zit, zal niet gauw in zijn vriendenkring uit lenen gaan. Je gaat wél met een bevriend gezin gezamenlijk op vakantie. Je komt bij elkaar over de vloer. Maar het is niet de bedoeling, dat die vriendschap een materiële verstrengeling krijgt. Evenmin staat de deur voor vrienden en kennissen altijd open. Veel Nederlanders schrikken van onaangekondigd bezoek. Het past niet in hun planning. Zij hebben er geen rekening mee gehouden. Zij 'hebben niets in huis' en zijn dan ook niet in staat voldoende stoffelijke blijken van gastvrijheid op tafel te brengen. In de praktijk wordt deze soep lang zo heet niet gegeten, als hij hier wordt opgediend, maar dat is toch het principe.

In tegenstelling tot veel andere volkeren houden Nederlanders nooit rekening met een gast aan tafel. Het is dan ook *absolutely not done* om rond etenstijd bij iemand binnen te vallen en was de afspraak voor in de middag gemaakt, dan is het de bedoeling, dat de visite rond vijven opkrast, want traditioneel wordt het avondmaal tussen zes en zeven opgediend. Anders gaat gastheer of -vrouw zich ongemakkelijk voelen. Voor de gasten weg zijn, kan niet met koken worden begonnen. Dat zou in feite een invitatie zijn om te blijven eten en daarvoor is er niet genoeg in huis.

Het eerste redmiddel is *het bezoek de deur uit te kijken*. Dat doe je voornamelijk door elk gespreksonderwerp beleefd dood te laten lopen, over te gaan tot zwijgzaamheid. Zeer rechtstreekse mensen zouden zich in dat geval voor het raam posteren met de opmerking: *Het is droog, je kunt er nu wel door*, vooral als reeds de hele dag de zon scheen. Maar weinigen durven zover te gaan. Blijft het bezoek toch plakken, dan volgt die invitatie tenslotte, maar van harte is het allemaal niet. Men verschijnt slechts rond etenstijd bij Nederlanders, wanneer men daartoe expliciet is uitgenodigd. Meestal op een vrij nauwkeurig geformuleerde tijd. Het is dan zaak ook daadwerkelijk te verschijnen, want zo'n uitnodiging is altijd serieus en gemeend. Het gaat ook niet aan een half uurtje van tevoren of zo af te zeggen. Want wie iemand voor het eten uitnodigt, doorbreekt de gebruikelijke praktijk, doet daarvoor bijzondere aankopen en getroost zich bijzondere moeite. Aan zo'n maaltijd wordt dan ook altijd een feestelijk tintje gegeven. Je kunt niet aankomen met een gewone dagelijkse hap. Die moet in ieder geval een beetje aangekleed worden. Ook andersoortige uitnodigingen – kom vanavond een borrel drinken, wil zeggen: vanaf een uur of acht, ná de maaltijd – zijn altijd serieus, wanneer er een tijd bij bepaald wordt, een dag of een uur. Pas wanneer de Nederlander zegt: *Wij zien elkaar*, of *Wij moeten snel eens een afspraak maken*, heeft men met een vriendelijk soort afscheid te maken. Dat zelfde geldt voor *Wij komen elkaar nog wel eens tegen*.

Zo leven de Nederlanders in hun privé-sfeer rustig voort. Thuis is een centraal element in hun leven. Een bekende tv-commercial toont een auto die over Europa's heerwegen voortraast langs enorme wegwijzers met daarop 'naar huis'. Daar is soep.

Er is ook koffie. Wie het ideaalbeeld van het Nederlandse gezinsleven onder ogen wil zien, doet er goed aan koffie-*commercials* te bezichtigen. Wij aanschouwen een grote geborgenheid. Wij zien lichte verschuivingen in traditionele rolpatronen. Zoonlief komt 's morgens om zeven uur thuis van zijn krantenwijk. Vader – niet moeder! – is bezig met het ontbijt en schenkt vast een kop dampende koffie in. Een andere vader is net zo uitgeput als zijn jonge echtgenote, omdat hij kennelijk zijn deel heeft gehad aan het vergeefs in slaap wiegen van de baby: koffie! Vader en moeder – veertigers ditmaal – hebben hun dochter net geholpen met de verhuizing naar haar eerste eigen kamer. Moeder pinkt een traantje weg, maar is tegelijk trots. Dochter heeft het koffiezetapparaat al aangezet. Nu ontstaat gezelligheid.

Gezelligheid is een gedrag, het is communicatie

Dat is een atmosfeer die men graag typisch Nederlands noemt. Gezellig hangt samen met gezelschap. Het is een gedrag, het is communicatie, die de betrokkenen bij elkaar houdt, omdat zij dat op prijs stellen, omdat zij er een goed gevoel bij houden. Ongezellig gedrag van een der aanwezigen kan veel bederven. En die kans ligt op de loer, want in het café of op feesten hoeven

Nederlanders niet naar een consensus te zoeken. Ze zitten daar voor de lol. Ze kunnen voor hun mening uitkomen. Dat doen zij ook. Radicale uitspraken zijn niet van de lucht. De gezelligheid nu, wordt verstoord, als je een ander zijn mening niet gunt, die fel hard en persoonlijk aanvalt.

Elke zondag gingen mijn ouders op bezoek bij opa en oma, waar dan ook mijn omes met het hele gezin werden geacht te verschijnen. Zij brachten allemaal voor opa twee sigaren mee. Iedereen kreeg koffie, waarna verschil van mening ontstond over maatschappelijke omstandigheden, want over familiezaken ging het nooit. Dat zou te dicht bij komen. Ik was nog een klein jongetje en ik herinner mij, dat mijn vader zich op een gegeven moment verhief en – alsof hij een massabijeenkomst toesprak – stelde: 'De tram is een prehistorisch vervoermiddel.' Hij zei dat met grote nadruk en geen tegenspraak duldende, maar de omes gingen daar heftig tegenin. Ik zag de tantes waarschuwend kijken. Ingrijpen deden zij niet.

Dat gebeurde een andere keer – *remember*: jaren vijftig, hartje Koude Oorlog – wél. Mijn vader had net een bewering gedaan.

'Dan,' zei oom Anton kalm, 'ben jij een communist.'

'Ik ben helemaal geen communist.'

'Dan ben jij wél een communist.'

Eerst greep oma in: 'Rustig nou jongens, er ligt een zieke bij de buren.' Dat zei zij ook, als wij kinderen bij ons spel teveel lawaai maakten.

Daarna trad tante Eugenie, de echtgenote van oom Anton, op: 'Stop daarmee, Anton. Laten we het *gezellig* houden.' Alle tantes verboden hun mannen trouwens op familiebijeenkomsten over politiek te beginnen, want je kwam daar voor de *gezelligheid*. Ooit zei mijn moeder, thuisgekomen van een begrafenis: 'Het is eigenlijk schande, maar naderhand wordt het altijd *gezellig*.'

Gezelligheid is een collectief goed en iedereen heeft de morele plicht dat te behoeden. Centraal staat communicatie en onderling contact tussen meer dan twee personen, vaak – dat hangt van de gelegenheid en de aard van de betrokkenen af – bevorderd door het gezamenlijk gebruik van koffie, thee, alcohol en ook wel weed, want een rondgedeelde *joint* is natuurlijk een belangrijk bindmiddel. Met de verstoorder van de gezelligheid loopt het slecht af, zoals de zeventiende-eeuwse biografie van admiraal Michiel de Ruyter al leerde:

''t Is ook gebeurd dat iemand in een trekschuit, in zijn bijzijn, de Overheid op een vuile wijze met veel woorden lasterende, hij zich daar met groten ernst tegen stelde: zeggende, dat hij, een Dienaar en in eed van 't Land zijnde, zulke taal niet kon dulden: bevelende de kwaadspreker te zwijgen: en, als hij voortging, in 't lasteren, hem meermalen, waarschuwende, ook de schipper belastende de man aan land te zetten. Doch als 't alles vergeefs was, heeft hij die oproermaker aangetast, opgenomen, en, alzo hij zeer sterk was, tezamengevouwen en buiten boord gezet, niet ver van 't land daar hij zich bergde.'

De admiraal, die in heel Europa een Schwarzkopf-achtige reputatie had, kon wel eens kort aangebonden zijn. Verstoorders van gezelligheid hoeven geen klappen te verwachten, behalve in de kroeg, als de drank behoorlijk in de man is, maar zij zien zich weggekeken, genegeerd. Ze merken, dat het hun steeds moeilijker valt een stoel bij te schuiven. Ze hebben de anderen niet in hun waarde gelaten en dat wordt slechts langzaam vergeven. Let wel: De Ruyter zette de lasteraar niet overboord vanwege zijn opvattingen, maar om de manier waarop hij die onder woorden bracht. Zo iemand kon je niet hebben in de kajuit van een trekschuit, waar een heel gezelschap uren met elkaar moest doorbrengen en gezelligheid de belangrijkste remedie was tegen verveling. De admiraal wilde gewoon, dat de sfeer niet giftig werd. Ondanks zijn persoonlijke vroomheid – De Ruyter las voor zijn plezier theologische boeken – zegt de biografie, was hij geen scherpslijper.

'Hij hoorde zeer ongaarne dat men enige verschillende christenen, ja zelfs dat men alle mensen die buiten 't christendom waren geheel en al veroordeelde: maar wilde 't oordeel liever opschorten, ziende wel geen grond van hoop, omdat buiten Christus geen zaligheid is, ook geen zaligheid buiten Christus vaststellende, maar nochtans erkennende een ondoorgrondelijke diepte, beide van oordeel van barmhartig, liet hij de zaak Gods bevolen. 't Was hem ook zeer tegen de borst, als men iemand die dwaalde, in zijn religie bespotte.'

De gezelligheid die bekenden op een caféterras aantreffen, is een voortzetting van de harmonieuze verhoudingen die thuis horen te heersen. Let ook op de aanduiding van zulke ruimtes als 'huiskamer'. Als de kachel brandt, wordt het gezellig. 'Zet die tv nou eens af en laten we gezellig naar bed gaan!' suggereert men de geliefde. Of: 'Wees nou eens gezellig en leg dat boek weg.'

Gezelligheid kan zelfs het kenmerk worden voor de ruimte. De een heeft zijn woning koel en modernistisch ingericht, bij de ander is het echt gezellig. Het voormalige dagblad *De Rotterdammer*, dat zich richtte op het protestants-christelijke gezin, adverteerde met de slogan: 'Een gezellige krant!' Zich daarmee profilerende als noodzakelijk attribuut voor het creëren van de juiste huiselijke sfeer.

De cabaretiers Kees van Kooten en Wim de Bie kwamen tot de ultieme omschrijving van de gezelligheid in hun lied 1948. Opmerkelijk gegeven: het staat op de muziek van Leonard Cohen's *Alone Again*. Die eenzaamheid komt, maar op een heel aparte manier.

Buiten huilt de wind om 't huis
Maar de kachel staat te snorren op vier
Er hangt een lapje voor de brievenbus
En in de tochtigste kieren zit papier
Wij waren heel erg arm
En niemand hield van ons.
Maar we hadden thee en nog geen tv
Maar wel radio en lange vingers
We gingen nog in bad
Haartjes nat, nog even op
Totdat vader zei: "Vooruit naar bed"
Dan kregen we een kruik mee
Gezichten op 't behang
Maar niet echt van binnen bang
Toen was geluk heel gewoon.

Buiten huilt de wind om 't huis
Maar moeder breit een warme sjaal
En het ganzenbord op tafel stond er
De volgende morgen nog helemaal
Ook gingen wij naar 't bos
Daar zijn we toen verdwaald
Van de weg geraakt, carrière gemaakt
Heel die pannekoekensmaak vergeten.

Let even op de laatste vier regels. Voor Nederlanders is het bos vaak synoniem voor een wilde, ongecontroleerde natuur, ook al is het in de praktijk nog zo aangeplant. De bomen zijn hoog. Je ziet weinig hemel en zeker geen horizon, waar je in de polder zo aan gewend bent. Het bos is een vreemde wereld, waar je je oriëntatiepunten uit het oog verliest. *Iemand het bos insturen* betekent 'in de steek laten'.

Bos betekent onveiligheid, gevaar. Van Kooten en De Bie schetsen het verloren bolwerk van gezelligheid, waar zij uit weggezworven zijn in het kader van hun carrière. Ze hebben het motto *Mens, durf te leven* waar gemaakt. Hun eigen weg gekozen. Achteraf blijkt dat verdwalen, van de weg af raken en de gezelligheid komt nooit meer terug. Het absolute gevoel van veiligheid en geborgenheid is voorgoed in de nevels van de tijd verdwenen. Zij moeten zich handhaven in een koude werkelijkheid. De warmte – die zeer vaak met gezelligheid wordt geassocieerd en via de kachel, de kruik en de sjaal een zeer centrale rol speelt in het verloren paradijs – is de prijs, betaald voor het succes en de vrijheid.

Dat weerhoudt mensen ervan de gezelligheid eraan te geven, de wijde wereld in te trekken of op zijn minst dat vorstendom op de vierkante meter het aanzien te geven van een absolute monarchie.

De atmosfeer wordt verstikt door de spruitjesgeur

Toch handelt een groot deel van de modernere literatuur over ontsnappingspogingen aan huis, haard, tradities en allerlei vormen van gezelligheid die nu ineens als verstikkend worden geschetst. Citaat uit het eerste en nog steeds beroemdste werk uit dit genre, *De Avonden* (1947), van Gerard Reve:

'Terwijl ze de tafel afruimde, ging zijn vader op de divan liggen, richtte zich weer op om zijn schoenen uit te trekken, bleef even voor zich uit starend, zitten en liep toen naar de boekenkast. Vlak daarvoor gleed hij uit, sloeg met zijn linkerbeen in de lucht, maar herwon zijn evenwicht. "Hoe!" riep zijn moeder, "hee!" "Er is niets aan de hand," zei Frits, "Je moet niet meteen zo schreeuwen."

Zijn vader trok een boek uit de kast, ging weer op de divan liggen en woelde met zijn vrije hand door het haar. "Hoei boei, de kachel," zei zijn moeder. Ze keek in het vuur en zei: "Hij brandt goed. Denk eraan, dat jullie hem zo laat staan. Met de ketel net ertussen." Ze deed voor, hoe de aluminium waterketel tegen de bovenkant van de vulklep gezet moest blijven, zodat deze een eindje open stond. "Anders vliegt alles er in een uur door," zei ze. Ze ging naar de keuken.

Frits keek op de klok. "Alles is verloren," dacht hij, "alles is bedorven. Het is tien minuten over drie. Maar de avond kan nog veel vergoeden."'

Je krijgt een decor als geschilderd door Van Kooten en De Bie, maar nu is dat een benauwde gevangenis, waarvan bekrompenheid, hypocrisie en angst voor het onbekende de tralies zijn. En de atmosfeer wordt verstikt door de spruitjesgeur. Spruitjes zijn een soort koolgewas op miniatuurformaat met een wat bittere smaak, waar kinderen vaak een hekel aan hebben.

Als je ze behoorlijk doorkookt, verspreidt zich een penetrante geur door het hele huis. Die geur staat voor de tamelijke smakeloosheid van het gerecht – met een heel kort kookje zijn ze overigens heerlijk, maar dat hoort bij de moderne keuken en niet bij de traditionele – die geur staat voor de laffe en tegelijk enigszins bittere smaak, het vale naar zwart neigende groen van de spruitjes zelf, die zo het symbool worden voor de kleurloosheid van het bestaan. Zo kan spruitjesgeur opstijgen uit de ongeïnspireerde voorstellen van een kleurloos politicus, uit de clichématige mededelingen door een uitgeblust perscommentator gedaan of uit de overvoorzichtigheid van de directeur. Als gezelligheid baanbreekt, zijn er altijd aanwezigen die spruitjesgeur menen op te snuiven. Ze ervaren die dan niet als bevrijdend, maar als omknellend. De ongeschreven regels helpen je niet langer om in gezelschap toch jezelf te zijn, ze dwingen nivellering af van denken en handelen. De kleur verbleekt. *Je zou de mensen wel wat peper in hun reet willen strooien*, zoals de uitdrukking luidt. Je komt stilzwijgend in opstand tegen wat nu aanvoelt als lulligheid (woordenboek: flauw, onnozel, mal, karakterloos, naar, vervelend. Als in: *doe niet zo lullig*. Of: *Zo'n grote vent op een vouwfiets is een lullig gezicht*).

'Lulligheid kent geen tijd,' parafraseerde de columnist Nico Scheepmaker het spreekwoord *Gezelligheid kent geen tijd*.

Van Kooten en De Bie zijn – zo leert hun biografie – welbewust aan de gezelligheid ontsnapt. Ze ontwikkelden zich tot vrijwel onaantastbare 'intrappers van heilige huisjes'. De intelligentsia slaat hun tv-shows niet over. Van Kootens boeken zijn bestsellers. Ze waren in ieder geval tot het begin van de jaren negentig trendsetters van belang en hoge omes die ze met hun talent hadden geconfronteerd, werden daarna nooit meer zo serieus genomen als voorheen.

Als zulke mensen een ode aan de gezelligheid brengen, dan is dat een welsprekend bewijs voor de blijvende aantrekkingskracht van het fenomeen. Je moet van goeden huize komen, wil je echt voldoende ontsnappingssnelheid kunnen ontwikkelen. Met de protagonisten uit de spruitjesgeur-literatuur loopt het trouwens zelden goed af.

Omgekeerd proberen goedwillende instanties mensen die buiten alle perken van de nette samenleving zijn gevallen – in de praktijk junks van allerlei slag – te lokken met 'huiskamerprojecten'. Ze stellen een ruimte open, waar koffie is en thee, en iemand die naar je luistert: de hoofdattributen van de gezelligheid. Let wel: dat is geen opvang. Dat is het scheppen van de voorwaarden tot het ontstaan van een onderlinge communicatie die tegelijkertijd veiligheid en geborgenheid inhoudt, gedragen door de bezoekers zelf. Opvang is de volgende stap. Die zal pas gedaan worden, als zo'n bezoeker er zelf het initiatief toe neemt.

Net als elders in de wereld staan manifeste junks op de allerlaagste maatschappelijke trede. Of liever gezegd: ze zijn zelfs daarvan afgetrapt. Ze zijn om zo te zeggen de kastelozen van de Nederlandse samenleving en de algemene opinie luidt, dat dit hun eigen schuld is. Meer dan de helft van de veroordeelden bestaat uit verslaafden. Door de centra van de binnensteden zie je ze scharrelen, op zoek naar buit. Ze wekken algemeen angst en afkeer. Toch vormen de junks van wie het lichamelijk verval afstraalt, zelden een bedreiging. Ze zijn te ver heen om de medemens nog effectief van zijn bezittingen af te kunnen helpen. 't Zijn juist degenen die nog niet ten prooi zijn gevallen aan een zwervend leven en liever drugs dan een maaltijd kiezen, de nog niet herkenbare gevallen die de *drugs related crime* instandhouden. Ze zijn trouwens niet zo goed te onderscheiden van een andere, groeiende categorie zwervende mensen: psychisch gestoorden die niet zélf de keus maken zich op te laten nemen. Dwangverpleging kan in Nederland alleen maar worden opgelegd door de burgemeester van een gemeente, als zonneklaar is bewezen, dat de betrokkene door zijn gedrag een gevaar vormt voor zichzelf en de omgeving. Dat bewijs dient spijkerhard te zijn, getuige een tragisch voorval uit 1993, toen een gestoorde, waar de hele straat al bang voor was, een meisje van twaalf doodsloeg met een knuppel. Er was teveel eerbied getoond voor zijn privacy, zijn eigen gedragsnormen hadden teveel respect ontmoet.

Deze moord leidde tot veel discussie over de grenzen van toelaatbaar gedrag. Uiteindelijk kwam daar een soort conclusie uit: iedereen had langs elkaar heengewerkt en daarom waren de signalen niet tijdig genoeg opgevangen. Of je mensen misschien om minder uit de circulatie moet halen, speelde nauwelijks een rol in het debat. Het stuit Nederlanders tegen de borst om anderen voor hun eigen bestwil in hun vrijheid te beperken.

Ook hier heeft de culturele revolutie van de jaren zestig voor een intensivering gezorgd. Een tijd lang was de antipsychiatrie, die vond dat eerder de maatschappij dan de mensen ziek was, tamelijk populair. Nieuwe wetgeving scherpte ook de rechten van geestelijk gestoorden aan. Psychiatrische hulpinstellingen namen de geest van de wet over en accepteren veelal alleen patiënten die aan hun genezingsproces willen meewerken. Dwangverpleging is alleen maar toegestaan, als de betrokkenen aantoonbaar een gevaar voor zichzelf zijn en voor hun omgeving. Vandaar dat door de winkelcentra van de grote steden klaarblijkelijk gestoorden scharrelen. Zij zijn het equivalent van de Amerikaanse *shopping bag ladies*. En kwade tongen beweren, dat dit respect voor de rechten van het individu een mooie dekmantel was om bezuinigingen te realiseren op psychiatrische inrichtingen: er kwamen nu immers minder patiënten. Dat bracht Hans Slijpen, sociaal werker bij de politie van de stad Utrecht, tot de volgende cynische observatie over Nederlands grootste *shopping mall*-achtige winkelcentrum Hoog Catharijne, onderdeel van zijn werkgebied. In het dagblad *Trouw* van 24 september 1994 constateerde hij:

'In Hoog Catharijne vinden ze niet alleen onderdak, anonimiteit, vrijheid en lotgenoten. Ze vinden er zelfs "verpleegkundigen", dit keer toevallig in blauwe politie-uniformen. Hoog Catharijne is soms bijna een echt gekkenhuis met alle faciliteiten. Je wordt erheen verwezen. Er is personeel. Er zijn andere patiënten. Er worden pillen geslikt en spuiten gezet.'

Slijpen maakte de opmerking naar aanleiding van Anna, een incontinente volledig vervuilde vrouw met godsdienstwaanzin die gehoorzaamde aan 'stemmen' in haar hoofd, waarvan ze zich niet meer mocht wassen. Ze verbleef jaren op Hoog Catharijne. De psychiater vond Anna niet gek genoeg, de rechter meende, dat zij geen gevaar vormde. Maar ze stonk zo, dat de junks – ook op Hoog Catharijne woonachtig – haar probeerden te verjagen.

Trouw:

'Een paar weken later gebeurde alsnog waarvoor het politieteam al maanden vreesde: de verslaafden begonnen eigenhandig het probleem Anna op te lossen. Op een dag werd de vrouw gevonden met blauwe plekken en brandwonden van uitgedrukte sigarettenpeuken op haar lichaam. "Het was nog maar een waarschuwing geweest," vreesde Hans Slijpen. "Daarna kon Anna eindelijk worden opgenomen. Anna zat als een hoopje ellende bij ons op het bureau toen de machtiging er eindelijk door kwam. Ze bleek zo verwaarloosd te zijn, dat ze regelrecht naar het ziekenhuis is vervoerd, waar ze geruime tijd heeft gelegen."'

Ik vind het niet prettig deze citaten op te schrijven. Ze zijn ook niet maatgevend voor de manier waarop Nederlanders met elkaar omgaan. Toch krijg ik – woonachtig in het centrum van een grote stad – de indruk, dat dit geen incident is. Ik kom op straat en op het station teveel gestoorde stumpers tegen, wier mensenrechten blijkbaar scrupuleus worden ontzien. Behalve door de rest van het straatvolk, de junks, de zwervers, de stoephoeren, de aan lager wal geraakte criminelen die er een keiharde pikorde op na houden en de zwaksten overal wegslaan. Het probleem is: hulp wordt aangeboden.

Maar zij moet in duidelijke termen en met woorden worden gevraagd. Die is nooit non-verbaal. Wie in lompen gehuld en ongewassen staat te mompelen bij de ingang van het station, wie halve hamburgers zoekt in de prullenbakken en slaapt op de roosters van het stadhuis (ik heb het nu over twee bestaande figuren), wie zich zo gedraagt, ziet dat gedrag zelf niet geïnterpreteerd als een *feitelijke* schreeuw om hulp.

En ik negeer ze net als de rest van het passerend publiek, want voor zulke mensen zijn instanties en we betalen een hele hoop belasting.

Om diezelfde reden wordt gedwongen afkicken, zoals dat bijvoorbeeld in Singapore bestaat, in Nederland niet toegepast. Natuurlijk, de eis wordt wel naar voren gebracht, niet alleen aan de borreltafel, ook in de politieke arena, maar dat heeft niet tot resultaten geleid. Het besluit om af te kicken moet vrijwillig zijn. De helpende hand mag niet opgelegd worden, zij dient te worden gevraagd. Er bestaan talloze instanties die verslaafden willen helpen, begeleiden, uit hun omgeving halen, maar zij passen geen dwang toe. Zij hebben in plaats daarvan een *intake*-procedure. Het initiatief gaat van de junk uit. Die komt binnen en gaat ook weer weg. De strengste sanctie voor weglopers is, dat zij bij een volgende aanmelding als hopeloos geval worden geweerd.

Dit alles staat los van het feit, dat junks wel degelijk in confrontatie komen met het strafrecht. Ze verschijnen in de statistieken als zakkenrollers, inbrekers, autokrakers (in steden laat niemand zijn radio in de wagen achter. Dat is er om vragen). Maar strafrecht is wat anders dan hulp.

De drugsproblematiek – pas in 1994 voor het eerst crack gesignaleerd, dit om de zaak enig perspectief te geven. En er zijn zoals gezegd op meer dan 15 miljoen Nederlanders een dikke 22.000 verslaafden – legt een buitengewoon zware last op de schouders van de Nederlandse samenleving. Althans zo wordt dat algemeen ervaren. Deze zaak wordt verergerd door het feit, dat niemand echt gelooft een adequaat antwoord te hebben. Als zelfs in het licht daarvan ten opzichte van de onmaatschappelijke junks zo'n afwachtende houding wordt aangenomen, als statistieken bovendien aanwijzen, dat mensen zich meer dan ooit op straat onveilig voelen en dat in verband brengen met verslaafden, als dan toch nog het eigen wilsbesluit van die junks zo scrupuleus wordt gerespecteerd, dan toont dit nogmaals aan, hoe buitengewoon voorzichtig Nederlanders zijn om zich in andermans privé-zaken te mengen.

Nederlanders steken niet de helpende hand toe, tenzij daarom wordt gevraagd. Dat geldt voor individuen evenzeer als voor organisaties. Het initiatief komt nooit van henzelf. De meest stuurse passant zal iemand die verdwaald is, uitgebreid de weg wijzen, als die er naar vraagt. Maar je kunt een half uur in de regen staan te schutteren met een wegenkaart waar de wind steeds vat op krijgt, niemand zal vragen, of er een probleem is.

Wie hulp of inlichtingen nodig heeft, moet dus zelf op pad. Er is een oerwoud aan overheidsinstanties, verenigingen en organisaties die op allerlei gebied voor anderen klaar staan. Maar je moet ze zelf vinden. De gemeente Rotterdam heeft zelfs een centraal Hulp- en Informatiecentrum ingericht, dat de weg wijst in dit labyrint. Je komt er alleen om te worden doorverwezen. Wie bij de juiste instantie aanklopt, krijgt alle medewerking. Die gaat vaak zover, dat men zulke bezoekers niet graag met lege handen wil laten staan, ook al beseft men, dat men voor betrokkene weinig kan doen. Dat geldt met name voor instanties waar je subsidie kunt aanvragen – subsidies passen heel goed in deze manier van doen, want het zijn meestal steuntjes in de rug en ze worden alleen verstrekt, als men er om verzoekt. Wie buiten de criteria valt, wordt vriendelijk doorverwezen naar een andere instantie. Die handelt dan maar al te vaak evenzo. Deze vriendelijke vorm van afwijzing heet *van het kastje naar de muur sturen* en wekt op den duur grote razernij, vooral bij personen die niet weten wat er achter zit. Zij denken dan, dat ze belazerd worden en *aan het lijntje gehouden*. 'Aan het lijntje houden' betekent een beslissing die voor anderen van belang is steeds maar weer uitstellen, in de hoop dat die anderen het opgeven en op den duur niet meer terugkomen. Dat is een prachtige manier om aan een weigering van dienstverlening te ontkomen zonder botweg nee te hoeven zeggen. Voor buitenlanders die de Nederlandse samenleving niet goed kennen, leidt dat wel eens tot onnodig tijdverlies. Zij richten zich tot een of andere instantie voor subsidie of samenwerking. Zij krijgen dan te horen, dat een en ander hoogst interessant is, helaas echter buiten de criteria valt, maar dat – volgt een lijstje verwante instellingen – wellicht wel belangstelling hebben. Herhaalt dit zich meer dan eenmaal, dan gaat het waarschijnlijk om een voorstel of een aanvraag, waar niemand trek in heeft. Er is maar één manier om daar achter te komen: vraag wat er mis aan is, wat er misschien slecht aan is, waarom het niet deugt. Je hebt dan wel een harde huid nodig. Want ook die dienst wordt dan verleend, waarschijnlijk in niet mis te verstane termen en zonder aanziens des persoons. Je hebt er dan namelijk om gevráágd.

Maar de winst is groot: eindelijk wordt echt duidelijk dat het tot nog toe ging om het najagen van een hersenschim. En misschien komen zelfs haalbare alternatieven op tafel.

Een vergelijkbare houding treft men bij veel docenten aan, vooral in de hogere vormen van onderwijs. Zij tonen – uitzonderingen daargelaten, maar die gelden vaak als excentriek – een zekere terughoudendheid om studieprestaties zonder meer onder de maat te verklaren. Zij zullen de lof vooraf laten gaan aan de blaam. Zij besteden aandacht aan die onderdelen die wel goed waren en komen dan met kritische kanttekeningen. De kans is groot, dat de vriendelijke opmerkingen bedoeld waren om 'de pil te vergulden'. Ook in het bedrijfsleven hebben superieuren zulke pillen in de aanbieding. Het is dan zaak het verguldsel op de juiste waarde te schatten. Want op den duur komt het ineens tot een beoordeling die wel negatief uitvalt. 'Misschien,' krijgt men dan te horen, 'Misschien moeten wij afscheid van elkaar nemen'. Of: 'Wellicht komen uw onmiskenbare talenten elders beter tot hun recht'. Op de vraag 'waar dan?' volgt een vaag antwoord.

Ik spreek uit ervaring.

Tijdens mijn studententijd werd ik uit een *freelance*-functie geflikkerd. Ten onrechte en zeer onverwachts meende ik toen. Nu – *sadder, older & wiser* – kan ik de signalen van toen beter op hun waarde schatten. De collega's hadden hun waardering voor mijn werk gepaard laten gaan met kleine kanttekeningen en dat waren steeds dezelfde kanttekeningen.

De baas sprak mij moed in. Elders kwam ik misschien beter tot mijn recht.

'Uw bedrijf heeft in Nederland het monopolie op zulke activiteiten,' antwoordde ik, 'En u stelt de mensen aan. Dus dat biedt weinig kansen.'

'*Waar een wil is, is een weg*,' meende de baas, 'Kijk naar Beckenbauer [een beroemde Duitse voetballer uit die dagen], hij houdt zich aan geen enkel spelpatroon. Hij zoekt zijn eigen weg. Hij is stronteigenwijs. Maar hij zet wel dat doelpunt'.

'Dus, als u daar trainer was, had Beckenbauer nooit het nationale elftal gehaald.'

Touché. Maar de baas bracht me onmiddellijk en persoonlijk naar de uitgang. Ik heb hem nooit teruggezien. Een eenmaal gekozen gedragslijn is onwrikbaar. Men blijft lang bereid tot discussie, maar alleen om de beslissing toe te lichten. Wie emotioneel wordt of enigszins agressief reageert, stelt de andere partij in staat deze pijnlijke gedachtenwisseling af te breken. De regels van het spel zijn immers doorbroken. De baas had in zijn hart dat ontslag het liefst gegeven in een sfeer die zoveel mogelijk leek op gezelligheid. Dat had ik voor hem verpest.

Wellicht had Beckenbauer inderdaad het Nederlands elftal niet gehaald. De avonturen van de Braziliaanse sterspeler Romario wijzen daar wel op.

Romario komt uit een cultuur, waar voor mensen aan de top ook bijzondere regels gelden. Zij kunnen zich vrij straffeloos onttrekken aan de wetten voor het voetvolk. Zij vieren hun individualisme vrij onbeperkt bot. Dat maakte Romario – goddelijk optreden tijdens de WK '94 – tot een ongeschikte speler in het team van de Nederlandse eredivisieclub PSV. Wat trainingen en afspraken betreft, hield de Braziliaan er zo zijn eigen spelregels op na. Dat maakte hij in competitiewedstrijden ruimschoots goed, maar toch ontwikkelde Romario zich niet tot de onbetwiste held van de supporters. Wat in zijn ogen detailkritiek was van trainer, collega-spelers en bestuur, bleek op den duur heel fundamenteel. PSV nam afscheid van Romario, die een contract tekende met Barcelona. Daar kreeg hij met de Nederlandse trainer Johan Cruyff vergelijkbare problemen. *De kruik gaat zo lang te water tot zij barst*, zeggen Nederlanders. En dan is het mis. Tot het uiterste is geprobeerd het gezellig te houden, maar *je kunt geen ijzer met handen breken*. Het contact is nu verbroken. Je zwerft over straat. Je gaat aan zo'n bar zitten staren. Op de andere hoek staart er nog een. Je doet de ene bestelling na de andere. De kastelein zet de glazen neer met een kort 'alstublieft'. Het is soms ongemakkelijk in Holland te zijn. Wat heb je eraan vorst te wezen op een vierkante meter.

6. EEN ERESCHULD
De Nederlanders en hun nationale minderheden

Groeiende etnische diversiteit – Het koloniaal imperium en het kwade geweten – Opkomende vreemdelingenhaat – Immigratieland of niet? – Integratie versus aanpassing

EÉN ZOMERSE ZATERDAG PER JAAR verandert de Rotterdamse Coolsingel in een tropische boulevard. Het weer werkt meestal mee, zodat de temperatuur tot ver boven de twintig graden stijgt. Een enorme menigte staat verwachtingsvol op de trottoirs: het Antilliaans zomercarnaval komt er aan. Alles heeft traditioneel zijn hoogtepunt voor het stadhuis. De burgemeester staat – ambtsketen om – op het balkon reeds klaar om de parade officieel af te nemen.

Die is – het wisselt per jaar – anderhalf tot twee kilometer lang. Een enorme vloot NedLloyd vrachtwagens rukt uit om het puikje van de Nederlandse *salsa*, *merengue* en *kaseko*-bands te torsen. Daartussendoor swingen dansgroepen die gewoonlijk iets uit het eigen verre vaderland uitbeelden. Er zijn daarnaast veel traditionele carnavalswagens – ook met een thema – waarop een *miss* troont. De laatste tijd laten ook Afrikaanse groepen zich niet onbetuigd.

's Avonds gaat het carnaval in gigantische hallen verder, maar daar is de blanke bevolking van Rotterdam schaars vertegenwoordigd. De uiteenlopende zwarte minderheden van de stad hebben eigen uitgaanscircuits, die niet erg geïntegreerd zijn in dat van de overige bevolking.

Op die bewuste zaterdag toont Rotterdam zijn vriendelijke, multiculturele gezicht. Maar dat kan zich vertrekken tot een dreigende grimas. Bij de gemeenteraadsverkiezingen bijvoorbeeld, als dertien procent van de zetels gaat naar xenofobe, fascistisch gezinde partijen, die een allochtone afkomst gelijkstellen met criminaliteit, druggebruik en profiteren van sociale voorzieningen, terwijl zij de 'buitenlanders' er tegelijk van beschuldigen 'onze' banen in te pikken.

Door het Sociaal Cultureel Planbureau in 1993 daarnaar gevraagd, verklaarde vijftig procent van de respondenten, 'dat er teveel mensen van een andere nationaliteit in Nederland woonden. Eveneens ongeveer de helft van de bevolking toont zich gereserveerd jegens buren van een ander ras, de andere helft heeft hier geen bezwaar tegen. Slechts 13 procent echter vindt in 1993 de aanwezigheid van buitenlanders hinderlijk'. (*Werkbericht 1994*, nr. 3). Twee jaar daarvoor vond 43 procent van de Nederlanders, dat er teveel mensen uit het buitenland in hun land woonden. Hier is dus sprake van een stijgende lijn.

Ook andere cijfers duiden op een toename van intolerantie. In 1985 meende twintig procent van de Nederlanders, dat autochtone gezinnen – hoe je die ook moet definiëren – voor dienden te gaan bij het toewijzen van een gemeentewoning, in 1993 was dat al 36 procent.

Wat valt hiervan te zeggen? Het is aantrekkelijk om de cijfers om te draaien. Bijna tweederde van de Nederlanders vindt het heel vanzelfsprekend, dat allochtonen net zoveel recht hebben op een gemeentewoning als zij zelf. 87 procent van de Nederlanders heeft geen last van 'buitenlanders' en de helft is van mening, dat er daarvan helemaal niet teveel op de vaderlandse bodem rondlopen. Er zijn landen waarmee vergeleken de samenleving een wonder van tolerantie is. Nederlanders verwijzen dan graag naar hun oosterburen. In Duitsland heeft racistisch geweld in de jaren negentig al de nodige levens geëist. In Nederland komt het nauwelijks voor. Daar staat tegenover, dat Nederlanders en Duitsers elkaar niet veel ontlopen, als het gaat om stemmen op uiterst rechtse partijen. In Nederland verwierven die bij de parlementsverkiezingen in 1994 zelfs drie zetels, terwijl Duitsland met een kiesdrempel van vijf procent een effectieve dam heeft opgeworpen tegen de daadwerkelijke aanwezigheid van radicale splinters in zijn volksvertegenwoordigingen. Bij de laatste parlementsverkiezingen verloor uiterst rechts alle zetels.

Geestelijk ongerief bij de weldenkenden

Nederlanders roepen bij Duits racisme graag het spook van Hitler op, waarbij ze zichzelf impliciet afficheren als de *good guys*. Vergelijkbare verschijnselen in andere Europese landen, zoals de sterke opkomst van het Franse Front National of het feit, dat de Italiaanse neo-fascisten het tot regeringspartij hebben gebracht, resulteren in niet veel meer dan bezorgde artikelen in de linkse media. Raakt het land zijn reputatie van tolerante samenleving kwijt?

In ieder geval bestaat er een zeer brede overtuiging, dat de opkomst van uiterst rechts binnen Nederland géén normaal verschijnsel is. Dat blijkt enerzijds uit een geweldige proliferatie van antiracismecomités, compleet met telefonische meldpunten, waar je bijvoorbeeld kunt opgeven, dat er discriminerende graffiti op de muur zijn aangebracht. En anderzijds uit allerlei redeneringen die het geestelijk ongerief bij de weldenkenden weg moeten nemen. Een antibuitenlandershouding en het stemmen op radicaal rechts moet in deze optiek gezien worden als een protest tegen andere feilen in de samenleving: werkloosheid, onleefbaarheid in de volkswijken, gebrek aan vertrouwen in de effectiviteit van de overheidslichamen. Wie zich afzet tegen de kankerturken op straat, bedoelt dan eigenlijk, dat het tijd wordt om de renovatie der woningen eens ter hand te nemen.

Het is heel moeilijk om dit soort redeneringen op zijn juiste waarde te schatten. Het zijn tenslotte interpretaties en ze zijn niet gebaseerd op empirisch onderzoek. Evenmin trouwens als de stelling: wie het over kankerturken heeft, bedoelt de kankerturken ook. Wel is het in dit verband van belang te wijzen op een Europees verschijnsel. Liberalisme, tolerantie en eerbied voor de mensenrechten hebben in veel landen vaste voet gevat, maar er bleven tegelijkertijd altijd stromingen bestaan die juist onverdraagzaamheid en xenofobie hoog in het vaandel voerden. Partijen die zich op zulk een houding baseerden, hadden in heel West-Europa voor de Tweede Wereldoorlog een redelijke tot grote aanhang. En hun voorlieden werden toegelaten tot het serieuze politiek/maatschappelijk debat. Ook Hitlers partij heeft in werkelijk vrije verkiezingen nooit een parlementaire meerderheid behaald. De *Führer* veroverde de alleenheerschappij in feite via een soort legale *coup*.

In de Tweede Wereldoorlog toonde uiterst rechts zich tot zulk een verbijsterende misdadigheid in staat, dat de herinnering daaraan alle door de nazi's bezette landen decennia lang tamelijk vrij heeft gehouden van deze besmetting. Maar nu ligt de bevrijding een halve eeuw achter hen. De mensen die het allemaal zelf aan den lijve hebben ervaren, zijn bejaard, ze vormen een minderheid. Voor het grootste deel van de bevolking is de Tweede Wereldoorlog echt geschiedenis, onderdeel van de *folk memory*. Dat verzwakt om zo te zeggen het waarschuwingssignaal van Auschwitz. De nieuwe machtspositie van uiterst rechts lijkt vrij aardig op haar relatieve kracht, voor Hitler zijn legers door Europa joeg. Dat geldt ook voor Nederland. Met dien verstande, dat voor de Tweede Wereldoorlog het ijzersterke zuilensysteem een extra dam opwierp tegen extreem-rechtse denkbeelden. De zuilen zijn nu verbrokkeld, maar landelijk gezien hebben de politieke racisten het nog niet gebracht tot de vier procent van de stemmen die de Nationaal Socialistische Beweging zich in de jaren dertig met moeite bij elkaar sprokkelde.

Een soort maatschappelijke aanpassingsproblematiek

Misschien is hier wel sprake van een soort maatschappelijke aanpassingsproblematiek. Want Nederland wordt hoe dan ook veelkleuriger – 'kleurrijker' zeggen de antiracisten. Sinds een kleine dertig jaar is Nederland een immigratieland, waarbij de inwijkelingen zich bovendien bij voorkeur begeven naar de stedelijke centra. Zeven procent van de bevolking slechts is allochtoon, maar door die concentratie vallen ze wel op. In 2015 zal dit percentage zich naar schatting verdubbeld hebben. Tegelijkertijd vindt echter een versmeltingsproces met de autochtonen plaats. Op het moment is 11 procent van de huwelijken al internationaal. Over samenwoners en andere vormen van niet-geregistreerde liefdesrelaties bestaan vanzelfsprekend geen gegevens. Nu kijken Nederlanders nog geschrokken, als ze naast de kerktorens van de stad een minaret zien oprijzen. Over een jaar of twintig zijn ze er misschien aan gewend. Vooral als zich een islam ontwikkelt met Nederlandse karaktertrekken, waarvan de eerste tekenen al zichtbaar zijn, getuige bijvoorbeeld het gegeven, dat een der invloedrijkste imams luistert naar de naam Abdoelwalid van Bommel.

Bovendien: alle begin is moeilijk. Dit is de eerste keer, dat de Nederlandse samenleving te maken krijgt met groepen immigranten uit heel andere culturen dan de Westeuropese. Vroeger duidden Nederlanders hun koloniën wel eens trots aan als tropisch Nederland. Nu treffen zij zulk een tropisch Nederland om de hoek aan. Dat is wennen.

Het koloniaal imperium heeft meer nagelaten dan Chinees-Indische restaurants

Maar de collectieve herinnering aan dat koloniale tropisch Nederland is op alle niveaus nog steeds aanwezig. Zij speelt op de achtergrond een rol in de manier waarop autochtonen buitenlanders, minderheden, medelanders, allochtonen of hoe ze ook worden aangeduid, benaderen. Niemand legt die band bewust, maar voor de onbevangen buitenstaander is hij zeer herkenbaar. Het koloniaal imperium heeft meer nagelaten dan Chinees-Indische restaurants in elk dorp.

Dat woord imperium staat er niet voor niets. Tot 1949 was Nederland na Engeland en Frankrijk de belangrijkste koloniale mogendheid. Dat kwam door het bezit van Nederlands-Indië, het huidige Indonesië, een eilandenrijk in Zuidoost-Azië, dat op de kaart gemakkelijk het Europese continent bedekt. Daarnaast waren er nog zes eilandjes in het Caribisch gebied en het substantiële Suriname (ten noorden van Brazilië), maar daar woonden slechts enkele honderdduizenden mensen. Indië maakte met zijn vijftig miljoen inwoners (nu zijn het er drie keer zoveel) Nederland als koloniale macht groot. Koning Abdul Aziz, schepper van Saoedi-Arabië, vroeg zijn Nederlandse collega Wilhelmina graag om raad, omdat hij haar beschouwde als heerseres van het belangrijkste moslimrijk op aarde: dit vanwege die vijftig miljoen Indonesiërs, waarvan elk jaar passagiersschepen vol de bedevaart naar Mekka maakten.

Het bezit van Nederlands-Indië was een belangrijk element in de nationale trots. De Nederlanders waren in grote meerderheid van mening, dat hun landgenoten daar in – zoals het heette – 'Insulinde' of de 'Gordel van Smaragd' goed werk verrichtten. Zij beschermden daar de volksmassa tegen de tirannie van de inlandse hoofden. Zij brachten vooruitgang en beschaving. Zij waren ervan overtuigd, dat de inwoners het Nederlandse bewind in dankbaarheid aanvaardden. De Javaan, luidde een vaak gehoorde constatering, de Javaan was de zachtmoedigste mens op aarde. Berichten over onafhankelijkheidsbewegingen en nationalistische leiders werden dan ook niet op hun waarde geschat. Dat waren geïsoleerde stokebranden die net niet genoeg geleerd hadden om te begrijpen, hoe heilzaam de Nederlandse overheersing was. Zij stonden volstrekt geïsoleerd. Zij waren van geen betekenis.

Alle goede bedoelingen zijn uitgelopen op drama's

Dat de Nederlandse publieke opinie een en ander zo verkeerd inschatte, was niet verwonderlijk. Er waren nooit meer dan tachtigduizend Nederlanders tegelijk in de kolonie. Dankzij de opkomst van het massatoerisme hebben na 1980 meer Nederlanders voet op Indonesische bodem gezet dan in alle eeuwen daarvoor. De vorige generaties moesten het hebben van horen zeggen en door koloniale zeven gefilterde informatie.

Het verbreken van de banden tussen beide landen is dan ook een zeer traumatische ervaring geworden. Er werden wonden geslagen die nu – bijna vijftig jaar later – nog niet zijn geheeld. Ook de verhouding met het in 1975 onafhankelijk geworden Suriname is uiterst traumatisch. Nederlanders

– zo luidt een redelijk algemeen onderschreven constatering – hebben zich slechte dekolonisatoren getoond. En alle goede bedoelingen zijn uitgelopen op drama's.

De grondslag van het Nederlandse koloniale rijk werd gelegd door de Vereenigde Oostindische en de Westindische Compagnie in de Gouden Eeuw. Dat waren, zoals we gezien hebben, handelsondernemingen die produkten van overzee naar Europa wilden halen. Zij streefden naar een importmonopolie, dat zij zonder scrupules met de wapens af trachtten te dwingen. Zo bezette de Oostindische Compagnie het hele kustgebied van het eiland Ceylon, zodat het lokale koningshuis werd opgesloten in het binnenland, waarmee het handelsmonopolie was veiliggesteld. In de kuststreken leeft nog steeds de minderheid der *Dutch Burghers*, wier families – getuige de Nederlandse achternamen – destijds gesticht zijn door compagniesdienaren die een meisje uit het land trouwden, want racisme was iets van later tijd. Die ideologie ontwikkelden Europeanen pas, toen zij tot de overtuiging kwamen, dat superioriteit in oorlogsvoering alléén overheersing niet rechtvaardigde. Dat daar ook iets van morele of intellectuele superioriteit bij moest komen.

Ook het hoofdkwartier van de compagnie in Oost-Indië, Batavia – nu: Jakarta – was een multiraciale stad, de koloniale elite incluis.

De lokale heersers waren niet bijzonder te spreken over het handelsmonopolie dat de Oostindische Compagnie oplegde. Dat leidde tot veel oorlogen die zij in het algemeen verloren. Door die oorlogen breidde het grondgebied, waarop de Compagnie de staatsmacht uitoefende, zich steeds verder uit, al bleef het vergeleken met dat van het huidige Indonesië zeer beperkt. Drie kwart daarvan is pas in de laatste helft van de vorige en de eerste veertien jaar van de huidige veroverd door het Koninklijke Nederlands-Indische Leger (KNIL), of – zoals de koloniale bronnen liever zeggen – gepacificeerd. Vaak gebeurde dat met een geweld, zo wreed en bloedig, dat de vergelijking met Vietnam zich opdringt. (De Compagnie was in 1799 failliet gegaan, waarna de Nederlandse staat de schulden, de bezittingen en de politieke verantwoordelijkheden had overgenomen.)

De Westindische Compagnie richtte zich op Noord- en Zuid-Amerika. Aanvankelijk legde zij zich vooral toe op officieel gesanctioneerde zeeroverij, de zogenoemde kaapvaart, tegen Spanje, waarmee Nederland zich tot 1648 in oorlog bevond. Elke Nederland kent het lied van Piet Hein die zich meester maakte van de zilvervloot. Het is zelfs een strijdlied geworden van voetbalsupporters.

Daarnaast hield de maatschappij zich bezig met gewone handel. Maar dat vereiste in de Amerika's meer dan in Azië. Wat daar had bestaan aan goed ontwikkelde rijken waarmee men op niveau zaken kon doen, was in de eerste decennia na Columbus ontdekkingstocht al door de Spanjaarden totaal vernietigd. De grond was op veel plekken wel geschikt voor de verbouw van tropische produkten – in de zeventiende en de achttiende eeuw ging het vooral om suiker –, maar die moest je zelf verbouwen. De Spanjaarden en de Portugezen hadden daarvoor een plantagesysteem opgezet. Aanvankelijk maakten zij de lokale bevolking tot slaaf. Later importeerden zij op grote schaal zwarten uit West-Afrika.

Om aan suiker te komen moest de Westindische Compagnie dus plantages zien te krijgen. Zij bezette in concurrentie met Fransen, Engelsen en Denen allerlei eilanden in het Caribisch gebied. Zij veroverde bovendien het noordoosten van Brazilië op de Portugezen. Prins Maurits van Nassau-Siegen, achterneef van de toenmalige stadhouder, werd door de compagnie tot gouverneur benoemd.

Johan Maurits gedroeg zich als een renaissancevorst. Hij beschermde kunst en letteren, streefde behoorlijk bestuur na, wilde investeren in het land en in de mensen, droomde van een nieuw Nederland op Braziliaanse kust. Dat was minder naar de zin van de directie in Amsterdam die zich met winst- en verliesrekeningen bezighielden. Na zeven jaar nam Johan Maurits verbitterd ontslag. De macht van de compagnie ging in de jaren daarna te gronde door een algemene volksopstand ten gunste van de Portugezen. Als *Mauricio* maakt de prins echter nog steeds deel uit van het Braziliaanse *folk memory*. Hij maakt deel uit van het nationale pantheon.

Uiteindelijk kreeg de compagnie toch permanent toegang tot suikerplantages. In het kader van een vredesregeling met Engeland, die een handelsoorlog besloot, werd Suriname geruild voor de handelspost Nieuw Amsterdam, die trouwens al eerder in handen van de hertog van York was gevallen. Deze edelman onderstreepte de nieuwe verhoudingen middels een naamsverandering: Nieuw Amsterdam werd New York.

Vraag en aanbod ontmoetten elkaar

Middelburgse kapers hadden aan het eind van de zestiende eeuw eens een slavenschip mee naar huis genomen. De Middelburgers waren geschokt en schonken de slaven onmiddellijk de vrijheid. Maar men wende snel aan het verschijnsel.

De Westindische Compagnie nam van het begin af aan een behoorlijk aandeel in de slavenhandel. Daartoe moesten ook op de Westafrikaanse kust steunpunten worden veroverd: forten op de kust met enorme kerkers, waar de slaven op de schepen wachtten. Hoofdvestiging werd Elmina, waar nog steeds veel families wonen met Nederlandse achternamen. Het verlaten fort verrijst tot op de huidige dag boven de daken van het stadje en toeristen wordt de geheime trap getoond die het slaapvertrek van de gouverneur verbond met het slavinnenverblijf.

Het aantal slaven dat op Nederlandse schepen naar Amerika is gebracht, laat zich moeilijk schatten. Het doet er ook niet toe. Het is voldoende te weten, dat ze bij honderden in de ruimen van trage zeilschepen werden gestouwd en na die reis eerst een paar maanden nodig hadden om aan te sterken op het eiland Curaçao – heel tekenend heette dat 'de slavenplantage' – voordat de compagnie ze met ingebrand bedrijfsmerk op de slavenmarkt zette. De sterftecijfers tijdens de reis waren groot en ingecalculeerd. Ruwweg gezegd lag de verkoopprijs ongeveer tienmaal boven de inkoop op de Afrikaanse kust. Toch was slavenhandel niet overdreven winstgevend, ondanks moderne beweringen van het tegendeel. Dat duidt op grote sterfte.

Overigens hoefden de Nederlandse slavenhandelaars hun menselijke koopwaar niet te roven. Op de Westafrikaanse kust bestonden grote, goed georganiseerde rijken, waarin slavernij een massaal verschijnsel was. Vraag en aanbod ontmoetten elkaar.

Het fort Elmina figureert nu en dan op de televisie als onderdeel van schaamtevolle reportages. De substantiële Nederlandse rol in de slavenhandel wordt als een zwarte bladzijde beschouwd in de nationale geschiedenis, waarbij de populaire cultuur een en ander eerder donkerder dan lichter bijkleurt. Dat is een radicaal verschil met de tijdgenoten van de *middle passage*. In Engeland ontwikkelde zich in de achttiende eeuw al een massale antislavernijbeweging. De Franse Revolutie schafte in haar radicale periode het systeem af. In Nederland was van zo'n beweging geen sprake. Het parlement beëindigde de (vergeten, maar vrij massale) slavernij in twee etappes: voor Oost-Indië in 1859, voor de Caribische kolonies in 1864. De 'gedupeerde' eigenaren werden netjes gecompenseerd.

Mocht u toch tot slavenhandel over willen gaan, er staat maximaal twaalf jaar op.

Toch zijn er aanwijzingen, dat de betrokkenen last hadden van een kwaad geweten. In de achttiende eeuw bracht een vrije zwarte bewoner van wat tegenwoordig Ghana is het tot grote roem door in Leiden als theoloog te promoveren. Zijn proefschrift behelst een verdediging van de slavernij. En een van de laatste in mensenhandel gespecialiseerde Nederlandse bedrijven droeg de uiterst neutrale naam 'Middelburgsche Commercie Compagnie'. Niemand verdedigt de morele aanvaardbaarheid van lantaarnpalen. Op het moment dat gebruiken of instellingen een morele onderbouwing krijgen, zijn ze controversieel.

De opbloei van racistische ideologieën in de negentiende eeuw heeft veel met dit verschijnsel te maken. Blanke Europeanen – ook Nederlanders – moesten hun heerserspositie in overeenstemming brengen met de idee van menselijke gelijkwaardigheid (niet gelijkheid) die fundamenteel is voor het christendom. Wie andere mensen verhandelt of in meer of mindere mate van fundamentele burgerrechten berooft, moet daarvoor argumenten verzinnen. Dat kun je bijvoorbeeld doen door te 'bewijzen,' dat zij van een mindere soort zijn of in ieder geval anders. Zo werd het verhandelen van Afrikanen vaak vergoelijkt met het beroep op het bijbelverhaal over Noach, de man van de ark en de zondvloed, stamvader van alle mensen. Deze had zijn zoon Cham vervloekt. Welnu, Afrikanen vormden het nageslacht van Cham. Nauw daaraan verwant is allerlei pseudo-wetenschap die genetische verschillen tussen mensen koppelt aan meer of minder intelligentie.

Er is ook een niet-racistische rechtvaardiging voor de Europese overheersing die in Nederland veel opgeld heeft gedaan. Dat is een ideologie, nauw verwant aan Kiplings dictum van de *white man's burden*: Europeanen brachten overal in de wereld de beschaving. Zij voedden barbaarse volkeren op tot een hoger niveau en zolang dat niveau niet bereikt was, bleef overheersing een noodzakelijk kwaad. De veroveringstochten die het Koninklijke Nederlands-Indische Leger sinds ongeveer 1870 op de eilanden van Indonesië ondernam, werden door de officiële propaganda mede afgeschilderd als kruistochten tegen de slavernij, zoals gepraktiseerd door de onbeschaafde lokale vorsten. Het werd allemaal verkocht als een bevrijdingsstrijd.

Een duidelijk element van structurele verkrachting

Maar tegelijkertijd ontwikkelde het kolonialisme in de praktijk zich steeds meer tot een zuiver blanke affaire. Dat kwam door de echtgenotes. In de dagen van de zeilvaart duurde een reis Amsterdam Indië *vice versa* anderhalf jaar, waarbij het redelijk normaal was, als eenderde van de bemanning onderweg het tijdelijke met het eeuwige verwisselde. Ook op de steunpunten ter plekke was de sterfte groot, want de nieuwkomers waren zeer vatbaar voor tropische ziektes. Nederlanders verergerden dit probleem, omdat zij de neiging hadden zich te vestigen op plekken die aan thuis deden denken, moerassige delta's. Batavia leek op een Hollandse stad, alles compleet met bruggen en grachten, waarmee een perfecte habitat was geschapen voor de malariamug. Direct na de verovering van Noordoost-Brazilië verplaatsten de Hollanders het bestuurscentrum van het hooggelegen stadje Olinda – nu door de Unesco uitgeroepen tot monument van de mensheid, net als die slavenforten trouwens – naar het vissersdorp Recife aan een nabije riviermonding. Tot op de huidige dag zijn overstromingen een steeds weerkerend probleem van de miljoenenstad Recife.

Dit waren geen plekken om vrouwen heen te sturen. De Vereenigde Oostindische Compagnie heeft nog wel geëxperimenteerd met 'compagniesdochters', gerecruteerd uit de heffe des volks, maar voor zover die de tocht overleefden, droegen zij niet bij tot de groei van het morele element. Bovendien hebben koloniale heren in een door slavernij getekende omgeving alternatieven: maîtresses te kust en te keur. In het hele kolonialisme zit een duidelijk element van structurele verkrachting.

Maar met de aanleg van het Suezkanaal en de ontwikkeling van door stoomkracht aangedreven passagiersschepen werd de reis korter en veiliger. Dat maakte de tropen in de praktijk tot een optie voor nette meisjes. En de koloniale heren wilden ook wel een goed huwelijk doen. Die waren trouwens zelf ook van aard veranderd, want de sterk gegroeide overlevingskans maakte een loopbaan in de koloniën tot meer dan een wanhoopsoptie voor bankroetiers en anderen die zich beter niet meer in hun vertrouwde omgeving konden vertonen. De nette meisjes huwden, brachten in de kolonie een krachtig Europaniseringsoffensief tot stand, bonden fel de strijd aan met de inlandse concurrentie van *njais* of hoe de inlandse geliefden op de achtergrond mochten heten. (Ze sloegen ook het beleg rond de sociëteiten, waar te grote hoeveelheden sterke drank werden genuttigd, maar met aanzienlijk minder succes.) Ze moesten wel, want de koloniale samenleving bleef een mannenmaatschappij. Europese echtgenotes bestierden het huishoudelijk personeel, maar konden hun status uitsluitend ontlenen aan de positie en de reputatie van hun echtgenoot. Zij waren uitsluitend vrouw en moeder. Dan moet je je man een beetje in het rechte spoor houden, in ieder geval voor het oog van de buitenwereld.

Pramoedja Ananta Toers *Bumi Manusia* (*Earth of Mankind*), eerste deel van wat ongetwijfeld dé nationale Indonesische romancyclus is, laat zien, hoe zo'n *njai*, of inofficiële inlandse echtgenote, na het overlijden van haar ouderwetse en dus ongetrouwde meester door de blanke Hollandse familie van haar kind beroofd wordt. De roman is een verdichting van historische feiten en legt een direct verband tussen zulke incidenten en de opkomst van het Indonesische nationalisme.

Zo sloop een element van rassenscheiding binnen in de koloniale samenleving.

Ethische politiek

In 1899 publiceerde de liberale politicus C.T. van Deventer een artikel in het politiek-culturele maandblad *De Gids*, dat insloeg als een bom. De kop luidde 'Een Eereschuld' en het artikel muntte een nieuw begrip: 'ethische politiek'. Van Deventer toonde met feiten en cijfers zonneklaar aan, dat Nederland Indië altijd had uitgebuit en leeggezogen. Daardoor hadden de huidige generaties een ereschuld die Nederland moreel verplicht was te delgen. En wel door de kolonie voortaan te besturen in het belang van de inlandse bevolking. Van Deventers concrete suggesties lijken heel erg op wat tegenwoordig 'ontwikkelingsbeleid' heet.

Zo zou het land langzaam rijp worden voor zelfbestuur.

Van Deventer stond niet alleen. Hij maakte deel uit van een groep intellectuelen op en rond de universiteit van Leiden, waar een academische opleiding bestond voor koloniale bestuursambtenaren. Deze studie was een mix van Indonesische talen en recht, waar, naarmate die wetenschap zich ontwikkelde, steeds meer antropologie bijkwam. Ieders grote held was de briljante geleerde Christiaan Snouck Hurgronje, een *uomo universale*, die rond een studie Arabisch een gigantisch spectrum aan kennis van het Oosten had opgebouwd. Snouck Hurgronje had werkelijk waardering voor de Indische culturen en er zijn aanwijzingen, dat hij zich in het geheim tot de islam bekeerd had. Hij prentte zijn studenten – latere bestuurders – in, dat zij de inlandse culturen niet alleen moesten kennen, maar ook eerbiedigen en liefst bewonderen, dat de opbouw van het land moest geschieden op dat fundament en niet op import. De behoeder van zijn geestelijk erfgoed,

Cornelis van Vollenhoven, codificeerde de *adat*, de inlandse rechtsstelsels en betoogde zijn leven lang, dat die *adat* zoveel mogelijk aangehouden moest worden.

De publieke opinie was voor deze opvatting rijp gemaakt door de al eerder genoemde schrijver Multatuli en diens blijvende bestseller *Max Havelaar, of de koÿeveilingen van de Nederlandsche Handel-Maatschappij*. In die roman wordt via Batavus Droogstoppel een benepen en hypocriet Nederland geschetst, dat alleen maar aan Indië wil verdienen. Max Havelaar, de edele hoofdpersoon, gaat te gronde, omdat hij het opneemt voor de verdrukte inlanders, waarna zijn superieuren hem keihard laten vallen. Dit verhaal lijkt als twee druppels water op wat Multatuli zelf overkwam. Het is nu van belang het volgende te constateren: de direct verantwoordelijken voor de uitbuiting zijn de traditionele inlandse hoofden, die de koloniale ambtenaar Max Havelaar moet controleren. Pas in tweede instantie de Nederlandse koloniale bureaucratie. Het is geen pleidooi voor ontvoogding, maar voor paternalisme. Centraal element in de roman is een redevoering die Max Havelaar houdt tot de hoofden van Lebak. Daarin legt hij, de Hollander, uit, hoe ze vanuit hun eigen uitgangspunten behoorlijk moeten besturen. Max Havelaar weet dat beter dan de hoofden in kwestie.

Generaal Van Heutz, commandant van het uiterst agressief optredende Koninklijke Nederlands-Indische Leger en verantwoordelijk voor activiteiten die volgens de normen van Neurenberg en Tokio zonder meer oorlogsmisdaden zijn, was een overtuigd aanhanger van de ethische politiek. Snouck Hurgronje's adviezen aan deze veldheer hadden een zodanig karakter, dat hij mag gelden als een der grondleggers der psychologische oorlogsvoering. Als de bevolking minder enthousiast bleek voor de ethische politiek, was de artillerie weldra opgesteld.

Toch was de ethische politiek serieus en gemeend. De koloniale zakenwereld kreeg zo'n hekel aan de Leidse bestuursambtenaren, dat zij een concurrerende faculteit financierden aan de universiteit van Utrecht. Want de door de ethische bureaucraten gerespecteerde *adat* stond de kapitalistische ontwikkeling vaak in de weg.

Of ze de *adat* echt respecteerden, is overigens tot op heden een punt van discussie. In ieder geval respecteerden ze Van Vollenhoven en diens onderzoek, alsmede zijn honderden – overigens anonieme – pleidooien voor de ethische politiek in de door de intelligentsia gelezen *Nieuwe Rotterdamsche Courant*. Maar de hooggeleerde is zelf slechts eenmaal een paar weken in Indië geweest. Verder beperkte hij zich tot de informatie die hem te Leiden bereikte. Uit allerlei modern onderzoek blijkt, dat de lokale bevolking vaak een heel andere interpretatie had van de mondeling overgeleverde adat dan goedwillende bestuursambtenaren die met succes bij Van Vollenhoven tentamen hadden gedaan. In dat geval had de bevolking – was de algemene overtuiging – het bij het verkeerde eind.

De Nederlandse publieke opinie ondertussen was er behoorlijk van overtuigd, dat de ereschuld inderdaad werd gedelgd: de kolonie werd langzaam maar zeker 'opgevoed' tot zelfstandigheid. Vooral langzaam, want ook de meeste ethici waren ervan overtuigd, dat dit proces generaties moest duren. Op de nationalistische bewegingen werd dan ook redelijk verkrampt gereageerd. De radicalere leiders werden opgesloten in het interneringskamp Boven-Digoel op het geïsoleerde eiland Nieuw-Guinea, waar de bevolking nog in het stenen tijdperk leefde. Een 'persbreidel' hield de oppositiepers in bedwang.

De gematigde nationalisten mikten op een Nederlands-Indonesisch staatsverband met intern zelfbestuur voor de kolonie. De Nederlandse regering wees dat af en benoemde gouverneurs-generaal die niet behept waren met het ethisch-politieke virus.

Binnen drie maanden stortte het Indische kaartenhuis in elkaar

Na de aanval op Pearl Harbour verklaarde Nederland de oorlog aan Japan. Binnen drie maanden stortte het Indische kaartenhuis in elkaar. Tot hun eigen verbijstering zagen de meeste van de tachtigduizend Nederlanders, hoe de inlandse bevolking zich helemaal niet enthousiast achter de Nederlandse vlag schaarde, maar met enig optimisme afwachtte, hoe de nieuwe bezetters zich zouden gedragen.

Die gaven het nationalisme vrij baan, voor zover de leiders zich identificeerden met de Japanse oorlogsdoelen. Maar tegelijkertijd bleken de bezetters tot grote beestachtigheden in staat. Ze plunderden het land uit en terroriseerden de bevolking.

De Nederlanders werden – mannen en vrouwen apart – ondergebracht in interneringskampen, waar honger en gebrek heerste. De Japanse commandanten voerden daar een willekeurig en wreed bewind – net als daarbuiten.

Toen Japan na de atoombommen op Hirosjima en Nagasaki capituleerde, was hun bezetting van Indië nog intact. De nationalistische leiders Soekarno en Hatta maakten van het machtsvacuüm gebruik om de onafhankelijkheid uit te roepen.

Dat was een buitengewoon koude douche voor de bewoners van de kampen die dachten de oude draad weer op te pakken. Ze merkten zelfs, dat het kamp de veiligste plaats was, omdat radicale nationalisten jacht maakten op de Nederlanders.

De regering van het inmiddels bevrijde Nederland stelde de nationalistische leiders, die immers met de Japanners hadden samengewerkt, op één lijn met de eigen nazistische landverraders. Ze stuurde een expeditieleger om orde op zaken te stellen. Het ging er overigens niet om de koloniale macht te heroveren. Een onafhankelijk Indonesië was acceptabel, maar wel op Nederlandse voorwaarden. Dat wilde zeggen: een vrij losse federatie van autonome gebiedsdelen, zodat overal de *adat* en de lokale cultuur tot hun recht konden komen. Het betekende vier jaar extra oorlog. Nederland ging onder sterke internationale druk over tot onderhandelingen met de kersverse republiek, maar die verliepen zeer moeizaam. Tweemaal kreeg het expeditieleger de opdracht een offensief te ondernemen, eufemistisch 'politionele actie' geheten. Het was een bloedige affaire, waarbij ook de Nederlandse kant tot misdadige wraakacties in staat bleek. Uiteindelijk dwongen de Verenigde Staten Nederland in feite Indonesië los te laten. Voor de vorm gingen Soekarno en de nationalisten akkoord met een federatie. Maar daarvan was hun eigen republiek een deelstaat. In de eerste jaren na de onafhankelijkheid annexeerde de republiek de overige deelstaten.

Soekarno moest bovendien Nieuw-Guinea in Nederlandse handen laten. Voor de vorm werd het een trustgebied van de Verenigde Naties. Hij voerde een confrontatiepolitiek om ook dit gebied te verwerven, die in 1963 met succes bekroond werd, weer nadat de Verenigde Staten hadden laten weten verdere Nederlandse hardnekkigheid in geen enkel opzicht te zullen steunen. De Nederlandse minister van buitenlandse zaken, de conservatieve en uiterst anticommunistische Joseph Luns was daarover zo kwaad, dat hij de regering later het verzoek om ook een Nederlands bataljon naar Zuid-Vietnam te zenden liet afwijzen met het argument, dat Nederland in Azië geen rol meer speelde.

De ontmanteling van Indië leverde Nederland de eerste minderheden op

De ontmanteling van Indië leverde Nederland de eerste twee echte nationale minderheden op. Een groot deel van de Indo's, – ongeveer 250.000 – mensen van gemengd Nederlands-Indonesische afkomst, namen de wijk naar Nederland. Ze hadden – vooral in en rond Batavia – een heel eigen identiteit ontwikkeld, compleet met een bijzondere variant op het Nederlands, maar zich op enkele uitzonderingen na meestal loyaal getoond aan het koloniale gezag. Uit vrees voor represailles kozen zij nu voor wat ze toch als het moederland beschouwden.

Eenmaal in Nederland deden de Indo's hun best zoveel mogelijk het Nederlandse element van hun identiteit naar voren te brengen. Dat werd trouwens geëist: ze kwamen eerst in opvangkampen en pensions terecht, waar ze van sociale werkers een vrij hardhandige aanpassing opgelegd kregen aan de Nederlandse waarden en normen. Zo was het bijvoorbeeld in de ogen van veel helpers een minpunt, als zij vasthielden aan de op rijst gebaseerde Indonesische keuken. Je kreeg sneller een huis toegewezen, als 's avonds de oer-Nederlandse aardappelen op tafel dampten. Maar de Indo's duldden dit, omdat zij bewust voor Nederland hadden gekozen en ze gaven hun kinderen een zo Nederlands mogelijke opvoeding.

Ondertussen lijdt hun gemeenschap tot op de huidige dag aan een verscheurend heimwee naar een geïdealiseerd Indië, dat wordt aangeduid met het woord *tempoe doeloe*, Maleis, voor 'de oude tijd'. In elke grotere stad hangen zo nu en dan affiches waarin een *pasar malam* of *pasar dalam* wordt aangekondigd. Dat is Indonesisch voor avondmarkt, respectievelijk binnenmarkt. Het adres is gewoonlijk de gemeentelijke sporthal. Daar vindt dan inderdaad een Indische markt plaats met een uitgebreid cultureel programma, zodat een paar dagen *tempoe doeloe* binnen de Nederlandse beperkingen en beschermd tegen het koele zeeklimaat herrijst.

De jongere generaties zijn bezig het Indonesische element in hun wezen te herontdekken. Zij uiten zich zeer kritisch over de opvang in de jaren vijftig en zijn op zoek naar nieuwe banden met Indonesië.

De Molukkers achtten zich misbruikt en verraden

Ongeveer tegelijk met de Indo's arriveerden de Molukkers. Dat wil zeggen: Molukse soldaten uit het Koninklijke Nederlands-Indische Leger met hun gezinnen. Niet omdat zij wilden, maar omdat zij een dienstbevel om scheep te gaan hadden opgevolgd. Tot hun woede en verbijstering werden zij op de Nederlandse kade onmiddellijk gedemobiliseerd.

Het christelijk gedeelte van het minuscule eiland Ambon had traditioneel een grote bijdrage geleverd aan de koloniale troepen. Zijn trouw aan het Nederlands gezag was misschien nog sterker dan die der Indo's. De Indonesische onafhankelijkheid beloofde in de ogen van de Molukse soldaten weinig goeds. Op Ambon zelf was een eigenlijk door de Nederlanders gestimuleerde afscheidingsbeweging ontstaan, wat de situatie niet vergemakkelijkte. Vandaar dat dienstbevel om naar Nederland te komen en de demobilisatie. Op Ambon zelf was ondertussen een kortstondige Republiek der Zuid-Molukken uitgeroepen die snel was opgerold.

De Molukkers achtten zich door Nederland misbruikt en verraden. Zij weigerden de opvangkampen te verlaten. De mannen bleven zich beschouwen als soldaten. Zij wezen elke poging tot integratie in de Nederlandse maatschappij af. In plaats daarvan richtten zij zich op het ideaal van de Republiek der Zuid-Molukken, waarbij zij zeer gedisciplineerd een snel gevormde regering in ballingschap ondersteunden.

De Nederlandse regering ondersteunt dit ideaal met grote nadruk niet. In het algemeen blijft het beleid gericht op integratie. Dat leidde zo nu en dan tot conflicten. In de jaren zestig zagen de Nederlanders tot hun verbijstering, hoe consequente Molukkers weigerden de inmiddels lekkende barakken van hun kampen te verwisselen voor nette woningen en hoe gematigder elementen uiteindelijk akkoord gingen met aparte wijken. Want uit behoorlijke huisvesting zou men kunnen afleiden, dat het verblijf in Nederland niet tijdelijk was en dat men akkoord ging met het ontslag uit de militaire dienst.

Het bleven soldaten. Dus zij waren gedisciplineerd en gebruikten geen geweld tegen het wettig Nederlands gezag. Maar zij gaven geen krimp.

In de jaren zeventig vocht een nieuwe generatie met geheel andere wapens. Geïnspireerd door de verzetscultuur van de jaren zestig en organisaties als de PLO gingen radicale splintergroepjes over tot terreur. Het begon met een gijzeling in de Indonesische ambassade. In latere jaren gijzelden zij treinpassagiers en eenmaal een kindercrèche. Daarbij vielen slachtoffers. De Nederlandse overheid reageerde steevast met overleg vanuit een crisiscentrum, dat in één geval bijna drie weken aanhield. Zo werden de terroristen uitgeput, waarna een bliksemaanval door elitetroepen volgde. De Molukse gemeenschap wees dit terrorisme radicaal af, maar gebruikte de incidenten – wereldnieuws trouwens – wel om een eis te stellen: ze vroeg om begrip en duidde de terroristen consequent aan als 'onze jongens'.

Dat was vaag en zeer multi-interpretabel. De Molukkers slaagden er in ieder geval niet in om buiten de eigen gemeenschap aanhangers te vinden voor hun republiek. Maar evenmin ontstond er een brede Molukkershaat. De Molukkers zelf verdwenen uit de publiciteit.

Uit allerlei statistische gegevens blijkt, dat de nieuwe generaties met behoud van eigen identiteit zich maatschappelijk redelijk weten te handhaven.

In de zelfgekozen wijken bestond in de jaren zeventig in ieder geval een gettoproblematiek van verslaving en werkloosheid, maar die wordt minder. De meest consequente teruggekeerde soldaten – inmiddels bejaarde mannen – stonden in de jaren negentig toe, dat de laatste barakken dan in ieder geval werden gerenoveerd. Al kon je daaruit dan de conclusie trekken, dat zij blijkbaar bedoeld waren voor permanente bewoning en niet voor tijdelijke.

Deze hardnekkigheid riep in de media vertedering op. Het ideaal van de Republiek der Zuid-Molukken bestaat onverminderd voort evenals de regering in ballingschap, maar het neemt langzaam maar zeker de vormen aan van een officieel ideaal, zoals het rijk der hemelen dat je door rechtvaardig gedrag kunt beërven. Ondertussen is de Nederlandse publieke opinie er wel van overtuigd, dat Nederland de Molukkers destijds heeft misbruikt.

Toch roept het Indisch verleden bij tijd en wijle nog steeds grote emoties op. Dat merkte de rijksgeschiedschrijver Lou de Jong, toen zijn delen over de oorlog met de Japanners en de daarop volgende Indonesische bevrijdingsstrijd zeer kritisch bleken. Voor de eerste en enige keer zag hij zich door druk van buitenaf gedwongen passages te veranderen. Waar sprake was van Nederlandse oorlogsmisdaden, moesten termen komen in de trant van excessen. De romancier Graa Boomsma kreeg nog in 1994 een proces aan zijn broek, toen hij in een roman het optreden van het Nederlandse expeditieleger in de jaren '45–'49 met dat van de ss vergeleek. Hij won dat overigens zonder problemen met een beroep op de vrijheid van meningsuiting. Toch is het tekenend dat het niet ging om een kort geding, maar een strafzaak, aangespannen door het Openbaar Ministerie.

Hoe gevoelig het koloniaal verleden ligt, blijkt bovendien uit de ervaringen van de essayist Rudy Kousbroek, consequent ontmantelaar van de *tempoe doeloe*-legende. Kousbroek zat tijdens de Tweede Wereldoorlog in een Japans interneringskamp. Hij wordt niet moe te verklaren – het duidelijkst in zijn bundel *Het Oost-Indisch kampsyndroom* –, dat de toestanden binnen de kampen niet erger waren dan daarbuiten. Hij constateert daarbij, dat je in de memoires van andere ex-gevangenen vaak leest, dat de Japanners hen 'als koelies behandelden' en dat het hen vooral hoogzat, dat zij Japanners op de Japanse wijze moesten groeten, dat wil zeggen met een buiging. Kousbroek constateert vervolgens, dat de Japanners de Nederlandse kolonialen blijkbaar dezelfde behandeling hadden gegeven, die zij zelf de koelies, dat wil zeggen de gewone Indonesiërs deelachtig lieten worden. En dat die buigingen hun blanke – lees: racistische – zelfbesef heeft aangetast. Dat tenslotte in al die kampliteratuur de Indonesische slachtoffers van de Japanse terreur opvallend afwezig zijn.

Kousbroek gaat vér in zijn kritiek. Maar de tegenkanting is even heftig en het hele debat is zelden ter zake. Vijftig jaar na dato zijn de wonden nog steeds open en rauw, is wat er werkelijk gebeurde in die verschrikkelijke jaren omgeven door taboes, legendes en mythes, kan van een afstandelijk terugkijken geen sprake zijn: er is inderdaad sprake van een koloniaal trauma, misschien wel van een syndroom.

Het verhaal over de dekolonisatie in het Caribisch gebied is even weinig verheffend. Juist omdat de machthebbers van het moment van Indonesië geleerd hadden. Die fouten zouden ze niet meer maken.

Het koloniaal bezit daar was bescheiden: Curaçao, Aruba en Bonaire, drie eilandjes voor de kust van Venezuela met bij elkaar nog geen tweehonderdduizend inwoners, Sint Eustatius, Saba en de helft van Sint Maarten, nog drie eilandjes, maar deze echt van speldeknopformaat, min of meer ten zuiden van de Dominicaanse Republiek en Puerto Rico. Bij elkaar vormden zij de Nederlandse Antillen.

Op de kust van Guyana tenslotte lag Suriname, een wild junglegebied met de stedelijke enclave Paramaribo en vooral daaromheen landbouwgronden. Omvang: vijf keer Nederland. Inwonertal: wat meer dan driehonderdduizend.

Dan moest je je als modern land toch een beetje schamen

Na de Tweede Wereldoorlog deed Nederland met deze gebieden, wat het met Indonesië eigenlijk ook had gewild: ze kregen zelfbestuur. Een en ander werd vastgelegd in *het Statuut van het Koninkrijk*, dat bestond uit drie delen, Nederland zelf, dat voor het geheel tevens buitenlandse zaken en defensie behartigde, Suriname en de Antillen. Beide 'rijksdelen' vaardigden een minister naar het Nederlandse kabinet af. Maar verder hadden hun regeringen volledige vrijheid van handelen.

De vernieuwers van de jaren zestig ontleenden veel inspiratie aan koloniale bevrijdingsbewegingen. De spraakmakende generatie zette zich af tegen de ouderen en voelde zich daardoor eerder verwant met natiestichters als Julius Nyerere, Kenneth Kaunda of de toen ook al wereldberoemde Nelson Mandela dan met de ethici uit de koloniale tijd. Die stemming sloeg over op de linkse politieke partijen. In Nederland zélf raakte men ervan overtuigd, dat het maar eens afgelopen moest zijn met die ouderwetse koloniën. De Algemene Vergadering van de Verenigde Naties – vol vertegenwoordigers van pas vrij geworden landen – had trouwens de neiging de Nederlandse delegatie op de vingers te tikken vanwege het rood-wit-blauw daar in het Caribisch gebied. Dan moest je je als modern land toch een beetje schamen.

Gebeurtenissen op Curaçao accentueerden dat gevoel. Daar liepen protestdemonstraties tegen de regering in 1969 uit op een wilde plundertocht van het zakencentrum. Nederlandse mariniers werden gebruikt om de orde te herstellen. Dat gebeurde in opdracht van de regering in Den Haag en de toenmalige oppositie – de sociaal-democraten – steunde het militaire optreden.

Maar dat ingrijpen ontmoette in binnen- en buitenland veel kritiek. Het idee, dat Nederland troepen inzette om arme sloebers tot de orde te roepen, paste niet bij het moderne zelfbeeld van het land als een moderne, democratische samenleving. Zeker niet eind jaren zestig, toen zoveel jonge Europeanen het portret van Che Guevara boven hun bed hadden hangen. Bij Joop den Uyl, leider van de sociaal-democraten, vatte helderder dan ooit de overtuiging post, dat het Nederlands koloniaal bezit zo snel mogelijk moest worden geliquideerd. Als hij premier werd, wilde hij in ieder geval de onafhankelijkheid van Suriname op zijn conto zetten.

Den Uyl wérd premier.

De koninkrijksparaplu had zijn voordelen

In Suriname en de Nederlandse Antillen heerste echter over het algemeen tevredenheid over *het Statuut*. Als de koningin de overzeese rijksdelen bezocht, kwamen enthousiaste menigtes op de been. In het Surinaamse parlement werd de onafhankelijkheid eigenlijk alleen bepleit door een splinterpartij van intellectuelen, die op Nederlandse universiteiten kennis hadden gemaakt met het nationalisme en moderne theorieën over de Derde Wereld. De rellen in Willemstad waren tegen corruptie in de regering en lage lonen gericht, niet tegen de Nederlandse vlag. De leiders van de opstand wisten zich trouwens snel in het bestaande cliëntelistisch systeem te integreren, wat de hele beweging in een geheel ander licht zette.

De koninkrijksparaplu had zijn voordelen. Nederland loste de ereschuld in met ruimhartige bijdragen aan de budgetten van de rijksdelen, want de welvaart daar was beduidend lager dan in het moederland. Nu nog is het inkomen per hoofd van de bevolking op de Antillen ongeveer de helft van het Nederlandse.

Aan de andere kant probeerde de regering in Den Haag niet echt te controleren, wat er met die bijdragen gebeurde. Men ging er eigenlijk van uit, dat het wel op de Nederlandse manier zou gaan. Bovendien had men afstand genomen van de vorige generaties die door het paternalisme het debacle van Indonesië op hun geweten hadden.

Zowel de Antillen als Suriname waren en zijn Caribische samenlevingen, waar zich achter een keurige democratische grondwet cliëntelistische systemen verbergen en electorale steun vertaald moet worden in directe voordelen. Anders verliezen politici hun macht. Dat biedt grote ruimte aan corrupte praktijken.

De elites van de Nederlandse Antillen hebben het Haagse aansturen op hun onafhankelijkheid met slim onderhandelen altijd weten te frustreren, net zolang tot de Nederlandse politici ermee ophielden. Die van Aruba slaagden er wel in een *status aparte* te bereiken, een eigen plaats in het koninkrijk naast de Antillen.

Sinds 1990 beschouwt ook Den Haag de laatste resten tropisch Nederland als een gegeven.

De belofte dat het land een miljardenbonus zou meekrijgen

De Surinaamse elites lieten zich de onafhankelijkheid wél aanpraten, onder meer door de belofte, dat het land een miljardenbonus zou meekrijgen.

Suriname is een multiraciale samenleving. Na de emancipatie verruilden de vrijgelaten zwarte slaven de dwangarbeid op de plantages voor een meestal armzalig bestaan in de hoofdstad Paramaribo. Ter vervanging wierf de regering contractarbeiders, eerst in Brits-Indië, en toen de Engelse machthebbers dat verboden, op Java.

De plantages zijn toch te gronde gegaan, omdat de arbeiders hun contracten niet vernieuwden. Het resultaat was, dat de Surinaamse bevolking kwam te bestaan uit Creolen van Afrikaanse afkomst met daarnaast Hindoestanen, die elkaar numeriek ongeveer in evenwicht hielden. De Javanen vormen een betrekkelijke kleine minderheid. Daarnaast zijn er ook nog kleinere groepen Chinezen, indianen en bosnegers, afstammelingen van ontsnapte slaven. Die groepen leefden sterk naast elkaar en ook de politieke partijvorming volgde die lijnen. De regering echter was een multiraciale coalitie. Het was een kopie van het Nederlandse zuilensysteem, maar dan op raciale grondslag.

Een wondere nieuwe stad: Bimri

Aan de basis van de samenleving waren de scheidslijnen uiterst scherp, zodat veel gewone mensen geweld vreesden, als de Nederlandse aanwezigheid zou verdwijnen. Toen duidelijk was, dat de onafhankelijkheid in 1975 hoe dan ook een feit zou worden, stemde de helft van de bevolking met de voeten. Ze namen een ticket naar Schiphol, voor hun Nederlands paspoort vervangen zou worden door een Surinaams. Met name de creolen onder hen gingen naar een wondere nieuwe stad, waarvan de faam over de Atlantische Oceaan was doorgedrongen: er wachtte een nieuwe toekomst in *Bimri*.

Bimri is een verbastering van Bijlmermeer, een polder ten zuidoosten van Amsterdam, die aan het eind van de jaren zestig was volgestampt met gigantische flatgebouwen. Tussen de woonkolossen lag park. Er was een volstrekte scheiding aangebracht tussen voetgangers- en autoverkeer. Gigantische parkeergarages wachtten op de voertuigen van de tot welvaart gekomen Amsterdammers die een mooie en ruime flat zouden huren.

Maar de Nederlanders vonden de Bijlmer afgelegen, hard, onmenselijk, het was een tweede optie. Wie zich in Amsterdam wilde vestigen, was vaak op de Bijlmermeer aangewezen, maar beschouwde de woning toch als een doorgangshuis. De flats waren in de ogen van de meeste autochtone bewoners meer uitkijkposten om elders in Amsterdam iets beters te vinden.

Toen de Surinaamse migranten bij duizenden begonnen binnen te stromen, kregen zij dan ook zonder problemen zo'n flat in Bimri. Zolang ze werkloos waren, kwamen zij in aanmerking voor een bijstandsuitkering. De regering had bovendien huursubsidie ingevoerd voor wat duurdere nieuwbouwwoningen, zodat zij ook voor de minder draagkrachtigen toegankelijk werden. Bimri was al gauw na Paramaribo de tweede stad van Suriname.

De Hindoestanen hadden nogal de neiging voor Den Haag te kiezen, ver van de creolen.

Veel creoolse Surinamers vestigden zich bovendien in Rotterdam Oud-West, waar de verkrotte woningen sterk aan vernieuwing toe waren, zodat je daar makkelijk terecht kon. Ze beantwoordden niet langer aan de minimumeisen van de tot welvaart gekomen Rotterdammers.

Zo ontstonden er wijken met een duidelijk allochtoon stempel. En het was heel erg allochtoon, want het Nederlandse koloniale bewind heeft nooit consequent geprobeerd de eigen taal en cultuur aan de overheerste bevolking op te leggen. Als je afkomstig bent uit een samenleving, waarin soevereiniteit in eigen kring het hoogste goed is, kom je niet zo snel op dat idee. Wat dat betreft was Van Vollenhovens eerbied voor de *adat* en Snouck Hurgronje's respect voor oosterse culturen misschien etnocentrisch-Nederlandser dan ze zelf beseften.

De nieuwe inwijkelingen moesten zich een plaats verwerven op de arbeidsmarkt

De nieuwe inwijkelingen moesten zich een plaats verwerven op de arbeidsmarkt. Dat zou – dachten ze – weinig moeite kosten, want er was werk voor iedereen, meer dan de autochtone Nederlanders zelf aan konden.

Inderdaad had de hoogconjunctuur van de jaren zestig geleid tot een overspannen arbeidsmarkt. Er was een loongolf geweest, die de koopkracht aan de onderkant van de maatschappij sterk had vergroot. Toch bleef het moeilijk arbeidskrachten te vinden, met name voor laag- en ongeschoold werk. Drastische loonsverhogingen waren een optie geweest, het massaal in het arbeidsproces betrekken van vrouwen – het antwoord van Finland – ook. Maar daarvoor kozen de Nederlandse werkgevers niet. In plaats daarvan begonnen zij met medewerking van de overheid arbeiders te werven in het Midden Oosten en Noord-Afrika, met name in Marokko en Turkije. Dat gebeurde in navolging van Duitsland, waar ook gebrek aan arbeidskrachten bestond.

In Marokko en Turkije bestond grote werkloosheid. Nederland vestigde in overleg met Duitsland wervingsbureaus, waarbij beide landen besloten elkaar niet teveel in de weg te zitten. De Duitsers hadden al eerder hun netten uitgeworpen in de grote steden, Nederland concentreerde zich meer op het platteland. Zo kwamen grote aantallen Berbers en bewoners van Oost-Turkije naar Nederland, de meesten met het idee om een paar jaar flink te sparen, zodat ze thuis een eigen bedrijf konden openen. Ze reisden van een plattelandscultuur naar die van de grote Westeuropese stad.

De meeste gastarbeiders lieten op den duur hun gezin overkomen

'Gastarbeiders' heetten deze migranten. Ze werden ondergebracht in pensions en leerden daar snel een pijnlijke les: vergeleken met thuis waren niet alleen de lonen torenhoog, maar de prijzen ook. Dat frustreerde de spaarplannen. Bovendien bleek het leven ver van huis, haard en gezin in een volstrekt vreemde cultuur harder dan gedacht. Vooral als je uiteindelijk toch min of meer vast zat in die nieuwe omgeving. De meeste gastarbeiders lieten op den duur hun gezin overkomen. De Nederlandse regering kon daar weinig bezwaar tegen maken. Christelijke politici hadden het primaat van het gezin hoog in het vaandel, sociaal-democraten mochten vanuit hun ideologie evenmin problemen scheppen, als arbeiders herenigd wensten te worden met hun families. Zo ontstonden er Turkse en Marokkaanse gemeenschappen met een vrij permanent karakter, ook al bleek uit onderzoek, dat de droom van de terugkeer niet vervaagde. Maar het werd de betrokkenen ook steeds duidelijker, dat het een droom zou blijven.

In 1973 doorbrak de eerste oliecrisis de mythe van de eeuwige welvaart. Europa kreeg te maken met echte economische recessies, zodat de werkloosheid terugkeerde. Tegelijkertijd moesten arbeidsintensieve industrieën, zoals de textiel en de scheepsbouw, het afleggen tegen goedkopere concurrentie uit opkomende ontwikkelingslanden. Ook de automatisering en de digitalisering eiste zijn tol. Dat kwam hard aan. Op het moment bedraagt de werkloosheid onder de allochtone gemeenschappen het dubbele van die in het land als geheel. In Rotterdam, waar de meer dan honderdduizend migranten eenvijfde van de bevolking uitmaken, leveren zij 36 procent van de geregistreerde werkzoekenden.

Een uitkering betekent minder inkomen. Terugkeer naar huis is geen optie, want daar is de economische situatie eerder slechter dan beter geworden. Er groeiden generaties op die Nederland eerder als hun thuis beschouwen dan Marokko of Turkije. Wat bedoeld was als een soort trekarbeid, werd door de omstandigheden permanente migratie.

De Surinaamse inwijkelingen verschenen na de eerste oliecrisis. Ook voor hen was terugkeer geen optie, want hun angstdromen werden waar. De democratische regering die in 1975 de Nederlandse vlag streek, verzeilde in een moeras van corruptie en vriendjespolitiek. In 1980 greep het leger de macht, zodat Suriname in de persoon van sergeant Desi Bouterse een echte militaire dictator kreeg. Toen Bouterse persoonlijk deelnam aan een moordpartij op politieke tegenstanders, stopte Nederland met de uitbetaling van de onafhankelijkheidsbonus. Suriname verzeilde in een verarmingsproces. De democratie is hersteld – met de in discrediet geraakte leiders van de onafhankelijkheid opnieuw aan de regering. Maar het leger blijft een invloedrijke factor op de achtergrond.

Zo eindigde ook de dekolonisatie van Suriname met een trauma.

De Surinamers in Nederland meldden zich op een arbeidsmarkt die eigenlijk niet meer op nieuwelingen zat te wachten. Zo kregen zij net als de minderheden uit Marokko en Turkije te maken met werkloosheid.

Als puntje bij paaltje komt, kiezen de meeste werkgevers liever een autochtone Nederlander

De concurrentiekracht van alle minderheden bleek en blijkt bij sollicitaties gering. Als puntje bij paaltje komt, kiezen de meeste werkgevers liever een autochtone Nederlander. Artikel 1 van de grondwet verbiedt zulke voorkeuren, maar een sollicitatiecommissie heeft natuurlijk altijd voldoende andere argumenten bij de hand. Bovendien: deze situatie heeft zeker een discriminatoire achtergrond, maar dat is niet het hele verhaal: veel leden van de minderheden blijken niet de juiste kwalificaties te hebben om werk te vinden in een economie die van personeel een steeds hogere scholing vereist. En daaraan wil het uiterst vaak ontbreken. Ook bij hun kinderen. Ondanks het feit, dat de jongere generaties inmiddels grotendeels in Nederland zijn opgegroeid.

Wie onderwijsstatistieken ter hand neemt, moet denken aan de Derde Wereld. Een kleine groep allochtonen stoot door tot in de hoogste regionen. Zij voltooien met glans een academische opleiding, waarna ze toetreden tot de middenklasse. Maar dan komt er een hele tijd niets. Allochtonen zijn slecht vertegenwoordigd in de middelbare beroepsopleidingen en het vakonderwijs. Hun *dropout rate* is groot. Blijkbaar zijn alleen de allerknapsten tegen het Nederlandse onderwijssysteem bestand. De brede middenmoot loopt ergens tegen een niet te nemen horde op.

Die horde heeft te maken met de Nederlandse cultuur en de Nederlandse tradities. De minderheden zijn terecht gekomen in een overlegsamenleving, waar men andere groepen in hun waarde laat en waar de handreiking slechts volgt, wanneer men er om vraagt.

Zo werkt het niet in Turkije of Marokko. Noch in Suriname. In het algemeen kennen de minderheden uit de islamitische landen een sterk patriarchale cultuur, waarin grote eerbied bestaat voor het ouderlijk gezag en het erop na houden van een eigen mening snel wordt opgevat als tegenspreken. Hindoestanen kennen eveneens een sterke familiale gezagsstructuur.

Voor creolen – en Antillianen – geldt dat allemaal veel minder. De slavenhouders van weleer hadden niet veel op met vaste familieverbanden op de plantage, want dat kon hun almacht aantasten. Daardoor ontstond er een cultuur van sterk wisselende relaties, waarbij de kinderen de verantwoordelijkheid van de moeder waren. Nu nog zijn creoolse en Antilliaans familieverbanden vaak gegroepeerd rond mentaal zeer sterke vrouwen die niet alleen de verantwoordelijkheid voor het huishouden op zich nemen, maar ook voor het inkomen. De overlevingsstrategieën in Suriname zijn gebaseerd op improvisatie en het najagen van persoonlijke voordeeltjes, het vormen van steeds weer wisselende gelegenheidscoalities tussen personen. In de politiek: ik steun jou en jij zoekt een plekje voor me in de ambtenarij.

Het kost dan moeite om in een door autochtone Nederlanders gedomineerde samenleving effectief te opereren. Vooral als je ook nog de taal niet goed spreekt en nuances aan je voorbijgaan. Het kan tot veel misverstanden leiden, als je gesprekspartner uit is op het sluiten van een compromis waarin iedereen zich herkent, terwijl jij denkt bezig te zijn met het verwerven van een gunst of het maken van een deal.

Kinderen uit de minderheden die een Nederlandse school bezochten, keken vreemd op. De lessen begonnen met een kringgesprek, waarbij de onderwijzer zich vrijwel als een gelijke opstelde. Die bleek op zoek naar een eigen mening, de lesstof werd niet eenzijdig opgelegd, maar vaak ook ter discussie gesteld. De didactiek was gebaseerd op veel zelfwerkzaamheid, het leren in groepjes het gezamenlijk zoeken naar een oplossing. Letterlijke reproduktie van de waarheid, zoals afgedrukt in de schoolboekjes, was niet de bedoeling. Onderwijzers hadden de neiging hun leerlingen te beoordelen op creativiteit en zelfstandig denken. Terwijl in de eigen cultuur voor kinderen het voorschrijven en netjes nadoen centraal stond, terwijl het hebben van eigen denkbeelden een verworvenheid is, die men zich slechts door veel levenswijsheid kan verwerven, zodat jongeren geacht worden zich gedeisd te houden en eerbied te tonen.

Als je de taal dan ook nog niet echt goed verstaat, omdat ze thuis Turks, Berbers of Sranan Tongo spreken, komen er extra moeilijkheden.

Het behoorde niet tot de Nederlandse stijl om een aanpassing bij deze gewoontes te eisen. Integendeel, net als in Van Vollenhovens dagen koesterde men eerbied voor de eigen taal en cultuur. Het Ministerie van Onderwijs, Cultuur en Wetenschappen kwam in eerste instantie niet tegemoet aan de toevloed van minderheden met applicatiecursussen, maar met onderwijs in de eigen taal en cultuur, waarvoor in de thuislanden leerkrachten werden gerecruteerd. Daar zat vaag de gedachte van soevereiniteit in eigen kring achter. Maar dat niet alleen: het was ook een antwoord op de terugkeerwens: dan moest de in Nederland opgegroeide generatie zich ook kunnen handhaven.

De overheid stimuleerde bovendien de zelforganisatie van de minderheden. Daarvoor bestond een goed ontwikkeld subsidiemodel. Er kwamen allerlei welzijnsstichtingen tot stand die bemand werden door de elite van de minderheden, de weinigen met de goede opleidingen. Zij wierpen zich op als zaakwaarnemers voor wat de Nederlandse overheid beschouwde als hun achterban. Ook als moeilijk aan te tonen viel, in hoeverre die stichtingen daar werkelijk wortel hadden geschoten.

De bestuurders namen het intussen zo goed en zo kwaad als het ging voor die achterban op. Zij stelden echte en vermeende discriminatie aan de kaak. Zij kwamen met kracht op voor eigen taal en cultuur. Zij eisten positieve actie en een voorkeursbeleid om aan de achterstelling op de arbeidsmarkt een einde te maken. Dit in navolging van de feministen die met tamelijk veel succes vergelijkbare doelen nastreefden.

Dat ontmoette bij officieel Nederland veel sympathie. Discriminatie en alles wat leek op onderscheid naar ras of afkomst was immers uit den boze. Niet voor niets stond dat al in artikel 1 van de grondwet. En niet voor niets had men zo openlijk afstand genomen van het koloniale verleden.

De dominante generaties van de jaren zeventig wilden zeker niets te maken hebben met wat vorige generaties uit de koloniale tijd normaal en acceptabel vonden. Ze hadden geleerd het koloniale verleden te definiëren als verwerpelijk imperialisme, waarvoor Nederland zich had te schamen. Bovendien deed alles wat naar discriminatie zweemde niet alleen denken aan kolonialisme, maar ook aan de jodenvervolging uit de Tweede Wereldoorlog, waartegen Nederland – zo luidde immers een tamelijk brede consensus – zich onvoldoende had verzet. Ten derde was er het slechte voorbeeld van de achterneven, van wie Nederlanders zich de laatste jaren scherp afgrenzen: van de Afrikaners.

De Afrikaners voerden hun oorsprong terug op de enige echte volksplanting die in de tijd van de Vereenigde Oostindische Compagnie was ontstaan: de Kaapkolonie. Die was bedoeld als verversingsstation voor schepen op weg naar Oost-Indië, zodat de compagnie rond de haven een strook land nodig had, waarop landbouw werd bedreven. De kolonie was evenals Ceylon aan de Engelsen verloren gegaan, maar de lokale bevolking had het eigen karakter bewaard. Ze had een taal ontwikkeld, het Afrikaans, die nauw aan het Nederlands verwant was.

Die eigenheid bewaarden de Afrikaners door een grote bijbelvastheid, waarbij de schrift echter een zeer specifieke interpretatie kreeg: de Afrikaners lazen erin, dat zij dankzij hun kennis van de goddelijke waarheid een uitverkoren volk vormden, dit in scherpe tegenstelling tot vooral de zwarten, kinderen van de zondaar Cham. Dat leidde op den duur tot de ideologie van de *apartheid*, die eigenlijk is gebaseerd op een raciale interpretatie van Abraham Kuypers zuilendenken, want de contacten met Nederland waren nauw gebleven. Paul Kruger, president van de Afrikaners, die rond de eeuwwisseling een wanhopige oorlog voerde tegen de Britse overheersing, was ook in Nederland een grote held. De solidariteit met de Afrikaners was enorm. Bijna elke stad – van klein tot groot – heeft een uit de dagen rond de eeuwwisseling daterende Afrikanerwijk, waar de straten zijn genoemd naar deze Kruger en zijn generaals.

Soms zit daartussen ineens een naambordje van duidelijk recenter datum. Dan is er een Steve Bikoplein of iets vergelijkbaars, waarvoor dan de vernoeming van zo'n generaal is gesneuveld. Want in de jaren zeventig en tachtig had het ANC de plaats van de Afrikaners ingenomen. Op zijn eerste bezoek aan Amsterdam – kort na zijn vrijlating – werd Mandela door tienduizenden Nederlanders uitzinnig toegejuicht, zoals in 1901 Paul Kruger was overkomen. Die tienduizenden namen daarmee afstand van nog een stuk foute geschiedenis.

Dan kon binnen Nederland niets geduld worden, wat maar naar apartheid zweemde. De Zuidafrikaanse propaganda had trouwens toch al de neiging steeds te wijzen op de minder paradijselijke toestanden die in Nederland heersten wat de sociale positie van minderheden betreft.

Maar in Bimri hadden ze daar niet genoeg aan

De meeste media gingen er na protest uit minderhedenkring toe over om niet langer de etnische afkomst te vermelden van gearresteerden, omdat dit er niet toe deed en men ook nimmer de kop aantrof 'Nederlander bij inbraak gesnapt'. De politie moest zich dan ook in allerlei bochten wringen, als het ging om signalementen van niet-blanke Nederlanders, want een omschrijving kon snel als racistisch aan de kaak worden gesteld.

Maar in Bimri en vergelijkbare wijken hadden ze daar niet genoeg aan. De kinderen mislukten op de cultureel voor hen zo vreemde school. Sollicitaties leverden niets op, al was het alleen maar, omdat iemand die aardig huis-tuin-en-keuken Nederlands spreekt, nog niet zomaar een correcte brief kan schrijven, zeker in het Nederlands met zijn aan valkuilen zo rijke spelling. Zo raakten de minderheden daadwerkelijk in een achterstandssituatie. Zij waren onvoldoende weerbaar. Zij zaten gevangen in een maatschappij met veel verlokkingen en weinig perspectief.

Er bestaat een breed spectrum van mogelijkheden om die situatie persoonlijk aanvaardbaar te maken. Maar er zijn twee uitersten. Men kan zich zo volledig mogelijk terugtrekken op de eigen tradities en het eigen isolement. Of men springt volledig uit de band. De meeste migranten vonden ergens rond het midden van deze schaal een plek. Dat maakt ze in principe onopvallend. Maar wie voor een uiterste kiest, maakt zich buitengewoon zichtbaar. Voor veel Turken en Marokkanen blijkt de traditionele islam van thuis een houvast. Ze klampen zich steviger dan ooit vast aan de oude wetten en gewoontes. Zij wijzen het Nederland om hen heen – met al die minirokjes en seksprogramma's op de tv, met al die drank en drugs – af als een poel van zonde. Binnen de islam – in Nederland met zo'n driehonderdduizend gelovigen de tweede grote godsdienst – is het hoofddoekje sterk in opmars. Dat maakt rechtgelovig islamistische vrouwen althans sterk herkenbaar.

Dat zelfde geldt voor wie alle remmen los gooit. Een oppervlakkige kennismaking met Nederland kan tot de conclusie leiden, dat daadwerkelijk alles moet kunnen. Sexy geklede vrouwen zijn ook op seks uit. Voor het publiek bezit hoef je geen eerbied te hebben. Er is weinig controle in de tram, dus men kan gratis reizen. Het doorbreken van normen is niet zo erg, want de opgelegde straffen zijn licht. Niemand eist trouwens vertoon van eerbied. Maar aan de andere kant trappen ze je toch weg, want werk blijkt er niet te vinden. Met name in patriarchaal geleide huishoudens vinden de heftigste generatieconflicten plaats, want de kinderen moeten steeds wisselen tussen een werkelijkheid, waarin het ouderlijk gezag boven alles gaat en een buitenwereld die eigen meningen en eigen initiatief verwacht. Vaders gezag wordt door de maatschappij niet ondersteund, althans niet op de manier die hij thuis gewend was. Dat leidt maar al te vaak tot een grote crisis. Dat maakt jongeren uit de minderheden kwetsbaar voor de verlokkingen van het wilde leven, van de drugs en het bijbehorende misdaadcircuit. Wie voor dat leven kiest, maakt zich ook zeer herkenbaar. En een gedrogeerde creool op lijn 3 die met een mes speelt, wordt door de rest van het publiek al gauw als representatief gezien voor zijn hele gemeenschap. Dat zelfde geldt voor de gebogen vrouwtjes met een vale regenjas en een zwarte hoofddoek. Het is een angstwekkend soort anders zijn, dat allerlei westerse clichébeelden over verre volkeren en niet dat van de Javaan, de zachtmoedigste mens op aarde. 'Khomeini op het behang,' zong Nederlands beroemdste cabaretier Wim Kan aan het begin van de jaren tachtig om de angstdromen van de gemiddelde burger te beschrijven. De minderhedenorganisaties hadden wel gelijk met hun protest tegen etnische stigmatisering in krantenberichtjes over gearresteerde verdachten.

Een vrij brede bundel urban legends over minderheden

Sinds de jaren zeventig bestaat er een vrij brede bundel *urban legends* over de minderheden. Ze wortelen in een vage kennis over hun leefgewoonten, maar ze zijn nooit op een precieze tijd of plaats vast te pinnen. Het meest typerende is die van het schapen slachten. Bij een vriendin van de buurvrouw druppelde het bloed van het balkon of zelfs door het plafond, omdat die Marokkanen boven schapen slachten.

Er zijn er meer.

De kinderen van de broer van de buurman kunnen solliciteren wat ze willen, ze krijgen toch te horen: de buitenlanders gaan voor. Je hoeft niet naar de gemeente te gaan voor een woningwetwoning, want de buitenlanders (tegenwoordig: die asielzoekers) gaan voor. Er komen er steeds meer en de gemeente wil niet discrimineren. Een politieagent heeft het zelf tegen mijn neef gezegd: 'Je kunt zo'n buitenlandse overvaller wel arresteren, maar na een uur loopt hij weer vrij op straat. Doet u maar geen aangifte.' Hiervan bestaat ook een variant met betrekking tot junks. De politie dringt er overigens bij iedereen op aan altijd aangifte te doen.

Tenslotte: die buitenlanders leven er mooi van. Ze vangen kinderbijslag voor tien kinderen. Die zitten dan zogenaamd in Marokko.

De hardnekkigheid van zulke *urban legends* bewijst, dat er spanning bestaat tussen de verschillende bevolkingsgroepen waaruit de Nederlandse maatschappij inmiddels is samengesteld. De officiële tolerantie blijkt aan de basis van de samenleving niet of veel minder te bestaan. Er is veel wantrouwen en angst. Niemand weet goed hoe daarop te reageren. Niemand weet ook, hoe diep het zit, want er rust een sterk taboe op uitlatingen die racistisch kunnen worden geïnterpreteerd. Veelal worden zij voorafgegaan door 'Ik discrimineer niet, maar –'. Als bewoners zich verzetten tegen de bouw van een moskee om de hoek, onderbouwen ze dit met vrees voor parkeer- of geluidsoverlast. Men aarzelt dan tevens niet om te beweren, dat zo'n gebedshuis door de geregelde concentraties van moslims 'racisme en discriminatie in de hand werken,' iets waar men zelf natuurlijk wars van is.

Officieel Nederland heeft deze onderstroom lang genegeerd. Het verband met het hitleriaans racisme was gauw gelegd en met fascisten communiceerde men niet. Zo eenvoudig lag dat. Voor racisten geen plaats!

'Weet je wie hier worden gediscrimineerd? De Hollanders, die worden gediscrimineerd,' klonk het ondertussen in menig stamcafé, wanneer de drank het historisch besef eenmaal had ondermijnd. En wellicht te vaak ook al lang daarvoor.

In de jaren zeventig moesten met name de Creoolse Surinamers het aan de stamtafel ontgelden. Tegenwoordig is die plaats overgenomen door Marokkanen en Turken. Zij worden kennelijk als vreemder en gevaarlijker ervaren. Dat hangt waarschijnlijk samen met de berichtgeving over antiwesterse islamitische leiders, zoals in Iran. Men heeft dan gauw de neiging het hoofddoekje gelijk te stellen met de *chador* en de draagsters uit te roepen tot de vijfde kolonne van Khomeiny. Zo'n hoofddoekje wordt al gauw beschouwd als een voorhoede van het 'fundamentalisme', dat 'straks' hier ook de boel overneemt. Die angst is verrassend breed en je treft haar ook aan in progressieve kring. Het valt in een sterk door feminisme beïnvloede intellectuele praatcultuur moeilijk uit te leggen, dat het dragen van een hoofddoekje een weloverwogen en zeer bewuste keuze kan zijn, waarmee men geen onderdanigheid aan de man tot uitdrukking brengt – integendeel, die wenst men niet te behagen – maar aan God.

Dat is in principe niet echt slecht nieuws voor wie zich met racismebestrijding bezighoudt. Het betekent, dat de antibuitenlandershouding gebaseerd is op vooroordeel en angst voor het vreemde. Niet op de doordachte overtuiging, als zou het blanke ras superieur zijn en intrinsiek beschikken over betere eigenschappen dan de andere. Vooroordelen slijten gemakkelijker dan ideologieën. Ze zijn met feiten en goede voorbeelden, met zomercarnavals en andere prettige ervaringen te bestrijden.

Hoop geeft ook een wandeling op de Rotterdamse West Kruiskade of de Haagse Hobbemastraat. Dat zijn allebei winkelstraten middenin grote volksbuurten, waar tegenwoordig veel minderheden wonen. Daar rijgen zich de Turkse, Surinaamse en Marokkaanse winkels aaneen. Het blijkt, dat menig migrant het ideaal van een eigen bedrijfje niet in eigen land, maar wel hier weet te realiseren. De winkels zijn in eerste instantie op de eigen groep gericht, maar de klantenkring wordt steeds breder. Steeds meer autochtone Nederlanders komen er bijvoorbeeld achter, dat je voor eersteklas lamsvlees het best terecht kunt bij de Turkse of Marokkaanse slagers. Ook de *cuisine* van de minderheden dringt in brede kring door. Het wordt ook voor Nederlanders steeds gewoner om bij de Surinamer op de hoek een roti te gaan halen, als ze geen zin hebben om zelf te koken: de minderheden ontwikkelen een middenklasse. Klein ondernemerschap breekt zich baan. Dat is voorlopig nog onvoldoende om de achterstandssituatie op te heffen, maar het schept wel perspectief. Het is bovendien geen aangereikt perspectief, het is zelf ontwikkeld, zonder dat de zaakwaarnemersstichtingen of de goedwillende Nederlandse autoriteiten daar veel mee te maken hadden. Er is zelfemancipatie gaande.

Toch beginnen juist de politiek en de autoriteiten hun voorzichtigheid ten opzichte van de minderheden te verliezen, steeds meer te kiezen voor een vertoog, dat lijkt op dat van de oud-Hollandse stamtafel.

De rampnacht van Bimri

Vijftien jaar na de massale komst van de Surinamers kon je sterk van mening verschillen over de ontwikkelingen in de Bijlmermeer. Veel mensen waren bang van Bimri. Op de met graffiti bedekte stations van de metro die naar de satellietstad voerde, hingen junks rond. De politie had een grote schoonmaakactie gehouden in het centrum, zodat veel verslaafden een toevlucht zochten in de Bijlmermeer, waar de grote en donkere parkeergarages een prima schuilplaats boden. Heel Bimri zelf bood trouwens ruimte voor onmaatschappelijk gedrag. De architectuur zelf maakte sociale controle moeilijk. De mensen moesten hun flat bereiken door lange gangen van honderden meters lang. Je had vanuit de vensters geen goed zicht op de parkjes tussen de enorme complexen. Wie kwaad wilde, kon gemakkelijk de hele flat terroriseren, bijvoorbeeld door geregeld met zijn dronken kop een lift te slopen of deuren in te trappen. Zo kregen de openbare ruimtes een verloederd aanzien. Er verschenen wanhopig makende rapporten over de toestanden in de Bijlmer. De eigenaressen van de gebouwen, woningbouwverenigingen, kwamen tot de overtuiging, dat ze een enorme planologische fout hadden gemaakt: er was een getto gecreëerd. Men besloot zelfs twee complexen af te breken, omdat ze te verloederd waren.

Dat was het ene gezicht van Bimri. Maar tegelijkertijd vertoonde de stad andere trekken. Ondanks de schijn van het tegendeel bleek zich een heel sociaal netwerk te hebben ontwikkeld, dat zich onttrok aan het zicht van de overheden en hun officiële welzijnsstichtingen. Het antwoord van Bimri op het Rotterdamse Zomercarnaval was het weken durende gigantische Kwakoe-festival, gegroeid uit een wedstrijd tussen Surinaamse voetbalteams. Daar kwamen jaarlijks honderdduizenden op af.

Op zondag klonk uit menig als buurtontmoetingsplaats geconcipieerde zaal swingende muziek en blije zang. Dat waren geen feesten, maar kerkdiensten. Bimri had zich ontwikkeld tot een zeer gelovige stad, maar de kerken hadden weinig aansluiting gevonden bij het officiële calvinisme. Ze leken meer op de pinkstergemeentes, die in Nederland wel bestaan maar naar verhouding stijfjes hun geloof belijden. Bimri was bovendien een centrum van het afro-surinaamse winti-geloof. Mediums hadden zelfs contact gekregen met Nederlandse winti's, zoals die van door de nazi's vergaste joden, oorspronkelijk woonachtig in het aangrenzende Amsterdam-Zuid. Zo had Bimri het drama van Mokum daadwerkelijk aan weten te voelen.

Maar dat was een schaduwstructuur die de oppervlakkige waarnemer op zo'n verloederd metrostation niet waarnam. Die zag de drugshandel. Die vreesde op de stille wandelpaden tussen de flats overvallen te worden. Die zag kapotgegooide lantaarnpalen. Het échte Bimri gaf zich niet zo gemakkelijk bloot. Daar was iets radicaals voor nodig.

Op 4 oktober 1992 raakte een vrachtboeing van El Al boven Schiphol in moeilijkheden. De piloot beschreef grote cirkels rond Amsterdam om een vrije landingsbaan te vinden. Tot tweemaal toe ronkte het vliegtuig over het centrum van Amsterdam. Boven heerste blijkbaar een paniektoestand. Dat was zichtbaar genoeg voor een vermelding op het radionieuws. Dit toestel slaagde er blijkbaar niet in de neus voor een landingsbaan te krijgen.

Bij de derde poging verloor de Boeing snel hoogte. Hij raasde met grote snelheid op Bimri af. Daar boorde het toestel zich in het flatgebouw de Kruitberg. Het was zondagavond, rond zeven uur, als heel Nederland naar *Studio Sport* kijkt. *Prime time.* CNN was iets eerder met het nieuws dan de Nederlandse NOS.

Die zondagavond zag heel Nederland het drama zich live ontwikkelen: de vlammen sloegen hoog op uit de deels verwoeste Kruitberg. Uit heel Bimri stroomden verschrikte mensen naar het toneel van de ramp. Het was duidelijk: uit dit *inferno* zou niemand kunnen ontkomen. Er moesten honderden doden gevallen zijn. De televisie toonde de hoog oplaaiende vlammen, de frenetiek werkende brandweer, de wanhopige familieleden en het onmiddellijk geïmproviseerde opvangcentrum, de politie die nieuwsgierigen op een afstand hield, de geschokte burgemeester. Ooggetuigen kwamen aan het woord. De Kruitberg werd voornamelijk bewoond door Surinamers en Ghanezen, dat was al gauw duidelijk. Maar hoeveel het er waren, niet. 't Kon zijn, dat er op die flats erg veel mensen woonden, deelden de verslaggevers mee, niet alleen de officiële huurders, maar ook anderen, illegalen, mensen die zonder de vereiste papieren in Nederland waren ondergedoken om iets te verdienen in het zwarte circuit. Voor hetzelfde geld waren er duizend doden gevallen. Maar die stonden nergens geregistreerd.

Het duurde dagen, voor alle lijken waren geborgen. De autoriteiten vermoedden meer dan een week lang, dat het er toch zeker 250 moesten zijn.

Een golf van emotie en medelijden sloeg over het land. De rampnacht van Bimri bleef meer dan een week groot nieuws. De televisie zond een indrukwekkende rouwdienst uit, waarop niet alleen de minister-president het woord voerde, maar ook leiders van alle minderheden uit Bimri. Tenslotte trok een stoet van twintigduizend mensen onder leiding van de burgemeester naar de Kruitberg om bloemen te leggen. Dit alles ging gepaard met uitbundige tekenen van rouw en religieuze uitingen uit vele geloven. De televisie legde uit, hoe uiteenlopende culturen ook uiteenlopende tradities hadden om droefheid tot uiting te brengen. De natie was één rond de slachtoffers. Iedereen was diep onder de indruk. Het was eigenlijk iets om een heel goed gevoel rond te krijgen. Rouwend Nederland was heel trots op zichzelf.

De autoriteiten beloofden alle mogelijke hulp en steun aan de slachtoffers, waarbij nadrukkelijk ook gerekend werden de omwonenden die psychisch geschokt waren door de ramp.

Zij zegden bijvoorbeeld alle illegale bewoners van de verwoeste appartementen een verblijfsvergunning toe.

Die moesten zich bij de vreemdelingenpolitie melden. Ondertussen was duidelijk geworden, dat het dodenaantal beperkt bleef tot iets meer dan zestig. Voor de vreemdelingenpolitie verdrongen zich echter bijna tweeduizend personen die allemaal beweerden Kruitbergbewoner te zijn. Het was een bonte en op den duur vrij agressieve menigte. Verslaggevers ontdekten, dat ze tot uit Parijs in busjes aan waren komen rijden om van dit buitenkansje gebruik te maken. Het duurde lang, voor iedereen verdreven was. Uiteindelijk kregen zo'n vijftig Kruitbergslachtoffers een verblijfsvergunning.

Daardoor sloeg de stemming radicaal om. Dit bevestigde alle vooroordelen die de emotionele beelden van de ramp zelf met een dun laagje emotie bedekt hadden. Het beeld van het goede, het emotionele, het mee lijdende Bimri vervaagde van de ene dag op de andere.

Waar kwamen die mensen trouwens vandaan? In de jaren tachtig was Nederland net als de rest van de Europese Unie meer dan ooit een immigratieland geworden. Kenners van de ontwikkelingsproblematiek hadden daarvoor een zeer korte verklaring: als de rijkdom niet naar de mensen toekomt, dan komen de mensen naar de rijkdom. Er was een mondiale volksverhuizing aan de gang naar werk en bestaanszekerheid. De uitlopers daarvan bereikten ook Nederland.

Maar Nederland had net als andere rijke landen zijn grenzen gesloten voor buitenlanders zonder geld. Zij kregen geen verblijfsvergunning en zeker geen toestemming om betaalde arbeid te verrichten. Een uitzondering wordt gemaakt voor wie door de eigen overheid om politieke redenen vervolgd wordt en kan aantonen daarom zijn of haar leven niet zeker te zijn. Zo iemand komt in aanmerking voor politiek asiel, wat in feite gelijkstelling met de Nederlandse staatsburger betekent op het kiesrecht na. In de praktijk wordt dit politiek asiel zeer weinig verleend.

Liefdesrelaties met een Nederlands staatsburger leveren ook een verblijfsvergunning op, maar die wordt pas permanent, als de verhouding minstens drie jaar heeft stand gehouden. Tenslotte kan men onderduiken in het illegale circuit. Dat is in een democratie met vrij open grenzen een haalbare optie. Wie eenmaal de douane is gepasseerd, bijvoorbeeld op een toeristenvisum, wordt ongemoeid gelaten. Je moet natuurlijk niets doen, waardoor je met de politie in aanraking kan komen, zoals zonder kaartje in het openbaar vervoer gesnapt worden.

De overheid dichtte steeds meer mazen in de wet. Ze onderwierp gezinshereniging aan méér voorwaarden. De officiële procedures waren lang en moeizaam. Toch kon je langzamerhand de indruk krijgen, dat Nederland een belegerde veste was, omringd door een horde armoedzaaiers die mee wilden eten uit de ruif van een ontwikkelde, industriële maatschappij.

Illegalen leverden werkkracht voor de zwarte economie. Overal in het land ontstonden textielateliers, waar zij voor lage lonen werkten. Boeren en tuinders huurden ze op grote schaal in om de oogst binnen te halen. Dat zelfde gold voor de horeca. Zo is in Nederland een hardwerkende, laag betaalde onderklasse ontstaan waarvan de betekenis voor de economie en de produktie niet in te schatten valt. Ook de prostitutie kreeg een zeer internationaal karakter. Nu en dan kwamen er schandalen aan de oppervlakte: bordeelhouders bleken meisjes uit Azië of Latijns Amerika in schuldslavernij te houden. Een willekeurige greep uit de seksadvertenties (anderhalve dicht bedrukte pagina) in *De Telegraaf* van 7 oktober 1994: 'TEAP BANDAL, Zuidamerikaanse meisjes aanwezig'. 'CHINEES teenermeisje, 18 jr. en onweerstaanbare blondine', 'Lieve THAISE meisjes in luxe omgeving. Neem een bubbelbad of een Thaise body-massage. Tevens Thaise meesteres en SM-kamer aanwezig'. Dit alles met telefoonnummer en/of adres.

Dat illegale circuit nu kwam na de ramp van de Kruitberg zeer nadrukkelijk in de publiciteit. Duidelijker dan ooit werd, dat er behalve Turken, Marokkanen en Surinamers ook grote groepen Ghanezen in Amsterdam woonden. Er waren Zuidamerikanen, waaronder duizenden Brazilianen die de crisis in hun eigen land ontvlucht waren. Pakistani hadden hun weg naar Nederland gevonden. Na de val van het ijzeren gordijn kwamen Russen, Polen en vooral Roemenen. De kanalen van de asielopvang raakten min of meer verstopt.

Wie zich als politiek vervolgde aanmeldt, komt terecht in een procedure van het Ministerie van Justitie, dat probeert na te gaan, of de beweringen juist zijn en of de vervolging wel ernstig genoeg zijn. Daarbij gaat men er impliciet van uit, dat de meeste asielzoekers geen politieke, maar 'economische' vluchtelingen zijn. De term 'economische vluchteling' heeft sinds de jaren tachtig een sterk pejoratieve klank gekregen. Dat zouden mensen zijn die misbruik maken van de door Nederland geboden mogelijkheden. Nu en dan zijn weliswaar geluiden te horen, dat Nederland als geïndustrialiseerd en welvarend land *qualitate qua* tevens immigratieland is, zodat het in ieder geval eerlijk zou zijn een quotum in te voeren, maar die verklinken gauw in het verbale tegengeweld. Politici en overheid reageren hierop steevast met de volgende opmerkingen: 'Die mensen moeten hun eigen land opbouwen.' Of: 'Die mensen moeten in hun eigen land geholpen worden.' Waarbij overigens moet aangetekend worden, dat de migranten zelden afkomstig zijn uit een van de talrijke landen, waarmee de regering een ontwikkelingshulpcontract van enige omvang heeft afgesloten.

Frits Bolkestein, politiek leider van de conservatief-liberale Volkspartij voor Vrijheid en Democratie (VVD), was de eerste politicus die zich iets aan het *discours* van de borreltafel gelegen liet liggen. Nederland was géén immigratieland, stelde hij nadrukkelijk. Hij eiste dichte grenzen en in één moeite door, dat de aanwezige buitenlanders Nederlanders zouden leren en zich aanpassen. Het tot dan toe gevoerde beleid gold als zachte aanpak. Dat moest afgelopen zijn. Hij kreeg meteen gehoor. De sociaal-democratische staatssecretaris voor justitie Aad Kosto deed wat hij kon om de mazen in de vreemdelingenwetgeving zoveel mogelijk te dichten. Dat leidde tot zeer krachtige maatregelen. De staatssecretaris beperkte de mogelijkheden van asielzoekers om tegen een negatieve beslissing bij in beroep te gaan. Dat bracht de Nederlandse rechters – die groot gaan op een traditie van onafhankelijkheid, zorgvuldigheid en eigengereidheid – er van hun kant toe, des te nauwkeuriger de hun voorgelegde zaken te bestuderen en des te vaker de asielzoeker het voordeel van de twijfel te geven. Dit getrouw aan het beginsel: bij twijfel voor de beschuldigde.

Wie met een Nederlander een liefdesrelatie wenste aan te gaan, moest daarvoor in eigen land bij de Nederlandse ambassade een vergunning aanvragen. Ook aan de Nederlandse partner werden eisen gesteld. Die moest over behoorlijke woonruimte beschikken en een zelf verdiend inkomen van ongeveer vierduizend gulden bruto per jaar. Dat is ruim boven het minimumloon en het bijstandsniveau. De maatregel was bedoeld om paal en perk te stellen aan schijnhuwelijken. Sommige Nederlanders – vooral in het drugscircuit – bleken namelijk een centje bij te verdienen door voor een forse som een huwelijk te sluiten met een buitenlandse partner. Als de verblijfsvergunning binnen was, volgde scheiding. De financiële minimumvoorwaarden en de eisen met betrekking tot een huis moesten deze weg in de praktijk onaantrekkelijk maken. Toch heeft een maatregel die het kiezen van een buitenlandse partner tot voorrecht maakt van de werkenden, zijn opmerkelijke kanten. De wet kwam echter zonder slag of stoot door het parlement en de publieke opinie liet nauwelijks een protest horen.

De media gaven steeds meer hun voorzichtigheid op bij het koppelen van sociale problemen en de samenstelling van de bevolking. Zij gingen er weer toe over de etnische achtergrond van verdachten te vermelden. Zij maakten veel werk van Marokkaanse en Antilliaans jeugdbendes die huishielden in de grote steden. In die berichtgeving werd sterk de nadruk gelegd op het feit, dat die Marokkanen of Antillianen misdadig waren geworden niet door hun afkomst, maar door het feit, dat zij met de voor hen zo andere Nederlandse maatschappij geen raad wisten. Maar in het algemeen wees men niet de samenleving als schuldige aan, maar de betrokkene zelf. Dat was nauw verwant aan de nieuwe hardheid, zoals die tot uiting kwam in bezuinigingen op het stelsel van sociale voorzieningen. Mensen moesten hun best doen zelf uit de moeilijkheden te komen en – zo kon je er bij denken – de grote meerderheid van de minderheden leidde een rustig leven en zorgde helemaal niet voor moeilijkheden.

In overheidskringen ontstond een atmosfeertje dat radicaal verschilde van de gevestigde praktijk. De minderheden waren, zo luidde het cliché, de afgelopen jaren 'doodgeknuffeld'. Daardoor waren zij in hun afhankelijkheidssituatie bevestigd. Er moesten maar eens eisen aan ze worden gesteld. Iemand die geen Nederlands wilde leren, zou bijvoorbeeld nooit een permanente verblijfsvergunning mogen krijgen.

Deze mentaliteit bracht een aantal zaken op pijnlijke wijze aan het licht. Zo bleken er weinig faciliteiten te zijn om buitenlanders de Nederlandse taal te leren en die werkten ook nog vaak met vrijwilligers. De belangstelling in allochtone kring was aantoonbaar groot, maar de mensen kwamen op moedeloos makende wachtlijsten terecht. Je mocht best eisen stellen, maar dan moest de samenleving aan de andere kant ook de mogelijkheid bieden om daaraan te voldoen.

De verzuiling van weleer ten voorbeeld

In 1994 besloot de regering met nieuwkomers voortaan een inburgeringscontract te sluiten. Kenmerk van een écht contract is echter, dat wederzijdse rechten en plichten worden vastgelegd. In dat geval hoort de nieuwkomer voor de rechter de overheid in gebreke te kunnen stellen, als zij niet voldoende faciliteiten van acceptabel niveau biedt om aan de gestelde eisen – bijvoorbeeld Nederlands leren – te voldoen.

Dit alles laat het recht van de minderheden om hun eigen taal en cultuur te bewaren volstrekt onverlet. Het respect daarvoor staat niet ter discussie. Integendeel. Met name politici uit christen-democratische hoek stellen de minderheden de verzuiling van weleer ten voorbeeld. Dat wil zeggen: doe niet aan individuele integratie, maar aan die van de groep als geheel. Islamieten en Hindoes beginnen de Nederlandse onderwijswetgeving te ontdekken. Zij stichten scholen op levensbeschouwelijke grondslag, volledig betaald door het Ministerie van Onderwijs, Cultuur en Wetenschap. Dat ministerie laat zulke scholen vrij waar het gaat om godsdienstonderwijs. Maar verder controleert haar inspectie, of het onderwijs wel aan andersoortige eisen voldoet die voor alle scholen binnen het overheidssysteem gelijk zijn. Liberalen en sociaal-democraten zijn aanzienlijk minder enthousiast over deze verzuilingstendensen. Zij vinden dat een vorm van historische regressie. Dat leidt tot een politieke discussie onder autochtone Nederlanders die op niveau gevoerd wordt.

Zo blijkt de ethische politiek nog recht overeind te staan. Nederlanders wisselen onderling van gedachte over de beste manier, waarop minderheden tot – zij het nu persoonlijke en economische – zelfstandigheid kunnen worden opgevoed. Ze delgen een ereschuld, maar bepalen zelf, hoe.

Ondertussen gaan die minderheden hun eigen gang, emanciperen ze zich buiten alle structuren en goede bedoelingen om.

Het Rotterdamse zomercarnaval is het beste voorbeeld van die zelfactiviteit. Een reis waard. Elke laatste zaterdag van de maand juli. Hoe ze het voor elkaar krijgen, weet niemand, maar de zon werkt altijd mee.

Lage hemel of niet.

EPILOOG

Het boze water en de boze wereld

DIT, DIRCEU, IS HET VERHAAL VAN DE LAGE HEMEL en de vijftien miljoen mensen die daaronder wonen. Ik moet nu onwillekeurig denken aan de stickers die een van je bedrijven verspreidt. 'Brazilië, het belangrijkste wat we nodig hebben is liefde', en 'Brazilië, we blijven je supporters'. Zulke leuzen zouden wij Nederlanders nooit op onze bumpers plakken. We zijn er een beetje bang voor ons vaderland al te nadrukkelijk te omarmen. Het maakt zo gauw een overdreven indruk. Het overschrijdt zo gauw de normen van normaal gedrag.

Het voorgaande heeft – hoop ik – veel duidelijk gemaakt over wie we zijn, hoe we graag met elkaar omgaan en welke reflexen ons bestaan beheersen. Maar dat wil nog niet zeggen, dat het gemakkelijk is het Nederlandse volkskarakter te definiëren. Het thema begint de laatste tijd zelfs onderwerp te worden van debat op de opiniepagina's van de nationale media. Die laten een zekere herwaardering zien van patriottisme.

Dat heeft te maken met het feit, dat het aanzien van Nederland verandert. De Europese eenwording schrijdt langzaam uiterst langzaam, maar toch onstuitbaar voort. Nederland werkt er zelfs aan dat symbool van nationale trots en degelijkheid, de gulden, fier getooid met het portret van de koningin, op te heffen ten gunste van de geplande eenheidsmunt euro. Dan ga je je onwillekeurig afvragen, wat je nu van alle andere leden der federatie onderscheidt, wat je specifieke karaktertrekken zijn. Je gaat je afvragen, of zeker een kleine natie als de Nederlandse niet een herkenbaar bindmiddel nodig heeft.

De resultaten van deze discussie vielen niet mee. De definities van het Nederlanderschap leken nogal op eigenschappen die elke humane samenleving kenmerken. Nederlanders zouden van nature democratisch ingesteld zijn, tolerant, vreedzaam, uit op samenwerking en niet op conflict. De samenleving, zoals die tot op heden functioneert, geeft voedsel aan die gedachte, maar het gaat een beetje ver er een soort nationaal fundament onder te plaatsen, de gedachte te koesteren, dat zulke voortreffelijke eigenschappen nu eenmaal in het Nederlandse bloed zitten. Althans dat beweerden de tegenstanders van de nieuwe patriotten voornoemd.

Toch zegt de hele discussie iets over het volkskarakter. De verwijzingen naar de algemene democratische gezindheid en het gevoel voor overleg waren een echo uit de negentiende en het begin van de twintigste eeuw, toen Nederland zich nog koesterde in de eigen neutraliteit en de machtspolitiek van de grote mogendheden met een zekere zelfverzekerde meewarigheid volgde. Nederlanders waren veel te verstandig om zich te laten leiden door goedkope emoties en ambities. Zij waren tevreden met zichzelf en hun keurige land. In onderling overleg verrichtten zij hun beschavingswerk. Daar hadden zij het druk genoeg mee.

Maar patriottisch gevoel maakt hoogtijdagen door, als een land wordt geconfronteerd met een of ander *finest hour*. Dat schonk de natuur begin 1995 aan de Nederlanders. Het water toonde opnieuw zijn kracht.

Ditmaal klopte het niet, zoals in 1953 aan de voordeur. Er woedde geen storm van orkaankracht en de Noordzee hield zich rustig. Onverwacht voerden de Maas en de Rijn die samen verantwoordelijk zijn voor het grootste deel van de delta, waarin Nederland ligt, ongekende hoeveelheden water aan. Het waterpeil bereikte nieuwe records en het zag er naar uit, dat de rivierdijken dit geweld niet aankonden. Niet omdat ze te laag waren, maar omdat de dijken – voor veel Nederlanders was dit nieuw – als een soort sponzen bleken te werken. Ze raakten verzadigd met rivierwater. Dat had kunnen resulteren in een dijkval, waarna het rivierwater vrij spel heeft.

Deze ramp bedreigde de Betuwe en een aantal omliggende gebieden. Aan de oever van de Rijn- en de Maasarmen gelegen – vormen ze bij elkaar een brede strook land die het land van oost naar west ongeveer doormidden snijdt.

Half januari was het water zo hoog gestegen, dat de autoriteiten tot ontruiming besloten. Vijfenzeventigduizend mensen kregen de opdracht hun woningen onmiddellijk te verlaten.

Dat verliep allemaal prima en vlekkeloos. De politie hield enkele snelwegen vrij voor de evacués. Het leeggehaalde gebied werd hermetisch van de buitenwereld afgesloten om plunderaars geen kans te geven. Het was een prachtig avontuur. De commerciële televisie verzorgde een succesvolle benefietavond voor de slachtoffers die met middenklasser en aanhangwagen vertrokken waren naar familie of naar grote hallen, waar zij in tamelijke luxe kampeerden. Verslaggevers rukten massaal uit om de gevoelens van deze evacués vast te leggen. En het wilde maar geen ramp worden. Het kostte moeite om mensen te vinden die publieke tranen stortten of van grote angst wensten blijk te geven.

Toch voelde de natie zich één

Toch voelde de natie zich één, zoals ze zich in geen jaren gevoeld had. Er hing een soort verheven trots boven het land. De regering kondigde onmiddellijk dijkverzwaringen aan die werden aangeduid als een tweede deltaplan. Want dit mocht nooit meer voorkomen. Toen het waterpeil gezakt was, keerden de evacués in extra treinen en middenklassers weer even gedisciplineerd terug als zij vertrokken waren. Op de stoep vonden zij een welkomstbrief van de gemeente met daarop een aantal aanwijzingen. Elk huishouden kreeg ongeveer vijfhonderd gulden schadevergoeding. Voor het bedrijfsleven en de boeren werden aparte regelingen getroffen. De nationale consensus was volkomen en zou resulteren in hogere dijken. Al het andere was secundair.

De discussie over het nationaal karakter maakte een kleine opleving door. De bijna-ramp was een prachtige metafoor van hoe de Nederlanders met elkaar zich staande hielden. En uiteindelijk door een menging van improvisatievermogen, daadkracht, eendracht en besluitvaardigheid alle problemen het hoofd wisten te bieden. Gelukkig van wie het wiegje in hun natte delta stond.

Een paar maanden na de net vermeden watersnood werden de Nederlanders indringend geconfronteerd met een nieuwe ramp: de val van Srebrenica. Srebrenica was een van de 'veilige zones' die de Verenigde Naties hadden ingesteld om de Bosnische moslims te beschermen tegen de etnische zuiveringen van de Serviërs die het gebied in een ijzeren greep hielden. Een Nederlands bataljon, algemeen aangeduid als Dutchbat, trachtte de strijdende partijen uit elkaar te houden. Het was – volgens VN-voorschriften – licht bewapend en had weinig bevoegdheden om terug te slaan. De Servische generale staf reed dan ook in gestolen Nederlandse jeeps en zij ontzagen zich niet van deze vervoermiddelen gebruik te maken, als zij overleg gingen voeren met de commandant van Dutchbat.

Dat Nederland een contingent ter beschikking had gesteld voor de Bosnische vredesmacht, was vanzelfsprekend. Het land staat internationaal arbitrage voor als middel tot conflictoplossing en is dan ook een overtuigd en actief lid van de Verenigde Naties. Het Nederlandse leger had met vredesoperaties eerder ervaring opgedaan in Libanon en Cambodja. Na de val van de Berlijnse Muur en het einde van de Koude Oorlog besloot de regering dat leger zo te herstructureren, dat het juist inzetbaar werd voor vredesoperaties. Er werd een 'luchtmobiele brigade' gevormd en op de televisie verschenen spots waarop Hollandse jongens in bergachtige en dus zeer uitheemse streken een stuwdam 'beveiligden'. *Join the army* en – zo luidde de door de copywriter onuitgesproken gedachte – help in de hele wereld de vrede te bewaren.

Dutchbat echter werd geconfronteerd met onverzoenlijke Serviërs die helemaal niet mee wilden denken over een vredesproces en die aan onderhandelingstafels een geheel ander gedrag vertoonden dan Nederlanders verwachten. De diplomaat/ politicus Hans van den Broek had daar tijdens zijn laatste ministerschap nog ervaring mee opgedaan. Als vertegenwoordiger van de Europese Unie voor Joegoslavië sloot hij aan de lopende band bestanden en overeenkomsten die meestal de volgende dag al geschonden werden. De gemiddelde Dutchbat-soldaat had steeds meer moeite de zin van zijn aanwezigheid in deze wrede burgeroorlog te rechtvaardigen. 'Laat Jim de Moslim en Aad Kroaat het fijn zelf uitzoeken,' klonk door in de mededelingen aan het thuisfront.

Daarna volgden beschamende dagen

Toen nam de Servische generaal Vladic de enclave Srebrenica zonder slag of stoot in. Dutchbat vocht niet terug. Daar was het niet voor uitgerust. Bovendien reikte het VN-mandaat niet zover. De Serviërs gijzelden bovendien enkele honderden Nederlandse soldaten.

Daarna volgden beschamende dagen. Onder de ogen van Dutchbat scheidden de Servische strijdkrachten de moslimmannen van hun vrouwen en kinderen. De laatsten werden in overvolle bussen naar het front gereden, waar zij in de buurt van de moslimlinies werden weggestuurd. De mannen verdwenen 'voor ondervraging' naar detentiecentra. Wereldwijd werden televisiebeelden verspreid, waarop men zag hoe de Dutchbatmannen met blauwe helm en al getuige waren van dit selectieproces.

Nederland reageerde opmerkelijk rustig op deze gebeurtenissen. De minister van buitenlandse zaken, Hans van Mierlo, verklaarde op de televisie, dat de Serviërs alle kaarten in handen hadden. Hij moest onderhandelen zonder wisselgeld. Prioriteit één was de Nederlandse soldaten heelhuids uit Sbrenica weg te krijgen.

Ondertussen kwam er steeds meer bewijsmateriaal binnen over gruwelen, door de Servische strijdkrachten tegen de vluchtelingen bedreven. Reactie: de Nederlandse soldaten kregen een spreekverbod, want loslippigheid zou de positie van hun gegijzelde kameraden in gevaar brengen. Alleen minister Pronk voor ontwikkelingshulp noemde de zaken bij de naam en verklaarde, dat de wereldgemeenschap – niet Nederland in zijn eentje – onmiddellijk moest optreden tegen de gruwelen. Hij kreeg meteen een golf van kritiek over zich heen, want hij had 'de jongens' in gevaar gebracht.

Die jongens ondertussen keerden in kleine groepjes terug, want de Serviërs lieten hun gijzelaars druppelsgewijs los. Een heel contingent psychologen stond klaar om deze strijders te helpen hun ongetwijfeld traumatische ervaringen te verwerken. De regering bereidde de eerste groep teruggekeerden een heldenontvangst op de vliegbasis Soesterberg.

Er waren stoorzenders. Zo beweerden sommige commentatoren, dat de aandacht voor het welzijn van 'de jongens' omgekeerd evenredig waren met die voor de tienduizenden moslims, nu verdreven uit hun enclave en het doelwit van moordenaars en verkrachters. Terwijl die toch zogenaamd onder bescherming van Dutchbat stonden. Zulke uitlatingen leidden tot algemene publieke verontwaardiging. Ondertussen viel op, hoe het dagblad *De Telegraaf* vanaf de vierde dag van de crisis de krant niet meer met Bosnië opende, maar voor ander nieuws koos. De redactie die de volksgeest als geen ander kent, wilde de lezers niet al te zeer verontrusten.

De andere kranten bleven uitvoerig berichten over de gruwelen op de Balkan, maar de steun aan de regering en aan het optreden van Dutchbat bleef algemeen. Toon: wij hebben ons uiterste best gedaan en wij hebben ons niets te verwijten. De enige echte prioriteit is nu Dutchbat zo ongeschonden mogelijk thuis te krijgen.

Het leek allemaal heel erg op de tactiek van de vermoorde onschuld.

De gebeurtenissen in Srebrenica leidden nadrukkelijk niet tot bespiegelingen over het nationaal karakter of de consequenties die men uit patriottisme zou moeten trekken.

Eerder ontstond de neiging om zich geheel van mondiale wespennesten af te keren. Nederland was gelegen op een boze wereld en daar kon je maar het beste zo min mogelijk mee te maken hebben. Van protestdemonstraties of brievenacties was geen sprake. De natie bleek zeer goed in staat weg te kijken, als te beelden te schokkend waren.

Er was in Srebrenica één soldaat daadwerkelijk gesneuveld. Dit gaf Alain Franco, Nederlands correspondent van *Le Monde*, de volgende giftige alinea in de pen:

"'De dood van de blauwhelm Raviv van Renssen is voor iedereen een grote schok geweest. Wij zijn er niet aan gewend, dat een van Onze Jongens in het buitenland sneuvelt," vertelt een diplomaat die vanaf volgende week op de ambassade in Parijs de pers en de culturele betrekkingen gaat doen. Terecht. Nederland heeft hiermee gelukkig weinig ervaring. Het terugsturen van een bodybag naar het thuisfront, een officiële begrafenis, het verdriet van familie en kennissen dat via de tv elke huiskamer binnendringt, het is niet gebruikelijk. En de regering wil graag dat het hierbij blijft. "Wij zijn een klein land, wij hebben beperkte middelen," vertelde een hoge ambtenaar van het Ministerie van Buitenlandse Zaken mij. "We hebben geen grote macht, zoals Frankrijk of Groot-Brittannië. Daarom kunnen we weinig doen." *La belle affaire!* Nederland, de kleinste van de grote, de grootste van de kleine Europese landen, het land dat zo graag aanwezig wil zijn op het internationale toneel, heeft last van koudwatervrees.'

Franco raadt Nederland een minder ambitieuze buitenlandse politiek aan, als het geen risico's wil nemen.

Maar de herinnering is vluchtig. Vier jaar na het debacle van Srebrenica verkeerde Nederland een maand of twee daadwerkelijk in oorlog. En het strijdtoneel bevond zich niet eens zo ver van het noodlottige stadje, een paar uur rijden maar. In de Servische provincie Kosovo. Nederlandse jagers namen deel aan de luchtvloten van de NAVO die Servië bombardeerden om dat land te dwingen zijn greep op Kosovo te laten verslappen. Toen een Nederlandse piloot een vijandelijk toestel neerhaalde, werd dat in de pers met enthousiasme bericht: voor het eerst sinds de Tweede Wereldoorlog had een Nederlandse piloot in het echt een vijand uit de lucht geschoten. Er zat wel een pluim van prins Bernhard zelf in, veronderstelde zijn commandant.

Toch was Srebrenica in de daaraan voorafgaande periode regelmatig uit de anonimiteit van het dagelijks gebeuren opgedoken. Het Ministerie van Defensie had een onderzoek laten verrichten naar de gang van zaken gedurende die tragische dagen en steeds meer ontstond de indruk, dat men nu niet direct geprobeerd had de onderste steen boven te krijgen. De vraag die dat opriep had te maken met de positie van de politiek verantwoordelijken. Toen de massamoorden nog plaats vonden, richtte de aandacht van de journalisten in Den Haag zich bij uitsluiting op de vraag: 'Is de minister van defensie nu aangeschoten wild?' Zij stelden deze vraag consequent. De minister trad overigens niet af. Evenmin had de zaak ernstige gevolgen voor de militaire leiding van het land. Er was hoogstens sprake van enig wegpromoveren. Tenslotte kreeg het Rijksinstituut voor Oorlogsdocumentatie de opdracht een wetenschappelijk onderzoek te doen naar het gebeuren. Dat instituut stond in sommige kringen sterk in de reuk van al te grote gezagsgetrouwheid, maar die reputatie was onverdiend. Het instituut had in zijn onderzoeken naar de Tweede Wereldoorlog een reputatie opgebouwd van doorvragen en doorspeuren zonder aanziens des persoons. Maar van de ene dag op de andere met resultaten voor de dag komen hoorde evenmin tot de tradities van het instituut. Wie het een opdracht verstrekte, kon zeker zijn van een lange adempauze. Pogingen van kamerleden om een parlementaire enquête te organiseren werden ondertussen onder meer met een beroep op dit wetenschappelijk onderzoek succesvol afgehouden.

Liever koesterde men zich in de zon van de internationale bewondering. De *Financial Times* muntte een neologisme: het poldermodel. Dat stond voor de aansprekende wijze waarop Nederland zich uit de crisis van de jaren tachtig omhoog had weten te werken. Internationale waarnemers prezen de wijze waarop werknemers en werkgevers met elkaar omgingen en hoe zij met het oog op het algemeen belang en de werkgelegenheid hun best deden om de loon- en prijsontwikkeling binnen de perken te houden. Het poldermodel bleek een nieuw woord voor het aloude Nederlandse compromismodel, het schipperen, het zoeken naar overeenstemming, het vinden van oplossingen, waar iedereen zich in kon vinden en iedereen zich kon herkennen. Zo maakten buitenlandse opinieleiders Nederland toch een beetje tot gidsland, maar heel anders dan de maatschappijhervormers uit de jaren zestig het hadden bedoeld.

Een tragi-komedie

Die maatschappijhervormers waren sinds de jaren tachtig steeds meer naar de marge van de publieke discussie verdwenen. Ook al zag het er op het eerste gezicht anders uit, want de twee radicaal-linkse partijen in Nederland, Groen Links en de uit maoïstische wortels opgeschoten Socialistische Partij maakten een gezonde groei door. In de laatste herfst van het tweede millennium bezetten zij respectievelijk elf en vijf zetels in de Tweede Kamer, meer dan uiterst links in Nederland ooit bij elkaar had gezien. Maar van een duidelijk alternatief voor de maatschappelijke ordening, zoals dat vroeger bestaan had, was geen sprake meer. De Socialistische Partij specialiseerde zich als vanouds op het onthullen van schandalen en het aanklagen van machtsmisbruik en uitbuiting, Groen Links beschikte over heldere milieuparagrafen, waarin een uiterst schone leefomgeving belangrijker werd geacht dan economische groei, maar voor het overige leek de partij niet echt ongelukkig met poldermodel. Deelname aan een paars kabinet werd zelfs als een reële optie beschouwd.

Er vonden dan ook geen grote maatschappelijke debatten meer plaats en van boeiende, zeer ideologisch getinte botsingen, zoals in de jaren zeventig tussen Den Uyl en Hans Wiegel was geen sprake meer. Als de gemoederen in de politiek hoog opliepen, dan ging het om incidenten en bedrijfsongevallen. Een mooi voorbeeld daarvan was de tragikomedie die zich in 1999 rond dezelfde Wiegel afspeelde.

Hij had inmiddels als *elder statesman* plaatsgenomen in de Eerste Kamer, waar hij geconfronteerd werd met een voorstel van het tweede kabinet-Kok om onder zeer beperkende voorwaarden heel erg soms over bepaalde zaken een referendum toe te staan. In de Tweede Kamer had dit voorstel, waarmee enigszins tegemoet werd gekomen aan een oude hartenwens van coalitiepartner D66, weinig problemen veroorzaakt. Maar onder de leden van de Eerste Kamer – die zich graag senatoren noemden en hun gezelschap aanduidden als *chambre de réflexion* bevonden zich veel tegenstanders van het referendum, dat volgens hen de poorten wijd zou opengooien voor demagogie en ondoordachte besluitvorming. Deze gedachte leefde ook sterk in de fractie van de VVD, steunpilaar van het tweede kabinet-Kok. En Hans Wiegel behoorde tot de verklaarde tegenstanders van het referendum. Complicerende factor: het ging hier om een grondwetswijziging, waarvoor een meerderheid van twee derde noodzakelijk is.

Het onpolitieke van het hele gebeuren bleek uit het verdere verloop van de affaire. D66 maakte van het al dan niet goedkeuren van het referendumvoorstel een kabinetskwestie, niet – zo meldden alle commentatoren – uit ideologische overtuiging, maar omdat de partij het al twee jaar slecht deed in de peilingen. Dan loont het electoraal de moeite om heisa te maken. De D66-ministers kondigden dan ook aan, dat zij bij verwerping van het voorstel het kabinet zouden laten vallen.

De partijleiding van de VVD zette vervolgens de eigen senatoren onder zware druk om toch met het referendumvoorstel in te stemmen. Maar uiteindelijk bleek Wiegel hiervoor immuun. Dankzij zijn tegenstem werd de vereiste meerderheid van twee derde net niet gehaald. Voor het eerst van zijn leven was de inmiddels bedaagd geworden VVD-er er in geslaagd een kabinet te laten vallen.

In de weken daarna onderscheidde Wiegel zich door een diep stilzwijgen, vooral nadat hij op een VVD-congres niet met de gebruikelijke toejuichingen was begroet. Hij werd als een spelbreker beschouwd en ook een beetje als een politieke amateur die op het verkeerde moment om een zaak waar niemand zich eigenlijk druk om maakte, een spaak in het wiel van de politiek had gestoken.

Het kabinet werd gereconstrueerd, nadat D66 ondanks veel tegensputteren uiteindelijk toch akkoord ging met een raadgevend referendum. Zo'n raadgevend referendum, dat altijd door de politieke machten van het moment genegeerd kan worden, is tot stand te brengen via een gewone wet, zodat een eenvoudige meerderheid van stemmen voldoende is.

Er was geen bom onder het kabinet gelegd, een stoute politicus had alleen maar een voetzoeker afgestoken.

Zo loste men de zaken op in de dagen van het poldermodel. Zo grepen als puntje bij paaltje kwam alle raderen toch ineen. Zo was opnieuw een klimaat geschapen waarin bestuurders door konden gaan met hun gezamenlijk beheer van een nette welvarende natie, waarin de algemene consensus hoogstens verstoord werd door het geschreeuw van een geestelijk gestoorde dakloze op het station. Of de prediking van een bisschop als Muskens die maar bleef vaststellen, dat vijf tot tien procent van de bevolking geen deel had aan de voor algemeen versleten welvaart. De mascottes van het zomerseizoen 1999 waren jonge meiden die op het terras via hun gsm met contacten elders converseerden.

Een gevoel van onbehagen

En toch, en toch zat het niet lekker. Er gebeurden dingen die niet bij dit veilige beeld pasten. Er ontstond in brede kring het gevoel, dat achter de façade van het poldermodel een heel wat hardere en genadeloze werkelijkheid schuil ging. Dat bleek uit bepaalde enquêtes. Zo bleek een groot deel van de Nederlanders zich zeker 's avonds niet meer veilig te voelen op straat. Ze waren bang voor overvallers en verkrachters. Statistieken leerden, dat de onveiligheid op het openbaar terrein niet significant was toe- of afgenomen. Maar om de een of andere reden voelden de mensen die onzekerheid. Tragische incidenten gaven daar voedsel aan. In de jaren negentig gebeurde het enkele malen, dat straatgeweld tot dodelijke slachtoffers leidden. Dat was met name bitter, als het ging om passanten die iets zeiden van door hen waargenomen onmaatschappelijke gedrag. Om die reden werd in Amsterdam de student Joes Kloppenburg door dronken agressievelingen doodgeslagen. In Leeuwarden onderging ene Meindert Tjoelker een paar dagen voor zijn huwelijk hetzelfde lot.

Zulke incidenten waren ook in de jaren zeventig en tachtig voorgekomen. Ze leidden tot de gewone publiciteit in de dagbladen, maar die wekten de algemene volksverontwaardiging niet op.

In de jaren negentig gebeurde dat wel. Straatgeweld met dodelijke afloop leidde tot grote manifestaties van massale rouw en stil protest. Er werden gedenktekens geplaatst. De allergrootste demonstratie van dit genre vond in 1999 in de rustige provincieplaats Gorinchem plaats. Daar hadden enkel woedende jonge mannen hun vuurwapens geleegd op de deur van een muziekcafé, waaruit zij wegens wangedrag waren geweigerd. Twee meisjes stierven in de kogelregen.

De Nederlandse Spoorwegen moesten extra treinen inzetten om de belangstellenden voor de manifestatie te vervoeren. De wegen rond het stadje raakten verstopt. De nationale televisie zond alles uit. Het was een massaal ritueel, dat als het ware de onreinheid van Gorinchem weer wegnam.

Maar het was meer dan dat. Van zulke manifestaties ging een duidelijke boodschap uit: wie zich overgeeft aan zulk geweld, oogst daarmee geen eerbied en bewondering. Die valt ten prooi aan de algemene verachting. Die wordt uitgesloten. Zo toonden de individualistische Nederlanders nu en dan een grote mate van eenheid.

Maar tegelijkertijd was het niet meer dan symboliek. De meeste van deze schokkende moorden hadden een belangrijk aspect gemeen: ze waren gepleegd in het openbaar onder de ogen van getuigen, die geen van allen optraden tegen het onmiskenbare wangedrag. Behalve het slachtoffer zelf.

Het was dan ook geen wonder, dat opinieleiders, politici, maar ook gewone burgers opriepen tot een terugkeer van een kennelijk teloor gegane sociale controle. Op de tramhuisjes en in het openbaar vervoer verschenen echter affiches die een alternatief boden. Als je geweld ziet deel dan drie tikken uit. Op de draagbare telefoon, of gsm, zoals die sinds 1998 werd genoemd. Nummer 1-1-2 was het alarmnummer van de politie. Want het aantal bezitters van zo'n apparaat liep inmiddels in de miljoenen. Dat plaatste een groot vraagteken bij alle analyses over het individualisme en de fragmentariserende samenleving. Kennelijk namen die eenlingen alle middelen te baat om toch bereikbaar te blijven, om altijd in staat te zijn contact met een ander op te nemen.

Terwijl de gsm een algemeen gebruiksartikel werd, nam ook het aantal aansluitingen op het Internet exponentieel toe. Zo kwamen er via de glasvezelkabels nieuwe verbanden tot stand. Via discussielijsten over allerlei onderwerpen – van sm tot het christelijk geloof – ontstonden overal nieuwe netwerken van mensen die met elkaar in contact stonden en soms de diepste confidenties met elkaar uitwisselden. Het waren met name de jongeren die de mogelijkheden van het Internet uitbuitten, maar ook de oudere generaties ontdekten massaal dit nieuwe, heel persoonlijke communicatiemedium: als je surft ben je nooit alleen. Als je een gsm hebt, is een geliefde nooit ver weg.

Maar deze nieuwe verbanden namen de maatschappelijke onzekerheid niet weg. Daarvoor kwamen bij de gemiddelde Nederlander teveel zorgwekkende signalen binnen. De altijd zo vertrouwde overheid leek minder goed te functioneren dan men altijd dacht. Het apparaat van justitie functioneerde traag en niet altijd even volmaakt. Het kwam regelmatig voor, dat grote misdadigers moesten worden losgelaten om wat 'vormfouten' heette. Het ICT-team, dat zich belastte met het opsporen van de zware misdaad, ging zo diep undercover, integreerde zich zo in de geobserveerde misdaadorganisaties, dat de grens tussen crimineel en politieman hier en daar vervaagde. Het team moest worden opgeheven en van het schandaal werd ook de pas aangetreden minister van binnenlandse zaken, Ed van Thijn het slachtoffer. Hij zag zich zelfs genoodzaakt om de politiek te verlaten.

Ook de ramp van Bimri kwam terug in de publiciteit. De vele onopgeloste raadsels rond de catastrofe met het El Al vliegtuig leidden tot een parlementaire enquête. Die gaf geen uitsluitsel over allerlei geruchten met betrekking tot 'mannen in witte pakken' die direct na de inslag van het vliegtuig ter plekke zouden zijn gezien. En evenmin werd er een antwoord gegeven op de oorzaak van de lichamelijke klachten die veel overlevenden en getuigen van het ongeluk waren blijven ervaren. Maar het rapport bracht wel een schokkend beeld naar buiten van slordige en langs elkaar heen werkende overheidsinstanties. Weer een argument om je niet veilig te voelen in het land van het poldermodel.

Zo gingen de Nederlanders toch niet helemaal gerust het derde millennium tegemoet.

Achter onze dijken, Dirceu, voelden wij ons traditioneel veilig tegen het boze water en de boze buitenwereld. Maar nu bekruipt ons toch een zekere onrust. Zit het wel goed met die dijken? Zijn het niet eigenlijk sponzen. Zijn ze niet hier en daar poreus? Au fond houden Nederlanders helemaal niet van avontuur en risico. Dat komt heel dicht in de uitspraak tot je dochter: 'Je moet hier niet blijven. De hemel is te laag.' Misschien is dat de centrale karaktereigenschap, waar al het andere uit voortvloeit.

Maar met die vliegtuigen boven de Balkan, die vluchtelingen zo dicht bij onze grenzen, dat straatgeweld, worden we een beetje bang.

Dat we ondanks die lage hemel dat avontuur toch krijgen.